涌动的扎伊尔河

蔡啸 著

SURGING ZAIRE RIVER

朝华出版社
BLOSSOM PRESS

图书在版编目（CIP）数据

涌动的扎伊尔河 / 蔡啸著. -- 北京：朝华出版社，2023.7
　　ISBN 978-7-5054-5251-0

Ⅰ.①涌… Ⅱ.①蔡… Ⅲ.①长篇小说—中国—当代 Ⅳ.①I247.5

中国国家版本馆CIP数据核字（2023）第121563号

涌动的扎伊尔河

作　　者	蔡　啸
责任编辑	张北鱼
责任印制	陆竞赢　崔　航
装帧设计	杜　帅
出版发行	朝华出版社
社　　址	北京市西城区百万庄大街24号　　邮政编码　100037
订购电话	（010）68996522
传　　真	（010）88415258（发行部）
联系版权	zhbq@cicg.org.cn
网　　址	http://zhcb.cipg.org.cn
印　　刷	北京印刷集团有限责任公司
经　　销	全国新华书店
开　　本	880mm×1230mm　1/32　　字　数　374千字
印　　张	15.25
版　　次	2023年7月第1版　2023年7月第1次印刷
装　　别	平
书　　号	ISBN 978-7-5054-5251-0
定　　价	59.00元

版权所有　翻印必究·印装有误　负责调换

序

我从事对外传播和翻译工作四十余载，出访了世界上很多国家，但印象最深刻、最难忘却的是在非洲国家的所见所闻。那里一直是令我魂牵梦绕的地方。

非洲一直是我国外交和对外经济交流的重点区域。自 2013 年以来，中国与"一带一路"沿线国家贸易往来不断，2021 年中国对"一带一路"沿线国家进出口总值达 11.6 万亿元，同比增长 23.6%，其中中非双边贸易额达 2542 亿美元，同比增长 35%，势头十分强劲。

然而，非洲的技术和管理人才缺口非常大，需要中国提供海量的人才支持。如雨后春笋般出现在非洲大地的铁路、公路、通信基站、水电站、高楼大厦，在相当一部分工程里，中国人发挥了不可或缺的作用，功不可没。

由于工作原因，我接触到了大量在非洲工作的中国人，有不少是我的老朋友。非洲与中国环境迥异，有些国家经济发展、生活水平、医疗条件依然很落后，甚至有的地方还活跃着多股武装势力，因而武装冲突和袭击中国人的事件时有发生，还造成了伤亡。土生土长的中国人，要在这样陌生的环境中长期工作和生活，需要很大的勇气和决心，其中的困难是国内工作的人难以想象的。那么是什么驱使他们远赴万里来到地球的另一边，又是什么支撑着他们长年累月坚持下来的呢？

每次访问，由于工作日程安排紧密，且接触的多为当地官方机构，来去匆匆间很难有时间去细致入微地了解他们的工作和生活状态，对此，心存遗憾。

而时至今日，在非洲的中国人据称已超过两百万。这么庞大、多样的群体，与非洲这片热土碰撞，必然产生了很多富有感染力的故事，却鲜有文学艺术作品去展现。

《涌动的扎伊尔河》是我接触到的第一部此类题材的小说。恰逢"一带一路"倡议十周年之际，作者蔡啸找到我，让我提些意见。他与我曾经同在中国外文局工作，时常有工作往来，后来他去了央企的国际业务平台，对国际传播、国际经济都有深度的认识。他还曾奔赴非洲，对那里的山水人情世故有独到的见解，能够完成一部非洲题材的小说，我在感到意外之余又非常高兴，既敬佩又好奇。

无论是中非关系的发展，还是中国对非洲建设的支持，都离不开这一群群有血有肉的中国人。我相信这些人远赴非洲多为生活奔波，鲜有是去享福者。蔡啸曾提及，在往返非洲的航班上，他看到的90%均为青壮年中国男性。而由于外语和翻译学科的特点，据我了解，还有相当一部分是年轻的女翻译。

我的人生经历告诉我，但凡要事，难一帆风顺。那么随着中非关系的发展，中国人参与非洲建设，因文化和利益的差异，不可避免地会遇到分歧和争议。当代中国赴非人群已经不似几十年前以少量援建为主，人数巨大，构成多样化，以中国企业人员、创业者身份到非洲从事经济活动的已经占据绝大多数，与这片土地每天都在发生着联系，其中也必然有碰撞和纠葛。

当然，我相信这些碰撞都会成为中非关系发展的磨刀石，让双方在共同的奋斗中披荆斩棘，越走越远，越走越稳。

从另一个角度讲，也有大量的非洲人在中国工作和留学，有的甚至已经在中国定居多年，甚至还有的已经成为非洲在华的网红。那么这些人在中国过得如何？他们回到非洲后怎样了？我在非洲也接触到很多曾经在中国留学、工作的当地人，这是相关的另一个话题，同样在这部作品中有所体现。

从最初听说作者的创作欲望，我就一直急切地期待读到蔡啸的作品。然而他在创作中追求完美，认真打磨，甚至认为，虽然笔耕四年，也没有办法呈现给读者一部十全十美的作品。但是，我想说，毕竟这是一部关于中非关系演变的开山文学之作，绝对是一个值得一读的故事。

中国翻译协会常务副会长

黄友义

2023 年 3 月

目录

第 一 章　"6·12"事件　‖001
第 二 章　大使馆　‖008
第 三 章　形象工程　‖017
第 四 章　工　地　‖023
第 五 章　华通海外　‖032
第 六 章　李志远　‖039
第 七 章　拜会副部长　‖044
第 八 章　商会会长　‖048
第 九 章　逐鹿丛林　‖053
第 十 章　幽　灵　‖060
第十一章　寻找真相　‖067
第十二章　悬在头上的威胁　‖072
第十三章　董清风的打算　‖079
第十四章　投　标　‖085
第十五章　重　击　‖090
第十六章　病毒暴发　‖097
第十七章　肖强的旅程　‖101

第十八章 邂逅 ‖105

第十九章 关小昱的生活 ‖110

第二十章 出发 ‖115

第二十一章 抗议 ‖119

第二十二章 彷徨 ‖125

第二十三章 采访总统 ‖132

第二十四章 中间商 ‖140

第二十五章 文化交流 ‖144

第二十六章 李涛的到来 ‖151

第二十七章 回到京城 ‖156

第二十八章 打压 ‖160

第二十九章 后院起火 ‖170

第三十章 反击 ‖175

第三十一章 科学企业机制 ‖183

第三十二章 龙江宾馆 ‖187

第三十三章 选择 ‖190

第三十四章 官司 ‖197

第三十五章 被扣押的人 ‖205

第三十六章 温巴 ‖214

第三十七章 考察团 ‖220

第三十八章 庄园 ‖224

第三十九章 同窗之谊 ‖231

第四十章 博弈 ‖239

第四十一章 军事训练 ‖247

第四十二章 传说中的袭击 ‖253

第四十三章　血战1　‖261

第四十四章　血战2　‖269

第四十五章　绑　架　‖277

第四十六章　周　旋　‖284

第四十七章　世外桃源1　‖293

第四十八章　世外桃源2　‖301

第四十九章　再出发　‖312

第 五 十 章　阮世明　‖317

第五十一章　逃跑计划　‖323

第五十二章　营　救　‖331

第五十三章　心　锁　‖345

第五十四章　炒　作　‖351

第五十五章　扑朔迷离　‖359

第五十六章　正宇科技　‖368

第五十七章　仇　恨　‖375

第五十八章　究竟是谁　‖382

第五十九章　远方来客　‖390

第 六 十 章　混乱的鲁卡　‖394

第六十一章　政　变　‖399

第六十二章　股　灾　‖407

第六十三章　肖强的危机　‖413

第六十四章　聚　会　‖420

第六十五章　酒店遇袭　‖425

第六十六章　肖强与秦十里　‖433

第六十七章　复　仇　‖441

第六十八章　华村之魂　‖445

第六十九章　变　局　‖460

第 七 十 章　七年后　‖468

后　记　‖475

第一章
"6·12"事件

○

2014年。

皎洁的月光下,是一望无际的原始森林。

白天的暴雨让空气中透着一股潮气,夹杂着树叶的腐烂味,一切笼罩在淡淡的雾里。一条笔直的柏油路伸向前方,看不到尽头。

公路边不远的山包上,整齐地码着四栋两层的简易房。冷冰冰的铁丝交织环绕着山包,放眼望去皆密林,仿佛一个孤岛,又似一座废城。

远方巍峨的火山在月光下若隐若现,一棵参天大树从密林中突兀地伸出树冠,高耸入云,明月就挂在枝头。森林中传来的飞鸟声和动物低吼声,时有时无。

一个黄皮肤、亚洲面孔、身形修长而结实的男子,盘坐在房前的水泥地上,看上去三十多岁,五官轮廓显出几分英气,也有几分历经世事的沉稳。

杨舟手里拿着一盒硬装"白沙",吸了一口燃了一半的香烟,不小心被呛了一口,肩膀一抖一抖的,吐出了一股股烟雾。

这里是非洲蒙特尔的一处工地宿舍,同事们都已入睡,杨舟却怎么也睡不着。他吐出一口烟雾,缓缓抬头起身,目光掠过树冠的顶端,望向更远处。

茂密的丛林环绕中，是一片偌大的工地和十余座厂房与钻井。工地中心灯火通明，人来人往，人们正在紧锣密鼓地赶工期，轮班劳作，没日没夜。

月光下，一条蜿蜒的河流在工地旁缓缓流过，河面波光粼粼。数千公里长的扎伊尔河是地球上最狂暴的河流，湍急处巨浪滔天，在此处却安静得像月下情人，让人无法琢磨它的多变。

突然间，从河边的密林中射出三道火光，划破夜空，如闪电般扑向工地中心，击中了厂区的设施，迸发出巨大的火球，并迅速向四周扩散开来，又引发了第二波爆炸。

丛林的寂静骤然被打破了，冲天的火光映红了夜空，一群群飞鸟惊出，四处逃窜。大猩猩"呼哧呼哧……""嗷嗷……"的惊叫声忽远忽近，不绝于耳，树林中树枝一阵阵剧烈晃动。

杨舟顿时惊呆了，手里的"白沙"滑落于地，目瞪口呆地望着那一片火海。

"轰——轰——"

巨大的爆炸声传了过来，翻滚而来的气浪推得他连退数步，宿舍楼的窗户玻璃被震得哗哗直响，噼里啪啦碎了一地。

杨舟回过神，站定伸长脖子望向工地想一探究竟，但刚探出头，又被新一轮爆炸吓得后退几步，猛地磕到墙面，他惊魂未定地下意识揉了揉后脑勺。

一道道细密的火线在工地内外穿梭，"嗒嗒嗒"密集的枪声传了过来。不时从工地内向天空射出一道火线，呈抛物线落在密林中，引发爆炸。负责安保的军队已经和袭击者接上火了，用机枪和迫击炮反击。

宿舍区里的人衣衫不整、惊慌失措地跑了出来，一群黄皮肤的中国人边紧张地交谈着，边望向工地方向，惊恐溢于言表。一名黑皮肤、身材魁梧身着迷彩服的军人端着冲锋枪，急吼吼地大声招呼着他手下的十来个士兵，又回头对嘈杂的人群大声吼着什么。

杨舟焦急地望向一个吓得浑身颤抖的女孩："思婉，他在说什么？！"

刘思婉姣好的面容早已花容失色，虚弱的声音让她显得更加无助，"他说，他说，让大家赶紧回到屋里蹲下，隐蔽好！"

"大家快回屋里隐蔽！！"杨舟不假思索和黑人壮汉一起把人群往各自屋里赶。慌乱的人群迅速散去，楼道外残留着一股汗味。杨舟急速跑进自己房间，从破败的窗户试探地伸出头，边向外张望，边从裤兜里拿出手机，有些哆嗦地拨通了一个号码。

"喂，杨总……"一个软绵绵的男中音，显然刚从睡梦中被吵醒。

"猴子，工地被袭击了，全炸了！！！"杨舟焦急的声音高了八度，空气中弥漫着他的焦躁不安。

"什么？！"对方一激灵睡意全无，话筒中的声音传递出难以置信的情绪。

"快通知大使馆，还有张医生，准备救援！哦，对了，还有商会林会长，电话打不通就上门！"

"好好好，我马上！"

杨舟狠狠挂断电话，透过窗户焦虑地看着远处火光冲天的工地，脑海中各种念头乱窜，让他觉得此时的自己既控制不住内心的慌乱，更控制不住这慌乱的局面。幸好闯荡江湖多年，有一些经验傍身，他正一正身子，定一定神，明白得尽快了解情况，才好做下一步打算。

渐渐地，工地外的火力被压制住了，越来越稀疏。终于，枪声全部停止了。

而大火还在熊熊燃烧着，仿佛要吞噬这黑夜以及它笼罩下的一切。

杨舟冲出宿舍楼，奔向了一辆越野车，两个中国工人和两个黑人士兵也随之跳上车，汽车冲下山坡，驶向了工地。

越野车在泥泞的沙土路上飞驰，车上的五个人被颠簸得上下翻腾，头不时撞到车顶。后排的两边车窗，两个黑人士兵将 AK47 伸出窗外，紧张地注视着外面。杨舟猛一踩油门，加速冲到了厂区门口。

门口垒砌的沙袋后面，黑暗中几个看不清脸的黑人士兵架着机枪，虎视眈眈地扫视着四周。

工地铁门大开，杨舟驱车直入，"吱"的一声刺耳的急刹，车尚未停稳，一行人就跳下了车。

杨舟踢开车门，跑了出来，快步奔向工地中央地带。

被爆炸引燃的几个巨型储油罐和油井还在燃烧着，把夜空照得如白昼一般。一个身影跑过身边，被杨舟一把拉住："黄叔，咱们的人怎么样了！"

黄友德满头是血，印着"中原石油"字样的工作服被撕开一条大口子，上面满是油污和血迹。

"有五十多人在这里施工啊！不知道咋样了！"老黄的声音里透着绝望，顺着脸颊往下流淌的，是血、汗、油的混合体。

"见着杨华了没？"杨舟焦急地问。

"他刚才就在储油罐那块检查呢，怕是……"

"朱斌和李工呢？"

"没有啊！！哪找得着人哪？！"

杨舟望向一片熊熊燃烧的火海，心情降至冰点。

一个燃烧的油井突然喷出一股火舌，把杨舟的衣服点着了一块，杨舟慌忙拍灭，右手手心被火苗烧伤了一点，杨舟并未理会，扬一扬手仿佛要把伤口甩出去一般继续向前走。

炽热的火焰让杨舟精神有点恍惚，他步履踉跄地走到工地的一堆废墟前，大声喊着："朱斌！李工！朱斌……"

乱糟糟的工地，无人回应，他招呼来几个工人，试图一起扒开废墟，寻找可能活着的人。

终于，救援的挖掘机开进了工地。翻斗和长臂挥舞之下，尘土飞扬之间，两个血肉模糊的人被从废墟中抬了出来，污秽不堪的灰色工作服上，依稀可辨"华夏通信"四个字。

杨舟急忙蹲下身子擦去其中一人脸上的血迹和泥土。

"李工，李工！"杨舟晃着他的肩膀，焦急地呼唤着，李志远没有任何反应。杨舟探了一下他的鼻息，没气了。

杨舟赶忙又伸手探了探旁边躺着的人，还有气！

"朱斌，朱斌，你醒醒！"对方同样毫无反应。

杨舟赶紧招呼工人把两人一路抬到还算完整的办公楼，大声地呼喊着："医生！医生！"然而楼里楼外一片混乱，一大堆的伤员让随队的医生分身乏术。

杨舟走出办公楼，立马拨打了一个电话。

"HS全球救援中心，请问有什么可以帮您？"职业的英语通过一个温柔的女声传过来。

"我是中国华夏通信集团所属海外公司的杨舟，对，我是华通海外市场一部的总经理……我们在非洲蒙特尔，鲁卡以东150公里的油井工地遇武装分子袭击，至少有一人受重伤，请赶快派人过来救援！"

对方跟杨舟确认了工地的经度和纬度，询问了伤员的情况，继续说："您别着急，我们在邻国比丹有直升机可以派过去，比丹的医疗条件比蒙特尔好很多，但是我需要伤员的详细情况，便于我们准备药物和装备。"

"我马上让医生去确认一下,你们赶紧做好准备,立即起飞!"

"好的,杨先生,从我们比丹基地到蒙特尔工地需要三小时,我们马上申请飞行许可,需要提醒您的是,根据我们的合约,这次飞行需要额外支出10万美元的费用……"

"赶紧去准备,多少钱都给!"

中原石油的金医生终于过来了,蹲下身子检查了华夏通信的两人。

"这个已经不行了。这个在昏迷中,胸腔受到重压,肋骨恐怕断了几根,有可能刺到内脏,需要开胸手术,在蒙特尔做不了,必须转运。"

中国驻蒙特尔首都鲁卡的医疗援助队也开着医疗车来了,进入紧张的救治状态,部分轻伤员向首都转运。中原石油的一个人同样伤势太重,在鲁卡无法医治,简单地处理后,等待 HS 公司的救援。

办公楼里满地血污,四处充斥着呻吟声和痛苦的号叫声,一片惨状。

杨舟目光呆滞地走出办公楼,抓了抓自己的头发,有种做梦一般的感觉。这片天堂般的原始森林,瞬间沦为地狱。

置身事外的夜空一片沉寂,对这人间疾苦无动于衷。夜色中突然一个白点破空而来,一架刷着红十字的白色直升机从远处飞来,在空中盘旋了一会儿,缓缓地靠近地面,在军人的指挥下稳稳地停在空地上,螺旋桨掀起的气浪让人睁不开眼。

舱门打开,跳下来三个白大褂,一男一女两个黑人,还有一个东方面孔的男医生,拿下来两副担架。

男医生用中文喊道:

"我是 HS 公司的医生,谁是杨舟杨总?"

"我是!"杨舟跟医生进行了简短的交流,飞快地签署了文件。

两个重伤员被迅速抬进直升机，螺旋桨再次高速转动起来，"嗡嗡嗡"飞上了天空，奔着来时的方向远去，很快变成了一个白点，消失在夜空。

　　千米外，参天大树上，树冠中隐藏着一个人影，黄种人的脸，用狙击枪的瞄准镜静静地观察着这一切。

　　这次袭击发生在6月12日凌晨，被称为"6·12"事件。

第二章
大使馆

○

月光下,黑色的越野车在笔直的公路上疾驰而过。凌晨的路面还没什么车。

开车的杨舟衬衣上都是油污和破洞,灰头土脸,双眼通红看着前方,布满伤口的双手紧握方向盘,脚下油门一路急踩。

旁边的副驾驶座位上,刘思婉脸上还挂着泪水,身体微微发抖,像个受惊的动物。宽松的睡衣把她瑟瑟发抖的身体衬得更加弱小,毫无血色的嘴唇紧闭,连呼吸声都虚弱得若有若无,安静得仿佛生怕被夜色发现逮走。

刘思婉一年前从京城最好的外语大学毕业,来到华夏通信集团所属的海外公司工作,刚被派到蒙特尔不到一个月,就遭遇了这样的灾难,像噩梦一般。她要是知道会有此遭遇,估计打死都不会来。

越野车在国家公路上继续行进,路的前方,一轮血色朝阳冒出了头。

路两边森林里的树木一晃而过,不时有载着油罐、木材或集装箱的大卡车相向驶过,卷起一阵风。

天色越来越亮,路边的森林变成了草原,远处一群斑马在低头吃草,不时有几只抬起头来,淡定地看着路上驶过的汽车。

路边偶尔有当地人极其简陋的土砖房,衣衫褴褛的黑人小孩在家门口玩耍着。

迎面开过来一辆破旧的面包车，前灯掉了一个，车头凹陷，油漆斑驳，车里没有座位，站满了人。车顶上绑着香蕉和行李，还坐着三个人，有几个扒着窗户吊在车旁边，甚至还有人腾出一只手热情地向擦身而过的杨舟大声挥手致意。

杨舟无心理会，头也不回，皱得更紧的眉头像一座凸出的小山，内心的情绪转化成了开车的速度。车一路疾驰，刘思婉一路低泣，后来实在太累，靠着座位睡着了。

车驶过收费站，进了城。城里的路反而不如国家公路规整，到处坑坑洼洼，还有不少地方是土路，一片泥泞。

楼房渐渐多了起来，远处一座地标性建筑——二十多层高的中央银行大楼，在市中心鹤立鸡群。

首都鲁卡，并没有太多的现代气息，整个城市房子高的也就三四层，大多破旧斑驳。

街道上一大群人大声喊着口号，情绪高昂，蹦跳着向前行进，人群中几个人举着总统布耐尔的大幅照片，几个挎着自动步枪的军人在旁边悠闲地踱着步，维持着秩序。军人的淡定与激动的人群形成强烈的反差，一副各司其职、互不干扰的景象。

杨舟不得不停下车来，让人群先过。

几个黑人敲了敲杨舟的车窗，晃动着纸牌，冲车里大声喊了几句。刘思婉被喧哗声吵醒，揉了揉眼睛，茫然地看着车外。

"杨总，咱们到了吗？"

"马上了。"

耐着性子的杨舟不停用手指轻轻敲打方向盘，仿佛催促着人群尽快过去，刘思婉惶恐得大气不敢出，也不敢问窗外正在发生什么。

就这样沉闷了十分钟左右，越野车终于重新启动，沿着主路右拐，转上了一条僻静的小路，进到一个小院子，在一栋两层的小洋楼前停了下来，一个中等个子脸形瘦削的年轻男子已经等在楼前，伸手拉开了车门。

"杨总，辛苦了您，您怎么样啊？"对方关切地看了看杨舟，继而眼睛停在了刘思婉身上。

"猴子，让思婉先去休息，你跟我一块儿去大使馆开会。"

"好的，杨总，您不先休息一下吗？折腾一夜了。"

"还休息什么呀，赶快去了解点情况。"

中国驻蒙特尔大使馆坐落在一座独立的院子里，四周高墙耸立，正中间是一座三层的办公楼，白墙黑瓦屋顶，兼具法式和中式风格，是两年前建的，相对于周边属于非常考究的建筑。

四十多平米的会议室里，十多个人围坐在长条会议桌旁，有的脸色阴沉，眉头紧锁，一言不发，有的一脸倦容，打着哈欠，有的相互窃窃私语。

会议室一头的电视大屏幕上正放着"华夏TV国际频道"的新闻，一位戴着眼镜的女记者在一栋办公楼前播报着，身后不断有当地黑人来往。

"据有关部门消息，中国政府正在研究成立专门的基金，为'一带一路'沿线国家基础设施、资源开发、产业合作和金融合作等项目提供投融资支持，这将极大地缓解一些国家包括非洲国家建设资金不足的困难。据悉该基金将达数百亿美元规模……"

杨舟已经换上了一身干净的衣服，和侯立匆匆走进会议室，一边瞅着电视，一边在一个小伙子指引下落了座。

会议桌的正中间，坐着一个穿着白衬衣、身形精干、短发花白的中年男子，耳边挂着的眼镜让他刚毅之中显出几分儒雅。他正是中国驻蒙特尔大使左群。

"好了，都到齐了。"左群扫视了一下在场的各位，示意工作人员关闭电视。"今天把大家召集起来，相信大家也知道为了什么事。

"今天凌晨1时许，一伙武装分子袭击了中原石油在卡他省的施工工地。根据目前掌握的情况，中方已经有11人死亡，9人受伤，其中2个重伤者已由华夏通信安排至比丹医治，其余7人送到了鲁卡医院。油田的设施损坏严重，具体财产损失还不是很清楚，现在我们关心的，主要是人的安危。"

左群看了一眼坐在桌角的杨舟："送到比丹的人怎么样了？"

"已经到了比丹，正在抢救，我们小蒋在鲁卡机场准备过去，我会密切关注情况。"杨舟揉着发红的眼睛，欠了欠身。

"这次我们的人员损失惨重，我感到十分悲痛，有关的情况我已经向部里做了汇报，国内让我们一定要处理好善后事宜，并且督促蒙特尔政府务必查清真相，严惩肇事者。"

"左大使，我们中原石油这次损失这么大，袁总已经死了，还有好多员工死伤，这到底是谁干的呀？大使馆要为我们做主啊！"中原石油驻蒙特尔项目副经理张劲声音沮丧，脸上夹杂着愤怒与惊恐。

"小张，你别着急，现在蒙特尔第三大反政府武装'蒙特尔解放阵线'已经宣称对这起袭击负责，但还不能确定就是'蒙解'干的。"

"管他们什么蒙姐蒙哥的，我他娘的来这里才个把月就碰到这种事，真是倒了血霉了。他们政府是干什么吃的，难道没人管吗？他们不管，咱们大使馆总得管吧？！咱们还有维和部队都在蒙特尔，调过来把那些王八蛋杀个片甲不留！把他们五马分尸……"张劲激动地挥舞着手臂，似乎马上要跳起来。

"是啊，把他们揪出来，让他们血债血偿！……"与会的人情绪开始激昂起来，扬着拳头喊着，有的甚至拍打起桌子，而有人依然眉头紧蹙,沉默着。

"你老在那儿跟我拉拉扯扯、挤眉弄眼的干什么?!你咋不说两句呢?你们那儿也死了人,就没人给我们做主吗?再说咱们后边的安全怎么办?"张劲甩开了杨舟拽着自己手臂的手,不满地看着他喊道。

"张总,你冷静点、冷静点……大使馆会给咱们想办法的。"杨舟忙扶着张劲的肩膀好言相劝。

左群皱了皱眉,但是神情很快变得和蔼。"大家静一静、静一静……"左群伸出双手轻轻地摆了摆,众人慢慢安静下来。

"小张,我知道你们这次损失最大,压力很大。"左群正了正颜色,环视了一下会议室,轻轻敲了敲桌子,斩钉截铁地说,"我代表大使馆郑重承诺,大家的事情,我们会负责到底,伤害我们的人,一定会让他们付出代价!"

左群又环视了一圈,此刻,他坚定的眼神似乎能够给人以强大的力量,目光所及让人为之一振。

"至于大家的安全问题,放心,有我在,有咱们大使馆在,你们背靠的是强大的祖国,要相信我们现在的国力和维护国民利益的决心!三年前,也是在非洲,L国爆发内战,中央一声令下要撤侨,历经了大家根本想象不到的艰难险阻,三万多中国公民十几天就安全撤离了,当时我就是组织者之一,现在的情况还远远没有那时凶险!"

左群的眼睛炯炯有神地望向了张劲,继而转向了旁边的杨舟。

"杨舟,要不你也说两句,有什么困难可以跟我们大使馆提。"

杨舟看张劲的情绪稍微有些平缓,轻轻清了清嗓子。

"左大使刚才的话令人振奋,出门在外,大使馆就是我们的家啊。张总他刚从国内过来,之前也是袁总负责的,张总不太清楚情况,遇到这么大事,可能有点慌,难免。"

"我……我……"张劲不好意思地低下了头,嘴里有些含糊。

"我们公司也有一位同事在这次事件中遇难了,还有一位重伤。我的堂弟也死在这场袭击中。"说到这里,杨舟眼圈泛红,声音哽咽,"无论如何,我现在最大的愿望是揪出凶手,予以严惩!"

左群点了点头说:"今天我们开这个会,一是为了做好善后,二就是收集情况,把事情调查清楚,只有调查清楚了,知道是谁做的,才能有的放矢。大家对这次的事件有什么看法,都可以谈。"

坐在左群对面的一个六十多岁的男子略一思忖道:"这件事我觉得没那么简单,我们公司跟政府比较熟,那边有人透露,政府军找到了两具袭击者的尸体,据说是猎豹组织的人。"闽发矿业董事长林常伦穿着一件丝绸唐装,头上残留的花白头发被梳成了一个大背头,脸上沟壑纵横,眼神不经意地扫过张劲,一闪而过的不屑被他老练地藏在微笑里。

"事情还在调查当中,再有四个月就是蒙特尔的总统大选,最近局势很不太平,不断有人在闹事。我们会督促蒙特尔政府把事情调查清楚,但是他们的效率大家都知道的。"坐在左群旁边,一身戎装、身形健硕的驻蒙特尔武官华云涛看着林常伦,"林老在蒙特尔十几年了,也是咱们几任蒙特尔华人商会会长,人脉广,信息渠道也多。其他各位有什么消息务必通报我们,我们收到信息也会及时通知大家。"

"您放心,这次袭击的是我们中国企业,大家都不好受。猎豹组织是蒙特尔最大的反政府势力,这次大选他们肯定会有大动作,还有几家也会掺和,后面的形势会更加复杂。"林常伦眉头紧皱,不自觉地用右手手指头轻轻轮流叩击着桌面。

"根据蒙特尔军方的消息,这次突袭规模很大,非常罕见,有上百名袭击者,持有火箭筒和机枪。这是一起有组织、有预谋的袭击,之前蒙特尔军方和情报部门都没有收到关于袭击的情报。据称他们击毙了30多名袭击者，自己也有11人伤亡。"华云涛继续说，"但是，现场只找到了两具袭击者尸体。"

林常伦点了点头，这与他了解到的情况吻合。

华云涛又望向了张劲。"张总刚到蒙特尔不久，有些情况我恐怕要跟你解释一下。我们在这里没有自己的军事基地和武装力量，维和部队里虽然有我们的人，但是都归联合国指挥，不能擅自行动的。这恐怕跟大家的想象很不一样，在别国的国土上，行事可不比国内，不能侵犯别国的主权哪。"

"那咱们就仅仅是强烈抗议一下吗？"张劲声音已经低了很多。

"你放心，会有办法的！"华云涛坚定地说，"我们已经安排中国医疗救援队到鲁卡医院协助治疗，当地的医护人员水平有限。另外，大家一定要注意自身安全，加强安保措施，根据当前的评估，只是局部的一个袭击，还远没有到需要大规模撤离的程度，但是最近不会太平，要多加小心。"

"另外，我们国内的工作组已经登机，很快抵达鲁卡。到时候有关部门的同志会展开调查，找大家了解事件发生的情况，希望大家配合。"

左群看了看在座的众人，捏紧拳头张开嘴正要说几句鼓舞人心的话，却不料会议室的灯突然灭了，屋里一下子昏暗起来。

"又停电了……"华云涛无奈地摇了摇头，一个小伙子连忙起身急匆匆地向门外走去。

"没事的，大家少安毋躁……"左群脸上肌肉微微抽搐了一下，神色似有些尴尬，还好昏暗中众人也看不清。

嗡嗡的机器轰鸣声越来越响，会议室的灯终于重新亮了起来，使馆的柴油发电机再一次发挥了作用。

左群清了清嗓子，又依次看了一下张劲和杨舟："中原石油和华夏通信你们两家一定要做好死伤家属的工作，尽一切可能安抚好他们的情绪，避免再出问题！"

由于柴油机声音太大，左群不得不扯着嗓子对着他们喊起来，喉咙一阵发干。而众人为了听分明，不由得把脖子往左群的方向伸了伸。

"您放心，我们的政治意识是到位的，一定会顾全大局！"杨舟也几乎是声嘶力竭地喊着，确保别人能听得清楚，同时用力点了点头，不由得握紧了拳头。

张劲叹了口气，也点了点头。

左群顿了顿，正色道："现在大家远离祖国，出门在外三分险，都很不容易。往小了说，你们是为了让自己和家人过得更好，往大了说，你们都是地球村的建设者。大家遇到问题和困难，随时找大使馆，大使馆会为大家撑腰的！"

用力说完这一大段话，左群不由得拿起面前的茶杯，端起来喝了一大口润了润嗓子。

走出大使馆大门，杨舟尽管极度疲惫，精神倒是振奋了几分，步伐也变得轻快了些。杨舟在蒙特尔这两年一直还算太平，小麻烦不断，没遇着大事。没事的时候觉得大使馆只是个办事机构，出事了才知道是大家的底线和保障啊！

侯立紧走几步，追上杨舟，不解地问："杨总，军方说只找到两具袭击者尸体，可他们宣称击毙了三十多个袭击者，怎么证明的呢？"

"用得着证明吗？要不然他们自己死伤了十几个人岂不是太无能了，这你都不懂吗？"

"这样啊。"侯立点了点头,恍然大悟。

"我们等等张劲,左大使还在和他聊,我们需要跟他们合计一下。"说着,杨舟掏出了手机,打起了电话。

第三章

形象工程

○

杨舟在大使馆门口来回踱着步,一个年轻健硕的黑人妇女走到杨舟面前指了指头上顶着的香蕉,说了几句法语。杨舟勉强挤出一丝笑容,不耐烦地摆了摆手。

但妇女不肯放弃,继续跟杨舟喋喋不休地说着什么。杨舟有点烦躁,无心搭理,示意侯立把她的香蕉都买下来,妇女终于心满意足地走了。

侯立把香蕉放到车上,眉头紧锁,闷头抽烟,一根又一根。终于,体态健硕、大腹便便的张劲,与随行的一个小伙子从大使馆走了出来。

"张总,咋样啊,大使又跟你说啥了?"杨舟搭腔道。

"唉,大使让我们沉住气,我们工人人数多,又死伤了这么多,让我好好安抚,不要出乱子。"张劲叹了口气,顺手摸了摸圆润的头,"可是谁又来安抚我呢?"

"张总别着急,问题总是能解决的,要不上我们那边吃个便饭说说话?"

"行啊,活着的人不管多忙,总是要吃饭的。"

张劲的车随着杨舟的车一路直行、转弯,停在了华通海外驻蒙特尔办事处,四个人下车匆匆迈入客厅。

几个家常菜已经摆上了客厅的饭桌。

"玛娜,给他们两位拿个碗,添双筷子。"杨舟对客厅中一个系着围裙的粗壮黑人妇女用中文喊了一句,语速有意放慢,怕对方听不明白。

"好的,老板。"玛娜用生硬的中文回了一句,放下了手里两三岁的小女孩,赶忙奔进了厨房,转身拿来了碗筷。

三人赶忙落座,张劲一副苦瓜脸,一边扒饭一边说着话。

"杨总,我好难啊,一百来号人要管,袁总人都没了,总部还让我负责这边的事。

"咱们项目部的弟兄死伤这么多,我本来就很难受了,而且项目搞成这个样子,下一步怎么弄呀?"

"没事,当初咱们在国内是投了保的。"杨舟夹了筷子红烧茄子,赶紧塞进嘴里,又埋头扒了几口饭。

"那后面呢,合约还在那儿,我们的工人纷纷嚷着要回国。"张劲无奈地摊开双手,"毕竟跟命比起来,钱就不那么重要了。"

侯立指了指桌上的菜:"张总,吃菜。"

张劲又勉强夹菜,放在饭上,没有吃。

"这个油气工程是布耐尔总统亲自介入的工程,事关他的政绩和形象,现在搞成了这个样子,唉……"

杨舟微微点了点头说:"虽然油田规模不大,但如果工程建成了,加上其他炼油厂,整个蒙特尔的汽油就能实现自给自足,不会被人卡脖子了。这对他在大选中赢取选票很关键。"

"离大选只剩四个月了,如果要继续,我觉得蒙特尔政府不可能再找别人做,只能找我们。要搞到新的设施设备还要完工,太难了,既没设备,也没人。"

"看看他们政府怎么说吧。我们承包的安防监控项目也一样,中央控制室被全炸没了,工程师一死一伤。"说到死去的李工,和至今昏迷不醒的朱斌,杨舟的眼睛泛红了,放下了筷子和碗。"有杨华的消息吗?"

张劲摇了摇头:"油桶旁的人,都没了。"

"唉……"杨舟颓然地摇了摇头,泪水在眼眶里打转,懊恼涌上心头,心中满是愧疚。

"杨总,你说这会是谁干的呀?"张劲皱着眉头问。

"我也猜不透。看起来肯定不是谋财,他们没有进来打劫,就是想搞破坏。"

"破坏了又能对谁好呢?"

"谁知道呢,那么多反对派,各自都心怀鬼胎,或许是破坏现总统的功绩,让其他候选人更容易上位,或许只是体现一下自己的存在感。"

杨舟沉吟片刻,接着说:"张总,不知道你注意到没有,以前那些武装分子打仗都是做样子糊弄,胡乱放枪,子弹打完了收工回去吃饭领赏,打一天仗都可能伤不了一个人。可是这一次,他们目标明确,两轮火箭筒就摧毁了两个储油罐、两个炼油车间和我们的中控室,储油罐引发的爆炸还炸坏了很多其他设备,整个工厂立马瘫痪了。"

"我也觉得不太对,效率太高了。撤退也很快,尽管政府军说他们击毙了三十多个袭击者,我根本不相信。"张劲说。

"这些人就知道吹牛,有什么战斗力啊。唉,我老婆已经勒令我回国了,说不回去就离婚,她不想当寡妇。早上劝了她好久,她估计也一夜没睡。"张劲叹了口气,两手一摊,神色黯淡。

杨舟想到了妻子李园园,她还在为自己担惊受怕。可是现在,他有太多的事要处理,甚至还没有抽出时间给她打个电话,只是发了短信过去报平安。

"我这边的工人估计撑不住,很多人要回去。他们都是些大老粗,没那么多道理好讲,不像你们搞高科技的都是些知识分子。"

"HS公司的心理咨询师很快赶到,让他们帮着做做工作吧,别乱了。服务费完了再说。"

"说到这儿,真是要谢谢你们!心理疏导工作也要包括我们的重伤员,让他们照顾好。"张劲露出感激之色,长长地叹了一口气,"你们下一步有什么打算?"

"我们国内的处理小组很快就到,这边有太多事情需要处理,我和猴子肯定走不了,刘思婉惊吓过度,我想让她先回国……"

"我不走,这里需要我,我不是胆小鬼。"刘思婉从旁边的卧室走了出来,换上了一条白色碎花连衣裙,衬托出修长而凹凸有致的身材。

她两眼红肿,也不知是因为哭得还是没睡好。唇红齿白精致的面容,尽管略微有些憔悴,但丝毫不影响她那清新芬芳的美。张劲随行的小伙看得眼睛发直,眼波一直随着秀色可餐的刘思婉移动,无法掩饰垂涎之色。

"哎,干吗呢,没见过美女啊!瞧你这出息!"张劲打了一下坐在身旁的小伙,为他的失态感到丢脸,"都什么时候了。"

张劲定定地看了看刘思婉,不禁也咽了下口水。在蒙特尔,这样的美女还真是罕见,刘思婉的到来,立刻成了工人们议论的焦点,只是大家都知道,这个名牌大学毕业、在世界500强国企工作的美女,一般人必然入不了她的法眼,只能把女神偷偷藏心底,让这苦累的生活多一丝甜头,也不错。

刘思婉脸上掠过一抹红晕,有些尴尬地坐到了杨舟的旁边。

"杨总,我不走。这里需要会法语的,您需要帮手。"

张劲嫉妒地看了一眼杨舟:"我要是有这样的美女下属,我也不愿意回国。"

刘思婉的脸更红了,手不自然地抚了抚裙摆。

"唔……"杨舟看了一眼刘思婉,一时不知该如何接话。

"好了,我那边也是一个烂摊子,杨总,保重,有事随时商量啊。"

张劲站起身,伸出肥大的右手,与杨舟的手紧紧握在了一起,用力摇了摇:"保重!"

杨舟起身送完张劲,招呼刘思婉和侯立在沙发上落座。

杨舟双手抱拳,顶着下巴,一脸认真,目光依次扫过侯立和刘思婉的脸,继而停留在刘思婉身上,郑重地问:"想好了?真的不走了?"

"不走了。"刘思婉用力地点点头,神情更加坚定,她骨子里不甘示弱的精神暂时击退了心中的恐惧。

侯立看了一眼刘思婉,说:"杨总,我知道您现在压力大,我的心情也很不好,为李工他们伤心,其实何尝不为自己担心呢?但是您放心,我也一定会尽最大努力把后面的事情办好。"

"好!公司现在出事了,需要大家通力配合把后面的事情处理好。从目前掌握的情况来看,还没有到紧急撤离的时候,袭击发生在工地,目前鲁卡可以认为是安全的。

"遇到这样的事情,同事有死有伤,我非常难受。既然遇上了,咱都不是怕事的人。这个时候最考验人,将来你们想起现在的情况,会为自己今天勇敢地留下来感到自豪。"

"杨总,您就说怎么办吧。"侯立被鼓起了劲,一脸坚毅,刘思婉也攥紧了拳头。

"很好!思婉你整理一下各方面的信息,把整个事情写一个报告,关于李工、朱斌、家属、项目等。跟大使馆、HS 公司保持联系,有情况随时告诉我。另外,公司已经成立了肖强总挂帅的应急工作组,咱们市场一部的分管领导副总经理董清风已经带着三个人在飞往鲁卡的飞机上,今晚到达。侯立你准备一下晚上接董总他们,把项目的材料也准备一下。"

"另外猴子,"杨舟抿了抿嘴,"你也去买把手枪。咱们以防不测,心里也能稍微踏实点。"

"好的,杨总。"侯立跃跃欲试,"咱要不也整把喷子,一喷一大片,华夏建设他们的工地上就有。"

"嗯……"杨舟沉吟片刻,拍了拍侯立的肩膀,"算了,整不好别喷着自己。手枪记得去政府登记啊,该交的管理费要交,别省这个钱。"

说罢,杨舟站起了身:"下午我要再回一趟工地,摸一摸那边的情况。"

第四章

工　地

○

清晨的天空蓝得通透，云团像一朵朵棉花糖，微微的风吹过，带来一丝丝清凉。扎伊尔河流域的天空一直是极美的，不食人间烟火。

一望无际的草原上，是同样看不到尽头的角马在低头吃草，其中还夹杂着一些斑马。

一头大象巨大的身体横躺在地上，半个脑袋连着象牙都被割掉了，伤口触目惊心，无数的苍蝇嗡嗡地围着打转。

躺在地上的小象不停地往妈妈的怀里拱，希望妈妈能够站起来，带着自己去寻找象群。年幼的它许是惊吓过度，仍然在瑟瑟发抖。

黑人摄像师摆弄着摄像机，一边调试一边絮叨着："这头小象应该是看到了自己的妈妈被杀，后面它很可能没有勇气再活下去了。"

"很多这样的小象都是后来绝食而死的。"随行的保护区工作人员把 AK47 扛到了肩上，已经见怪不怪了。他黑得十分彻底，几乎看不清眉目了，只露出雪白的牙齿，在阳光下格外耀眼。

"真是造孽啊……"甄羽皱着眉摇了摇头，收拾了一下心情，整了整衣冠，对着摄像机，深深吸了一口气，黑眼球变得浓重，透着雾气。

这是一个高挑俊朗、阳光帅气的小伙子，眉宇间透着一股英气，一丝顽劣。

"开始吧。"甄羽拿起了"华夏 TV"的话筒，冲摄像师点了点头。

"我现在是在蒙特尔国家保护区向大家报道。我身后是一头被猎杀的大象,偷猎者为了获得象牙猎杀了它,大家可以看到,现场非常惨烈,大象的孩子还在跟着它,并不知道妈妈已经死了。现在啊,保护区的经费十分有限,还不能雇用足够的安保人员,经常会有偷猎者光顾……"

甄羽皱着眉头,神情凝重,转过头指向大象的尸体。

对于这样的杀戮场面,从小在京城长大的他,还是有几分不适,感觉胃在蠕动。

忽然,埋头吃草的角马群躁动起来,一只一只抬起头来,慢慢地开始移动,继而朝着一个方向奔跑起来。

上万头角马群呈若干"之"字形前行,周围扬起漫天黄沙,在阳光的照射下仿佛给草原笼罩上一层薄纱,轰鸣的马蹄声响彻耳畔,像极了逐鹿中原的百万雄兵,壮观至极。

甄羽的声音几乎被这轰鸣声给淹没,不得不停下解说,回过身。万马奔腾的景象,瞬间把甄羽震撼了,张大了嘴几分钟才说出一句:"我的天……真猛啊……"

突然,身边响起了"嗒嗒嗒"的枪声,甄羽脚底下泛起了几点尘土。保护区的向导一边端着AK47向远处开火,一边大声招呼摄像师和甄羽往车上走!

甄羽扭头一看,远处几个人影在一棵大树旁边向这边开火,端着枪急速奔跑过来。

摄像师快速把摄像机扔进了车里,跳进去,甄羽也抱头鼠窜,飞身入车斜挂在座位上急促呼吸,拍了拍胸脯让悬到嗓子眼的心尽快平缓。他那迅雷不及掩耳之势充分展现了求生本能的自我突破。

车门尚未关好,向导已经发动了车,一溜烟地向远处开去。

几个穿着迷彩服的黑人,端着枪朝车的方向开了几枪,骂骂咧咧地停下了脚步。

"是蒙特尔自由联盟的人,他们又来偷猎了,搞不好还想抢我们的车呢。"向导一边开车,一边把副驾驶的 AK47 扔给甄羽。

"看他们还在不在,打他们……"

甄羽像接了一个烫手的山芋一样,好不容易拿稳了枪,定了定神,抿了抿嘴唇,把枪伸出车窗,向后望去。

然而蒙自的人已经消失不见了。

甄羽缩回了头,恨恨地用京片子骂了几句。

吉普车在草原上跌跌撞撞地行进着,颠得屁股生疼,甄羽兜里的卫星电话此时响了起来。

"袁姐,是我……对……啊……什么!……工地遇袭了?!哦……没事……我马上过去……摄像师正好也在我这儿……"

越野车在公路上疾驰而过,杨舟手握方向盘,眉头紧蹙。

一夜无眠和连轴转的忙碌,让他精神有些恍惚。

忽然,前方一个黑影横在马路,杨舟赶紧一脚急刹。

"吱——"随着一阵刺耳的刹车声,越野车终于停在了黑影前面十几米处,车后留下一道长长的黑色轮胎印。

那是一只体形硕大的黑猩猩,头上一缕白毛,浑身肌肉,左脸一道两寸长深深的伤疤,使它显得更加狰狞,浑身透出一股王者气势。

它横在马路中央,前肢杵着路面,昂着头,脸冲着路边,似乎不屑回过头看一眼杨舟的越野车。

在它身后,几十只大小不一的黑猩猩悠闲地缓缓穿过马路,走向路另一边的森林。

杨舟无奈地摇摇头,冲着路中间的大猩猩露出会心的笑。

可是它们走得太慢了。杨舟拿起车上的大把香蕉,打开车门走下了车。

他把香蕉使劲扔向了路边。猩猩们立马加快了脚步,蜂拥扑向了香蕉。

路中央的黑猩猩终于转过头来,意味深长地看了杨舟一眼,冲他点了点头,缓缓走向了路边。

工地周边已经被军队封锁,远处有不少男女老幼的黑人在张望着,不时有小孩或是想趁机捡点便宜的人试图混到工地里面去,被士兵大声吆喝驱赶着,有的人还挨了枪托。

杨舟出示了自己的证件,将车开进了工地,跳下车四处查看。

"老崔,你们辛苦了!"

杨舟一眼看见崔春风正指挥着挖掘机清理废墟,四台挖掘机里坐着三个黑人和一个中国人,机器长臂上醒目地写着"华夏建设"。

工地上的人们忙碌着,医生们仍在紧张地抢救,办公楼里还躺着刚挖出来没来得及运走的伤员。

"我们累点没事的,你们这次损失不小啊,听说一死一重伤!"老崔个子不高,东北人,是华夏建设在蒙特尔公路项目的负责人。

"太不幸了,唉。救援怎么样啊?"

"能挖出来的,都差不多了。操作起来不容易,怕给下面的人造成二次伤害。"

老崔略一沉思,微皱着眉头对杨舟说:"你们的中控室已经被全炸塌了,里面的工程师有人能活着,已经是奇迹了。"老崔指着一堆瓦砾和设备混杂成的废墟。

"大使馆的华武官和何参赞都也过来了,在那边呢。"老崔手指了指办公楼的方向。

"好的，你们先忙。"

杨舟走向了办公楼，在二层找到了华云涛和另一个小伙子，他们正在与伤员对话，不时向医护人员询问几句。

"杨总，你回来了。"

华云涛面色凝重，看了眼杨舟，走过来握了握手。

"领导这么快就来了！"

"事关重大，左大使本来也要来的，但他还要和蒙特尔政府那边交涉。"

"嗯，出这么大的事，千头万绪啊。"

"刚才我到工地周边转了一圈，你们的监控设备有没有录到什么有用的影像啊？"华云涛说。

"这不全炸没了。我让老崔帮我们挖挖，看还能剩点什么。"杨舟望着窗外那一堆废墟，无奈地摇了摇头。

爆炸的油罐将工地的中心区域烧成了一片焦土，六七个钻井倒伏在地上，黑漆漆的，军营的几座帐篷也被打得千疮百孔。唯一完好的建筑，就是离中心较远的办公楼。

"你发现没有，离中心区域较远的建筑，唯一被彻底摧毁的，就是你们的中控室。而且，第一波三枚火箭弹，就有一枚直接命中了中控室。"华云涛眼睛炯炯有神，盯着杨舟。

"我也注意到了。我觉得，袭击者知道中控室的所在，并且列入了优先打击的目标。"

与华云涛聊了几句，杨舟走出大楼，回到车里，拿起了相机，开始各处拍照。满地的狼藉让一阵伤感涌上心头，杨舟不由得又望向了2号油井的方向，他的堂弟杨华，在那里被烧成了灰。

这个从小在一起玩泥巴，跟着他屁股后面叫哥的大男孩，突然间就阴阳两隔，让杨舟有种极不真实的感觉。

事发之后，他一直像陀螺一样运转，这一刻，他突然感悟，跟生死相比，功名利禄都是浮云。可惜杨华倒下了，倒在远隔万里的异国他乡。"我怎么没照顾好他呢？但我又能为他做什么呢？"

死的悲惨，生的无奈，杨舟终于悲从心来，眼泪夺眶而出。他不明白人这么辛苦到底值不值得；他不清楚上天到底希望世人如何生活；他不知道，他的叔叔婶婶听到独子丧生的消息，会是怎样的悲切？他只是觉得自己身心俱疲！

"是杨舟杨总吗？"一个高大帅气的男孩突然出现在杨舟面前，打断了他的思绪。

"对，是我，您是……"杨舟抹了一把眼泪，将自己的脆弱迅速藏进面具，上下打量了一番来人。小伙很精神，透着一股灵气。

"我是华通社记者甄羽，听说您是华通海外在蒙特尔的负责人，我能采访一下您吗？"甄羽把手里"华夏TV"的话筒抬了抬。

"哦……甄记者啊……唔……可以……"杨舟尽管没心思接受什么采访，但是中央媒体的工作，他觉得还是应该配合一下的。

"太好了，耽误您一点时间……"甄羽忙示意摄像师做好准备，让杨舟和自己并排站到了镜头前。

"各位观众，蒙特尔时间6月12日凌晨一点，京城时间早上八点，我方驻蒙特尔的工地遭到了恐怖分子袭击，造成了重大伤亡。我现在在现场发回报道，大家可以看到，现场已经是一片狼藉，大量的厂房和设备被毁。站在我身边的是华通海外非洲部负责人杨舟。杨总，您介绍一下当时的情况吧。"

"今天凌晨，我就在工地上，袭击我们的武装分子人数不少，持有火箭筒、冲锋枪等多种武器，给我们人员生命财产造成了很大的损失。发生这样的事情，杀死杀伤他国无辜平民，毁坏财物，我感到十分悲愤，我们华通海外有一名员工不幸遇难，一人重伤。据我了解，伤者都得到了医治，遇难者的后续事宜我们也在抓紧处理中。中国驻蒙特尔大使馆已经召集我们开会通报了情况，也已经要求蒙特尔政府找出凶手，严惩肇事者。我相信国家会带领我们处理好这些事情……"

"好的，谢谢杨总。华夏 TV 记者甄羽将持续为您发来报道。"

"可以了吗？"杨舟露出一丝无奈问道。

"可以了，谢谢，非常棒……"甄羽向杨舟竖起了大拇指，"您辛苦了。"

"嗯，那我去忙我的了。"杨舟揉了揉眉头，转过身走向废墟，兜里的手机却响了。

"杨总，我，小蒋。"

"嗯，朱斌情况怎么样？"

"朱斌经过抢救，还在昏迷，据医生说暂时没有生命危险，幸好比丹这边条件比鲁卡好很多。"

"那就好。"杨舟舒了口气，"中原石油的人怎么样了？"

"还在抢救中，状况不太好。"

"嗯，你跟张劲张总说一下情况吧。"

"好的，我这边您放心，我会盯着的，您也要保重啊。"

"嗯，有消息随时告诉我。"

挂断电话，杨舟低头叹息了一声，无力感再次涌来，这一地残局，如何收拾，不得章法。他既没有悲悯众生的时间，也没有舔舐伤口的心情，一切都不由他！

杨舟转身发现一个落寞而熟悉的身影，坐在一块略微平整的水泥地上，佝偻着背。

他慢慢地走了过去，拍了拍黄友德的肩膀，靠着坐下。"黄叔……"

"小舟，你那边处理得怎样了？"黄友德头上扎着绷带，声音沙哑，眼睛中布满血丝。

"还……还行。黄叔，你的伤怎么样？"

"没啥大碍，头被砖头砸了一下，可是华华……"黄友德眉头一拧，万般悲痛，不禁老泪纵横，"华华是个好孩子啊，把赚的钱都寄回了家，给他妈治病，有的工人去赌场，他从来不去，每一分钱都省下来，寄回去给他妈妈治病……干活呢都是抢着干，有什么危险的事也抢着去，就想着多拿点钱……唉……"

"叔……"杨舟本想安慰几句，反倒自己眼睛也一红，掉下了眼泪，只好用力挽了挽黄友德的肩膀。

"我在非洲当包工头这些年，就怕出这种事啊，临了还是赶上了，早知道就不包中原石油的项目了！我还有脸跟你叔交代吗？好好的孩子交给我，现在搞成这样？"黄友德抹了把泪，不住地叹息，"唉……唉……我真的宁愿死的是我啊……"

"黄叔，这不能怪你……我也……"杨舟一时语塞，哽咽着说不出话来。

"这是哪个杀千刀的干的事啊，我们也没惹着他们啊！要是能找到这些浑蛋，我一定要把他们活剥了！"

"黄叔，我会去查的！"

"哎……对了，小舟，我觉得这次的袭击很不寻常。"

"黄叔，你也觉得不对劲吗？"

"我当过兵，虽然过去这么多年，但对枪声还是比较敏感的。我当时是在办公楼外边监督着最后的装修装配，第一次爆炸就被飞过来的砖头砸伤了。我能听得出枪声是从两个方向打来的,而且声音不太一样。"

"哦?"

"你看……"黄友德捡起小块砖块,在地上画起了地图,"咱们北面是扎伊尔河,从东南方打来的,是制作比较粗糙的冲锋枪的声音,还有火箭筒也是从那边来的。从西边打来的,是更高级的自动武器,声音小,呦呦的,但是声音密,射速大,明显更加有章法。而且我觉得还有狙击枪,'砰'的一声,声音很大,从声音判断,有的油桶恐怕就是这种枪击中爆炸的。"

"哦,对啊,我想起来了,我在宿舍那边看的,来自东南方的袭击在先,过了好几分钟西边才开始出现开枪的火光。"杨舟眉头也皱了起来,努力回忆着细节,"我觉得,前面他们的破坏已经到位了,后面开枪只是为了掩护撤退,没有进来抢东西,恐怕就是搞破坏来了。"

黄友德点了点头:"我在这里很多年了,接触过蒙解的人,他们没有这么厉害,我们连袭击者的脸都没看到,就死伤了这么多人。"

两人抬头望去,工地一片狼藉,有的地方还冒着黑烟。而四周的原始森林,却依然郁郁葱葱,不时传来动物的叫声。

蜿蜒的扎伊尔河在工地旁边流过,将森林隔成两半,清澈的河水如明镜一般。

一半天堂,一半地狱。

远处的公路上出现了骚动,轰隆隆的马达声由远及近,黄友德和杨舟站起身来,望向公路。几辆满载士兵的绿色大卡车向工地驶来。

后面跟着的,竟然是两辆伸着细长炮管的绿色坦克。

"现在来增援还有什么用呢?袭击的人已经撤走十几个小时了。"

第五章

华通海外

○

京城四环边的一栋高档写字楼,二十多层高的楼顶上矗立着"华通海外"四个暗红色的大字,透明的玻璃幕墙内,穿着职业装的人们正在忙碌着。

身材精瘦、中等个头的赵坚站在幕墙边上,望着楼下马路上的车流和人潮沉思着。

他的神情十分疲惫。过去这一周,作为华夏通信集团海外公司综合人力部的负责人,他操办着"6·12"事件后国内一系列应急事务。安排员工的心理辅导,与现场联络沟通,向华夏通信集团和部里汇报,包括死伤者家属的善后都需要他来协调。千头万绪,焦头烂额,他感觉身体已经严重透支,但屁股后面的事仍然一件接一件,就像被不停抽打的陀螺,想停也停不下来。

忙碌的间歇,他困惑这人生,为何世事如此难料,谁也不敢跟明天讨价还价,有的人说再见就是一辈子再也不见了。也许明天早起还能看到镜子里完好的自己,已经是无比的幸运了!

死去的李志远是一个典型的工科男,对办公室的钩心斗角没什么兴趣,平日里老实巴交,一心沉迷于技术,同事和他打招呼,他总低头腼腆笑笑,可在公司也是公认的技术大拿,对大家的求助,都是有求必应。

他的妻子,一个戴着啤酒瓶底眼镜、身材微胖、其貌不扬的中年女士，同样是搞技术的，与他有一个四岁的女儿。赵坚无法忘记他见到李志远老婆孩子时的场景。女人凄厉地哭号着，似乎天已经塌下来了，而孩子，陪着妈妈哭，却并不能理解究竟发生了什么。

赵坚看了一眼手机，时间快到了，随即快步走出办公室。

礼堂被精心布置成了追思厅，李志远戴着黑色厚框眼镜的大幅照片，摆在了礼堂的正中央，周边布置了白色的菊花。

三百多人的礼堂被身着黑色职业装的人们坐满，一片肃穆和伤感。

赵坚在礼堂的一侧，拿着话筒，示意大家安静下来。

"同志们，6月12日，我们永远失去了亲密的战友——李志远同志，大家的心情都十分沉痛。在头七的日子里，我们一起来追思、追忆我们的同志和战友。他是为了公司的事业，献出了自己宝贵的生命，是我们公司最了不起的员工，更是一位在征途中披荆斩棘、冲锋陷阵的勇士。"

赵坚的声音平缓、压抑、哀伤，甚至有些哽咽，悲伤的气氛被抬至高点，抽泣声在人群中时隐时现。

"下面，请全体起立，让我们默哀一分钟。"

礼堂里的三百多人，缓缓起身，低垂着头。

尽管李志远已经到公司快十年了，但他们中的很多人，跟李志远都不熟，可能一年都说不上一句话。只是在这一刻，看到同事突然消失，大家抑制不住莫名的悲伤。

技术部的两个女同事哭出了声，蹲下身子不能自已，旁边的同事连忙扶住了她们。

"默哀完毕，大家请坐下。"赵坚擦了擦眼角的泪痕，用低沉的声音缓缓说，"下面我们请肖总讲话。"

五十多岁，留着大背头，身材魁梧的男子，缓缓走向礼堂中央的空地，脚步声"咚咚咚"一声声响彻礼堂，让人心情更加沉重。

男子站定在礼堂中央，抬起头来，轮廓分明的脸上，一双眼睛扫过黑压压的人群，眼神中有悲伤，也有鹰隼一般的锐利和坚定。

"同志们，七天之前，万里之外，我们永远失去了一位优秀的同事，亲密的战友。他牺牲在了市场一线，牺牲在了我们开拓海外市场的最前沿，把最宝贵的生命贡献给了我们为之奋斗的事业。他是我们的骄傲和自豪，是我们学习的楷模。

"我们的同事，朱斌，还在比丹的医院里昏迷不醒。

"我向大家保证，会尽一切努力使伤者安康，亡者安息，家属安好，也会尽一切努力，让肇事者得到应有的惩罚。"

一间不大的会议室里，正在开视频会议。大屏幕上是分管领导副总经理董清风和杨舟。

华通海外一把手肖强坐在首座，旁边是五十多岁，有些秃顶的公司纪委书记兼工会主席柳传深，以及赵坚。

董清风一脸疲惫。

"肖总，这里的事情您不用担心，杨舟他们正稳步推进善后事宜。布耐尔总统的特使跟我们说，他们一定会把肇事者揪出来严惩不贷。

"李志远的夫人已经安顿好了，跟她做好了工作，遗体在这边火化，骨灰带回国内。我们聘请的随队医生，会关注她的状态，她后天就回国了。"

"还有朱斌，一定要密切跟踪观察，醒了之后第一时间告诉我！"肖强用手指关节敲了敲桌子，目光威严地看了看屏幕上的董清风和杨舟。

"明白肖总。"两人恭敬地齐声说。

董清风有些犹豫，想了想还是对肖强说："李志远夫人这边，还是觉得公司有些做得不妥的地方。她说李志远之前就跟她提过蒙特尔那会儿形势有点乱，大选在即，经常出现骚乱，很危险。为什么这个时候还要派人去呢？"

肖强面色凝重，平静地问："这种情况之下，她的心情可以理解，她有什么诉求吗？"

"她说她们孤儿寡母，孩子还小，将来生活会很困难，希望公司能够充分考虑。"

"钱不是大问题。"肖强大手一挥，回头对赵坚说，"做好她的工作吧。"

说罢，肖强沉思片刻，语气放缓，说："当时对安全局势，你们是做过评估的。"

"是的，肖总，外交部当时对蒙特尔只是发布了一般的提醒，并没有说不能前往。"赵坚谨慎地说。

"中国的很多企业，也都还在这里，谁也想不到意外会发生在我们身上。"杨舟附和道。

思量片刻后，坐在肖强旁边的柳传深缓缓摇了摇头，说话了：

"事情到了今天这个地步，我觉得啊，其实应该反思一下。一个月以前，咱们商量这件事的时候，我就提出来要谨慎从事，员工的安全是第一位的啊。蒙特尔那里的环境相当混乱，当时已经有了一些危险的信号，有的中国企业员工被抢了，一死一伤。"

杨舟看了一眼眉头紧皱的董清风，定了定神，慢慢说话了：

"这个项目的重要性当然对公司不言而喻，公司太需要在当前业务低迷的时候打开局面。公司的领导层对员工的安全也有充分的考虑，聘请了专业的安全机构，有预防措施，也有发生紧急情况后的预案……"

"但是现在李志远已经没了，朱斌还躺在比丹的医院里昏迷不醒！"柳传深情绪有些激动地说。

"柳书记，您说得确实有道理，纪委和工会肯定希望公司无病无灾，我能理解。但凡事都有个权衡考量，谁又能预料到后面发生的事情呢？如果知道会出事，相信谁也不会继续派人。可是前方项目需要执行，我们的客户、合作伙伴都在等着我们，杨舟不也一直在现场吗？"作为市场一部的分管领导，董清风这时候不得不发话了。

柳传深还想再说几句，被肖强用手势制止了。"现在不是追究责任的时候，当时的决定是大家共同做的，不能怪董总和杨舟他们。杨舟一直待在蒙特尔，出了事以后董总也第一时间赶到了现场，他们是最辛苦的。"

肖强又看了一眼柳传深："老柳，你的看法也很有道理，恐怕以后我们更得谨慎了。"

"我也是为公司和员工着想。"柳传深点了点头。

"善后的事情就照着当前的计划进行，主要由赵坚负责。说说后续项目的打算吧。"肖强不希望下边继续扯皮，对于这个项目，他还是抱有希望的。

两年以来，公司除了蒙特尔这个项目，再没有 5000 万美元级的项目了，而且，在马尼斯上亿美元的项目交付上又出现了问题，正在与对方交涉。

惨淡的经营状况显然很难向华夏通信集团交代。如果蒙特尔这个项目能够迅速落地，并取得成效，那么在周边几个国家也会有很好的辐射效果。

在蒙特尔的邻国比丹、多巴，几个类似的钻石矿和铜矿的安防监控项目已经在接触中了。尽管这些国家经济不发达，但他们有矿，有石油，有木材，收回货款的运作模式有很多种，虽然有各种风险，但是风险与收益总是相伴相生的。

董清风十分清楚公司的状况和肖强的立场。他和杨舟何尝不希望靠蒙特尔的项目建功立业,毕竟他们还年轻。

"和您之前的判断一样,布耐尔总统希望原班人马抓紧赶工,把油田在大选之前建好。大选是他现在最关心的事情。"

"那是。他在蒙特尔军界、政界二十多年,总统当了快十年,不知道干了多少事,得罪了多少人。关起门来讲,如果这次让猎豹组织支持的戴伊特上台,布耐尔能不能活着走出蒙特尔都难讲。"肖强话语中始终透露着自信。

这份自信来自他在华通海外长达二十年的经营,也来自他对业务的娴熟了解。尤其是,现在公司几十个中层骨干,几乎都是他一手提拔起来的。

"没错,戴伊特跟着布耐尔干了十几年,对他非常了解,这次突然自立门户,局势真的很难料啊。"柳传深眉头紧皱,作为一个老同志,他的想法总是倾向于保守,在退休以前,他不希望公司再出什么大事。

"前面的损失,国内的保险公司正在赔付,问题不大。但是……"董清风拖长了话语,"后面他们恐怕不会再保我们了。"

"我们已经跟工业部副部长昆古拉见了面,他说他会协调军队增加人手来保障工地的安全,后期运营过程中,军队会保证一定的人手,安保系统还可能会升级,配备更多高科技装备。"杨舟的眼里既有风险,也有大批的订单在引诱他。"或许……"

杨舟迟疑片刻说:"或许这是一个更大的机会。现在面临这么多困难和问题,我们可以跟蒙特尔政府提更多的条件。"

"昆古拉部长跟我说,只要工程能够在大选前完工,价钱不是大问题。现在的情况下，安保系统显得更加重要了。"董清风振作了一下精神，"中原石油那边已经表示，要马上启动油田重建，工人的工资翻倍，他们在国内还会再派人过去。"

"我先表个态，如果公司需要我，我可以延长驻外任期，留在这里一直到项目建成。"杨舟直了直身子。

说这个话的时候，杨舟其实有些许冲动，延长任期的事，他还没有跟妻子李园园商量过。但是他清楚，这是对董清风，对肖强的最大支持，也是自己职业生涯的一个重大机遇。

而且，他还要搞清楚同事和堂弟究竟是谁害死的。

"很好！"肖强有力地点点头，"我已经跟集团甄总汇报过了，他的意思也是在全力保障员工安全的情况下，项目尽可能继续。"

第六章

李志远

○

回到办公室后,赵坚沉思了许久,终于拿出手机,拨通了一个电话。

"喂,我就知道你会给我打电话。"杨舟会心地一笑。

"呵呵,当然了。刚才会上你也看到了,柳书记有点不满意我们啊。"

"看出来了,他有他的立场和考虑,他快退休了,也许是想把自己的责任撇清呢。"

"集团甄总也很快就要退休了,集团要换主事人,这一变化,恐怕华通海外这边也不好说啊。我得到风声,集团好像要从内部提拔一个董事长。"

"有消息随时通气,哥们儿。我在外边时间久了,国内的消息有些闭塞。"

"还用你说。"赵坚笑了笑。

两年前,他还是杨舟在综合人力部的副手。那时候杨舟觉得想继续往上走,还得在主营业务上下功夫,于是他向肖强申请调到市场一部开拓业务。

而此前一直跟随他的赵坚,就顺理成章地主持了综合人力部的工作。

赵坚抓了抓自己的头发,望向了窗外楼下纷繁的车流说:"但是调查凶手你能行吗?太危险了。"

"人家命都没了,我还怕什么?蒙特尔的军队警察根本就靠不住。不过李志远后边的事情怕是要辛苦你了,我就鞭长莫及了。"

"这都是应该的,我会处理好。"

李志远来自S省一个山清水秀的小山村,村里到县城,得走二十多里山路,不通汽车。家里面就几亩薄地,房子四处漏风,父母操持着家里的地,勉强糊口。

姐姐小学后就辍学了,在家帮忙操持农务,18岁就嫁到了邻县县城。全家节衣缩食,希望李志远能成为家里的救星,带着整个家庭改变命运。

李志远也争气,考入了县一中,成绩一直在学校年级前十名,后来终于考入了京城一所重点理工类大学,还在这所大学读了研究生。

他是村里第一个考上重点大学的孩子,更是第一个研究生。在村里,他成了所有长辈眼中"别人家的孩子",是孩子们心中的偶像,也让一直抬不起头的一家人终于扬眉吐气。

研究生毕业以后,他靠着出色的专业水准,被华通海外录用为工程师。七年以前,通过同学介绍,他跟同一所大学的师妹张萱走到了一起,成立了家庭,后来有了女儿。

如果日子一直这么过下去,可谓波澜不惊,可惜老天跟他开了一个天大的玩笑。

县人民医院门口,一个年轻男同事看到赵坚,迎了上去,两人一起步入了住院大楼的病房。

李母因为身体虚弱加上遭受了重大的打击,处于半昏迷状态,时而昏睡,时而清醒。赵坚进去的时候,她正在昏睡中,脸上没有一丝血色,皮包骨头,形容枯槁。坐在病床边的一个大叔,满面愁容,唉声叹气。

见到赵坚，李父也说不出太多，只是感谢领导来看他们。赵坚从包里拿出几沓百元大钞，塞到了李父手中，说了几句安慰的话，把陪床的李志远姐姐拉到了病房外。

"家里遭遇了这么大的不幸，我们都很难过，你们有什么困难吗？可以跟我们说说啊。"

李志远的姐姐李红艳犹豫再三，抹了一把泪说："其实我爸妈最大的心愿，就是希望他们的孙子能够得到很好的照顾。"

"哦，倩倩本来就有社会保险资助，我们也会有所考虑的。"

"是孙子，不是倩倩。"李红艳神色有些尴尬。

"李志远怎么会还有一个儿子呢？"

县人民医院附近一家装潢尚可的餐厅里，赵坚和同事请李志远的姐姐李红艳吃饭。

"唉，志远这孩子，就是老实，老实啊。"李红艳提到李志远，忍不住又嘤嘤哭泣起来。

赵坚递过去一张纸巾，安慰了几句，试图让她情绪平复一些。

"我是姐姐，从小就照顾他，他后来去上学了，有什么事，都会跟我说，给我写信，后来就打电话。我现在，宁愿他没有去大城市，还留在村里……"

李红艳边说边哭，断断续续的，结合之前掌握的情况，赵坚对工作之外的李志远逐渐有了更深的了解。

李志远和张萱的感情一直比较平淡，加上老李家想要一个儿子传宗接代，两人之间还产生了激烈的争执。

由于工作的关系，李志远经常到华夏通信集团在家乡省会的分支机构出差，少则几天，多则一个多月，于是李志远和这家宾馆里一个来自老家的女孩邱燕混熟了。

李志远在村里原本就是一个传奇，女孩很纯朴，仰慕已久。李志远这样靠自身努力读了书，留在京城的男人，对于从山村来到省城的她来说，无疑是一座不可企及的高山。

青春靓丽、温柔乖巧的姑娘带给李志远的，是一种新生，这个小姑娘的崇拜给予了他极大的满足感。

于是他们俩走到了一起。

"后来就有了儿子？"赵坚问道。

"是的。邱燕怀孕之后，志远在家乡租了房子把她养起来，直到两个月前，孩子出生了，是个儿子。"姐姐抹了一把眼泪。

"你们能不能帮着照顾好这个孩子，毕竟，志远是因为公家的事没了的。"

"张萱知道这事吗？"

"不知道。孩子现在在外婆家，我爸妈一开始想把孩子接过来养，邱燕不同意。现在我妈病成这样，也不可能了。"

赵坚深深地吸了一口气，没想到一个老实巴交的李志远，居然还有这些事。这让善后工作变得复杂了许多。

华通海外的会议室里，西装革履的保险公司经理和一身黑色职业装的女业务员向赵坚表明了来意。

"赵总，这次我们来，是想了解有关贵公司员工李志远的一些情况。我们对他的意外离世感到很遗憾，近期家属跟我们报了案，向我们理赔一份200万保额的保险单。"

"哦？"赵坚惊讶于如此高的保额，"是哪位家属索赔的呢？"

"是他的妻子张萱，她是100万的受益人，他们的女儿李倩倩是另一个100万的受益人。"

"那，这有什么问题吗？"

保险公司的经理从公文包里拿出一张纸，递给赵坚。

"我们调查到，李志远还在另外一家保险公司买了保额200万的保单，一半的受益人是他父母，另一半是……他的儿子。"

"哦？！"赵坚又吃了一惊。

"他买的保险保额很大，现在出了险，所以我们有些关于他的情况，想跟您这边了解一下。"

"嗯……你们想了解什么？"

"李志远最近几个月工作上有没有出现什么异常？他买的这两份保险，都在两个月以前，买了不到一个月，他就出事了，会不会他预料到了什么？"

"哦？你是说他有可能预料到自己要出事，然后才买的保险？绝不可能。要是知道会出事，还去那儿干吗呢？毕竟命比钱重要。"

"我们也只是觉得有点奇怪，也太巧了，刚买就出事。而且，还在两家保险公司都买了。"

赵坚说："好吧，根据我掌握的情况，这几个月他只是在正常履职，出事以前已经在蒙特尔待了快一个月了。"

"那您知道他儿子的事情吗？据我们所知，他跟妻子只有一个女儿。"

"这个我就不清楚了。"职业的素养让赵坚养成了守口如瓶的习惯。

送走了保险公司的人，赵坚对李志远越发好奇起来，甚至可以说，有了一些怀疑。

赵坚抿了抿嘴，拨通了杨舟的电话。

第七章

拜会副部长

○

黑色越野车慢慢驶近鲁卡市中心一栋墙壁有些斑驳的三层小楼前，停了下来。杨舟和侯立打开车门下了车。

这是蒙特尔工业部所在地。

杨舟向门口的士兵出具证件，表明了来意，轻车熟路地来到了二层副部长昆古拉的办公室。

"这是给您的一点小礼物，同事从国内带来的。"杨舟微笑着递上一个小纸袋。

四十多岁、皮肤黝黑发亮的昆古拉打开了纸袋，看到一个最新款的智能手机，便示意杨舟和侯立坐下。昆古拉用略显生硬的英语感谢了杨舟。"很好很好，"他满脸笑意道，"我会给我儿子用的，他喜欢这些！"

昆古拉摸了摸头上的鬈发，表情愉悦："杨，项目上的事我已经跟部长还有布耐尔总统商量过了，他们希望进度能够加快。油田如果能够尽快投入使用，对大家都有好处。"

杨舟面带笑容，连连点头："那是那是。我们当然也希望能加快，在尽一切努力。但是……"杨舟转而又露出了为难的神色，"阁下知道，'6·12'事件以后，我们的员工一死一伤，大家都心有余悸，需要安抚。而且国内的设备还要重新生产，要赶工期，怕是有不小的困难,成本恐怕会增加不少。"

昆古拉会心一笑:"总统已经考虑到了你们的困难,如果能够在大选前一个月完工投产,价格再提高10%。具体事宜你们跟鲁卡科技贸易公司的人去谈吧。"

"明白了,阁下,我会跟他们好好商量的。"

"不瞒你说,杨,这个项目现在还有很多人关注。"昆古拉将身子向杨舟凑近了一些,诡谲地笑了笑,"你们中国,正宇科技的人昨天来见过我,说他们也有能力建这个网络,而且价格还可以再低。"昆古拉又往老板椅后背靠了靠,"当然了,凭咱们的交情,我是不会让他们介入的,他们怎么能信得过呢。你说呢?!"

"哈哈哈……"杨舟尽量让自己笑得不那么尴尬,"那是那是,凭咱们这关系。"但他来不及掩饰的尴尬着实让身侧的侯立倍感尴尬。此刻的侯立很是佩服杨舟和昆古拉的演技,自叹不如。

杨舟低头略一思忖,试探性地问道:"部长先生,袭击事件的调查,不知道有眉目没有啊,已经过去两个星期了,我们也希望能够快一点揪出肇事者,好给员工个交代。"

昆古拉歪了歪头:"军队和警察那边还在调查,他们有一个初步的官方报告,说是蒙解组织干的,有证据。"昆古拉双手一摊,脸色有些无奈,"蒙解自己主动承认了,可是他们都在深山老林里活动,神出鬼没的,干了那么多坏事,我们早就想抓他们了,可哪有那么容易啊。"

这样的回答虽然让杨舟失望,但也在意料之中。

昆古拉看到杨舟的表情,打开一个小盒子拿起一根雪茄叼在嘴里,侯立连忙递过去打火机点着。

昆古拉深深地吸了一口,吐出一股烟圈。"杨,我知道你们中国人很讲究有仇必报,这件事情我们也在努力追查,会有结果的。"

"我们还要继续施工,那现场工作人员的安全如何保证呢?说不定袭击者还会再来。"杨舟探询的目光盯着昆古拉。

"已经加派了一倍的人手,还派了坦克过去,放心吧。"

"感谢部长。我跟中原石油的负责人商量过了,希望把工地周边的空地再扩大三百米,这样可以多出来缓冲空间,中心区域也就处于冲锋枪的射程之外了。"

"你们考虑得很对!这样的话,常规武器就很难在工地外构成威胁了。很好!我同意。"

"至于在扩充工地时砍下来的木材,按照老规矩,我们会给鲁卡科贸50%,剩下的我们和中原石油分,您看如何?"

"哈哈哈,杨,你真是个聪明人。"昆古拉甚是满意地摸了摸肥硕的肚子笑道,"这次量比较大,我们需要好好商量商量。"

"没问题,阁下,有钱大家赚嘛!"

杨舟起身伸手跟昆古拉紧紧地握了握:"那就不打扰阁下了。"

"替我向你们肖总问好。"昆古拉把身子往老板椅后一仰,逍遥地晃着腿,又吐出一股烟圈,烟圈里画着"钱途似锦"。

杨舟和侯立走出工业部小楼。侯立满脸狐疑地看了看杨舟:"杨总,你说昆古拉说的靠谱吗?"

"昆古拉这个人老谋深算,谈不上靠谱,但是利益是永恒的。何况肖总跟他打交道已经快二十年了,多少会卖点面子的。"

"正宇科技的人又来捣乱了,咱们好不容易才把项目抢过来!"

"注意观察他们的动向,切忌掉以轻心,这帮人可不是省油的灯,什么都做得出来的。"

"明白!杨总,袭击的事,难道咱们就这么算了吗?蒙特尔这些政界、军界的人咱又不是不知道，靠他们猴年马月能抓到真凶啊！"侯立愤愤不平。

"不可能算了。"杨舟脸色阴沉，皱了皱眉说，"走，去林会长那儿。"

第八章

商会会长

○

鲁卡郊区一座幽静的院落。

院子呈不规则的椭圆形,大概一个足球场大小,被一人多高的围墙围了起来,围墙上有密实的铁丝网,一副生人勿进的架势。

院子中心坐落着一栋白色三层小楼。楼前花园一片花团锦簇、树木葱郁,假山旁边的水池里,养着几条大锦鲤和一群小金鱼。

林常伦穿着高档丝绸唐装,躺在楼前棕榈树下的躺椅里,微闭双目养神。

一男一女两个黑人工人正在认真修剪着花园里的花草,丝毫不敢懈怠。

"叮咚,叮咚。"

门铃响了,林常伦缓缓半睁开眼并未起身。

一个年轻小伙忙走向门口,打开门上的小窗看了看,查明了身份,打开了门,一辆黑色的越野车开了进来。

"杨总、小侯,来了啊。"林常伦看到二人走近,终于从躺椅上站了起来,一一握手,满脸笑容,眼角的皱纹一声令下迅速挤到一起。

"林会长别来无恙啊,最近生意还不错吧,听说您运了不少矿石回国呢。"

"嗨,都是些小生意。"林常伦大手一挥,"走,屋里坐。"

偌大的客厅里,摆放着精美的中式高档红木家具,价格不菲。而客厅的一侧墙上,正中间挂着林常伦和现任总统布耐尔的合影,彰显着屋子主人不寻常的身份。

照片中的林常伦和布耐尔,都比现在年轻许多,两个人笑得很灿烂,布耐尔也少了些现在的总统威严,多了些谦和。

茶几上摆着一套精美的上等紫砂茶具,林常伦沏上一小杯,递给杨舟说:"来,家乡运来的,上好的大红袍。"

杨舟接过茶杯,闻了闻,清香扑鼻,轻轻地抿了一口。

"好茶。"

"喜欢就拿点回去喝。"林常伦微笑着递过去一个纸袋。

"那就谢谢林会长了。"杨舟也不多客气,顺手接过。

"上午中原石油的张劲刚从我这儿走,待了一个多小时,我就知道你肯定也会来的。"

"那当然了,您在蒙特尔华人圈的江湖地位谁人能比,有麻烦都想找您啊。"

林常伦从茶几下拿出一个盒子,从里面抽出两根雪茄,杨舟注意到,跟昆古拉抽的是同一个牌子"Partagas Serie"。

"来一根吗?古巴的雪茄,好货!"林常伦递给杨舟一根。

"不了不了,我不太习惯,别暴殄天物了。"杨舟笑着摆了摆手。

林常伦点燃一根雪茄,淡淡地吐出一团烟圈,强烈的烟草甜夹杂着一点雪松香,一股浓郁的咖啡味伴着渐渐释放出来泥土芳香气息,雪茄的香气让人闻着有点痴迷。据说上好的古巴手工雪茄是在少女腿上卷出的,杨舟和侯立此刻竟然有点相信此说。

"我听说你们跟蒙特尔政府已经商量好了,油田项目的事继续由你们做。"林常伦拉回二人思绪。

"您的消息真灵通，不过后面凶险未知，还需要您老多帮忙啊。"

"别见外，大家在外面都不容易，能帮得上的肯定会帮你们一把。再说，我这把老骨头也有需要你们的时候啊。"

"林老，不瞒您说，我这次来，确实有事想请教一下。"杨舟躬下身子，往前凑了凑。

"这次的袭击事件，您有没有得到什么线索啊？"

林常伦沉吟片刻，正了正色。

"小杨啊，这次的袭击恐怕并非那么简单。你还记不记得上次在大使馆开会，我说有可能是猎豹组织干的？"

"记得啊，您老觉得是他们干的吗？"

"说实话，我也拿不准。"林常伦停顿片刻，"我在军队有可靠的人，现场发现的两具袭击者尸体经过多次辨认，已经核实了身份，的确是猎豹组织的人。"

"而且从受益的角度讲，袭击对现任政府的政绩是有影响的，也会让公众对他们的实力产生怀疑，对最大的反政府武装肯定是有利的。"杨舟认同地点了点头。

"只能说很有可能。虽然蒙解组织宣称是他们干的，但他们只是一群乌合之众，根本组织不起像样的袭击，也造成不了这样的后果。他们这些所谓的反政府武装最多只能算是土匪，大部分时间隐匿在山林或偏僻山村中，偶尔干点打家劫舍、拦路抢劫的勾当。"林常伦又吐出一股烟圈，"袭扰平民百姓挺厉害，对政府军却没什么威胁。"

"哦，对了，你看看这儿。"林常伦指了指自己额头上那道浅浅的5公分长的伤疤，"五年前我和几个老乡开着车在郊区，几个黑人一梭子扫过来，车窗碎了，一个老乡死在副驾驶，子弹划过我的额头，我捡回一条命。其实他们也就抢走了几百美元。但当时血染红老乡全身的惨状历历在目,搞得我现在看到大红色衣服都瘆得慌……"

"您老福大命大。"侯立恭敬地说。

林常伦顿了顿,继续说:"但是军队的人告诉我,这次政府军根本没有给袭击者带来多大伤亡,他们是在吹牛,说打死了三十来人。"

"袭击者的攻击和撤退都很有章法,包括武器的选择、攻击的时间点及目标。他们对油田的布局和作息,及周边的环境都了如指掌,经过了周密的策划。"

林常伦有些神秘地凑近杨舟,小声说:"我还听军队的人说,从交火的过程看,袭击者的战斗力比守卫的军队强,他们根本没有真正发动攻击,如果这些人愿意,完全可以全歼守备队,占领油田。"

"哦?那这些都是什么人啊?如果他们再来袭击岂不是很危险?"

"也许是猎豹组织的精锐吧,或许他们还有雇佣兵。"林常伦再次吐出一股烟圈,把抽完的雪茄放到了烟灰缸中。

"来蒙特尔这块的海外雇佣兵很多,有保护矿区林场的,也有执行一次性任务的,水平、价钱差别很大,有的是各国退伍的特种兵,战斗力很强,也有充数摆造型吓人的。"

"是啊,这里的自然资源这么丰富,来淘金的各色人等不少。"

"我倒是听说了,你们想以安全为由,把油田的区域扩大,这可要砍下来周边不少的红木,尤其是其中的刺猬紫檀木,可是一笔不小的钱哪,找的好借口啊!"

"您的消息还真是灵通。"杨舟心中暗暗吃惊,大脑飞速运转,心想这块蛋糕看来已经被人盯上了,得兼顾好各方利益,赶紧谦恭地热情回应,"我知道林会长在国内有很多木材商和家具商的渠道,正想着让您帮忙呢,此次来也是想着先打听袭击事件的线索,再说说红木的事,没想您快人一步先提了,果然是快人快语敞亮。"

"东西能够运回国的话,现在国内价钱很高,但这出口木材限制很严,蒙特尔海关这边……要是偷运被查,不但东西全没收,还要被罚得倾家荡产才能放出来。"

"这事好说好说。袭击者的事您有什么消息,一定记得跟我说啊!"

"你不会还想给你堂弟报仇吧!这乱世,我劝你千万别惹出大麻烦,到时谁都兜不住。我可提醒你啊,这里的局面谁都掌控不了,即便咱们国家现在强大了,但隔着千山万水,又在别人的地盘上,不是想干什么就干什么的,你得心里有数。"

"多谢您提醒。多行不义必自毙。"杨舟意味深长地看着林常伦。

"哈哈哈……"林常伦诡异地笑了笑,眯起眼睛晃了晃脑袋指着杨舟,"你呀你。"

林常伦看出杨舟心意已决,颇有自己当年的风范,倒是有些赏识,不假思索地从茶几上拿起一支钢笔,写下了一个名字和电话,递给杨舟。

"这个人在军队里待了很久,知道很多内情,至于愿不愿意告诉你,就看你自己了。"

"谢谢林老,我知道该怎么办。今天就先告辞了。"杨舟接过字条,站起来躬了躬身子,转身和侯立急切地上了车,离开了林宅。

第九章

逐鹿丛林

○

鲁卡国际机场，显得很是简陋，一个两层的小楼，露天的出站口，泛着黄沙。杨舟和黄友德伸长脖子张望着，黄友德手下的一个年轻工人举着一张一尺见方的纸，上面打印着"杨志军"三个大字。

一个高大魁梧、皮肤黝黑、五十多岁的男子看到举起的纸，步履稳健地向杨舟等人走来。男子左脸一道浅浅的刀疤，穿一件皱巴巴的白色衬衣，一双布鞋，在人群中显得很是土气，一看就是从乡下来的。

杨舟眼睛顿时湿润了，赶紧上前接过男子手中两尺来长的灰色行李袋，整个身子因臂力不够而往右倾斜了下。

而此时的黄友德一直止不住地颤抖，一瘸一拐地迎了上去，"啪"一下跪在了来者面前，泣不成声。膝盖与地面猛烈撞击的清脆声，余音回荡，让众人一惊。

"志军哥，我……我对不起你啊……啊……"杨志军赶紧扶住黄友德，黄友德竟抑制不住地号啕大哭起来。"华华在我这里没的啊，我……我没有……没有照顾好他……"此刻的黄友德连灵魂都在哭泣，怨恨自己无能，怨恨造化弄人，怨恨……

杨舟转过头去，也止不住落泪。杨志军神情哀伤，只是轻轻地对黄友德说："起来吧，友德，我不怪你。"

越野车在马路上飞驰，车上的人大部分时间都沉默不语，只有黄友德在后座偶尔跟杨志军搭个话，也是小心翼翼的，气氛有些压抑。

突然，杨舟猛地一踩刹车，车轮摩擦地面的声音十分刺耳，车里的人集体往前猛地一冲，又被荡回座位。众人差点被一口气呛住，唯有杨志军一脸平静，波澜不惊。

车前五六米站着一个瘦小的黑人。

"你找死啊，跑这么快……"杨舟跳下车去，满心的愤懑正无处发泄，又被无故吓了一大跳，用英语对其破口大骂。

杨志军从前面车窗瞥了一眼黑人，皱了皱眉，缓缓拉开车门走下车。

还没等杨舟缓过神来，从路边的树林里又冲出三个黑人，一个瘦高个拿着手枪，指着杨舟，两个身材健硕的大汉提着刀，趾高气扬地走了过来。

"钱、钱……"瘦高个用生硬的中文大声呼喝着，一手拿枪，一手用拇指和中指相互搓着，比画着，另外两人也凶神恶煞地挥舞着手中的砍刀。

杨志军问："你们要干什么？"

瘦高个举枪逼近了杨志军，声音更大了："钱！钱！"

车上黄友德手下的工人吓得面色发白，黄友德却似乎对外面发生的事情视而不见，反而跷起了二郎腿。

杨志军面无表情，缓缓抬起手，似乎要做出投降的姿势，却突然身形往前一蹿，手在半空一伸闪电般地抓住了瘦高个持枪的手，顺手一拧，"啪"的一声，手腕断了，枪脱了手。

瘦高个还没来得及叫出声来，杨志军身子一拧，肘部重击在他脸上，崩出了两颗牙，瘦高个横着倒下，晕了过去。杨志军脸上却不见任何情绪。

车上的小伙惊得张大了嘴，他甚至没看清杨志军是怎么出手的，对方就躺下了。

"啊！啊！"两个黑人壮汉一左一右举刀砍过来，杨志军轻轻侧身一闪，一记沉重的鞭腿踢在壮汉小腿，壮汉一阵惨叫，身子失去平衡，滚出三米外。

杨舟听到"咔"的一声响，应该是骨头断了。

另一壮汉一刀砍空，回头扑来，大叫着又挥一刀，杨志军略一侧身，同时右脚暴起，一脚侧踢在壮汉脸上，令他直挺挺地横摔出去，头砸到地上蠕动了几下便不动了。

拦在路上的瘦小个黑人大惊失色，丢下同伴，转身飞一般往树林里逃去。

杨志军缓缓捡起地上的手枪，甩手一枪。"砰……"

瘦小个"啊"的一声栽了出去，捂着流血的大腿惨叫着在地上打滚。

躺在地上的壮汉缓缓坐起，扶着自己断掉的小腿，痛得五官扭曲，却不敢叫出声，满眼惊惧地望着杨志军。

杨志军不予理会，自顾自地对着天空打光枪中子弹，麻利地将枪拆成了七八个零件，任其一一掉落，只将其中一个零件揣进了裤兜，淡淡地说："小舟，走吧。"

"嗯。"杨舟看了看地上的三人，摇了摇头。树林中，瘦小个依然在哀号，而黄友德的工人，张大的嘴怎么也合不上了。如此出手快准狠，如此杀伐果断，这究竟是什么人呢？

9月的蒙特尔，仍然处于雨季。

天空阴沉沉的，乌云密布，空气中透着植物的清香和一丝泥土的酸腐味。

"叔，咱们走吧。"杨舟立在门口，对着坐在床边的杨志军轻轻说，生怕自己声音太大扰了他的情绪。

几个月前,杨华就睡在这张床上。

杨志军缓缓抬起头。这段时间,他的头发几乎全白了,一张棱角分明的国字脸上写满了憔悴。

他定了定神,慢慢站起了身。

门外,黄友德忐忑不安,他仍在担心,杨志军能否承受这丧子之痛。

杨志军走出房门,拍了拍黄友德的肩膀,一言不发地向前走去,将伟岸的背影留给了杨舟。

越野车行驶在泥泞的道路上,一摇一晃,车上三人都沉默不语,气氛跟外面的天气一样,阴沉而压抑。

挎着冲锋枪的黑人士兵拉开了工地大门,越野车缓缓驶入。

车停在了一座废墟边,这曾经是一个储油罐,现在只剩下了底部的一小截半米高的圆柱残骸,方圆五十米颜色由深及浅都是烧焦的土地。

一行三人走下了车。

黄友德和杨舟在储油罐的旁边摆上了蜡烛和香火,以及水果供品。

杨舟看着这一片废墟,眼前浮现出杨华年轻的脸庞,呜咽着说:"华华,你爸来看你了……"

黄友德抹着眼泪,忍不住哭出了声。

杨志军挺拔的身躯微微有些蜷曲,呆呆地看着眼前这黑乎乎的油罐,微微张了张嘴,却没有说出一句话来。此刻杨志军的眼眸,极黑极深,似幽幽深渊,似无尽寒潭,任何光都照不进来。

这深幽寒潭,让杨志军想到了三十多年前,初春的凌晨,天空弥漫着的淡淡雾气。一望无际的丛林里,杨志军和同样来自H省的黄友德,以及数千战友趴在草丛中静静地等待着,四周漆黑一片,安静得只剩虫子的嗡嗡声。

突然，天空划过一片火光，越过杨志军的头顶奔向远方，落在几个山头迸发出巨大的爆炸声。一片片火光开始不断地从杨志军的头顶飞过，黑暗的天空顿时被照亮了。

万炮齐鸣，地动山摇。杨志军小心翼翼地抬头望去，透过草丛，前方的几座山上已是一片火海。

炮击持续了整整一个小时，才终于停止了，那些山头已经没有了一片完整的土地，没有一棵直立的树木，枯枝败叶还在燃烧着。

一队坦克向前开进丛林，"嘣嘣嘣……"引爆了一串串地雷，杨志军和战友们跟随坦克行进，进入了丛林之中。他们知道，已经进入了邻国。

突然，从刚才遭到炮击的几座山头上射过来密集的火网，将坦克和步兵编队笼罩在其中。

山头经过地狱般的炮击已经了无生气，没想到还能有人存活，而且能打出如此猛烈的火力，令杨志军和战友们大吃一惊。

"全团准备向前方山头发起攻击，为后续部队扫清障碍！"一个声音大喊道。

"冲啊！"战士们纷纷从隐蔽处冲出来，按照战斗队形杀向前方，引来无数条交织的光影，有的战士刚刚起身就被子弹击中身躯倒飞了回去。

杨志军拽着黄友德，端着枪猫着腰飞速冲向前方的一片弹雨。

炮弹和地雷不时在冲锋的人群中爆炸，火线在人群中穿梭，残肢断臂横飞，子弹打得树枝树叶到处乱蹦，但是没有人后退。

杨志军连续奋力扔出两枚手榴弹，其中一枚掉进了敌军的战壕，炸翻了几个敌军。他一路借着石头、树木等各种隐蔽跳跃着往前冲，黄友德一直跟在他身后。

杨志军终于冲到了山上敌军的战壕前,一梭子打光了所有的子弹,跳下去将56式自动步枪的刺刀插进了一个敌军的身体,对方大吼一声,紧紧抓住了刺刀。

两个敌军从战壕另一侧端着刺刀刺过来,杨志军扔掉枪,一晃身形,右手多了一把匕首,在敌军的喉咙上划过一道寒光。

"哒哒哒……"另一个敌军的宽沿头盔被击碎,脑袋喷血倒在了地上,黄友德枪口冒着烟紧张地看着杨志军。

两军的人已经纠缠在了一起,杀声震天,很快几个高地上的残敌就被肃清。

天空中下起了大雨,雨水冲刷着成堆的尸体,血水顺着山坡往下流。杨志军和连队剩余的一半战友,跟在坦克后面继续搜索前进。

这是一场强度极高、极其惨烈的战争。庞大的战车一直推进到了某个重镇,终于停了下来。

一路上,在京城当过特种兵的杨志军已经击毙了六十多名敌军。他的自动步枪、刺刀、匕首,都成了杀人的利器。甚至他曾一脚踢裂敌军的内脏,让对方暴毙当场。他如同一个杀人机器一样,杀红了眼。

短短20天,他一战封神!他,似乎是为战场而生。排长牺牲后,他被火线提拔为排长。

没过多久,撤军的命令下来了,全军的战略意图已经达到。

一路撤退的过程中,部队清理着残敌,不断进行爆破破坏,除了小股游击外,并没有遇到像样的抵抗。

杨志军所在的营为大部队殿后。在撤军的第十天,这个营为了扩大破坏的战果,被落在了大部队的后面。

黑夜,在密林行进的途中,突然从前方射来一片密集的子弹,炮弹在行军的队列中爆炸，他们遭到了伏击。

紧急呼唤支援的话务员被乱枪打死，营长也牺牲了，部队建制瞬间被打乱，前方的阻击来势凶猛。

杨志军身边聚集了二十多人，大家决定朝着火力稍微稀薄的一角拼死杀出去。

一声低吼之后，大家闷头猫腰往前冲。身边的子弹不断飞过，不时有人中弹倒下，十多分钟的狂奔之后，杨志军和黄友德终于冲了出来，其他人已经不知去向了。

大军已经远去了。横亘在他们和祖国之间的，是一条严密的封锁线。

黄友德望向了杨志军，看对方点了点头，开始双手合十，嘴里念念有词。

未几，他开始凄厉地吟唱起来，声音在偌大的工地上久久不息。这是一种家乡的戏曲，别人家办丧事时，杨舟经常听到这种令人毛骨悚然的吟唱，仿佛是在召唤阴间的冤魂。那怪异的腔调，让他从来也听不清在唱什么。

黄友德的吟唱惊飞了丛林中的一群鸟，也使得一群巡逻的士兵停下脚步，惊恐地向这边张望。

远去的人儿啊，你是否听到了对你的呼唤，你是否明了亲人心中无尽的哀伤！

在天之灵，你可知活着的人灵魂的煎熬！

第十章
幽 灵

○

　　Z 国丛林中的杨志军和黄友德，已经流浪了一年。

　　他们生吃泥鳅、蚯蚓，喝露水，东躲西藏，风餐露宿，衣衫褴褛，没了人形。为了生存他们不得不间歇性地骚扰山下的居民，抢夺生活物资，从而招致了大规模的搜山行动。

　　在一次搜山中，他们遭遇了几十个敌军，双方展开了激战，杨志军靠着精湛的枪法和灵活的移动击毙了十多个敌军，黄友德的小腿被流弹击中，受了轻伤。

　　搜索无果的 Z 军开始不断在森林里喊话劝降，说你们的部队已经撤走了，不要你们了，你们只要投降，就能得到美酒佳肴，有伤还会给你们治。

　　杨志军远远击毙了三个喊话的敌军，敌军发现根本无法劝降，也就作罢了。

　　杨志军仍然坚信自己能够回去。坚强的意志、必胜的信心和强烈的求生欲望，让他始终保持着旺盛的斗志。

　　而黄友德在经历了这一场战争和一年的丛林生活后，身心濒临崩溃——他生病了，浑身止不住地哆嗦，额头滚烫。杨志军虽然不断地帮他清洗小腿上的伤口，但依然因为没有药品开始化脓生蛆。

　　在一次外出寻找物资的时候，黄友德的精神终于扛不住了。

"志军哥,我……我想去投降……"趴在草丛中的黄友德虚弱地说。

"你?!"

"这么些日子来,多亏了你的照顾,我才能活到今天……"

"当兵就应该血战到底,死也不能投降啊!"

"可是我才十九岁,连女人的味都没尝过,我不想死啊……是你让我坚持到了现在,我没有办法陪你了,我生病了,还受了伤,很快就要死了……"

杨志军咬着牙沉默不语,理智告诉他,他没有办法带着黄友德继续活下去,这对患难与共的兄弟,面临生死抉择。

"志军哥,你要是不想让我投降,就……就一枪崩了我吧,可是……我想活。"黄友德泪如雨下,所有的脆弱在此刻决堤。

止住了泪水,黄友德颤巍巍站起身来,一瘸一拐地往前走去,不敢回头也不愿回头。

杨志军看着这个相依为命的战友,手指在扳机上发抖。

黄友德的身影越走越远,杨志军的眼睛逐渐湿润,但始终没掉下一颗泪。离恨恰如春草,更行更远还生。

他救不了他,但也杀不了他,这个唯一的战友。即便这一年多的战斗,让他心硬如铁。

村庄里持枪的民兵发现了黄友德,冲他大喊大叫着跑过来,一脚把他踢倒,按在地上。

杨志军最后看了一眼黄友德,一扭身回到了丛林。

大军早已撤离,两国国境线已经被封锁,回不去了。杨志军在山林里被巡逻队撵得到处跑。他的丛林生存技能越来越娴熟,靠匕首、陷阱和双手捕获了不少动物,老鼠、兔子、野猪都成了他的盘中餐,甚至他还手刃过一只骄傲的孔雀。

而追逐他的巡逻队，在后来五年里，死了二百多人。有的被冲锋枪打死，有的被匕首割断了喉咙，还有的在河边喝水的时候，被石头砸碎了脑袋。

Z军多次出动上千人的搜山队，却难觅其踪迹。

一支与大部队走失的30人小队，在一个黑夜里，被一个接一个地干掉了28人，只有两人疯狂地奔跑，逃出了伏击圈，又花了十天的时间，才走出了丛林。

他们惊慌失措，失声痛哭，诉说着战友们都被幽灵所杀。他们还说曾亲眼看见这个幽灵，从一棵大树的树梢跃向了另一棵树。

没有人看到过这个幽灵的脸，抑或有人见过，却已经死了。

事情终于被层层上报到了Z军最高层，于是，他们派出了最强悍的阮平为首的特种分队，追杀杨志军。

这支武装到牙齿的三人特种分队，戴着轻便的布制迷彩猎人帽，脸上画满了油彩，身上和圆边帽子上都插着树枝和树叶，如果不是缓缓移动，很难发现是人。

为首的阮平端着枪，微微蜷着腰，轻轻挪动步伐，眼睛来回扫视。

小队在密林中已经寻找了杨志军十天，没有发现任何踪迹，队员们已经有些烦躁和懈怠。队尾的队员行进过程中忍不住伸出手拍死了脖子上叮着的蚊虫。

"嗖。"

一支竹箭扎进了这个队员的腰，几乎是同时，其他两人风一般各自伏身隐蔽，向来箭的方向打过去一片弹雨。

而此时，从另一个方向又飞来一支竹箭，扎进了中箭队员的脖子，队员倒地抽搐了几下，再也不动了。

阮平向剩下的狙击手比画了几个手势，对方像猿猴一样迅速爬上了一棵巨树，蹲在粗大的树枝上，架起了狙击枪。

阮平猫着腰向前走去。他把自己当成了诱饵，引杨志军现身。

杨志军蹲在草丛里，从侧面慢慢接近着阮平。阮平近乎无声地稳稳移动，鹰一般锐利的眼神警惕着这周围的风吹草动。

阮平离他已经只有十米，杨志军猛地跳起来，欲挥刀扑向阮平，起身的一瞬间，他眼角的余光瞥到了远处高树上的一道亮光。

是瞄准镜的反光！

杨志军急忙变换身形，向一侧滚去。

"啪。"

子弹划过杨志军的左肩，打飞了一根伪装的树枝，也带走了一小块皮肉。

几乎是同时，阮平闪电一般地转过身来，边往树后隐蔽，边向杨志军方向扫射。

树上的狙击手推上第二颗子弹，还未来得及开第二枪，视野中已经没有了杨志军的踪迹。

狙击手清楚，自己的位置已经暴露了。但是他不愿意离开这个狙击点，因为要再次发现杨志军的踪迹，实在太难了，而且现在的杨志军恐怕比之前还要警觉。

如果他就此消失在丛林中，那就比大海捞针还难了。

他仍然试图在刚才的视野中寻找，即便杨志军要来追杀他，也需要一定的时间。

在继续搜索了一分钟无果后，他知道自己必须走了。他端起枪，起身准备离开。

然而一把匕首无声地抹过他的喉咙，他张了几下嘴，捂着喉咙回过头，不可思议地看了一眼站在旁边的杨志军，从树上掉了下去。

一个顶尖的狙击手没能察觉到，杨志军是如何接近这棵大树，又如何爬了上来。他行动得如此迅速和隐蔽。

一阵枪声响起，杨志军纵身一跳，躲到树的另一侧，飞快地向地上爬去。子弹打得树枝树叶乱飞，阮平端着枪一边瞄准射击一边快速奔向杨志军。

杨志军被打得左蹿右跳，由于动作迅捷，并未被伤。

子弹打光了，阮平并没有停下脚步，扔掉枪从小腿旁拔出匕首，大叫一声冲向杨志军。

杨志军停下脚步转过身来，同样大吼一声，飞快地奔向阮平。

两个高速移动的身影终于交汇在一起，电光石火之间，杨志军身形一矮，双腿跪地滑了出去。

两道寒光闪过。

惯性使两人继续快速向前移动，阮平踉跄了几步，扶着一棵树勉强站立，右边的小腿上多了条深深的血痕。

而杨志军的右肩，被拉开了一道大口子。

双方都惊诧于对手出手之快。阮平腿部受伤，已经失去了机动性，他清楚，这一点劣势，使杨志军可以慢慢折磨他。

但是，阮平的眼神里毫无惧色，满满的还是凌厉的杀气。他伸出手指，向着杨志军勾了勾。

杨志军对这个对手肃然起敬。

肩上的伤让他持刀的右臂微微有些发抖，他大吼一声，再次冲向阮平，阮平也大叫一声，蹒跚着扑了过来。

两人再次交汇，杨志军从阮平的胳膊下绕过，飞了出去，整个人重重地撞到了一棵树上，手中的匕首不翼而飞，脸上多了一道浅浅的刀痕，血慢慢从伤口渗出。

阮平继续向前蹒跚了几步，倒在了地上，背上插着杨志军的匕首。

血从喉咙里往上涌，阮平艰难地侧过身来，张了张嘴，看着杨志军。

"我……你……"阮平用中文含糊地想说点什么，却只喷出了一口血。

阮平喘了一口气，似乎用尽了全身力气，颤抖着从怀里掏出一张照片，用生命最后的目光凝视着，眼中尽是眷恋。

他急促地呼吸了几口，终于不动了，照片滑落到草地上。

杨志军走近死去的阮平，蹲下身捡起照片。

照片上是穿着军装的阮平，一个穿着Z国白色修身长袍，身材修长的美丽女子依偎着他。

这个女子幸福地微笑着，怀里抱着一个襁褓中的婴儿。

杨志军收起了照片，离开了这片战场。

他突然感到悲伤，又感觉到一阵茫然。

自从黄友德走了以后，他没有人可以交流。几年下来，他觉得自己已经成为一个冷酷的铁血战士，不断地杀人杀兽，只为了生存，只为了有朝一日回到家乡。

现在他全歼了阮平小队，看到阮平家人照片的那一刻，坚硬的心泛起了波澜。他突然意识到，自己所斩杀的，不是飞虫走兽，而是活生生的人。

简短的祭奠仪式结束了。在这个储油罐边上被烧成了灰的杨华，雨水一冲，什么都没留下。

杨志军内心郁结难解，转身面对着远处的原始森林，目光如剑！

空中忽而下起了雨，慢慢变成瓢泼大雨。

而杨舟和黄友德仍低着头，一动未动。

杨志军浑身被大雨浇透，衬衣紧紧贴在身上，显露出结实的肌肉轮廓和一条条狰狞的伤痕。

他从裤兜里掏出一把匕首，拔去了皮质的刀套。

这把在丛林中陪伴了他多年的军用匕首，曾经沾过多少敌人和野兽的鲜血。

杨志军望着那片丛林，眼中寒光阵阵，让杨舟和黄友德打了个寒战，觉得雨点更为刺骨了。

"哒！"杨志军突然两腿一分马步一扎，右手匕首迅捷如风向前刺出，身形瞬时一收，匕首向身后扎去。

这是一套他烂熟于心的匕首操。

瓢泼大雨中，他身形飘忽，忽而猛刺"敌军"头顶，忽而闪身划过"敌军"咽喉，忽而扒开"敌军"手臂刺向对方腹部。

整套动作虎虎生风，行云流水，伴随着他声声呼喝，气势骇人。

这把在过去三十年里被用来切西瓜的匕首，在他手里仿佛又变成了杀人利器。

终于，他收住身形，直直立定，一言不发。

狰狞的表情完全占据这张原本老实本分的脸，急促的呼吸与内心的仇恨让脸上的伤疤微微抖动、抽搐。他把匕首狠狠地掷向地面，对着丛林高举双手，凄厉地呼吼着：

"我的华儿啊，是谁让你粉身碎骨，魂飞魄散啊，是谁？！"

第十一章
寻找真相

○

答巴耶站在空地上，一身军装，高大魁梧，黝黑的皮肤，洁白的牙齿。

他瞭望着这一片工地。地底的石油，让这片原始森林不再安宁。

他对工地上这些忙忙碌碌的中国人很是欣赏，而不像大多数蒙特尔人一样笑中国人不懂得及时行乐，非要玩命工作。

答巴耶生长在鲁卡贫民区，父母靠打零工勉强养活了两个子女。在首都长大，见识过上层生活的答巴耶不甘于一辈子像父母这样混混沌沌地生活，靠自己的努力考上了鲁卡大学——蒙特尔唯一的大学，毕业后成为一名文职军人，在军界二十多年打拼混成了中级军官。

而且，他曾经在中国留过学，所以更能够理解这些中国人追求更好生活的努力。

他来这里，是奉命调查"6·12"事件。上级除了让他"好好调查"外，并没有提出"限期破案"之类的具体要求。

答巴耶无奈地摇了摇头。尽管在外交方面胸脯拍得山响，其实上面对这件事并没有那么热心。

总统大选迫在眉睫，选举结束不管谁上台政府和军队都要有一大波清洗，大家都在算计、奔波着自己的未来，谁还愿意管这烂事呢？蒙解组织都已经跳出来承认了，就让他们背这口锅好了。

答巴耶需要做的，就是做好认真调查的样子，提交一个又臭又长的报告，极力夸大调查的难度。

可是，他并不想这么做。

"嗨，答巴耶上校，您好。"答巴耶思路被打断了，他回头一看，一个瘦高的中国人向他走来。

"您好，我是华通海外的杨舟。"杨舟用流利的英语向答巴耶打招呼，伸出了手，"我是林常伦林会长的朋友，他说您为人非常好，让我多跟您请教。"

"哦……原来是您啊。"答巴耶马上换上了一副灿烂的笑脸，用有些生硬的英语回应，"很高兴认识您，林会长的朋友也就是我的朋友。"

"这几天打您的电话都没打通，打听到您现在在这里，就冒昧地过来找您了。"

"哦，抱歉，干我们这一行的，自己的手机经常关机。我对中国人一直都有好感，尤其是林会长的朋友。"

杨舟和答巴耶肩并肩慢慢地往更加空旷的工地边缘走去。

寒暄几句之后，杨舟进入正题："不瞒您，我找您，是想了解'6·12'事件更多的情况。"

"我知道，但是我不知道，你了解这些之后想干什么呢？去报仇吗？"

"这个我们自会处理的。"

答巴耶停下脚步，歪着头看了看杨舟，嘴角一咧："这里的情况可比你想象的要复杂得多，陷进去对你没什么好处哦，很可能会招来杀身之祸。"

"听您这么一说，您也觉得凶手不会简简单单就是蒙解？"

"我可没这么说。看在我们是好朋友的分儿上，我说说我知道的东西吧。记住,千万不要告诉别人是我说的哦。"

杨舟笑了笑:"那当然的啦。"杨舟明白,即便他跟人说消息来源于答巴耶,答巴耶也不可能承认的。

"袭击者在现场留下了两具尸体,这个你知道吧?"

"我知道啊,难道这两个人不是猎豹组织的?"

"我仔细察看过这两具尸体,也找人来辨认过,这两个是猎豹组织的人,他们其中的一个出现在了今年3月的一次袭击中,还被拍到上了电视。"

"哦?那这尸体还有什么异常的地方吗?"

"我对尸体很有了解,见过的非常多。袭击发生后两小时我就赶到了现场,从尸斑和其他迹象看,死者应该在袭击前一天就死了,超过24小时。"

"啊?!所以,这是有人故意放在这里的?"杨舟吃了一惊。

"我只能说很有可能。如果真有人这么做,可能是为了嫁祸猎豹吧。"

"那尸体现在在哪里呢?"

"已经被火化了,保管起来很贵的。"

杨舟有种死无对证的感觉。"您有这两个人的信息吗?"他觉得,如果顺着尸体这条线索,或许能顺藤摸瓜,找到凶手或放置尸体的人。

杨舟心头隐隐有一丝寒意。就为了嫁祸猎豹,两个人被无端杀害了。这也意味着,这背后藏着的绝非杯羹之利。

而在答巴耶看来,死几个人根本不算个事。

"这个我们查到了。一个叫里埃拉,另一个叫昆布尔,都是来自北方边远的库卡省,今年初刚刚加入猎豹。"

杨舟从公文包里掏出笔记本和笔记下了这两个人的名字。

"你确定要追查这件事吗?"答巴耶狐疑地看着认真记录的杨舟。

"我不希望我们的人死得不明不白,一定要把真凶找出来,不要怀疑我的决心。"杨舟抬起头微微笑了笑。

"我听说你们的政府也派人过来暗中调查,但是没有什么进展。"

"谢谢您的提醒,我也会去找他们的。"

答巴耶顿了顿,皱着眉头看了看杨舟:"我觉得很有必要提醒你,这里情况很复杂,在这里搞事,很可能死都不知道怎么死的。"

"放心吧,我会小心的。"杨舟准备收起纸笔,狡黠地看了一眼答巴耶。

答巴耶张了张嘴,他不知道这个中国商人究竟是勇敢还是无知。但是,他喜欢执着的人,瞬间对这个中国人产生了亲近感。

"杨,其实我也希望早点把真相查出来,把这些祸害给一锅端。"答巴耶叹了口气,"你们是来帮我们的,可是这帮浑蛋净在这儿捣乱。"

答巴耶看着狼藉的油桶,说着说着,情绪有些激动起来:"你知道吗,杨,我读过大学,去过中国,所以我知道好的东西是怎样的。蒙特尔这么好的资源,都被这些人给浪费了,我们不是就应该这么落后的,我们的人民也想过好日子。"

杨舟不由得抬起头来定定地看着达巴耶的眼睛,从坚定有力的眼神中看到了真诚和期盼。

"你们的资源这么丰富,日子会越来越好的……"杨舟一时也不知道该怎么接话。

"可是杨,我们的国家跨越了好几千年直接进入工业社会,过去没有经商和管理社会的经验啊,可是中国有啊,中国这几十年发展这么快,难道蒙特尔不能学一下吗?"答巴耶说到激动处,双手开始比画起来,"他们有些人还故意找你们麻烦,我绝不干这种事。我们需要像杨这样执着的人，把事情干到底！"

"蒙特尔也需要更多像答巴耶上校这样有长远目标、肯实干的人啊。"杨舟眼神复杂地看了看答巴耶，心里不由得多了几分敬重。

"把你的纸笔给我，我给你写一个我比较常用的电话，保证一打就通，今后，咱们就是朋友了。"

答巴耶在杨舟的笔记本上写下一个号码。

"很幸运能交到您这样的朋友。"杨舟脸上洋溢着笑容，今天不虚此行。

"对了，我再告诉你一点情况，最近几个月，可能还会有人对工地发动一次大规模袭击。"

"哦？！"杨舟不由得心头一紧，继而抬头看了看正在忙碌的工人，"那你们应该赶紧找到图谋袭击的人，化解这次危机啊！"

"我们也在尽力做。我也会尽我所能把'6·12'的凶手查出来，一有消息就告诉你！保重！"

"保重！"

答巴耶与杨舟的手重重地握在了一起，用力摇了摇。

第十二章

悬在头上的威胁

○

"我不想听借口,我要的是工期!"

在工地修复后的办公楼里,张劲声嘶力竭地冲着几个戴着安全帽的手下大吼着。

"赶紧去!"张劲在办公桌后挥舞着双手。他已经被工期压得喘不过气来,头发蓬乱,一脸憔悴。

"什么事这么着急啊,张总。"

杨舟微笑着走进了办公室,侯立跟在后面。

"哎哟,是杨总啊!快坐快坐,正有事想和你商量呢!"

"怎么了,这是,着急上火的?"杨舟稳稳地坐在张劲对面的椅子上,身子后仰,跷起了二郎腿。

"杨总,你们难道不急吗?这工程也就剩两个多月了,要人没人,要设备没设备,这能不急吗!"

张劲自顾自拿出一盒红塔山,掏出一根点着,忽然想起来也递给杨舟一根,杨舟摆了摆手。

"听说你们的设备已经从比丹调了一批过来应急,很快就到了吧?"

张劲吐出一股烟圈,平复了一下情绪:"设备勉强能够解决,可这人呢?上次袭击以后,我们的工人死伤了十多个,即便是薪水翻倍,也已经有二十多人辞职回家了。"

"我可告诉你，还有一件事可能也需要人手。"

"什么事？"

"我跟昆古拉说了，出于安全考虑，工地要往外扩300米，需要人伐木，平整土地。"

"那人就更不够了！"张劲呆了呆，转而脸上露出一丝诡谲的笑，"那砍下来的木头呢？"

"我跟昆古拉提议按老规矩，他说还要考虑考虑。"

"呵呵。"张劲忽地来了精神，往前凑了凑，"上次的木材，都是老袁操办的，这次，咱们哥儿俩商量着办。"

门口响起了敲门声。

"进来。"门被推开了，黄友德深一脚浅一脚地走了进来。

"张总，是我啊，老黄。"黄友德一边讨好地笑着，一边点头哈腰。

杨舟赶紧站起身来："来，黄叔，坐这儿。"

"不了不了杨总，我坐这就行。"黄友德说罢，坐到了旁边的折叠椅上，身子往前倾着。

"打扰了，张总，有件事想跟你汇报一下，正好杨总在，要不就一块儿说了吧。"

"说吧，杨总也不是外人。"

"今天，我们的工人在工地旁边捡到了这个，几个黑人小孩扔的，扔得到处都是，好像是法文，我也看不懂。你们帮我看看。"黄友德给张劲递过去一张半尺见方的纸。

"侯立，你看看。"

杨舟示意侯立看一看。

侯立接过字条，脸色一变，随即读出了上面的内容："停止掠夺我们的石油，蒙特尔是我们的！必须停止你们的强盗行为，否则再一次的灾难将很快降临到你们头上！落款是蒙特尔解放组织。"

"这帮龟孙，又来捣乱！还嫌我这里不够乱吗？"张劲腾地站起身来，大声骂道，将手里的小半截香烟狠狠地掷到地上，又重重地踩上两脚。

"你确定这是蒙解干的吗？"杨舟有些疑惑地看了看张劲。

"不是他们还有谁，谁会吃饱了撑的干这么无聊的事啊！"

"我倒不相信他们真有袭击的胆量和能力，如果传单真是他们发的，或许就只是想捣捣乱，刷一下存在感吧。"

"你们公司的安防系统怎么样了？我可不想把命搭在这里。"张劲歪着头看了看侯立，以前他对合作伙伴的产品质量并不太关心，袭击发生后，这已经关乎他的性命了。

"我们的监控系统要重新安装调试好还需要两个月。"

"算了，我就想做好施工的事，那些都是上头应该操心的，我会让上面给蒙特尔施压，多派点军队来。"张劲冲杨舟暧昧地笑了笑，"木材的事你也帮我多盯着点啊。"

"小舟……杨总，张总，木材的事你看我是不是也可以……"黄友德满脸堆笑，站了起来，冲着张劲和杨舟看了看。

"那当然，大家都出力就都有份！"杨舟微微地笑着。施工赚的钱是公司的，而作为副产品的木材，运作空间就大了。"可是工人不够，你们打算怎么办？本来缺口就不小，加上伐木的，就更不够用了。"

"我想找点本地人，培训一下，干点最简单的活。老黄那边，恐怕也得补充些人手。"

"这个地方穷乡僻壤的，当地人自古以来上树就能摘个果子吃，饿不着，职业精神和专业技能几乎为零啊，恐怕没有鲁卡那边的人好用，更不会像中国人这么勤快。"侯立说。

"可是他们便宜啊。再说这么短时间,我不可能从国内再找很多工人来。好多人一听说这里遭到过袭击,加钱都不敢来。鲁卡那边的人看看还有没有愿意到这儿来赚钱的,咱加点钱。"

"行吧,咱们出去走走,看看工地,老子在屋里也憋坏了。"张劲站起身来,招呼大家出去。

一行人走出办公楼,走到一处开阔地,展望着工地。

偌大的工地上,废墟和机器的残骸大部分已经被清理干净,有的地方还留着爆炸后的痕迹,卡车、挖掘机、吊车等各式机械正在忙碌着,几十个工人正在跑前跑后。

在工地稍微靠近边缘的地方,是军人的绿色帐篷,整整齐齐地排列着,一些穿着绿色军装的黑人士兵或是驻足攀谈,或是在巡逻。

而离军营不远处,停着两辆陈旧的坦克,伸着细细的炮管。

"你们的安全系统真的靠谱吗?不是卖的些过时货吧?"

"我们的系统在国内也是很先进的,怎么会是过时货呢?张总,你怎么说话的?"侯立不满地还了一句。

杨舟笑了笑:"张总,你对我们的产品不了解,这套系统让你随时了解周边一草一木的动静,不夸张地说,如果你愿意,连一只蚊子飞进来都可以知道。"

"呵呵,那你能把蚊子打下来吗?"张劲歪着头看着杨舟。

"这个嘛……"杨舟略有些尴尬。

"而且,你们的系统也没有建好,那我们的安全威胁又怎么能保证得了呢?不是我不想这些事,是我真的不愿意想,不敢想啊。"张劲始终有些不安。

"只有找到真正的袭击者,才有可能最终化解危险。"

"谁来找?蒙特尔政府、咱们政府,还是你来找?"

杨舟没有说话，咬了咬牙，眼睛向前看着这片工地，工地幻化成了"6·12"那火光冲天的场景，不断拼接着一块块图谱，只是始终理不出个头绪。

全歼了阮平小队的杨志军日子并不好过。肩上的伤开始化脓，他几乎抬不起右手，难以捕猎了。

他迅速消瘦下来，发烧打寒战，躺在山洞里意识模糊，昏迷了两天，自己又醒了过来。

身体虚弱的他不得不走出山洞去寻找食物。他扶着一块写着外文的石碑喘了好一阵，又向前走了一段，前方几个影影绰绰，身穿绿色军装，拿着枪的人，跑向了自己。

杨志军嘴唇发白，汗如雨下，张着嘴大口地喘着气，眼前的人影渐渐模糊，他终于倒在了泥泞的土路旁边，昏了过去。

等他再次睁开眼睛时，发现自己被捆在了病床上，周围是白衣护士和绿衣军人。

从这些军人的装束看，他们并不是 Z 国军队。

杨志军用在京城学来的，带着乡音的普通话说："我是……我是中国军人……"

周折许久，对方终于找来了一个懂中文的护士。原来，杨志军已经越过了 Z 国边境，进入了 Z 国和中国共同的邻国，L 国。

1985 年夏天，在 Z 国丛林中流浪了六年的杨志军，终于回国了。

回到中国的杨志军内心很疲惫，渴望过上平静的日子，于是选择了退伍回乡当一个农民。

家里的老父母见到他激动得号啕大哭。之前家门口贴着烈属光荣的标牌，大家都以为他六年前就死了。

当杨志军再次看到黄友德时，黄友德坐在破败的土砖房旁，头发蓬乱发黄，穿着脏兮兮的跨栏背心，正就着一碗清水吃发黄僵硬的馒头。

"友德……"杨志军百感交集，慢慢走向黄友德。

黄友德抬起头来，惊得手里的破碗掉到了地上，胡子上满是馒头渣子，嘴颤抖着，一瘸一拐扑上去，两人紧紧抱在了一起。

杨志军临走前，塞了一沓十元"大团结"给黄友德，叮嘱他买点好吃的。

从此以后，杨志军过上了一个普通农民的生活，种地养鱼，娶了同村的姑娘。

他和黄友德逢年过节偶尔也会互相走动一下，聊一聊往事。

再后来，杨华出生了，杨志军非常喜欢这个乖巧懂事的孩子，一家人小日子过得还算安宁滋润。

只是多年的丛林生涯已经彻底改变了他的身心，强烈的求生欲望仍使他用自己独特的方式修炼着。他承担着重于常人几倍的体力劳动，经常独自一人像耕牛一样犁地，每天还像在部队时练习着擒拿格斗，练武修心。

岁月不仅没有让他的身体衰退，反而把他磨砺成了钢筋铁骨。

二十几年来，他跟村民们和睦相处，大家逐渐淡忘了，杨志军是一个有着传奇经历的特种兵。网络发达了之后，杨志军被采访，其事迹才偶尔见诸网络，也没有得到很多人的关注。

黄友德由于腿上有残疾，家里也没什么钱，还有过当俘虏的经历，总被人看不起，几年过去了也没谈上对象。他一咬牙离开了家乡，出去跑生活，修过自行车，也在工地搬过砖。

在几个工程队摸爬滚打了十几年，吃尽了苦头，受尽了白眼之后，黄友德靠着灵光的头脑、三寸不烂之舌和自己的积蓄，组织了一支由老乡拼成的施工队，自己摇身一变成了包工头。

2006年之后，一个偶然的机遇，他得到了去非洲施工的机会，虽然偏远危险，但架不住能赚双倍钱的诱惑，他愿意豁出去。于是，他带着人马频繁前往非洲，赚了不少钱。

在过了将近三十年的太平日子之后，杨志军相依相伴的妻子被查出来晚期肺癌，并不富裕的家庭很快因为治病见了底。

杨志军东挪西凑，靠药物艰难地维持妻子的生命。他也向黄友德借了10万，据说有一种靶向治疗的药虽然贵但是效果很好，他托人去买了些。尽管黄友德说不用他还，但是对杨志军来说，还是必须的，只是这对他而言是一笔巨款，如一块巨石一样压在杨志军心头。

杨志军的儿子杨华继承了父亲忠厚老实的秉性，高中毕业以后去了南方打工，但微薄的工资杯水车薪，整个家已赤贫如洗。为了给母亲治病，为了减轻父亲压力，他央求黄友德带他到非洲去。几经踌躇，黄友德不忍拒绝，带上了杨华。

然而出去不到半年，杨华却在"6·12"袭击中身亡。消息传到家里，杨志军一夜白头，妻子悲痛欲绝，很快撒手人寰。

顷刻之间，一个完整温馨的家只剩杨志军一人。

第十三章

董清风的打算

○

华通海外办事处里,杨舟躺在床上沉思。

手机铃声响了,杨舟拿起一看,是董清风,坐起身来接通了电话。

"喂,董总。"

"杨舟,旁边有人吗?"

"我一个人在屋里哪。"

"鲁卡通信的项目招标准备得怎么样了?"

"都准备好了。技术指标方面,对我们有利。"

"价格呢?"

"目前的报价应该是很有竞争力的,技术上再占一些优势,应该比较乐观。"

"评标有把握吗?"

"嗯,我让侯立去找了中间商,已经让他们去做了工作。"

"一定要确保万无一失,这个项目总金额有5000万美元,也是关系到我们进入鲁卡移动通信网这个市场,后续整个蒙特尔无线网的建设,这是个大蛋糕。你不能只让侯立去,必须亲力亲为!"

"我知道了,董总,最近手头事情有点多。"

"我听说你在调查'6·12',这不是你的主要职责,国家都派了调查组,你要多多管好项目的事知道吗?"董清风很是不悦。

"好的，我会注意，把精力放到项目上去。"

"好吧。"董清风缓了缓口气，"注意千万不要丢单，否则咱俩都不好交代。"

"明白。"

"还有，上次我跟你说的查账的事，怎么样了。"

"我大概翻了点，还没有发现明显的问题。只是……"杨舟犹豫了一下，"我们这么做会不会……"

"现在已经容不得你有半点犹疑了，咱们是一条绳上的蚂蚱，一荣俱荣，一损俱损。你不跟着我一起动手，别人也会对你动手，公司已经有人在做动作了。如果你再犹豫，遭殃了可别怪我！"董清风的语气又强硬了起来。

"我最近也听到一些风声，会抓紧的，董总。"

"明白就好！"董清风很生气，但随之话锋一转变得柔和，"杨舟啊，咱们都是一路走过来的，我肯定是为你好，跟着我干，前途一片光明，那天都跟你说得很清楚了。不多说了，做事去吧。"董清风挂断了电话。

杨舟缓缓躺倒在床上，眉头紧皱。几个星期前那个夜晚的场景，又浮现在了脑海中。

"6·12"事件发生后，董清风到蒙特尔处理各项事务，待了一个星期，临走前一天晚上，他把杨舟叫到了自己所在的办事处客房。

"来来，杨舟，坐，这些天处理这些事情累坏了吧？"

"是有点累，连轴转，您也很辛苦啊。"

董清风拉杨舟坐在了房间里的沙发上，茶几上摆着七八瓶中国产的啤酒，一盘花生米，一荤一素两盘凉菜。

"来，咱哥儿俩喝点，聊会儿。"

"好啊，正想和董总好好喝两杯呢。"杨舟表现得很开心，坐到了沙发上，打开了两瓶啤酒。凭着职业的直觉，董清风今天晚上要跟他说很重要的事情，让他心里有些不安，尽管脸上仍然是笑意满满。

"你知道吗，集团甄总这个月要退休，区副总马上就要被提拔担任新董事长了，现在正在走程序。"

"哦，是吗？"

"我可以告诉你，肖强以后日子会很不好过了。来，走一个。"

董清风端起一个酒瓶，跟杨舟碰了一下，两人一仰脖喝了一大口。

"区副总前几年分管华通海外的时候，肖强凭着自己在公司多年打下的底子和业绩，自立山头，可没怎么给他面子，既不愿去主动汇报工作，让安排个人啥的也百般推辞，闹得挺不愉快的。"

"这个大家都看得到，业务上出的几个事，肖总也不愿意背锅，而是往集团推。"

"甄总和肖强很早就认识了，集团的业绩也需要这一块支撑。现在甄总马上退了，后台没有了，对肖强非常不利。"

董清风俯下身子，目光灼灼地望向旁边的杨舟。

"这恐怕就是咱们的好机会。"

"哦？"杨舟心里猜了个八九分，表面上装傻。

"咱哥儿俩没什么好瞒着的，区总已经在做打算了。华通海外很快就要进行科学企业制度改革，要建立董事会、监事会、经营层各级机构，总部要派一个董事长过来，总经理就不再是一把手了。"

"哦？"杨舟点了点头，"明着是按国家政策搞改革，实际是把肖强压下去，实在是高。"

"到时候，看到肖强失势，很多人都会见风使舵，站队到一把手这边。如果我们能把握好机会，再推一把，肖强就有可能要下台。"

"然后，熟悉业务、年轻有为的您，就会被区总提名担任总经理了。"

"你小子聪明。过不了多久，干过管理，又干过业务，能力全面的你，就有望接替我的位子了！"董清风重重地拍了拍杨舟的肩膀，目光中充满了期许。

"啥也别说了，董总，整一个！"杨舟递过酒瓶与董清风碰了一下，一大口入喉，脑子飞快地转了起来。

这是一个关键时刻，董清风正等着他表态。

现在杨舟不愿意卷入一场新的纷争里面去。但是直接上司已经在拉他入伙，如果不积极回应，就会将自己置于险境。

不如先答应下来，虚与委蛇，看看董清风要让自己干什么，再从长计议。放下酒瓶，杨舟此刻已然心中有数。

"我自然是跟着董总干，奔向美好前途啊。让年轻有为的您上位，绝对是一件好事。只是肖总之前待公司的人都不薄，这样做会不会不仗义，会不会有很多人因此对付我们啊？"

"杨舟啊，你还是妇人之仁。"董清风无奈地摇了摇头，怒其不争，"位子就那几个，你要想上位，就得把现在位子上的人拉下来，这么简单的道理你都不懂吗？"

董清风用手指指向杨舟，神色渐渐变得凌厉："你以为没有人想弄你吗？与其被动挨打，还不如跟我一起主动出击！"

"嗯……"杨舟若有所思地抚了抚下巴。

"这个世界，跟蒙特尔的丛林有什么区别吗？都是弱肉强食，不是你吃掉我，就是我吃掉你。"

"那您说怎么办呢？"杨舟故作不知，试探性地问。

"你好好查查蒙特尔这十几年的账。肖强曾经在这里派驻五年，在你到这里之前，肖强也经常来这里。我跟着来过几次，觉得这里面肯定有问题。

"这里的资金操作比国内要乱很多。财务朱利云是肖强一手提起来的，很多事都在替老肖掩盖，可以说做得不错。只是他们一旦动手脚，资金量绝对小不了，不可能不留下漏洞，有的项目我都参与过，做着做着钱不见了。"

"查账方面，我不太专业啊。"杨舟显得有些犹疑，他还是不想蹚这浑水，怕水太深淹死自己。

"不会可以学啊！谁是一生下来就会的？事关重大，你必须亲自查，不要让人发觉。肖强在京城郊区一口气买了三栋别墅，你以前管过工资你知道，靠他的工资根本不可能。"

"如果真有问题，是不是应该让集团纪委的人来查呢？我这查算个什么呢？"

"你这是近水楼台，纪委要到海外查案子并不容易，需要很长的过程。而且现在没有证据，不好启动这个程序。"

"好吧，我试着去查查。"杨舟点了点头，知道自己已经被安排进局了，退无可退。

"这件事绝不能让肖强知道，否则他会跟咱们玩命的。你这是替国家扫除蛀虫。"董清风又拍了拍杨舟的肩膀，"我还会找人去散布一些消息，比如肖强养小三啊，作风跋扈啊，违规报销啊，写一点匿名信给集团，搞坏他的名声，形成民意，一点点把他的基础给蚕食了！"

杨舟默默无言，拿起酒瓶与董清风碰了一下，一饮而尽。

远方，皎洁的月光下，是一片黑黝黝的原始森林，丛林里各种生死搏杀正在进行着。只是从杨舟的视角看过去，却是一片安详宁静。

"机不可失啊。"

董清风的声音在耳边飘过，杨舟有些失神，回过神来，机械地点了点头。

躺下定了定神，杨舟还是觉得心情烦躁，不由得从床上坐了起来。

书房的跑步机上，杨舟穿着背心短裤，挥汗如雨，结实的小腿飞速地划动着。

他走下跑步机，拿起毛巾擦了把汗，抓起两个硕大的哑铃，躺在长凳上一边均匀地呼吸，一边用力推举，而脑子仍然在不停地转着。

第十四章

投 标

〇

准备标书的时间很紧张，为了兼顾工地进度，杨舟和侯立、刘思婉还有公司的技术、法务人员选择在工地的宿舍弄标书。

大的框架早就定好了，已经征得公司同意，他们不断商讨细节，反复核对了有关的技术指标和商业条款，找出问题，一直准备到凌晨3点，才算最终完稿。

大家疲惫不堪，心情紧张，但是也带着兴奋。毕竟，跟踪了一年多的项目，现在要出成果了。

第二天一早，杨舟、侯立以及技术和法务人员一行四人开车从工地出发，赶去鲁卡参加下午的投标会。

侯立开着越野车，杨舟在副驾驶与大家商讨着投标的一些细节，唯恐有所疏漏。

汽车在公路上飞驰，路边是一望无际的森林。还没开出多远，前方的公路上突然出现一个人，对着杨舟他们的车，一边跳着一边挥着手，一辆小轿车停在不远的路边。

侯立放缓了车速，慢慢才看清原来是一个年轻女人，亚洲面孔，身材苗条匀称，长相清秀可人。

看来是车坏了要搭顺风车的。胆子还挺大，侯立想着，看了看女人漂亮的脸庞，笑了笑，又看了看旁边的杨舟。杨舟点点头，侯立将车停在了距女人十来米的地方。

"这个女人胆子真大,敢在这里拦顺风车,也不怕……"后座戴着黑框眼镜穿着肥大T恤的技术男感叹说。

还没等车停稳,突然从路边蹿出两个亚洲面孔的男人,人手一根锋利的钢钎,扎向了杨舟他们车的两个轮胎。轮胎顿时就瘪了,车歪向了一边。

没等杨舟一车人反应过来,这两个男人和前面的女人飞速跳上了路边的小轿车,车门还没有关好,车就已经飞驰而去。

只留下杨舟他们一车人目瞪口呆。

"妈的,这谁啊!这么缺德!"侯立忍不住叫骂起来。

几个人下车查看了一下,车已经没有办法开了。

"我们只有一个备胎,车开不了啊!杨总,怎么办啊!"

"现在离递交标书的最后期限还有四小时,我们距鲁卡还有130公里,最快两小时才能到。这里到鲁卡之间,一路上都是荒野,从鲁卡叫拖车过来,按他们的效率,恐怕需要五小时,你们说怎么办?"杨舟倒吸了一口凉气,他的脑子在飞速运转,试图找到解决的办法。

"到时候黄花菜都凉了。"车上西裤衬衫衣着整齐的法务无奈地叹了口气。

"刚才其中有一个男的,我看着身形很眼熟,好像是正宇科技的人!"侯立忽然想起了什么,"我应该是在投标会见过他。"

"妈的,就知道是这帮鸟人搞的,太他妈缺德了。记下他们的车牌号了吧,刚才都没来得及给他们拍个照,动作太快了!"杨舟气得跺了一下脚。

"记下了,要找他们麻烦吗?"侯立答道。

一边的技术男也皱着眉头抱怨:"想不到正宇科技十几万人,著名的科技企业，居然还干这种卑劣的勾当！"

"先不管这个。"杨舟白了技术男一眼，拿起手机接通了张劲的电话。

"喂，张总啊，想麻烦你个事，我们有要紧事去鲁卡，车在路上抛锚了，你们工地上有车能接我们一下吗？什么，你和你们的车都在鲁卡？哦，好吧，我们再想想办法。"

侯立靠在车门上，无奈地摇摇头。

现在路上的车并不多，跑着的大多是黑人司机开的大货车。在蒙特尔，坐上不知底细的车，很可能会有生命危险。

他们只能在路上不断地观望，看有没有亚洲人开的车。

三个多小时过去了，他们终于遇到了一辆从港口开过来的轿车，车上两个在港口工作的中国男人，正要赶往鲁卡办事。

匆忙介绍几句之后，杨舟、法务和技术坐到了车的后排，直奔鲁卡而去。侯立则留下来等拖车。

进入鲁卡市区，狭窄的街道开始拥堵。杨舟心急如焚，一行人干脆下车飞奔，气喘吁吁地跑到蒙特尔通信所在的五层办公楼。

投标会议室里，已空无一人。投标早在一小时前就结束了。

杨舟气得用拳头砸了一下门，懊恼地骂道："妈的！"

之前，他们为了中标，仔细地研究了需求方和竞争对手，通过缜密分析制定了方案，做了很多沟通和投入。千算万算，没算到这帮孙子这么损！

难道之前这么多的投入，都要因为被正宇科技这几个人捅破车胎而化为乌有？

杨舟不甘心，他立即上楼在办公室找到蒙特尔通信的投标负责人，希望把标书交给他们。

"对不起，现场投递已经结束了。当时现场那么多人都看着，过了时间，我不能再收你们的标书了。"负责人摊开了双手，表示爱莫能助。

杨舟赶紧从包里掏出一个全新的智能手机，隔着办公桌递了过去，满脸堆笑地说："帮我们想想办法。"

负责人脸上慢慢露出了笑容，伸手接过，很自然地塞进了办公桌的抽屉里。

"今天的投标K国的厂商也没有来，所以只有三家投了标，我们的文件里面写的是，最好有四家以上参加投标。"

"哦……"杨舟绷着的心松开了一些，"谢谢，谢谢，今后这个项目我们一定不会亏待您！"

与负责人紧紧地握了握手，杨舟赶紧转身离开了。

负责人诡谲地笑着，目送杨舟离开了办公室，打开抽屉拿出手机仔细端详起来，很是喜欢。"还算他识相，否则在这里，是永远不可能中标的。"

路上，杨舟又拨通了昆古拉的电话，对方答应想想办法，但表示事已至此，恐怕很悬了。

昆古拉的答复让杨舟又感到几分不安。

他想起来正宇科技在昆古拉这边也做了努力。他们的努力做到什么程度，昆古拉究竟会偏向哪一边，杨舟并不清楚。

董清风得到这个消息暴跳如雷，杨舟表示现在还在想办法让华通海外入围，一定要找出此次投标的毛病，废掉这次投标。

晚上，几个人回到了办事处，像丧家犬一样。杨舟顾不上理会大家的情绪，也没时间让疲惫的身体稍作休息，饭都没吃就召集大家开会。他知道如果想不出对策，今夜将无眠。

"听说一个月前正宇科技派了一个新的女负责人来管中西部非洲区域,手段狠毒,正宇科技的人暗地里都叫她'黑寡妇',扎轮胎这样的馊主意,有可能是她出的。"刘思婉赶紧将自己知道的唯一消息倒出,希望能帮上一点忙。

"嗯,他们这一个月以来加大了对这个项目的跟踪力度,好多地方都出现了他们的身影。"侯立说。

"先不管她'黑寡妇''白寡妇'的,他们能干出这事来,说明他们自己觉得在别的竞争对手面前已经有了竞争力,认为只要把我们踢出局就很有戏了。"杨舟说。

"是的,中国厂商的产品虽然不是最先进的,但性价比很高,后期服务也跟得上。"技术男说。

经过一番讨论之后,杨舟决定以公司的名义向蒙特尔通信发一个函,要求重新投标。

理由是投标的厂商只有三家,难以经过充分对比选择合适的厂商,达不到招标文件"最好是"四家的条件。至于文件中为什么会出现"最好是"这种模棱两可的表述,就不知道是招标方故意留下操作的空间,还是制定标准时疏忽了。还有就是标书给出的部分技术和商务条件还需要进一步细化,存在重大缺陷。

说白了就是给人找碴儿,关键要看昆古拉和蒙特尔通信的态度了。

第十五章

重 击

○

投标的事情,让董清风极其烦躁,本来可以在功劳簿添上浓墨重彩的一笔,现在却成了一大败笔,想想就气不打一处来。

几天之后,肖强让他到南方某省会城市的设备供货商永明电子谈下一步的合作。

这家供应商和华通海外已经合作快六年了,跟肖强、董清风都熟,合作量也很大。洽谈工作是一方面,另一方面也是联络一下感情。

永明电子的老板,秃顶、肚腩突出的五十多岁大叔杜克立自然是要带着手下一众人等亲自宴请董清风一行。

高朋满座之下,大家相谈甚欢,杯盏交错之间,又达成了几个项目的供货合作意向,很多时候酒桌上比办公桌上谈事情成功概率大得多。

杜克立带着手下频频给董清风敬酒,董清风一时间喝得有点飘。

酒过三旬,董清风的手机响了,是妻子李丽的电话。

董清风皱了一下眉头,向左右示意了一下,站起身到包厢外面去接听。

"喂。"

"你什么时候回来啊?!儿子又发烧了,我妈也病了,没法带他去医院啊!"

"啊?发烧多少度啊?"

第十五章 重击

"都39度了,吃了退烧药还是退不下来……"

"得去医院看看,不能再这么耗着忽好忽坏的了。"

"你说得轻巧,都说让你别出差了,我一个人哪忙得过来啊!"

"我这不是也没办法吗……"

"你没办法,我有办法啊?!你五年都漂在海外也不顾家,现在好不容易回国了,升职了,还是这样到处乱跑,你还要不要这个家了……"

"丽丽,你先别急,你明天一早带明明去趟医院,好好检查一下,让妈看着萱萱,现在先让明明吃点退烧药……"

"我不跟你说了,你给我赶紧回来!"

"哎……喂……"

电话被挂断了,传来"嘟嘟"的忙音。

董清风在原地转了几圈,心情极其烦躁。他很担心孩子的病,为家里的状况感到焦虑。

五年前,自从怀了二娃后,李丽辞去了原本工资不高的工作,在家专职带起了孩子。

也就是这之后,步步高升的董清风与成天待在家里的妻子越来越没有了共同语言。家里的柴米油盐董清风不感兴趣,而他工作上的事李丽不愿意听,也听不懂。

表面上春风得意的他,一个人要养四口人,还不能被李丽理解。在一起帮着带孩子的丈母娘,偶尔也会埋怨自己一把年纪还要来劳作,而董清风因为工作几乎一点忙都帮不上。

家里冷战、热战经常发生,再加上工作上的事,让董清风心力交瘁。

尽管总在外面出差,下班回来以后他也会选择一个人在车里多待一会儿,靠在椅背上抽根烟,松口气。

董清风从裤兜里掏出一包香烟,点着了一支,狠狠吸了几口,又掐灭了扔进垃圾桶。

旋即,他换上一副笑脸,重新走进包间,回到了酒桌上。

已经喝得红光满面,回来后他白的红的来者不拒,正好借这个机会借酒浇愁,一杯杯酒下肚,精神开始恍惚,越来越飘。

终于,他倒在酒桌上不省人事。

"董总,董总……"迷迷糊糊中,他听到有人叫他,有人扶着他上了电梯,把他放在酒店的房间里。

他沉沉地睡着了。

"砰!"房门突然被打开了,昏黄的灯光下,冲进来三个警察,后面跟着酒店的服务员。

董清风听到有人高声在喊,迷迷糊糊睁开了眼睛,却发现自己旁边睡着一个光溜溜的女人,而他,也是赤身裸体躺在被子里。

"派出所查房,把身份证拿出来!"

"什么,董清风嫖娼被抓了?!"

杨舟惊得目瞪口呆,向赵坚又询问了些细节,他挂断了电话。

杨舟眉头紧紧地皱着。

思忖片刻之后,他拨打了董清风的手机。

"您拨打的电话已关机,请稍候再拨……"

事情已经过去五天了,赵坚才得到消息,立马告诉了杨舟。

他还透露,集团找董清风谈话的时候,他态度很不好,总说是别人陷害他。这又给自己扣上了对抗调查的帽子。

派出所已经定性了,怕是跳进黄河也洗不清了。

杨舟觉得事情没那么简单。董清风是一个聪明绝顶的人,不会让自己在这样的阴沟里翻船。

第十五章 重击

那么剩下的可能，就如同他自己所说的，有人给他设了局。

董清风被灌醉送到酒店，进来失足妇女，和他赤裸睡在一起，接着就是警方不失时机地来查房，这一切环环相扣，过于紧凑，杨舟直觉有诈。

听赵坚说，当晚一起喝酒的是杜克立。

杜克立跟肖强是老交情了，六年前肖强亲自介绍杜克立与华通海外合作，后来华通海外很多在海外的订单，包括在蒙特尔，都是找的杜克立供货。

这让杨舟不寒而栗。杨舟判断是肖强觉察到了董清风的反意，先下手为强，设局置他于死地。

少年得志的董清风过于忘乎所以了，尽管他在华通海外多年，了解肖强的狠辣，一路扶摇直上的他还是过于自负，撞到了钢板上。

而杨舟，始终有所保留，跟董清风谈过之后，并没有多少实质性的动作，只是把账本翻了翻。他不能冒险，又不得不自保。

杨舟叹了口气，再次拨打了董清风的电话。手机中仍然响着"您拨打的电话已关机，请稍候再拨……"

公司领导班子会议上，肖强对董清风的嫖娼行为进行了严厉批判。"我们一定要坚决反对这种败坏干部形象、败坏公司领导形象的恶劣行径。"肖强表情极其严厉。

众人纷纷附和，表示一定引以为戒。

继而，肖强痛心疾首地拍起了桌子："一个这么优秀的年轻干部，一路走到今天，居然出现这样的作风问题，毁了自己的前程！我作为班长，没把队伍带好也有责任啊！"

"这也不能怪您，是他自己没管好下半身。"旁边的柳传深一脸痛惜，拍了拍肖强的肩膀。

"这样吧,为了正风肃纪,我建议向集团提议,将董清风按照党纪政纪撤职、开除。不能让这样的人再留在我们的队伍里!"

众人相视一望,纷纷举手表示赞同。

"不管怎么说,队伍没有带好,我有责任。我提议,扣掉我今年的奖金两万元。"

很快,集团下达了董清风撤职、开除的决定。

公司内部消息灵通的人士早就议论纷纷,而一直不知道内情的人觉得十分震惊。

往日里意气风发、风风火火的董总,居然会因嫖娼被抓了。女员工对这些行为十分不齿,而男员工则在揣测他为什么要去嫖娼,又怎么会被抓着了。

一些原本和董清风亲近的中层管理人员,尤其是曾经帮董清风对付肖强的人,感到脊背一阵阵发凉。

董清风分管的一个部门负责人,已经提前知道了消息,赶紧找好了下家,消息公布之后,就提出了辞职。他不想等肖强的锤子砸下来。

有人说,董清风的老婆大闹了一番,却没有跟他离婚。

或许相信董清风是遭人陷害,或许自己已经没有了生存能力,还要靠董清风养家,又抑或两者都有。

董清风从此消失在大家的视线中,他分管的工作,暂时由肖强代管。

董清风的位子确实空出来了,只是不是以他自己想要的方式。

杨舟感到了一阵深深的寒意,后怕不已。他并不清楚肖强对自己和董清风的合谋是否知情。肖强在公司的根基深厚,在各个角落都有自己的眼线。杨舟甚至怀疑,他和董清风在密谋的时候,会不会隔墙有耳,把消息泄露出去。

就在大家都各怀鬼胎或忐忑不安时,上级宣布了区总担任集团一把手的任命。在杨舟看来，这使肖强必须腾出精力来对付上面，使他可以有更多时间把项目的事情弄好，同时对"6·12"事件进行调查。

或许是为了留一手，他还是听了董清风的，把办事处近十年的账目都翻了一遍，只发现了一些小问题，金额也不大。

油田项目的进度必须加快了，现在有诸多因素在限制着工期。人力不足，设备从国内生产、验收、运输都需要时间，到这里还要安装调试。

新招录的黑人工人语言沟通有问题，文化程度很低，还需要必要的技术培训，有时候不得不请杨舟临时派人协助一下。

尤其让人大跌眼镜的是，半个月结算工资之后，第二天工地上的当地黑人就全都不见了踪影，还带跑了几个从鲁卡过来的黑人。

后来找到一些工人的家里才知道，原来他们都去镇里，甚至鲁卡喝酒狂欢去了。

"迪布里辛苦工作了两周，就是应该去好好快活快活了，生活就应该是这个样子，否则工作是为了什么？"一个工人的妻子告诉中原石油的人，她丈夫跟同伴们搭车去鲁卡玩了，恐怕明天才能回来。

这让张劲欲哭无泪。所谓的责任心、工期，根本不在这些工人考虑范围之内。

随着交付日期一天天临近，杨舟和张劲的压力日益加大，除了让大家连轴加班，也想不出什么好的办法。为了避免工人拿了工资就走影响工程排期，只得让黄友德频繁地去找日结工，当天干当天结。

黄友德再次和工人开着皮卡去镇上找人，集市旁已经聚集了一小群本地年轻人，他们每天都来等待临时雇佣的机会。

黄友德已经会几句简单的英语了，会按照脸熟悉的程度或者身体外观来挑选人，选中了的就指指，"你……你……"黑人们就直接跳上皮卡。

"嘿，你们俩……"黄友德指着两个健硕的黑人，认出这是两个退伍军人，在工地干过几天，活还不错。

"长期干……双倍工资……"黄友德拍拍他们的肩膀用两根手指比画着。

"好……好……"两个黑人喜笑颜开，"嗖"地跳上了皮卡，互相击了对方胸口一拳，为今天的好运而开心。

两辆皮卡满载着黑人工人，扬起一片尘土，离开了集市。

就在工地紧锣密鼓赶工期时，蒙特尔突然暴发了一种可怕的病毒。

第十六章

病毒暴发

○

　　杨舟开着车在公路上飞驰,副驾驶坐着刘思婉。路边不时出现被军警封锁的村子,远处时而响起一阵阵枪声,气氛十分紧张。

　　"杨总,你说这个病毒能控制住吗?"

　　"不好说,去年年底培拉就出现了,蒙特尔也出现了少量病例,没有多少人太在意。但是9月份感染的人就多了,鲁卡不是都有了吗?"

　　"听随队的医生说,病毒把人的内脏都能溶解了,病人会七窍流血,死得极惨,真吓人。"

　　"是啊,蒙特尔感染的这上万人啊,都死了六千多了,比'非典'厉害多了。别怕,没事,我们吉人自有天相。"杨舟扭过头朝刘思婉笑了一下,试图安慰一下她紧张的神经。

　　前方的路边,又有一个村子被军队用栅栏围起来了。荷枪实弹的士兵在周围巡逻。出口的牌子上用英文和法文写着"禁止出入"。

　　村子里面有的地方燃烧着大火,那是在焚烧尸体。漫天黑烟,如青龙直冲云霄,又如恶魔降临,空气中弥漫着焦臭与腐臭味,地上摆着一排排白布包着的尸体,白布上渗透着斑斑血迹。

　　村子里的人们衣衫褴褛,一脸绝望。

　　这时,杨舟减慢了车速,探着脑袋向林子里张望。

　　忽然,村子里一男一女两个黑人走向出口的哨卡,女人手里抱着一个四五岁的孩子,孩子身上布满了黄色的疮疤。

执勤的两个士兵将枪对着他们大声呵斥起来。而这一男一女仍然在往前走着,喊叫着什么,女的举起孩子在凄厉地哭喊。

士兵们挥舞着自动步枪大吼着,却不能阻止这对男女前行。

枪响了。两个枪口冒出火舌将一行三人扫倒在地,浑身弹孔,血从窟窿里缓缓往外流。

杨舟心中一惊,扭头往车上跑,看到这一幕的刘思婉吓得面如土色,国内哪曾见过这场面,魂都没了。

"咱们快走吧,我害怕。"刘思婉哭泣着催促,楚楚可怜。

杨舟驾驶越野车,飞也似的驶离,而刘思婉一直将头伸到窗外,试图让疾风吹走刚刚的画面,精致的面庞被风刮得红彤彤的。

工地不远处,一个被围的村子里,一栋茅草屋燃起了熊熊大火。

后来杨舟从中原石油随队医生那里得知,这是一个患病的酋长,为了避免感染村子里其他人,毒死了妻子和儿子,放火烧了房子。

杨舟不由得为这种舍生取义的行为肃然起敬。即便是在贫瘠、落后的地方,总有人性的光辉能透过黑暗照射进来。

工地宿舍里,刘思婉靠着枕头依偎在床头,目光呆滞盯着膝上的电脑播报着华夏 TV 的新闻,偶尔眼波流动一下。

"近期,非洲部分地区埃博拉病毒开始肆虐,我现在在中国支援蒙特尔的埃博拉救治中心采访。有消息称,该国的总统大选也因为病毒要推迟进行,可见疫情的严重性。"

电脑屏幕上,一个阳光帅气的小伙子拿着"华夏TV"的话筒在报道。

"我现在要穿防护服进到病房进行采访。"屏幕上的甄羽进入到了一个小隔间,"中国军队前来支援的医生将帮助我穿上四层的防护服。"

甄羽用一只手伸出了四个手指。

笨重的防护服被一层层穿上了。"据说感染这个病毒死亡率达到80%，而且死得比较惨。"甄羽一边穿防护服一边说，"不过我的人生也挺完美了，就差回国再吃一顿烤串。"说完狡黠一笑！

刘思婉"扑哧"一声，咧开嘴笑了，露出细密的白牙，原本紧绷的心情舒缓了下来，忽闪忽闪的大眼睛里目光流动，流向了很远很远的远方。

包得像粽子一样的甄羽慢慢走进了病房，走向病床，像个大男孩跟躺在床上的病人"热情"地打了招呼。

"我之前一直不相信有病毒，现在得了，心里很害怕。"病人的眼神里没有光，但是也没有多少恐惧，似乎对生死并不太在意。"但是如果怕病毒，不出来工作，我一样会饿死。"病人无奈地摊开了双手。

疫情越来越严重，感染和死亡的人数仍在上升。工地上所有中国人都由中国医疗队进行了病毒检测，所幸没人感染，施工还在紧张地进行着，封闭的工地，倒像是一个安全的小岛。这让漂泊在外的中国工人突然有种被老大罩着的幸福感。在这乱世，活着太难。

终于蒙特尔政府正式宣布总统大选推迟到明年。因为疫情和大选的推迟，政府发出了工期可以延期的指令，这让杨舟和张劲松了口气。

工地上的人们感叹着生命的脆弱，杨舟望向这依然繁忙的工地，以及远处焚烧尸体产生的浓烟，心生感慨。

恰在此时，他的手机响了。

"您好，我是 HS 公司，请问是杨舟先生吗？"手机里传来职业的英语。

"是我。"

"您在比丹医治的同事朱斌,已经醒过来了,现在已经脱离生命危险。只是,他现在还不能说话,仍在恢复中。"

"太好了!"杨舟攥紧拳头,欢呼了一声。

第十七章

肖强的旅程

○

京城四环边的办公楼,高楼顶上立着"华通海外"四个红色大字。

偌大的办公室里,老板桌上交叉摆放着国旗和党旗,肖强看着桌上的一份红头文件,脸如锅灰,眉头皱得越来越紧。

手机响了,肖强看了看屏幕,旋即换上了微笑,接起了电话。

"喂,秦总,别来无恙啊。"

"托肖总的福,一切都好。"一个中年男人爽朗的声音,"董清风我帮你找人看了看,没什么大动静,还在找下家,我帮你留意着他吧。"

"有劳秦总了,有什么动静告诉我一下,尤其是我们公司的人有跟他接触的。"

"目前看还没有,电话我们也监听了,没发现异常。"

"秦总就是有本事,有什么好事,我肖某一定不会亏待兄弟你的!"

"哈哈哈……"对方放声大笑了起来,"肖兄跟我太客气了,咱们这么多年的交情了,你的事就是我的事,我手底下小弟多,好多事你做不方便。要不把他做了算了,何必这么麻烦呢?"

"还是不要闹出人命吧,事情弄大了,对咱们也没什么好处,有劳秦兄派人帮我盯着就行了。"

"这是自然。另外肖兄,有个事想拜托你一下。"

"客气个啥,说吧,看我有啥帮得上你的。"

"是这样，我儿子秦远啊，在美国读博士……对……我儿子能差得了吗，那可是我的基因啊，哈哈哈……他快毕业了，你看能不能安排在你那里？"

"哦？秦总你那么多钱你儿子上我这来干啥啊？"肖强诧异地问。

"哎，我儿子将来想往京城里混，不想待在平福这地界。你帮帮忙，就在你那儿过渡一下，不给你添太多麻烦。"

"行啊，这事我能办，留学的我们还可以解决京城户口呢，就不知道秦总要不要这玩意儿。"

"就说老肖靠谱嘛，下个月我去京城再找你啊，咱再谋划点大事。"

"好啊，等你来京城我找个好地方咱们好好聚聚！"

挂断了电话，肖强脸上的笑褪去了，换上了一副阴冷的面孔。

尽管这么多年的拼杀已经让他取得了夺目的成就，但他始终缺乏安全感，常年如惊弓之鸟，疲惫不堪。

此时的他长舒了一口气，后背靠到了老板椅上，闭上了眼睛，眼前又浮现出很多过去的事。

电闪雷鸣、暴雨倾盆的夜晚，黑暗、破旧的瓦房里，一个精壮的男人，一手拿着酒瓶，一手用布鞋抽打着地上的女人。女人凄惨地尖叫着，在地上躲闪着，头发蓬乱，沾着泥水。

七八岁的男孩缩在墙角，惊恐地看着这一切，边哭边喊："别打我妈妈，别打我妈妈……"

可是男人并没有停手，女人的惨叫越发凄厉。男孩终于冲了上去，用柔弱的拳头捶打着男人："不许你打我妈妈！"

"你个小兔崽子，老子养你你还敢打我！"男人一转身揪住男孩的衣服就是一耳光，随后一脚将孩子踹飞到了墙角。

"啊！强子！"女人发了疯般地扑向男孩，将他拥在怀中。男人

第十七章 肖强的旅程

扔掉了酒瓶，拳头雨点般地落在女人身上。"让你做个饭都这么难吃，要你有什么用，老子打死你！"

女人死死地护着怀里的孩子，任由拳头落在自己身上。窗外闪电划过，照亮孩子血泪模糊的脸，和他那充满仇恨的眼神。

肖强出生在极为偏远的山区，父亲在七八岁的时候病死了，使本就贫困的生活雪上加霜。为了生存，母亲带着他改嫁了邻村一个没有生育能力的老光棍，给他洗衣做饭，只求能活下去。

这是一种屈辱的生活，肖强无数次为了保护母亲被继父毒打。母亲不希望肖强一辈子就这么过下去，希望他读书写字，改变命运。肖强也发誓，要用双手让母亲过上好日子。

六年之后，肖强已经是个半大小子，能够在上学之余帮着妈妈做农活了。实在忍受不了的他们摆脱了老光棍，回到原来的老房子自己生活。

后来，肖强考上了县里的高中。再次失去了劳动力，母亲省吃俭用也只能勉强养活自己，没有钱供肖强上学了。

于是肖强只要有空就去捡破烂，卖给废品站。为此，他经常跟其他拾荒的流浪汉发生冲突，被打过，也曾把人打趴下。看着城里的同学丰衣足食，他明白，吃到嘴里的每一口饭都只能靠自己。

终于他凭借聪明和努力考上了大学，学了工科。毕业后他曾辗转多家公司，积攒了经验和人脉，最后到了组建中的华通海外。

由于从小他就懂得生存的残酷，洞悉了人性，知道如何逢场作戏，投机取巧，慢慢熟稔了官场的套路，努力钻营，杀伐果断，一路爬到了现在。

"咚咚咚。"门外响起了敲门声。

"进来。"

身材瘦小的朱利云从门外滑了进来。

"肖总，蒙特尔的账我又翻了一遍，没啥大问题，咱们这边有副本。"朱利云脸上堆着笑，毕恭毕敬地站到肖强办公桌前。

"行，一定要看仔细点，别出纰漏，有人在查我们的账。"肖强重重地用手指点了点桌面。

"好的，肖总，我再翻一遍。就他们那两下子，不行的。"

"咱们海外的账这么多年管得都很松，以后还是要注意严格管理。还有，关注着点公司还有谁跟董清风来往，他知道的事不少。"

"我明白的，董总也是太心急了，亏得您这么培养他，他还这么干。将来这个公司早晚还不是他的。"

"这小子太不仗义。我吃了多少苦才爬到今天这个位子。在非洲我待了十几年，遇到过的袭击不计其数，好几次被人用枪指着脑袋，得了疟疾差点死在那儿。他董清风一介书生，是多读了个研究生，也没做成几单生意啊，凭着拍集团领导马屁，就想搞我取代我，不自量力。"

"他哪能跟您比啊，这不找死嘛！我要是他就乖乖地跟着您干，少不了好处。总以为把集团的人拍好了就行，现在集团也救不了他了吧。"朱利云一脸谄媚。

肖强眼神怪异地看了一眼朱利云，和他那一脸的笑容，有点诡异，也有点滑稽。人心叵测，又能相信谁呢？

桌上的红头文件露出一截，标题是"关于进一步加快所属企业科学企业机制改革的通知"。

第十八章

邂 逅

○

鲁卡唯一一家四星级酒店——鲁卡国际酒店的门口，杨舟握手话别了一位当地客户，让侯立开车送客人回家。

车子开远了，杨舟返身回到装潢精美的大堂，坐到沙发上，试图整理一下思路。

对面电梯门一开，从里面走出来一位女士，瞬间吸引了杨舟的目光。

这是一个中等个头、身着淡黄色连衣裙的女子，淡淡的妆，身材匀称，皮肤白皙，小巧精致的脸上，大而圆的眼睛透着灵气。她仪态优雅而端庄，一颦一动中散发着知性美。

女子款款走来，离杨舟越来越近，杨舟脸上的表情显得越发不可思议。而女子也注意到了杨舟的注视，稍稍放慢了脚步观察着杨舟，平静如水的脸上也逐渐显露出惊讶的表情。

杨舟不由得站起了身。

"是你啊！"

两人不约而同惊讶道。

酒店一楼的咖啡厅里，杨舟和关小昱相对而坐，心情看起来都不错。

"他乡遇故知啊，没想到在这里遇见了你。"两人都久经商场，没有过多的局促，却有几分温暖。

"是啊，我在正宇科技北部非洲干了好多年了，都从没有见过你啊。"

"我两年前才来的,在华通海外负责中西部非洲,所以碰不到。你在正宇科技做什么啊?"

"我现在负责中西部非洲的工作,原来的负责人因为丢单被撤,我刚过来的。没想到咱们还是竞争对手了!"

"啊?!"杨舟更加意外了,脱口而出,"你就是他们说的黑……"

"寡妇"两个字出口之前,杨舟猛然刹住了,心知不妥。他实在没有办法把自己印象中那纯美的关小昱,以及眼前知性的关小昱,与别人嘴里刁钻、阴狠的商场"黑寡妇"联系起来。

现在的关小昱,早已褪去青涩,眼神中透出一股无法掩藏的锐气,还暗含着一丝杀气。

"黑啥啊?"关小昱有些不解地看着杨舟。

"黑马啊,在这个地方拼杀的,男人居多,你能做得这么成功,一定经历了不少艰辛吧。"

"嗨,世界上哪有容易的事情,易吃的果子不甜。"

"上一次扎我们车胎的事,是你找人做的吧,真够坏的啊!"杨舟坏坏地笑着,用手指了指关小昱。

"你说呢?嘻嘻!你们也不是吃素的,把招标结果拖到了现在,谁都弄不成。"关小昱莞尔一笑,举起咖啡杯,"来,咱们以咖啡代酒,庆祝我们的重逢。"

杨舟举起杯子和她碰了一下,与这样一位美女同学在这里偶遇,自然是一件开心的事情。

何况这曾经是他心仪的女子,杨舟不由得想起了十几年前的校园。

大学的校园里,年轻的杨舟快步经过操场。透过操场的铁丝网,杨舟看到一队女生在上体育课,一个纤细的姑娘坐在操场边的水泥台上等下课。

她留着齐耳短发,静静地坐在那里,温婉而乖巧,一点点秋日的阳光透过树叶斑驳地照在她身上,映衬着白皙、俊秀的脸,让人想靠近又望而却步不敢亵渎。

她的五官清秀小巧,眼睛大而亮亮的,笑起来是一轮弯月,明亮而温润,像一束光照进人心……

"哎,哎,想什么呢?"

关小昱浅浅地笑着,用手在杨舟眼前不礼貌地晃动着。

"哦,哦。抱歉,又想起了以前的事。"

关小昱吃吃地笑了:"是不是怪我当初没有跟你在一起啊?"

"唔,多久的事了。想来真的是要在合适的时候,遇上合适的人才行。那时候的我太愣了,还不能吸引你。"

"那你觉得现在呢?"

"现在,咳咳。你怎么样,意中人是啥样子的啊?"

关小昱的神情慢慢变得哀伤,眼神黯淡下来,长叹了一口气,将咖啡缓缓端到嘴边,轻抿了一口。

"我先生五年前,走了。"

扎伊尔河的河边小道上,杨舟和关小昱并肩走着。

"我不知道你还遇到了这么不幸的事,抱歉。"杨舟再想起"黑寡妇"这个原本觉得好笑的绰号,感到有股深深的恶意。

从这个绰号,他就可以想象关小昱曾经经受了多少恶毒的攻击。

"嗨,没事。"关小昱捋了捋头发,"刚出事的时候啊,我觉得天都塌下来了,总想着自杀。可是孩子才一岁啊,不能没了爸再没了妈啊。"

"再后来,我把孩子托付给了父母,选择玩命工作,一步一步把事业做起来，也想为孩子谋一个好的未来。然后，我就来到了这里，见到了你。"

"生活中总是有很多意外。你很坚强，能力也很强，长得又这么漂亮，还会遇到中意的人的。"

"我是不奢求了。你也知道，我们学法语的，并不像有些人想象的能够在法国工作，大多数人都在非洲。像我这样的，成天漂在外面，还能遇到啥人呢。再说得残酷点，真的有人愿意给别人养儿子吗？"

几个黑人青年迎面走来，脸上坏坏地笑着，眼睛在关小昱身上上下打量，还吹起了口哨。

杨舟向前半步，将关小昱挡在了身后，眼神冷峻地看着那几个青年。

关小昱不由自主地向杨舟的后背靠了半步，抓住了他的衣角，脸上泛起了红晕。

"没事，这些人就是咋呼一下，不会怎样的。"杨舟回过头安慰了一下关小昱。

关小昱忽然觉得，有股暖流划过心上，冰封了很久的心，有一丝丝异样。但是面对这个竞争对手，一个十几年都未曾见的人，她也不敢不戒备。

"关总，您在这里啊，我刚才在酒店没找到您。"

一个中国小伙子从旁边走来，又看了看杨舟，顿时吃了一惊。

他原本想叫上关小昱，去商量如何在后面的竞标中对付华通海外，却没想到这两人竟走在一起。

他疑惑地看着杨舟，有些佩服关小昱的敬业，为了套取情报竟亲自出马使用美人计。

而杨舟忽然觉得这人有些眼熟，仔细一看竟是那天扎轮胎的人。

"你……你……又见面了。"杨舟指着那人强挤出一丝笑容说。

"今天见到你,真的很高兴,回头咱们再聊。"关小昱伸出手,杨舟握了握她温软的手,目送他们走向酒店,心中荡起了涟漪。

第十九章
关小昱的生活

○

关小昱一袭长裙,坐在露天餐馆,看到昆古拉迎面走来,顿时笑吟吟地起身,一扭身万种风情。

昆古拉上下打量着关小昱,看着她俏丽的脸和玲珑有致的身材,笑得脸上的肉肆意乱飞。

"没想到正宇科技新来的关总,是一位这么漂亮的女士啊。难得啊!"

"部长先生,过奖了,请坐。"关小昱脸上洋溢着灿烂的笑,似乎是被夸得高兴了,"那您愿不愿意帮美女一点小忙呢?"落座以后,关小昱递过去一个盒子,是昆古拉喜欢的"Partagas Serie"雪茄。

昆古拉伸出手来,把手放在关小昱拿盒子的手上,抚摸了两下。"关总有心了,知道我喜欢这个牌子的雪茄。"

关小昱爽朗地笑了两声,缓缓抽回了手,看着眼前这张脸,胃里一阵恶心,但表情依然把控得很好。

"对您来说也不是太大的事情。您知道的,鲁卡无线通信的项目,我们也投了标,但是到现在还没开标呢。"

"为了这事啊。"昆古拉用手指弹了弹雪茄的盒子,低头若有所思,又抬头含笑看着关小昱。"不妨实话告诉你,华夏通信也在争取这个项目,现在开不了标,跟他们有关系。"

"这个我也听说了,您有什么办法吗?"

第十九章　关小昱的生活

"这个项目金额虽然不大，但是关系到以后整个蒙特尔通信市场这个大蛋糕，所以有些事情，怕是总统都要过问。"

关小昱笑了笑，听出了弦外之音，心里暗暗盘算着，看着昆古拉。"如果我们能成，自然要好好感谢部长阁下的。"

昆古拉微笑着定定看了看关小昱："关总，我儿子现在在法国留学，如果你们能给他提供10万美元奖学金的话，我可以帮你们在布耐尔总统那里说说话的。"

关小昱拿起眼前的酒杯，轻轻抿了一口红酒，微笑着说："贵公子学习这么好，早就听说了，给他一些资助让他好好学习，是应该的啊。钱不是大问题，只是数额也不算小，在我们那边需要走个程序，需要点时间呢。"

关小昱刻意地皱了皱眉，无奈地笑笑说："公司总部那帮官僚，办点事麻烦，手续多得很，不过您放心，我一定办到。"

"为我们的合作干杯！"昆古拉举起酒杯，与关小昱的酒杯碰在了一起，"我们这里还有很多好木材，关总也可以考虑的哦。"

关小昱轻轻关上了身后的门，飞快地走进了洗手间，嫌弃地看了看自己的右手，玩命地洗了起来，一副想要把手剁下来的架势，直到把手洗得通红。

因为知道昆古拉贪财好色，关小昱一直不想去见他，而是派了个男下属去。但是现在，因为项目卡了壳，她不得不去。

走出洗手间，她扶着墙甩掉了脚上的高跟鞋，脱掉了裙子，换上了宽松的绸质睡衣，把自己扔到了软绵绵的大床上，面朝下四仰八叉地躺着。

10万美元在蒙特尔这个地界可不是小数目了，能不能给，该不该给，都尚未可知。但关小昱明白自己不能拒绝，只能先假意应承下来，再做打算。

手机响了。关小昱不得不把埋在床里的头疲惫地抬起来，拿起手机接通了电话。

"喂。"

"关总，我，小吴，明天和矿山那边的会谈安排好了，早上九点，就在鲁卡国际酒店会议室。"

"嗯，他们有什么新想法没有？"

"已经谈了几次了，他们始终想让我们多提供一些免费的附加服务，在自动化方面一些不太明确的条款上想追加一些细节。我们测算过了，如果按照客户的要求去做，公司根本没有利润。"

"这就是我的好前任给挖的坑，为了签合同做了太多让步。我知道了，明天我自有打算。"

扔下手机，关小昱又躺了片刻，翻身起来，打开了电脑。

一个头发花白的男子出现在了视频聊天的窗口上。

"爸，看着我没？"

"我看着了。"

"君君怎么样了？好点没？"

"还有点发烧，请假在家待着，没去幼儿园。你跟他说说。"

一个五六岁、穿着喜羊羊睡衣的小男孩出现在屏幕上，大大的眼睛，圆圆的脸，理着寸头，与关小昱十分神似。

"君君，你怎么样，舒不舒服呢？"关小昱一脸的宠溺，声音极尽温柔。

"妈妈，我有点晕，你能回来陪我吗？"小男孩一边玩积木，一边嗲嗲地说。

"妈妈在外面还要上班呢,不能回来陪你,下个月妈妈回国就去陪你啊。君君要听姥姥姥爷的话,乖乖地吃饭吃药啊。"

"我会的妈妈。妈妈你为什么要跑那么远去上班啊,我的好多同学妈妈也上班,但是下班都能接他们放学的。"

"妈妈去远一点的地方能挣更多的钱,才能让君君过得好啊。"

"哦,那爸爸什么时候能回来啊,我的同学……我的同学,他们的爸爸也上班赚钱,还能陪他们。"

关小昱一时语塞,脸上的笑容有一丝僵硬。"爸爸现在在天堂帮天使做事情呢,要过好久才能回来的。爸爸一直在天堂看着君君呢,君君要乖啊。"

君君认真地点了点头:"我知道的,妈妈,我会乖的。"关小昱的眼泪在眼眶里打转,终于掉了出来。

"妈妈,你怎么哭了?君君会乖的,你不用担心我。"

"妈妈没哭,妈妈眼睛看电脑看久了太累,眼泪就出来了。"关小昱用手背擦去了眼泪,强颜欢笑地对着电脑。

"那妈妈你就休息一下,不用跟我视频了。老师说我们都要保护好眼睛。"

"好嘞,咱君君真懂事。亲一个……"

小男孩嘟着嘴凑了过来,做出亲嘴的架势,关小昱也凑向了电脑摄像头。

合上电脑,她已经泪流满面,之前的一幕幕又浮现在脑海。

关小昱和丈夫幸福地恋爱、约会、旅行。婚礼上美丽如公主般的她被英气的丈夫挽起了手,携手前行,憧憬着共度余生。

伴随着君君的出生,三口之家的幸福生活让人艳羡。

结婚纪念日,关小昱收到了鲜花和礼物,吃完了西餐,甜蜜地挽着丈夫的臂弯，一起脚步欢快走回家。

一辆疾驰的轿车突然从小道窜出，逆行撞向了对面来车，又快速冲向关小昱二人。

电光石火之间，丈夫猛地把关小昱推向路边，自己被车撞得飞了出去，倒在了血泊之中。

卧室床前挂着的婚纱照上，丈夫灿烂地笑着，用手搂着关小昱的腰。而披着白色婚纱的关小昱，一脸娇嗔将头靠在丈夫的肩上。

关小昱坐在床沿，手中的水果刀颤抖着放在了一只手的手腕上，缓缓地向下割出了一道血痕。

"哇……哇……"襁褓中的孩子哭了。关小昱慌忙扔下了手中的刀，抱起了孩子，嘴里一边哼哼一边说："君君别怕，妈妈在呢，妈妈在呢。"关小昱紧紧地把孩子抱在怀里，呜呜地哭着。

酒店的大床上，关小昱痛苦地闭上眼睛，掩面嘤嘤哭泣。

手机响了，关小昱拿起来一看，是一个陌生号码。她快速拭去脸上的眼泪，定了定神，接通了电话，用温婉而职业的声音说道："您好，请问哪位？"

一个男中音传了过来："您好，关总，我想和您见一面，相信我这里会有一些您感兴趣的东西。"

挂了电话，关小昱眉头微皱，满腹狐疑。

第二十章

出 发

○

"志军哥,东西都给你备齐了。"

工地的宿舍里,黄友德将一个迷彩背包放在了桌上。

"有劳老弟。"杨志军宽慰地笑了笑。

"志军哥,你就别跟我客气了,自己当心点啊,千万小心。"

"应该当心的是他们。"杨志军不咸不淡地说。

黄友德看了看杨志军,较二十多年前,他的身形更加健硕有力,而眼中的寒光,也更为锐利。

"叔,这件事我调查了三个多月,还是没有找到真正的凶手。这两天我也把情况跟你说了,蒙解组织不是凶手,我还在顺着尸体的这条线往下查,还有内鬼的事。"

"小舟你查你的。你不是说最近还有人要来袭击吗?不管是真的假的,他们总会派人来打探的,只要来了人,就会有新的线索。"

杨舟两道眉毛几乎皱到了一起:"叔,没把小华照顾好,我有责任。我还会继续追查,只是最近公司内部有不少事,项目上还有工作,不会那么快有结果。"

"小舟啊,你不必自责。华华也是成年人了,虽然征求过你的意见,也是他自己要来,我们同意了的。这也许就是我们的宿命吧。"杨志军内心苦涩,但眼神依然坚毅,宽容地望着杨舟。

杨舟忽然想起了什么，从包里掏出一个方方正正、造型笨拙的黑色手机。

"叔，这是我搞到的一个卫星手机，防水防摔，您拿着用吧。"

杨志军接过手机，放到了背包中。"好的。这瘟疫散得差不多了，我也该出去转转了。"

森林中偶尔传来鸟鸣声，阳光透过树枝和树叶间的缝隙斑驳地照向地面，滋养着底层的小草。

杨志军身穿绿色旧军服，背着背包，站在一棵参天大树下，仰头张望片刻，便略一运气，如猿猴般迅速向树上攀爬。

不到两分钟，他已经爬了四十多米，登上了接近树冠顶端的一个大枝干。这里不仅视野开阔，而且有宽阔的空间能容得下一个人。

杨志军在树丫上蹲下身子，向前瞭望，一公里以外的工地，以及另一个方位一公里之外的宿舍区，都尽收眼底。

工地上的人们正在忙碌着，森林中不时有猴子荡来荡去。

他取出了背包中的望远镜，调大了倍数。视野中，一个工人正在挖掘机中操作，衣服上和挖掘机上"中原石油"四个字清晰可见。他稍稍转了一下头，视野中出现了一个叼着香烟、挎着枪、倚着哨卡、百无聊赖的黑人士兵。

"在油田都敢抽烟。"杨志军心想。

这是一个方圆几公里之内最佳的瞭望和狙击点，只是一般人爬不上来。对于工地和宿舍区而言，狙击距离尽管有点远，但是常规枪械已经在射程之外，安全性比较高。

杨志军低头一看，前方一尺，树皮有明显的磨损痕迹。

杨志军明白，这不是动物柔软的脚掌造成的，是人类的皮靴。显然，这里不久前有人来过，在上面待的时间还不短。

跳下了大树,杨志军继续在工地周边的森林中搜寻。他找到了一些弹壳,有各种自动步枪的弹壳,也有AK47的,都是当地反政府武装的标配。

不知不觉间,杨志军来到了扎伊尔河的河畔,缓缓坐在地上。

看着清澈的河水和远处的雪山,他从来没有想过自己的独子会葬身在这个美丽如画却危机四伏的地方。

躲在这个丛林里的人,终将会为他们的行为付出血的代价。杨志军目光犀利地看着河对岸那望不到边的森林,眼里是无尽深渊。

作为工地雇佣的安保人员,杨志军每天都会穿着绿军装,背着背包,在工地周边的森林里游弋。

军队的人和附近的居民,偶尔看到他总是默默地看看这个,摸摸那个,有些不解。杨志军并不多言,只管做自己的事。

一个星期之后,杨志军再也没有回来。

"你不为你叔担心吗?他一个人钻到这个丛林里是要去玩命的。"

夕阳下,杨舟和黄友德坐在扎伊尔河边。

"他心中只有复仇这一个执念,除非手刃仇人,否则内心永远不会安宁。黄叔,你跟我叔几十年的兄弟,过命的交情,有没有想过劝劝他,不要去冒险呢?"

"要不是我这条腿怕拖累他,我也会跟他一起去的。你们这些小孩,生长在和平年代,没有吃过太多苦,别看你读了那么多书,未必真的了解人。他经历了那么多事,才终于安定下来,却突然被夺走了一切,这种仇恨,是没有办法消退的呀。"

黄友德一瘸一拐地往前走了几步,思绪万千地望着远处的一片密林。"唉,当年我受了伤不得已投降了敌军,心里一直不痛快啊,这么多年,像一根刺一样扎在心上。"

"我想,慢慢大家都会理解你的。"杨舟看了看黄友德那历经沧桑沟壑纵横的脸。

"你们能理解得了吗?"黄友德无奈地摇摇头,"我们小时候从来没有吃饱过饭,没机会考大学,费劲巴拉参了军,却赶上打仗,吃尽了苦头。我是作为俘虏给送回来的,受尽了白眼,可谁能理解我那些年在丛林里受的那些苦呢?有时候我就想啊,我还不如死了算了。我只是一个普通人,我何尝不想做个像志军哥那样战斗到底的英雄呢,只是人终归还是贪生怕死的。"

杨舟抿了抿嘴,没有说话,轻轻拍了拍黄友德的肩膀。

密林深处,一个身穿迷彩服背着背包的黑人匆匆向前走着,脖子上挂着望远镜,不时警惕地环顾两边,又看看身后。

黑人回过头继续前行,身后不远处一棵树后,杨志军悄无声息,缓缓露出了一张涂满油彩的脸。

第二十一章

抗 议

○

10月,发生在蒙特尔及周边的疫情已经基本结束了,人们的日常生活已经恢复。

杨舟在酒店门口,看着一群人从远远的街道尽头,缓缓向这边走来,隐约能听到激昂的呐喊声。

关小昱大步走出酒店。

"嗨。"

"刚回来啊。"

"嗯,刚下飞机,给你从国内带了吃的,坚果。"关小昱莞尔一笑。

"那就谢谢了,还能想着我这个老同学。说说,有啥事需要我帮忙吧。"

"看你说的,好像我贿赂你似的。"

"走,咱去河边,边走边聊,透透气。"

关小昱双手插在牛仔裤兜,扑面而来的是扎伊尔河上湿润的和风,让她舟车劳顿后混沌的大脑一阵清爽。杨舟走在她的身边,也有一种神清气爽的感觉,恍惚间,自己好像又回到了年轻时候。

自从上次偶遇,他们俩因为业务上的原因,经常在各种场合见面,共同语言也很多,有空约着一块儿吃饭喝咖啡,关系更近了。美酒配佳肴,他乡遇故知,在两人心中都是上好的美事。

"我最近听说你一直在追查'6·12'事件的真凶,有什么进展吗?"

"你消息还挺灵通啊。"

"鲁卡这地方也不大,在这里混饭吃,终归要有自己的情报来源的。我要提醒你的是,虽然蒙解组织已经承认是自己干的,但根据我们掌握的情况,事情绝不是想象的那么简单。"

"这个我知道,不过还是很感谢你的提醒。"杨舟心中一暖。坦白讲,他觉得关小昱这个时候提供消息,或许出于同学情谊,也可能另有所图。

"如果有进一步的消息,咱们也都互通有无,好吗?我们在酝酿北部一个矿区的安保和信息化项目,需要搞清楚到底是谁在搞破坏,怎么防卫,这样才能保证项目的可行性。"

"老同学在外,应该互帮互助,别太见外。咱们虽然是竞争对手,但都是中国的公司。"

一个漂亮的女人在危机四伏、万里之外的非洲负责这么一摊事,非常不容易,让他有怜香惜玉帮一把的冲动,但是职业的素养也提醒他要保持清醒,利益为上。

关小昱正想再说点什么,杨舟却慢慢转过头去,他注意到,身后有人在尾随他们。

一个穿着白衬衣牛仔裤、瘦小的黑人小伙看到杨舟转过头来,吓得赶紧扭过头去,但似乎又重新鼓起了勇气,走向了杨舟。

杨舟看着他走过来,警惕地把关小昱往后拉了拉。小伙走近之后竟一下跪在杨舟面前,用蹩脚的中文说:"先生,女士,请你们帮帮我吧,我妈妈快要死了……"

小伙哭了起来,杨舟赶紧把他拉了起来说:"站起来说话……"

小伙开始用磕磕巴巴的中文述说,杨舟和关小昱大体听明白了小伙的遭遇。他叫米波尔，父亲早亡，母亲把他拉扯大，通过勤奋学习考入了蒙特尔唯一的大学鲁卡大学，还得过中国政府的奖学金去中国作为交换生留学过一年，会些中文。

现在，他妈妈得了病，急需手术，但他还没毕业，家里已经穷得揭不开锅了，想请杨舟他们借一点钱，否则他妈妈就要死在医院了。因为他在工地当过短暂的翻译，所以认得杨舟，一路从酒店门口跟到了这里。

由于中文水平有限，小伙没能说清楚得的什么病，关小昱用法语询问才得知是阑尾炎。

杨舟和关小昱互相对视了一眼，满腹狐疑。

杨舟回过头看着小伙真诚、绝望的目光，也不知道该不该相信他。

终于，杨舟从钱包里掏出来 5 张 100 美元的大钞，递给了小伙，饱含着鼓励的眼神说：

"拿去给妈妈治病吧。"

米波尔激动得浑身发抖，千恩万谢，表示一定会还，执意让杨舟留下联系方式之后走了。

"你确定他不是骗你吗？出手这么大方。"关小昱笑得有点坏。

"我不确定啊，如果他说的是真的，那么我就做了一件大好事，救了可怜的母子俩。如果他骗我，那周围很可能还有他的同伙，我花点钱，满足了他们的胃口，保证了你我的安全。"

关小昱也不确定，杨舟是不是故意在她面前表现自己的善意和爱心，只是吃吃地笑。只觉得他的行为跟解答都甚好，人生山一程水一程，深一脚浅一脚，行善保平安。

游行人群渐行渐近，大家群情激昂，中间却有滥竽充数者，颇不正经，边喊边笑，蹦蹦跳跳，似乎在参加一场大型娱乐活动。

一声声突兀的呐喊终于吸引了杨舟和关小昱的注意力。

扛着的纸牌既有英语，也有法语，用暴躁的字体抒发着心中的愤怒，写着"要环境不要石油"等。

"这是在抗议你们的油田项目呢。"关小昱戳了戳杨舟的胳膊，杨舟不由得皱起了眉头，很是不悦，低声脱口而出："他们真是一派胡言！"

队伍在河边的小公园停下了，一个身材臃肿、光头的黑人男子站上了台阶，用手示意大家静一静，看来他要发表一通演讲了。

"这是布耐尔的一个竞选对手，属于一个小党派。"杨舟认出了这个人。

中年男子开始用法语慷慨激昂地讲起来。知道杨舟听不懂，关小昱饶有兴趣地给杨舟当起了翻译，时不时扭头瞄一眼杨舟，然后自顾自地浅笑几分，觉得杨舟生气的样子莫名有点可爱，像被同学无端误会了，却又没处说理，如鲠在喉的感觉。

"同胞们，我们的母亲河，扎伊尔河遭受了严重的污染。现在的政府，现在的总统布耐尔，就是一个大骗子！

"他们欺骗我们，他们的油井根本就达不到环保的标准。我们和神灵赐予我们的动物，包括我们的圣物——白犀牛都在喝这条河里的水。"

义愤填膺的中年人举起了手里一幅两尺见方的大照片，上面是河水里大片的污渍，和躺在河边一大一小两头死不瞑目的白犀牛。

"他们骗我们会做好环保，可现实就是这个样子。"

关小昱疑惑地问杨舟："油田不是还没有正式投产吗？怎么就有这么多的污染了？"

第二十一章 抗议

"6月份已经试着运行了一段,还远远没有量产,我老在河边走,不可能污染成这个样子啊!"

关小昱将信将疑地再次望向喊话的人。

"工厂施工根本没有达到国际环保标准,没有配备合格的污水处理装置。采油、炼油的污水都将被排进扎伊尔河。获取利益的,是那些达官贵人和外来的掠夺者,而受苦的,是我们脚下这片伟大的土地和我们的人民!"

演讲者的表情因愤怒而变得狰狞:"同胞们,我们能答应他们这样做吗?!"

"不能!不能!"

数百人的人群中爆发出雷鸣般的呐喊,开始剧烈骚动起来。一些人推搡着军警,"砰"的一声枪响,人群炸开了,有人冲进了路边的店铺抢劫,混乱中有人不知道从哪里扔出了一个燃烧瓶,两个军警身上着了火,一边号叫一边在地上翻滚起来。

"快走!"杨舟赶紧拉上关小昱的手,快速朝远离人群的方向跑去。

在台阶上喊话的中年胖子见势不妙,在几个人的簇拥下逃得无影无踪。

"突突突突……"一阵急促的枪声响起,两个黑人青年被击中后身子一抖,倒在了血泊中。

人群彻底炸了,有人在逃跑,还有人在抢夺军警的枪支。一辆汽车被燃烧瓶击中着了火,"嘭"一声巨响,车爆炸了,附近的人被气浪掀倒在地。

街道上已经一片混乱。

米波尔一路小跑进了医院的大门，快步来到了走廊里的一个病床前，蹲下去拿出了钞票，握住了母亲的手，喜笑颜开地说："妈妈，我们有钱治病了！"

病榻上的母亲手上挂着点滴，艰难地露出了一丝笑容。

第二十二章

彷　徨

○

杨舟拉着关小昱一顿狂奔，跑过了几条街。

酒店是回不去了，他们上气不接下气地来到了华通海外的办事处，用力地拍打着小院的大门。

侯立打开了门，看到还在拼命喘气的杨舟和关小昱，赶紧把他们让进来。远处，传来稀疏的枪声。

"谢谢你们收留我。"在客厅的餐桌上，关小昱和杨舟、侯立、刘思婉一块儿吃晚饭，桌上是几样中国的家常小菜。

"别客气，就当这里是自己家，都是同行。"刘思婉摆出了轻松、慷慨的神情，只是来了个这么漂亮的女人，内心还是有一丝天然的敌意，不由得略带着警惕，暗地里打量了一番关小昱。

"早就听说你们这里有个小美女，之前还没见过呢，今天一见果然名不虚传啊。"关小昱敏锐地觉察到了刘思婉的警觉，识趣地夸了刘思婉几句。

刘思婉神色顿时轻松了许多："哪能有姐姐你好看哪，又好看又有气质。"

甄羽端着话筒快步走进了医院，黑人摄像师紧跟其后。长廊里人满为患，横七竖八地摆满了病床，还伴坐着伤者家属，有人走来走去如愤怒的困兽，有人双手抱头满脸悲伤如被弃的孤儿，病房内满是消毒水味，满是人间苦楚。

一个十六七岁的女孩静静地躺在病床上，紧闭双眼，头上蒙着纱布，眼角不时渗出鲜红的血。医生说她面临失明的危险。她的母亲显然是个穷人，无助的脸庞悲伤中带着懦弱。她在床边温柔地抚摸着女儿的头发，乌黑的眼睛里泪光闪烁。

甄羽带着摄像师匆匆而过，眼光不时掠过走廊上的人们，却不敢过多逗留。谁又能够保证这些伤者里面，没有危险人物呢？

人群情绪的失控是随时可能发生且不可预测的，危险往往是一触即发，在外闯荡的甄羽非常明白谨慎的重要性。

"你们看看。"侯立指了指电视。当地的电视台正在播放新闻，鲁卡警察局长正在义愤填膺地谴责今天的暴乱，表示一定要严惩背后的阴谋家和破坏者。镜头一转，黑人女记者现场展示了被暴徒破坏的商店和悲痛欲绝的店主，但路人的表情却是一脸淡定，表现出事不关己的冷漠感。

"咱们的媒体有没有报道这事？"杨舟问道。侯立切换到了华夏TV国际版，病房中的甄羽出现在屏幕上。

身着警服的男子躺在床上，头被裹得像粽子一样，手臂被烧得皮开肉绽，一位女性家属在病床边对着话筒哭诉。

而拿着话筒的，正是甄羽。

"这小伙还蛮帅的嘛。"刘思婉说。

"女生关注的重点还真不一样，不过人家警察头都被包了一半你都看得出来？"侯立不解地问。

"我说的是那个记者。"刘思婉嘟着嘴白了侯立一眼。

"啊？哦——这哥们儿啊，哪儿都有他，跟个搅屎棍一样。"侯立恨恨地看了一眼电视上的甄羽。

"什么呀，吃饭呢，搅什么搅？"杨舟皱着眉头瞪了眼侯立，而关小昱却看了看侯立，又看了看刘思婉，笑而不语。

"华夏 TV 记者甄羽从非洲发来报道……"甄羽对着镜头职业地说了最后一句话，新闻内容又转到了东南亚某国。

"别的还有什么报道吗？"关小昱问。

"你们再看看这个。"侯立拿起自己的平板电脑，一个金发碧眼的女记者在现场用英语解说，"今天这里发生了一幕人间惨剧，和平聚会、捍卫自己权益的平民遭到了残酷镇压，一名当地青年失去了生命，受伤二十多人。"

晃动的镜头下，几个浑身是血的受伤者在哀号着，白人医生正在手忙脚乱地救护，白大褂上沾着斑斑血迹。

"A 国在当地的志愿者正在开展救治。只是他们救不了蒙特尔的母亲河，扎伊尔河。"女记者解说道。

镜头转向了油田施工现场，中原石油的工人们正在忙碌着施工。

"蒙特尔政府曾经表示，这个油田的排污处理完全可以达到国际标准，但是实际上，由于一些众所周知的中间费用，项目方已经没有足够的钱来购置高端环保设施。根据当地可靠人士透露，在油井合同中，对于环保的约定非常模糊，这是政府与中原石油故意为之……"

一个秃顶的 A 国石油专家出现在了画面上，专家不紧不慢地侃侃而谈。

"石油开采和炼油是高污染的产业，在河流的附近开采和炼油，有利于污水排放，却会对环境造成不可逆的影响。我们的研究表明，像这样的油田，如果不采取有效的环保措施，会使人患癌的可能性提高几十倍……"

侯立夹了一块肉塞进自己嘴里："这里面肯定有人在搞鬼，A国人总给我们捣乱。"

"大国竞争就是这样的嘛。只是咱们给蒙特尔修了这么多基础设施，跑这么远来帮他们，怎么还有人敌视咱们呢？你看华夏建设的崔总他们给修的那条国家公路，一千多公里，一路通到海，多好，多棒，咱们中国还有好几个工人修路死在这儿呢。"刘思婉说。

"林子大了什么鸟都有，都正常。修了路，他们的物产可以出去，国外的产品可以进来，帮助多大啊，给他们创造了就业机会，有钱吃饭还有钱玩乐，还是有很多人感激我们的，你个姑娘家刚来，跟他们接触太少。哦，对了，非洲唯一一条跨国铁路也是咱修的啊。"杨舟语气中透着自豪感。

"那是，蒙特尔的医院、酒店啥的，像点样子的东西都是咱们建的。"关小昱补了一句。

"所以咱们的工作不仅是在为国家做贡献，还是在为人类谋福利！"侯立握紧了拳头。

"来，让我们这些地球村的建设者，为全人类的幸福干杯！"杨舟端起了茶杯。

"干杯！"

关小昱放下杯子，一边吃饭，一边似乎是半开玩笑地问："不过我说你们那儿的油田环保到底做得怎么样呢？应该没啥问题吧？"

刘思婉张了张嘴，不敢多言。

杨舟看了一眼关小昱，这么多年，她也变得世故油滑了。人本就是复杂利己的物种，为了生存，都得八仙过海各显神通。尤其是她，要孤独地面对这世界的所有恶意和不公，不武装到牙齿，又怎敢只身来到非洲？这让杨舟隐隐不安。

第二十二章 彷徨

这不是一次大的骚乱,很快就恢复正常了。晚饭过后,杨舟把关小昱送回酒店。

来到大堂,杨舟准备离去。

"今天多亏了你陪着我,要不,我请你喝几杯?"

"好啊,恭敬不如从命。"

二人在酒店一层的小酒吧坐定,点了一瓶红酒。昏暗的灯光下,暧昧飘然而来。

"你知道吗,你是一个能给人安全感的男人,善良、勇敢、坚定。"关小昱目光灼灼地看着杨舟。

"是吗,哈哈,那你当时为什么没跟我在一起呢?"

"那会儿你也太愣了,第一次找女孩子约会,约我去食堂吃饭,乱哄哄的,给我的感觉是你根本不懂女孩。哪怕你请我看个电影也好啊。"

"唉,也是,或者这就是命运吧。来,为了命运,咱们喝一个。"杨舟举起了高脚杯,一饮而尽。

"今天咱们用中国的方式喝洋酒。"关小昱微微笑着,拿起酒瓶把自己的酒杯倒满,又给杨舟倒满,柔柔地说,"来,干一个。"

杨舟一怔:"够豪爽啊,陪你。"两人轻轻一碰杯,杨舟一口一口喝下去,透过酒杯,他看到关小昱皱着眉在大口灌,有些不解。

关小昱优雅地将酒杯放在桌上,舒了口气。

"你知道吗,我其实不喜欢听到'命运'这个词。如果有命运的话,命运对我也太不公了。"

"有好多事,真的是人力不能左右的,谁也想不到……"

"我原本以为我拥有了一切,可是命运却硬生生地把他夺走了。"由于酒精的作用,关小昱的脸颊已经微红。"再来!"

关小昱举起满满的酒杯,与杨舟再次一饮而尽。

"嗯……"杨舟正想说点什么,关小昱却又开了口。

"今天咱们就率性而为,平时在人前都摆着一张假脸,大家应该都很累吧!"

又是一大杯下肚,一瓶很快见底,关小昱又要了一瓶,让杨舟有些瞠目。

"你了解这种拥有了之后失去的感觉吗?你知道一个女人带着孩子还要打拼事业有多么不容易吗?"

"你有没有想过再找一个……"

"我的子健是一个完美的人、优秀的人,他很疼我,我不可能再遇到这么好的人了,我宁愿……宁愿……自己过……"

关小昱的头有些轻轻晃动,一只胳膊枕着桌子,头已经垂了下来,一副不胜酒力的样子。

"再来一杯!"关小昱自顾自干了杯中的酒,杨舟只好陪着又喝了一杯。

关小昱眼神已经迷离,用两只胳膊垫在桌子上托着下巴,满脸通红地看着杨舟。

"你看我,现在事业小有成就,能让自己和孩子过上不错的生活,可是杨舟,你知道一个女人最需要的是什么吗?"

"小昱,你很优秀,什么都可以靠自己努力得来的。"

"你错了,你大错特错!!"关小昱皱着眉头,已经完全失去了平时的优雅,用手指着杨舟吼道。

"是宠爱,是爱人的宠爱,是当小公主的感觉啊!"关小昱说完忍不住抽泣起来,一头倒在了桌子上,肩膀耸动着,一会儿就再也不动了。

杨舟伸手推了推关小昱的肩膀,叫着她的名字。关小昱喃喃地说:"我还要喝……"

"小昱,你喝醉了,我送你回房间。"杨舟扶起了一摊烂泥一样的关小昱,从她的手提包里找到了房卡,把她一路送进了酒店的房间。

他把关小昱轻轻放到了大床上,脱掉了鞋,又盖上了被子。

昏暗的灯光中,关小昱的脸雅致而红润,空气中飘荡着酒精的味道和关小昱身上淡淡的香水味,让床边的杨舟有点眩晕。

关小昱是个极具魅力的女人,尤其是在万里之外的蒙特尔,在曾经的追求者杨舟眼中。

杨舟的头上渗出了细密的汗珠。他使劲定了定神,轻轻转身准备离开。

忽然,他感觉被什么东西挂住了,回头一看,关小昱的一只手拉住了他的衣角。

他望向了关小昱的脸,是一副安然沉睡的神情。

杨舟整理了一下心绪,小心翼翼地拉开了关小昱白皙的手,轻轻地放进被子里。

杨舟走出房间,缓缓地关上了门,使劲摇了摇脑袋,长长地舒了口气,大步向外走去。

床上的关小昱慢慢睁开了眼,慢慢又闭上了,肩膀剧烈地抖动着,不可抑制地抽泣起来,眼泪顺着涨红的脸颊不停地往下流。

第二十三章
采访总统

○

　　白色的皮卡停在了街边，副驾驶车门打开，一位三十多岁、温婉大方、容貌秀丽的女子下了车，款款向鲁卡国际酒店的大门走去。

　　甄羽从驾驶座上下车来，紧紧跟上。

　　"袁姐，要不要回酒店房间休息一下？"甄羽追上了女子，笑眯眯地问道。

　　"不了，直接去餐厅吧，小昱已经到了。"女子微微一笑，走进酒店大门，向餐厅走去。

　　"哎哟，萍萍！"

　　"小昱！哈……"

　　刚进包间门，袁萍看到关小昱，一改刚才的矜持，咧开嘴大笑着碎步奔过去，与关小昱紧紧拥抱在一起。

　　"哎呀，咱们小昱还是这么美，真真岁月不败美人啊！"袁萍看着关小昱的脸，由衷地感叹道。

　　连万花丛中过的甄羽也忍不住暗暗点了一个大大的赞，像关小昱这种引而不发、持重的美，真不是年轻小姑娘能有的。

　　"咱俩终于又见面了，没想到是在这里……"袁萍抑制不住兴奋，乐得嘴都合不拢。

　　"是啊，上次咱们宿舍聚会，好不容易六个人凑齐了，快五年了吧。"

"是啊，五年了，这五年发生了不少事啊……"袁萍看了看关小昱，感慨地说。

关小昱脸上掠过一丝忧伤，转瞬即逝："来来，坐，菜我都点好了，都是你喜欢吃的。"关小昱招呼两人坐下，眼睛停在了甄羽身上。

"哎呀，这个小帅哥是你的手下啊，电视上见过好几回了，总往危险的地方跑，看起来比电视上还帅几分呢，真精神！"

"那是，我们社的颜值担当，好多小姑娘围着他团团转呢，赶都赶不走，是吧，甄羽？"袁萍戏谑地看了看甄羽。

"哪有啊，袁姐，您又嘲笑我。我可是老实人，只有一个女朋友。"

"切，我还不知道你，换多少个了。"

"袁姐，我一次只对一个好的……"甄羽狡黠地笑了笑。

"帅哥总是招人喜欢，哈哈！"关小昱爽朗地笑着，又望向了袁萍，"怎么着，听你说这趟来要去采访总统呢？"

"对啊。这不要大选了嘛，所以我让甄羽去约，采访布耐尔总统，他们很爽快就答应了。"

"哦，看来这是他对中国释放的一个友好信号啊！"

"没错，他的政府得到了中国不少支持，大选他自然想让我们一如既往地支持他，所以咱们一提采访，他立马答应了。"

"那是，咱给他们修的这些医院、公路、学校，确实造福他们了，提供了这么多就业机会给当地人，选民们也希望将来还能有啊，好多人还喜欢喝中国茶呢。"甄羽颇有些自豪地说。

"是这回事。哎，对了，我说羽子，你妈妈的工作做通了没有啊？她总惦记着你这个独生子的安全呢，给我打了好几个电话了，说你一个人在蒙特尔很危险，让我把你调回去。你在这儿都两年了，任期也快到了，如果你想回去，我可以跟总社说说。"

"嗨,她总想让我在京城总部干文职,那多没劲哪,我喜欢当记者到处跑跑,见见世面,越远越好,越刺激越好,大老爷们儿……"

"那你这样子,女朋友呢?"关小昱问。

"在京城上班啊。"

"你这么在外跑,不在她身边,能给她安全感吗?"

"安全感?"甄羽狐疑地看了一眼关小昱,"我为什么要给她安全感,呵呵。"甄羽说着说着就乐了。

"好吧,'90后'的事,我们这些'70后'真是不懂啊,老了啊。"关小昱有些尴尬地朝袁萍笑笑。

"是啊,过得多潇洒,哪像我们这么苦逼,想这想那的,活活来受累的,都顾不上为自己着想,肩上的担子想卸也卸不下了啊。想想也是,怎么活不是活,羡慕啊。"

"两位美女大姐就别寒碜我了,来吃菜吃菜,美食面前莫谈人生……"甄羽满面笑容用勺子赶紧往两位女士碟子里舀鱼。

夜半悬月,一半月光一半灯光,袁萍和甄羽还在埋头对着采访总统的准备清单。"这个采访清单弄得很好,稍微修改一下就可以用了。我看用不了多久,你就会超过我,可以自己去采访总统了。"袁萍赞许地看着甄羽。

"这怎么可能啊,袁姐是我永远无法企及的高峰啊,我差得太远了,怎么着也得您罩着我。"甄羽一副诚恳的样子。

"切,油嘴滑舌……来,我们再对一遍。"

"嗡嗡……"甄羽的裤兜发出振动的声音。

甄羽掏出手机看了一眼,眉头不自觉地皱了起来。"我女朋友,袁姐,我去接个电话。"

"甄羽,你怎么这么久都不接我电话啊。"话筒中是一个清脆、急促的女声。

"我跟袁姐商量明天采访的事呢。"

"那你考虑得怎么样了？什么时候回来啊？"

"你又说这事，我这明天采访总统，正在准备，哪有时间想这个啊，别急。"

"就你的事重要，我不重要？我爸妈都问我你什么时候回来，什么时候能结婚，说我都老大不小了。"

"结婚？宝贝，咱不是之前说了不着急嘛，咱们都还小，我觉得结婚还是很遥远的事……"

"遥远个鬼啊！甄羽，你是男的你不怕，我今年都25岁了……那你什么时候回来陪我？"

"这个再说吧。"

"再说再说，你都去两年了！我告诉你，今天李强又来找我了……"

"哦，那哥们儿啊，找你干吗？"

"你就不担心他对我有企图？"

"不担心啊，我这么帅，他有我帅吗？他要行你就不会跟我在一起了对不对？哈哈……"

"你……"对方似乎被噎住了，沉默了片刻，"甄羽，我告诉你，别太自信了，老娘受够了你的狂妄自大，李强现在已经在大国企当经理了。没错，他是没你帅，但他能在身边陪我，你能吗？"

"这么说你对他还是没死心啊，啊？"甄羽语气提高了几度，有些被激怒，"我告诉你范娟，还没有女人能威胁我……"

"威胁你？！我告诉你，咱俩分手了！你爱找谁找谁去！"对方的声音带着哭腔，大声吼着。

"行啊，分就分，你去找你的李强去吧，我不耽误你的幸福。"

"甄羽，你给我滚！！！"

电话里一阵忙音，甄羽皱着眉头愣了半晌，狠狠地把手机塞进裤兜，回到了袁萍的房间。

袁萍诧异地看了看脸色铁青的甄羽："怎么了，跟女朋友吵架了？"

"没事袁姐，分手了。"

"啊？！"

沉默了片刻，袁萍淡淡地说："上了班的女孩子跟学校不一样了，那会儿寂寞找个人陪，现在大家是奔着找老公去的，没时间耗，再说女孩子最好的就那么几年，谁不想在最好的年华嫁给心中的白马王子呀。你这马不停蹄的，换谁也不敢等啊。袁姐是过来人……"

"没事的，袁姐，咱接着对吧。"甄羽有些不耐烦地打断了袁萍，这些又臭又长的道理在家听得已经够多了，人想怎么过就怎么过，哪来那么多道理呢？

袁萍看了看甄羽，轻轻叹了口气，拿起了桌上的稿件。

凌晨3点，甄羽躺在床上，用手机翻着通讯录，看着"宝贝"的电话，皱着眉思忖良久，烦躁地把手机扔一边翻身睡了。

一身知性打扮的袁萍长裙飘飘，气质不凡，诗书气裹着几分干练。她向门口的卫兵递上证件，摇曳生姿地款款而去，扛着摄像机的甄羽紧随其后走进了总统府。

穿过大厅和四方形的长廊，西装笔挺的工作人员将他们带到二楼的一处房间。

里面已经架好了一个摄像机，大屏幕电视里是华夏TV国际频道，正在播放中国帮助非洲建设的第一条高速铁路的通车仪式。

"考虑得真周到，厉害。"甄羽一边调整着摄像机一边对袁萍说。

第二十三章 采访总统

"各位观众，我在比丹现场为大家报道这次通车仪式，我身后就是非洲第一条高速铁路，比丹是起点，比丹总统亲自参加了这次仪式……"一个戴着眼镜的女记者拿着话筒正在报道。

"艳子又胖了？"甄羽转头看了看袁萍，"咱们非洲总站伙食不错啊。"

"嗯，她听到这话会揍你的，赶紧干活吧你。"袁萍嗔怪地对甄羽说。这个机灵帅气的大男孩很讨女人喜欢，有时候却有点不着调，倒也无妨。

西装革履的布耐尔步履稳健地走进房间，气势十足，微笑着向袁萍伸出了右手。

"下午好，总统阁下。"袁萍脸上带着灿烂的笑容迎了上去，握住了布耐尔的手。

"很高兴你们能来采访我，我正好有很多话要对你们说。"布耐尔的英语尽管发音有些僵硬，但还算流利，边说边示意袁萍坐下，自己则泰然自若地坐到两台摄像机的对面。

"总统先生，咱们可以开始了吗？"

布耐尔点了点头："可以了。"

白色皮卡车上，甄羽边开车边跟身旁的袁萍搭话："袁姐，你说这选举期间真的会出事吗？我来的时间短，还没经历过选举呢。"

"什么都有可能发生啊，真正的危险往往是很难觉察、无法预判的。你看，祖瑙里的选举，原来的总统和竞争者都说自己当选了总统，到现在还僵持不下，国内一团糟，到处都是暴乱，联合国都去调停了。"

"哎，对了，你真跟你女朋友分手了？"袁萍忽然话锋一转。

"……分了啊。"这个急转弯让甄羽差点方向盘急转弯。

"你不去哄哄人家,两年多的感情了。"

"不了,吵了不止一次了,在一起不开心就分呗,也好,让她去寻找她的新幸福吧。袁姐,我回去赶快把东西整理一下,尽快把采访发出去。"甄羽并不想多谈。

"好吧。新闻的时效性很重要,抓点紧。"

"……你看到的那些高楼,还有机场、医院、公路、学校等一些项目,都是由中国公司承建的。早在八十多年前,就有很多中国工人来为我们修建铁路,很多人死在了这里。我们的发展离不开中国人的贡献,我们合作的前景无限。我欢迎中国的企业、游客到蒙特尔来,促进经济发展。愿我们友谊长存。"

电视上,布耐尔用略显生硬的英语侃侃而谈。杨舟、侯立和刘思婉一边吃饭,一边看着电视上的布耐尔。

"谢谢您的好意,总统先生。现在蒙特尔的大选已经进入了倒计时,您对此有什么想说的呢?"袁萍露出职业的微笑。

"我们的大选,是国家的根本制度,我自己就是通过大选当选了总统。我也欢迎蒙特尔的有识之士,愿意为蒙特尔造福的人来参加这次竞争。但是我也要提醒一些心怀鬼胎,想趁机扰乱选举,挑拨蒙特尔各部族之间矛盾的人,他们是绝不会得逞的。我就在这里等着他们。"

"对了,杨总,上个月副总统宅邸被袭击了,前几天还有一个负责选举的官员被勒死了,现在布耐尔和他的对手互相指责,看来逢选必乱啊。"侯立不无忧虑地对杨舟说。

"谁输了谁就得逃,命丢了都有可能,实在太乱了咱就撤,回家呗。"杨舟淡定地说。

"电视上的记者姐姐好有气质，不愧是'台柱子'。"刘思婉不由得赞叹道，一脸羡慕，明亮的眼睛里星光闪闪。

"你比她漂亮啊，下个月的演出，让他们知道咱们的实力。"侯立看了看刘思婉的脸，望得有点愣神，感叹着命运的眷顾，能遇到这么漂亮的姑娘，何德何能。

"……我现在不再接受西方媒体的采访，让他们去采访我的竞争对手吧。之前我曾接受西方四次采访，但从未播出过。但是，我对中国媒体是友好的，相信你们能够公正、客观地传播我的想法。"

"我们的人民也很喜欢中国，我们的年轻人喜欢喝中国的绿茶，把它叫'艾塔亚'。中国的农业也很发达，这里有大片农田被称为中国稻田，中国农业专家在那里顶烈日、下农田，向当地人传授水稻种植技术，还有中国援建的卫生中心，为当地百姓的卫生健康，尤其在埃博拉病毒肆虐期间发挥着重要作用……"

"谢谢总统先生对中国的肯定。那么对于不久前发生的'6·12'袭击中国工地的事件，现在凶手还没有抓到，您怎么看呢？"电视上，袁萍不温不火地问，而杨舟则立马眉头一皱，精神一振，睁大了眼睛盯着电视。

布耐尔面色微变，缓缓道："借这次机会，我再次表达对袭击中死难者的哀悼，以及对万恶的恐怖分子的痛恨。不管对方是谁，我都将把这些袭击者绳之以法，让他们付出惨痛的代价。"

布耐尔顿了顿，神色严肃："这个事情我已经和中方沟通了多次，如果有必要的话，我们将与中方通力协作，共同打击国际恐怖主义！……"

电视前的杨舟，眼睛不自觉地眯了起来。

第二十四章

中间商

○

杨舟身着短袖 T 恤、西裤，戴着墨镜，走向露天咖啡厅的一张圆桌。

座位上一个三十多岁光头的男子，长着东方人的面孔，皮肤晒得黑漆漆的，圆滚滚的身躯上套着一件海滩印花衬衣，脖子上竟挂着一条极粗的金链子，嘴里叼着一根香烟，吐着烟圈。服装与肤色都很是入乡随俗，金链子的重量更显得他胆量不俗。

看到杨舟走近，男子连忙站起身来，满脸堆笑："杨总，来了。"

"张总约的，能不来吗？"

"啥张总不张总的，叫我小张就好。您也知道，在您那些大生意面前，我们就是个皮包公司。"

"张总谦虚了，你们鲁卡商贸生意越做越大啊，又搞矿又倒腾木材的。"

"小打小闹而已，不值一提。倒是赚了点钱，不过很多地方还得仰仗你们这些大老板啊。"张玉龙恭敬地递过一根烟，因为肉太多而挤小了的眼睛笑得更是眯成了一条缝。

杨舟摆了摆手："不了，谢谢。"

"今天正好有一个好消息先透露给您。"张玉龙不无得意地摸了摸脖子上的金项链，笑着卖了个关子。

"哦？说来听听。"杨舟饶有兴致地看着他脖子上的金链子，很有些替张玉龙担心。也就是他，也就是在鲁卡最核心的区域，也就是为了体现自己的实力，才敢戴这个金链子，在这儿一条命可没有一条金链子值钱。

"鲁卡无线通信的项目要重新招标了，消息绝对可靠！"张玉龙得意地看着杨舟。

"那敢情好啊！"杨舟兴奋地拍了一下椅背，"这样的话，正宇科技的人前面做的被废了！"

"因为这次瘟疫，正宇科技的人消停了一段，我们趁机一直跟上面的人攻关。重新招标的理由有几个，上次参加的人太少，而且根据新的技术发展趋势，这次的招标虽然还是 3G，但需要考虑将来铺设 4G 网络。再有，就是增加对瘟疫的应急通信处理与协同。"

"理由很充分。做得很好，后面我们一起准备，中标了佣金少不了你们的。"

"正宇科技的新头儿是个娘儿们，据说很不好对付，而且长得很漂亮，骚得很。"张玉龙凑近了杨舟，坏坏地笑着。

杨舟稍微皱了下眉头，内心很是反感，他不喜欢别人这么诋毁关小昱。"你管她谁呢，咱们干好自己的事就好。"

张玉龙看到杨舟的表情，有些奇怪，身子往后一仰，吐出一股烟，端起了桌子上的扎啤。

"来，杨总，为我们的成功合作干一杯。"

杨舟与他一碰杯，喝了一口。

"正宇科技的人不愿意用我们，不像你们国有企业，要顾忌审计啥的，脏活累活都花钱让我们干。他们路子野得很，也不怎么信得过我们。

"但是不要忘了，我在这里干了十几年了，上上下下人头熟得很，可以说是无孔不入,很多地方比他们强。我们不像你们这些人,顾忌些家里的瓶瓶罐罐,总是放不开手脚。当年我逃债逃到了这里,从挖矿做起的,啥不能干啊。现在我不也把债还完了,衣锦还乡。爱拼才会赢啊!"

杨舟定定地看了看张玉龙。好多人为了混得更好,才来到非洲这片肥沃而危险的土地"淘金",把脑袋别在裤腰带上过日子。同样的人,在这里能赚比国内多几倍的钱。

"你们这帮人啊,不也都是为了多赚几个钱吗?"

杨舟笑了笑,不置可否,举起酒杯跟张玉龙碰了一下。"上次让你打听的事情,有线索了吗?这也是咱们咨询服务的一部分,服务费少不了的。"

"我问了政府、军队、反政府军那边的眼线,查到了一些。需要提醒你,'6·12'事件后面或许会有政府的人。反政府的、政府的、各方的人、各方的利益,都交织在一起,乱得很。"

"直说吧,我怀疑中国公司这边有内鬼,你有没有收到什么消息?"

张玉龙低头皱眉吸了一口香烟,吐出一股烟雾。

"不瞒您说,中原石油里面有人被收买了,工地的图纸和合同的影印本都被泄露了出去。这不是小喽啰能够做到的。"

"哦?看来我的判断是对的。"

"嗯。你们华通海外可能有人做内应。你们的资料、您的照片,都被摆在反政府武装的案头,我的线人看到过,告诉了我。您的一举一动,都在别人的掌握之中。别问我,我不知道谁是内鬼。"

"你的消息确实灵通。"杨舟后背有些发凉,他的担心终于被证实了。

"干我们这行,很大部分就是吃情报这口饭的,贩卖消息,撮合交易,消息必须灵通。"

酒已经喝得差不多了,张玉龙用法语吆喝了一声服务生,让再来两杯。

"听起来你的法语不错啊。"

"哪能跟你们比。这么多年,自学的啊,要不然怎么出来混。"

"这些消息你告诉了我,不怕我说出去,影响你以后的生意吗?谁还敢找你呢?"

"我相信杨总的为人,不会出卖我的。"张玉龙顿了顿,眼中流露出一股悲愤,"中原石油在国内招揽人马的时候,我让我弟弟也来了,当了个小头目。本来想带他发点财,不巧这次袭击中他受了重伤,多亏你们找来飞机送到了比丹。命是保住了,但是双腿残了,终身要坐轮椅。我知道您在寻找真凶,希望您能找出来替他报仇。我也能感觉到背后的势力很大,所以,杨总您也要小心一点,不要把自己搭进去。"

"谢谢你的提醒。有些事,虽然危险,但必须要做。"杨舟的表情淡然,语气却很坚定,这样的提醒他已经听过很多次了。

告别时,两人意味深长地握了握手,杨舟在张玉龙戏谑的表情下看到了同胞的深情,也不免再次为他的金链子担忧。

第二十五章
文化交流

○

鲁卡剧院的演出厅,只能容纳百来号人,但却是全国唯一的室内剧场。

舞台上下,华通社和大使馆的工作人员正在忙碌地准备着,甄羽则在剧场门口摆了一张小桌子,桌上放两摞《华夏风采》杂志,热情地向进来的观众分发着,嘴里不停地说着:"《华夏风采》,请您欣赏……"

有的年轻黑人女观众看到英俊的甄羽,会抛个媚眼过去,试图搭讪几句,而甄羽则只是礼貌地笑笑,继续着手头的工作。

"大家安静一下,演出马上开始了。"

身着红色长裙的中国主持人款款走向舞台中央,台下中国和蒙特尔观众济济一堂,过道里还站了几十人。

"各位朋友们,中国和蒙特尔都是拥有悠久历史的文明古国,两国的文化同样璀璨,两国人民的友谊源远流长。为了加强两国人民的交流,我们在这里举办文化交流活动。"主持人台风还算端庄,用标准的法语说着,算是业余主持人里的专业选手了。

当地民众有人起着哄,有人吹着口哨,气氛过于活泼,让主持人差点没接住。

"请欣赏第一个节目,舞狮。"主持人匆忙退出,生怕有热情者往台上扔礼物。

甄羽笑了笑，对这样的节目，显然他兴致不高。

一个拿着绣球的老人带着两头舞狮从后台走出，在台上亮了个相。

台下的杨舟惊讶地发现，这个老人竟是林常伦！

一时间台上锣鼓喧天，林常伦身形十分灵活，拿着绣球左右腾挪，在他的带动下，两头狮子在台上上下翻腾起来，只看得人眼花缭乱。

在中蒙观众一阵阵喝彩中，两头狮子停止了舞动，舞狮人从狮子身下钻出，与林常伦一起齐齐向观众谢幕。

四个小伙子里竟有两个黑人，两个黄皮肤的中国人！台下再次爆发出一阵欢呼，气氛顿时高涨起来。

"舞狮是我们中国自古以来独具特色的传统节目，而狮子正是咱们非洲的标志性动物，我们的古人是看到了来自非洲的狮子才产生了这样的灵感。感谢舞狮队精彩的表演，我们的节目文武双全，下面请欣赏诗词朗诵《沁园春·雪》。"

再次出人意料的是，走上台的是一位文质彬彬的黑人青年。

"米波尔？……"与杨舟坐在一起的侯立十分诧异。杨舟倒要看看中文都说不利索的米波尔如何朗诵。

米波尔定了定神，张开嘴开始朗诵："北国风光，千里冰封，万里雪飘。望长城内外，惟余莽莽；大河上下，顿失滔滔……"

说到动情处，米波尔眼神坚毅，将右手向前缓缓伸出，以增强气势。

"确实练过了。"杨舟点了点头。

"……一代天骄，成吉思汗，只识弯弓射大雕。俱往矣，数风流人物，还看今——朝——"

结尾"今""朝"两个字,米波尔特意拉长了语调,加重了语气,让杨舟确定,使馆一定有人教过他了。

"这是我们伟大的领袖、著名的诗人毛泽东写的诗……"

尽管听不太明白是什么意思,台下的当地人听主持人说伟大的领袖还会写诗,着实有些惊讶,有的窃窃私语起来。

"下面请欣赏琵琶弹唱,《声声慢》……"

随着主持人走向后台,暗红色的幕布慢慢拉开。

舞台的中央,身材纤细修长的刘思婉,犹抱琵琶半遮面坐在红木靠椅上,缓缓展现在众人面前,如一幅古代美人图,古色古香。

只见她身着一袭淡蓝色碎花旗袍,粉黛略施,精致的容颜,窈窕的身段,一缕乌黑的长发搭在胸前,浅浅地笑着,眼若星辰望着台下。

甄羽忽然看到台上如画一般的美女,只觉得心漏跳了一拍,赶紧放下手中的《华夏风采》,情不自禁地慢慢走向舞台。

他越走越近,眼睛越睁越大,而刘思婉的轮廓也逐渐清晰。

随着大幕完全打开,窸窸窣窣的剧场很快安静了下来,大家的目光都投向了舞台中央的刘思婉。灯光映衬下,少女容貌秀丽之极,如明珠生晕,美玉荧光,眉宇间隐然有一股书卷的清气。这出众的气质让人提前入戏,曲未弹喝彩先至。

刘思婉玉手轻挑银弦,声音宛然动听,古韵悠扬的琵琶声弥漫在了整个剧场,众人有些陶醉,更有人忘情地闭上双眼沉醉其中。

甄羽望得有点出神,目光一刻也不能从刘思婉身上挪开。

他分明听见,那琵琶一声一声敲在了自己的心上。

刘思婉朱唇微启,用吴侬软语温婉吟唱,大大的眼睛顾盼生辉。

"青砖伴瓦漆,白马踏新泥,山花蕉叶暮色丛,染红巾……"

甄羽不自觉地掐了一下自己的脸，确认自己不是在做梦。这是在非洲的蒙特尔吗？难道不应该在古时的江南？

他似乎明白了古代皇帝们喜欢下江南的真实原因。

"屋檐洒雨滴，炊烟袅袅起，蹉跎辗转宛然的你，在哪里……"

刘思婉轻抚琴弦，还在缓缓吟唱，甄羽的心已经彻底沉醉了，早已忘了自己身处何处，眼睛里只有这个画一般的美女。

也不知道过了多久，刘思婉站起身来，缓缓向台下鞠了一躬，台下众人恍然大悟，爆发出了雷鸣般的掌声。

前排，蒙特尔外交部官员连连向旁边的中国同行竖起大拇指："中国姑娘，漂亮！中国文化，美！"

而侯立，站起身来忘我地疯狂鼓掌，直到众人的掌声都平息下来，他的掌声显得过于突兀，他才回过神缓缓坐了下来。

连杨舟也看得眼睛都直了。

只听刘思婉说她曾经是文艺特招生，没想到是这般惊艳。

接下来是蒙特尔当地的民族舞蹈。十来个身穿草裙的男男女女热情奔放地跳着舞，又引来台下一片欢呼和口哨声。

甄羽已然没有心思再看任何节目，脚步匆匆奔往后台，魂早已丢了几分。

简陋的后台，刘思婉正在卸妆，从大镜子里瞟见了左顾右盼的甄羽。

甄羽立即洋溢起满脸笑容，走了过去。

"你好，古代佳人，刚才唱得太棒了！你是专业演员吗？"

刘思婉放下手里的活计，转头看了看甄羽。"谢谢夸奖，我是华通海外的，这里有演出，大使馆临时拉我来凑数的。你是……你是华夏TV的记者？"刘思婉看着帅气的甄羽，不禁嘴角上扬，露出了俏皮的笑容。

"对的,我是华夏TV记者甄羽,你认识我?!"甄羽抑制不住内心的惊喜。

"我在电视上见过你采访呢。你找我?"刘思婉甜甜地笑着,歪着头看着甄羽。

"哦……唔……是这样子,我们社在蒙特尔有记者站,我是负责人,虽然目前还只有我一个人,但是业务很多。我们会办一些介绍中国的活动,有机会的话还想请你帮帮忙……你……真的不是专业的?"

"我是外贸业务员呢,不过我们家是昆曲世家,我妈是演员,从小我就学这个。帮忙没问题啊,需要的时候你可以找我。"

"这样子,太好了,那咱们互相留一个电话吧,方便联系……"

舞台上,十来个当地土著挥汗如雨已经舞完一曲,涂满油彩的脸上洋溢着灿烂的笑容,而台下则迸发出了欢呼声和掌声,观众兴奋不已。

十来个演出节目已经结束了,林常伦换上了一身唐装,和一个知性的黑人女性笑吟吟地出现在台上。只见林常伦将一个写着斗大的"100万美元"的纸牌递给了对方,对着台下用法语大声说:"借咱们这次文化交流的机会,我代表在蒙特尔的中国企业,把大家筹集的100万美元善款,捐给蒙特尔市卫生局,建设一座小型医院,造福当地百姓!"

台下雷鸣般的掌声持续很久。

剧场外,甄羽和刘思婉有说有笑地走了出来。

"对了,你是哪个学校毕业的呢?"

"京城外国语大学,学法语的,你呢?"

"我是中国人文大学毕业的,也是学法语的。"

"是吗？那你跟我们杨总是校友。"

"是吗？"

一对俊男靓女十分养眼，真是羡煞旁人，杨舟看到他们先是一愣，继而似乎明白了什么。

而侯立看到刘思婉先是开心地咧开了嘴，但看到她旁边的甄羽，马上充满敌意地打量了他一番。

"杨总，这是华夏TV驻蒙特尔的首席记者甄羽，您文大的师弟。……这就是我们杨总。"

"首席记者？上次你还采访过我呢。你也是文大的？小伙子哪级的啊？我96级的。"杨舟拿出了师兄的架势。

"哦，那您是大师兄了，我是08级的呢，学法语的。"

"很好，那你在非洲这边有不少师兄师姐呢。怎么着，认识我们思婉？"

"刚刚认识，以后还有很多事情需要跟您和思婉请教呢。外贸外宣都是一家人嘛，都是'一带一路'的使者。"

"跟你师兄玩套路呢，是不是想套路我们思婉美女啊？"杨舟讪讪地笑着，而侯立的脸绷得更紧了，一副家中珍宝被人盯上的不快感。

"杨总……"刘思婉嗔怪道，"人家有正经业务需要咱们帮忙。"

"正经业务……好吧，算你正经。"杨舟伸出手与甄羽握了握，又看向了旁边，"这是我们办事处的侯立主管。"

"侯主管您好，多指教哈。"甄羽向侯立伸出了手，侯立歪了歪嘴，不情愿地伸出手，敷衍地握了握。

"好了，我们先回去了，有空来我们办事处坐坐。"

"一定一定，我明天就去，看咱们两家能不能加深合作，你们也需要拓展品牌影响力的。"

"哦……好吧……"

杨舟一行人上了越野车,绝尘而去。甄羽在车后缓缓地挥着手,咧嘴笑着。

第二十六章

李涛的到来

○

一架客机缓缓降落在鲁卡国际机场。

一个俊秀飘逸的男子,头发梳得油光发亮,戴着墨镜,拖着行李箱快步走向了简陋的机场出口。

正在门外伸长脖子等候的杨舟,见到来人,冲上去一把抱住他。

来人正是杨舟大学的室友,京都证券首席分析师李涛。

工地边的森林里,杨舟和李涛慢慢地走着。林中雾气缠绕,而远处,就是蜿蜒的扎伊尔河。

"哥们儿,这次你就自己来啊,干吗不带个美女助理一块儿?"

"老子没那么多毛病,自己来方便。"

"你这次要琢磨的龙江集团这片林地,他们打算怎么处置啊?"

"我也不知道他们要怎么办,几百公顷的林木,开采起来不是闹着玩的。我的使命就是帮他们吹,让人相信这片林地呀,能赚很多很多钱。"

李涛踢了一脚身边的大树,又握拳捶了两下。

"这些红木如果能顺利运回国内,确实能赚不少钱,多少人眼馋呢。"

"这个谁还不明白啊,只是想弄回去可没那么容易。"

"正是因为如此,才需要我来吹啊,国内的人可不见得能整那么明白。"李涛回过头来诡谲地一笑。

"龙江股份今年刚刚上市，明年几个大股东的股票就解禁了。等到时候把股价炒起来，光前两大股东卖掉股份就能套现几十亿，诱惑大不大？"

杨舟一惊："这么多钱！"

"资本市场就是这么玩的。有的是做实业的，有的就是上市圈钱、套现。现在龙江股份5块钱一股，到时候炒到50块你信不信？"

"这不是要割股民们的韭菜吗？"

"韭菜？股市这么多年下来，太傻的早就被淘汰了，大家都是一个'贪'字，不用去可怜谁。"李涛鄙夷地看了眼远处在觅食的不知名飞鸟。

"散户们就像嗡嗡飞的蚊子一样，总想在老虎身上吸口血，却不想会被拍得粉身碎骨。其实有很多人能猜出来这种套路，也照样跟着一块儿炒，总想着跟风吃肉，让别人接上击鼓传花的最后一棒。

"我呢，就是给他们做做咨询，出个研究报告，他们还会雇几个操盘手，到时候配合起来把股价炒上去。"

不知不觉中，他们已经走到了扎伊尔河边，视线越过河流，远处的雪山清晰可见。李涛回过头来，望了望身后的森林。

"你看看这一片林地，这么大，开采和运输的成本始终是个问题，尤其是需要打点当地的官员，成本很高的。做实业很累，哪有炒作来得容易啊。他们到时候只需要假装开采，剪个彩公布开工的消息，再画个大饼说利润巨大，最后实在瞒不下去了就说由于什么原因只能暂时停工。而这个时候，大股东们早已抛售完股份，把散户们留在了'山顶'。"

"要是这样的话，你有必要大老远跑过来吗？"

"你看，我都来了现场调研，有图有真相，'研报'可靠度高啊。明年我还会来的，如此形成了一个持续观察研究的研报，可信度就更高了。"

杨舟无奈地摇摇头："你们就这么把人当傻子玩吗？"

"究竟谁是傻子尚未可知呢。我跟你说啊，这些年我也见了不少人，这些老板发达之前，或是跑马圈地，或是昧着良心赚的第一桶金，都是有原罪的，谁也不比谁干净多少。就像A国现在满嘴民主自由，当年还不是杀了那么多原住民占的地盘。再说了，富贵险中求，循规蹈矩是赚不了大钱的。我业务上认识的十几个亿万富豪，现在有三个在监狱里，两个逃到了国外，还有一个自杀了。"

"你说的是负面效应，搞市场经济，一开始必然泥沙俱下。有的暴富，有的跳楼，今天座上宾，明天阶下囚。我说哥们儿，你可要悠着点，留着命比什么都重要，要不赚那么多钱有什么用呢？"杨舟拍了拍李涛的肩膀。

"放心吧兄弟，我有分寸的。念书多的人，干什么都会留条退路，底线会稍微高一点的。不过金融圈钱太多了，诱惑太大。钱流到哪里，哪里就有人吃人的事情。"

"唔……有人的地方就有利益和斗争。"

"我再跟你说个项目，你可以关注一下。"李涛装出神秘兮兮的样子，"龙江集团准备向高科技转型，在蒙特尔做林木生意的同时，做鲁卡的智慧城市项目……"

"什么？！鲁卡？智慧城市？"

"你没听错，就是鲁卡，包括智慧交通、智慧医疗、智慧政务……"

"智慧个鬼啊！"杨舟一脸的难以置信，"你挺聪明一人也脑子进水了，鲁卡这个样子连咱们国家一个好点的县城都比不了，还智慧城市，还智慧交通？你看那街上公交车破破烂烂连座位都没有，街上连个红绿灯都没有，指挥交通靠木棍，咋智慧啊？再说他们有钱吗？"

"你看你，格局小了不是？"李涛指了指杨舟，"你说的这些我知道，很多人也都知道，但是不说穿的话，就是很好的圈钱和洗钱的工具。谁知道这智慧城市能搞成啥样，先来个概念噱头就够了。你要是经常炒股就明白了。"

"嗯？"杨舟还是不太明白。

"就说你吧，你们不是搞通信这一块的嘛，跟智慧城市高度相关哪。你不是现在缺项目吗？我给你出个主意，你就立这么个项目，说得天花乱坠，未来可期。先画个大大的饼，让它香气诱人，你就看吧，到时人闻着香味就来了，最后连你自己都信这事能成！再说这种项目光前期开发就得好几年，这局势瞬息万变，到时候还不知道是啥样呢？关键是要眼前有东西可说，你说我说得对不对？"

"嗯……"杨舟的眉头舒展开来，若有所思地点了点头，一个"智慧鲁卡"的项目方案在脑子里竟慢慢有了雏形。

不知不觉两人已经溜达了个把小时，有些疲惫，干脆坐在了地上。李涛拿出一盒烟，抽出一根叼在嘴上，歪头问："要不来一根？"

杨舟摇摇头。

"你家里边还好吧？到这里都两年了，也该回去陪陪老婆孩子了。"

"我也这么想的，只是暂时还走不了，好多事情都没有了结。"

李涛有些同情地看了看杨舟，抽了一口烟："都是为了生活啊。不过我看你也是有颗不安分的心哪，男人嘛。业绩做得怎么样啊？在这里做市场可不比国内。"

"不好做啊，这里有这里的情况，没什么法律意识，阎王小鬼的都得打点，否则寸步难行，你要板着张脸给人讲产品性能、性价比，永远拿不下项目的。国内国外那么些竞争对手，你不干有的是人愿意……"杨舟苦笑着抬头望了望前方的密林。

"夹缝中求生存，真心不容易啊……"李涛拍了拍杨舟的肩膀，眼神中有着兄弟间的怜惜。

"是啊，有时候你跟人家说半天，人家可能还不明白你什么意思。你跟人喝顿酒拉关系，人家可能还觉得我们这么傻傻地喝个大醉干啥，你给我钱不就完了……"

"嗷嗷……呜呜……"

忽然森林里传来一阵凄厉的动物叫声，让两人不由得转过头去。

"你听，又在厮杀。弱肉强食，这里天天都在上演。"杨舟眼望前方，淡淡地说，仿佛说的是身后的动物世界，又仿佛说的是自己所处的这个世界。

"人还不是一样？就拿眼前这片丛林来说吧，为了争夺这里面的资源，各色人等斗得头破血流，比动物又能好多少呢？"李涛似乎觉察出了他的惆怅，幽幽地附和道。

这时不远处的森林里传来一声低沉的嘶吼。两人回头一看，一棵大树上蹲着一只巨大的猩猩，脸上的伤疤和头上一缕白毛让杨舟觉得似曾相识。

大猩猩手里拿着一条同类的胳膊，往嘴里咬了一口，一脸淡定一嘴血。

两人顿时惊呆了，李涛嘴里的烟滑落到了地上。大猩猩冷冷地看了他们一眼，把带血的胳膊叼在嘴里，转身从一棵树荡到另一棵树，很快不见了踪影。

第二十七章

回到京城

○

"各位旅客,我们的飞机已经开始降落,请大家系好安全带,收起小桌板,在座位上坐好。"空姐用中文和英文分别播报了一遍。

一架客机机翼闪烁着信号灯,缓缓下降。窗口旁的杨舟感觉到身体一阵一阵往下沉,睁开眼,略微直起身睡眼惺忪地望向了窗外。

下方,不断靠近的,是灯火璀璨的都市。

路灯映射着一条条公路,密如蛛网,将巨大的城市划成一个个小格子,无数或高或矮的楼房亮着灯光,万家灯火,星月当空。

一座高楼的楼顶打着激光,霸气地扫射着周边的楼宇。

亮着车灯如蚂蚁般的汽车密密麻麻地排在高速公路上,从空中看去是一条整齐的线。

"这个点还堵车。"杨舟嘟囔了一句,伸着懒腰打了个哈欠。

在蒙特尔待了一年,这样繁华的夜景他已许久不曾看到。

而蒙特尔那片森林和工地,已经在万里之外,恍如隔世。

走近航站楼的门,杨舟感到一股扑面而来的寒意,赶紧披上了手里的黑色呢大衣,拖着行李箱快步走向了出租车。

尽管已是晚上 11 点,机场高速上依然车水马龙。

出租车的车窗外,楼房和灯光渐渐多了起来。盘旋上了一座巨大的立交桥后,车辆行驶在了宽阔的北四环。

第二十七章 回到京城

一片片高楼大厦，楼顶的灯牌依旧流光溢彩。路边一座二十多层的高楼渐行渐近，楼顶上四个红色的大字——"华通海外"。

杨舟望向大楼。透过淡淡的雾霾，落地的玻璃幕墙后面，还有十几个房间亮着灯，里面西装革履的人们或是在走动，或是在商讨，或是在电脑前紧张地敲打着键盘。

而周边的一片写字楼，也有不少还亮着灯。

"还在加班呢。"杨舟感慨。

十多个小时的飞行让他脑袋发沉，晕乎乎的，视线也有些模糊。

他眼前雾霾中的楼群慢慢变幻成了雨雾中的原始森林，楼里的人变成了丛林中的猩猩，在树枝上跳来跳去。

杨舟心里一惊，甩了甩头，使劲揉了揉眼睛，眼前又恢复了一片灯火灿烂的高楼大厦。

出租车缓缓驶入了一个老式小区，停在一座居民楼下。

杨舟疾步上楼，敲了敲门，开门的是妻子李园园。放下行李后，杨舟紧紧抱住李园园，在她额头上轻轻地亲了一口，身上的疲惫卸下了，终于回家了。

一个老妇人睁着惺忪的睡眼，从另一个房间里走出来，是杨舟的岳母。

"回来了。"

"嗯。"杨舟回头答道，松开了李园园，"妈，你先去睡吧，太晚了，别管我了。"

"好的，你们也早点睡吧，萌萌早就睡了。"说罢，杨舟岳母转身回了房间。

换上睡衣的杨舟轻手轻脚地走进一个布置温馨的儿童房。

小小的房间里，四五岁的萌萌睡得香香沉沉，齐齐的刘海下是长长的眼睫毛。杨舟蹲下来爱怜地亲了一下她圆嘟嘟的粉脸蛋,又认真地看了一会儿,眼中尽是宠溺。

卧室里,杨舟坐在床头,李园园靠在他胸前,听着他的心跳。

"舟,好久没有这么靠着你了。你,能不能不走了?"李园园有着一双大而圆的眼睛,秀气、圆润而干净的脸上满是期待。

"嗯……我也想和你们在一起,本来想回来的,可是那边突然出了这么多事,等我处理完了就申请回来,好吗?"

"那么乱的地方,你待在那里,我不但寂寞,还总为你担心啊。你说好要陪我一辈子的,可不许出事啊。"李园园往杨舟怀里钻了钻,杨舟用手将她搂得更紧了。

"放心吧,我们那么多人在那边,我会照顾好自己的。"

"那杨华和你们的工程师为什么还死在那里了?"

"这是小概率事件,不会经常有的。为了以后咱们能过得更好,我还需要去打拼一下。"杨舟皱了皱眉,尽可能用温柔的语气说着,亲了亲李园园的额头,试图安抚她的情绪。

"是啊,咱们买的这学区房,还有100万的贷款没还呢。你的事情处理得顺利吗?我妈已经想回去了,她一把年纪退休了还要帮我们带孩子,已经好几年了,她有点累也有点烦了,老家多自在啊。萌萌生病的时候,光我们两个女人照顾实在有点应付不了。何况我要经常加班,确实是身体疲惫,心也累得很呢。"

"我知道,你很不容易,现在是高级工程师了,工作自然会很忙。这次回来,我给你和妈带了当地原石做的项链,在国内非常贵的。今天呢,先别想不开心的事了,笑笑呗!"

说罢,杨舟翻身趴在了李园园身上,把嘴往她嘴上凑。

"慢点,你还没有回答我什么时候回来呢。"李园园用手挡住了杨舟的嘴。

"这个回头再说。"说罢杨舟拉上被子蒙住两人,偌大一间房子也放不稳一张涌动的床。

第二十八章

打 压

○

冬日的清晨凛冽得很,阳光照射在小路上,气温一点点爬升。杨舟牵着穿得像个棉球一样的萌萌,她的小手完全缩在大大的羽绒服袖子里面,不舍得伸出一厘一毫,杨舟只能把手也伸进她衣袖里牵着,大手拉小手暖透了整个衣袖,空气中也慢慢有了阳光暖暖的味道。

幼儿园门口簇拥着一群大大小小的孩子和家长,杨舟蹲下来亲了一下萌萌圆嘟嘟的小脸,又用手擦去了留在她脸上的口水,傻傻地笑着,不舍地说:"去吧萌萌。"

萌萌欢快地向里面跑去,回过头来甜甜地喊道:"爸爸,再见。"

杨舟挥了挥手,一脸的幸福。看着萌萌小小的背影,他的心头一阵暖意,久久不散……

华通海外的办公楼。

赵坚的小办公室里,杨舟整个身体瘫在了赵坚对面的椅子里。"看你小子气色不怎么样啊,累的?给你带了点当地产的咖啡,提提神。"

赵坚笑着接过咖啡:"谢谢哥们儿,帮我把门关上,跟你说点事。"赵坚的表情慢慢变得有些凝重。

"你知道吗,现在公司很多人在传一些对你不利的话,我感觉是有人在有组织地散布谣言。"

"哦？都说什么？"

"说的不少。说你业务能力根本不行，不懂市场。而且明明知道有危险还非要让员工上前线，要钱不要命，结果出了事故。"

"胡说八道！我毕竟在公司干了十多年了，不也签了几个单子吗？去前线打拼，大家都是自愿的，也是领导班子决策过了，再说我也在前方啊，怎么能说是我非让人去呢？"杨舟皱起了眉头，心里十分窝火。

"人家才不管你这些呢，你有机会辩解吗？又不是当着你面说的，听的人也不见得了解那么细。"

"这事都谁干的啊？"

"我听说是朱利云。最近他上蹿下跳的，很多人出于好奇在猜测，他背后会是谁。"

"哼。"杨舟无奈地摇摇头。看来是真被盯上了，不用说后面自然还会有一系列的坑在等着他。

"我试着帮你给人澄清了一些，但是影响已经产生了，你要小心点。"

"我知道了，谢谢哥们儿提醒。"

华通海外的大礼堂里，坐着一百多人，主席台上方打着横幅"年度中层管理人员述职大会"，正对着主席台，下面坐着肖强等一干领导。

一个西装革履的男子走下发言席，赵坚拿着话筒微笑着说："下面请市场一部总经理杨舟述职。"

杨舟迈着稳健的步子走上讲台，看了看台下的人群。

台上的杨舟一边播放着幻灯片，一边侃侃而谈。他有分寸地谈到了自己一年来在蒙特尔及周边地区开拓的项目，尤其是签了总计5000万美元的七个新合约，以及对"6·12"事件的处理。杨舟雄心勃勃地谈到，明年还要签订大的合同，会跟大家一起努力将公司和集团的事业推向更好更强，愿大家大展宏图，愿华通海外和华通集团前程万里。

发言期间，他的眼睛不时扫过台下，看到了肖强铁青的脸。

几分钟的发言很快结束了，杨舟步伐轻快地走下讲台，与会人员礼节性地鼓了鼓掌。杨舟眼角的余光扫过前排，肖强依然面色阴沉，无动于衷。

三十多名中层的发言一一结束。

在一片热烈的掌声中，肖强起身走向了主席台，在最中间的座位坐下。

掌声还在延续，肖强用手势往下压了压，掌声戛然而止。他干咳了两声，以示肃静，神态平和地开始说话了。

"同志们，华通海外作为华夏通信集团公司海外业务的平台，中国企业走出去的前哨，这么多年来，我们的同志们背井离乡，散落在世界各地，付出了无比艰辛的努力，在海外尤其是发展中国家，做成了不少项目，取得了一些经济收益，也为国家战略的实施贡献了自己的力量。作为华通海外的一员，你们应该感到骄傲和自豪，也应该感受到肩上沉甸甸的责任。

"2013年，国家提出了'一带一路'的伟大倡议，出台了一系列的政策，我们的业务面临着千载难逢的历史机遇，实际上，在座的各位扬名立万的时候到了！"肖强有力地挥了一下拳头，而台下众人的眼中也泛起了光，眼神中充满着对未来的期盼。

"在海外的同志们不容易啊，我自己也在海外待了十几年，非常了解大家的难处，所以我们所有的政策都在往海外同志们倾斜。今天呢，我们把海外的同志们都召回来，一是想共同总结商讨，另外也是想借这个机会让大家能过年和家人团聚。

"今天是我们2014年工作的总结，而2014年是'一带一路'倡议提出的第一个整年,应当是我们大展拳脚的一年。今天这个述职会非常好,各个部门的负责人都谈了自己一年的工作,也讲了下一年的展望和计划。大家讲得都很好,一年很辛苦。公司的发展离不开大家的努力。"

上午的大会在一片祥和中度过,杨舟甚至感到了久违的团结、充满力量的氛围,甚至让人忘记赵坚的警告,杨舟在心里搭建着明年的工作蓝图。

下午的小组分享测评会开始了。肖强的简单开场白,让杨舟有不祥预感。

"今天呢,我不想过多地表扬,主要还是想讲问题,因为只有解决了问题,我们才能走得更远。

"大家都知道,公司这两年在业务上发展得并不尽如人意,将要过去的一年,我们虽然有所进展,但并没有取得根本性的突破。

"尤其是在我们传统的优势市场——中西部非洲,进展还很缓慢,远远没有达到预期。"说话的时候,肖强目光如剑刺向了杨舟。

杨舟拿起桌子上的矿泉水,拧开瓶盖低头喝了一口,赶忙避开了。

肖强收回目光,扫视了一下会场,一股寒意席卷而来,大家替杨舟捏了一把汗。

"中西部非洲,尤其是蒙特尔,是咱们公司最早开发的一批市场,鼎盛时期已经做到几亿美元的规模,否则为什么叫你们市场一部呢?可是,我们的签约还是这么少,好多都是前人栽树,后人乘凉,真正开发的、靠谱的新项目我还没有看到。反而是丢了一些单,比如像鲁卡无线通信,这里面有很多教训需要总结啊。我承认,虽然我是后来替董清风分管,市场做得不好,我也要负领导责任,但是部门的带头人你尽到责任了吗?怎么被人利用一些雕虫小技就给排除在外了?!

这恐怕有能力问题啊，有没有好好想想办法？"

肖强用手指关节敲了敲桌子。

"正是由于这个市场不能恢复以往的规模，今年公司业绩跟前几年比，还是有比较大的下滑。"

肖强的目光再次扫向杨舟。

杨舟淡淡地迎了一下肖强的目光，心里已了然。

杨舟想到，看来肖强已经知道董清风联合自己搞他，现在处心积虑要拔掉这颗危险的钉子。

而且，将公司业绩不佳的责任甩锅到杨舟头上，让他成为众矢之的，自己也能撇清些责任，岂不一箭双雕？

"由于经营业绩的原因，大家要有心理准备，今年的奖金恐怕要大幅下滑。"肖强故作无奈地说。与会人员开始出现一些骚动。

杨舟皱起了眉，他感到了一股来自四面八方的强大压力。

肖强寥寥数语，就把他孤立了。由于他早有心理准备，依然不动声色，埋下头来假装用笔在笔记本上记录，大脑飞速运转，思索如何应对。

"这样吧，杨舟，你讲讲你们丢单是怎么回事，准备怎么办。"肖强望向了杨舟，想让他难堪再出点丑，也体现他"民主"，给了杨舟说话的机会。

杨舟缓缓站起身来，迅速理了一下思路，不急不缓道：

"首先，我要感谢肖总刚才的批评与指导。就像肖总说的，只有找出问题，才能解决问题，才能更好进步。"杨舟没有急于辩解，表现出了虚心的姿态和对领导的尊重，显得宽厚大气。

"这一年来，蒙特尔这边出了不少事，我们遭到了袭击，有同事死伤，让我们十分悲痛，后来又遇到了瘟疫，进退维谷。在我三十

第二十八章 打 压

多年的人生中,从来没有离死亡这么近。"杨舟巧妙地打起了苦情牌。他在现场冒死处理袭击事件,带领团队在瘟疫爆发时仍坚持开展工作,却被领导当着这么多人数落,有的人开始同情杨舟。

"好在在公司高层的坚强领导下,在团队同事们的共同努力下,我们处理好了事件的善后,同时排除困难,坚守岗位,业务上取得了一些成绩。当然离公司的期待,离带动整个公司回到巅峰,还有不小的差距。毕竟蒙特尔这一年经历了太多太多事,几乎是这些年当中最不太平的一年。"

"很好,你们确实不容易。"肖强看出了杨舟试图化解刚刚他设好的局,神色不悦打断道,"咱们总结总结教训,说说单子的事吧,也让其他部门也借鉴一下。"

"明白,肖总。关于鲁卡无线的单子,金额不大,但是涉及后续业务,我们一直不敢放松,一边保证工地项目的施工,一边和技术、法务的同事连续七天加班到半夜,终于准备好了文件。但是,正宇科技的人确实诡计多端,扎了我们的车胎,让我们去不了现场。

"然而,正因为我们前期做了很多工作,招标会之后又据理力争,我今天刚刚得到正式消息,还没来得及跟肖总汇报,这次招标的结果被废除了,将要重新招标,而且将加入对我们公司有利的 4G 技术,金额也比之前增加了一倍。后面我们将全力以赴,力争赢得这个项目!"不管后续如何,杨舟明白自己必须先表态,缓解目前的不利局面。

"很好。我不希望看到再次丢标。"肖强脸上肌肉抽搐了一下,"下面大家开始给彼此打分,一定要根据每位同志应有的贡献和实际表现客观公正地来评价。"

赵坚示意工作人员发放表格。他十分为杨舟的评分结果担忧。尽管杨舟为自己做了辩护,但是肖强的态度在众人眼中一目了然,落井下石之人恐怕会很多。

杨舟很清楚,接下来事情肯定少不了。

两天后,纪委书记柳传深约谈了杨舟。

杨舟走进柳传深的办公室,只看到了他的后脑勺,光秃秃的脑门,头顶只在周边有几许稀疏的花白头发。他翻看着柜子里的文件,拿出一个信封转身放在桌上,笑吟吟地对杨舟说:"小杨,快来,坐。"

"回来快一个星期了吧?在外面不容易啊,为公司打江山,为中国的产品走向世界做贡献,比我们这些老头子有用啊。"

"您哪里话,还得您这些前辈为公司保驾护航呢。"

柳传深表现得十分热情。"怎么样,家里都还好吧?你爱人在家带孩子也挺不容易的。"柳传深递过去一瓶矿泉水,"你们抛家舍业的,牺牲很大啊。"

"我爱人对我很支持,包括我丈母娘也在这边帮我带孩子,确实觉得有点对不住她们。不过我也是在为国家为公司做贡献,他们也都理解。"杨舟谦卑地说,屁股坐在椅子的前半部分,后背绷得笔直,丝毫不敢松懈。

"万里之外,远离家乡,远离亲人,会不会有些孤单寂寞啊?"

"还好哪,工作忙得很,每天都很充实,哪里顾得上寂寞呢。"

"嗯……"柳传深微笑着看了看杨舟,觉得已经铺垫得差不多了,"好吧,咱们进入正题吧。今天找你来,想跟你谈个事。"

柳传深从信封中掏出一张照片,递给杨舟。

杨舟一看,感觉脑袋"轰"地炸了一下。

照片上,赫然是杨舟搀扶着烂醉的关小昱,在酒店房间的门口。关小昱的一条胳膊搭在杨舟的肩上,杨舟的胳膊搂着关小昱的腰,从场景上看，两人很亲密。

杨舟的大脑快速运转，从照片的视角和清晰度看，像是酒店监控探头拍下的视频截图，那么肯定还有视频。到底是什么人这么有心收集这个视频，又这么断章取义地来抹黑呢？

"我们收到举报，说你有生活作风问题，搞不正当男女关系。你是有家室的人，如果举报属实，那就是违反生活纪律，要受处分的啊。"柳传深稍微加重了一点语气。

"柳书记，这纯粹是诬陷。"杨舟从思忖中抬起头来，"这位女士是我大学同学，那天鲁卡骚乱的时候，我和她正在外面一块儿说事，我就把她带到我们办事处避了一会儿，等外面安全了，我就送她回去。她请我去她住的宾馆酒吧喝酒表示感谢，后来喝醉了，我就送她回房间了。"

"我们这里还收到了视频，你进了房间，怎么解释呢？在房间里你们都发生了什么呢？"

"我把她在房间安顿好，几分钟后我就离开了。您收到的视频里有我离开的记录吗？"

"这个倒没有。"柳传深若有所思。

"整个视频在酒店肯定是有的。"杨舟知道，要查清楚事实真相并不太难，但需要点时间。但是查的过程和时间会让事情不断发酵，举报的人就是想搞臭他。

"举报的人还说，这个女子是正宇科技的，你向这个女子透露了公司的商业秘密，导致公司丢了单。"

"这纯粹是无中生有，有证据吗？"

"这个没有。我看了视频，姑娘很漂亮，瓜田李下的，很难避嫌哪。"

杨舟感到后背在冒汗。不用说他也知道是公司在蒙特尔的人出卖了他，只有他们知道自己那会儿儿和关小昱在一起。

宾馆的录像稍微给点钱就能买到。杨舟也行，只要拿到完整的视频，就能证明杨舟进房间之后马上离开了。但是他现在人在京城，暂时不知道该信任谁，让谁去办这件事。

他也为当初在关小昱房间的动摇狠狠捏了一把汗。

"柳书记，我会设法证明我在房间没有逗留，您给我点时间。"

柳传深定定地看了杨舟一眼，叹了口气："小杨，我干了20年纪检了，绝不会冤枉一个好人，也真心地希望你没事。我只能说凭我这些年对你的了解，你不会乱来，只是现在照片摆在这里，我也必须要查啊。你们在外面这么久挺不容易，老婆不在身边，男人嘛，难免会有些歪心思，但是咱也是国家的领导干部，还是要管得住自己啊。这样吧，事不宜迟，你赶紧去找证据，我这里在我职权范围内可以缓一缓，我也不想你们这些人受到无端地诬陷啊。"

杨舟走出了柳传深的办公室，面色如土。

肖强迅速打出了一套组合拳，看来是铁了心要拔掉杨舟这根刺。看到这样的形势，后面会有更多的人心领神会加入群殴，更多的手段施展出来，直到将杨舟逼出公司，彻底消除威胁。

晚上，赵坚给杨舟打了通电话，说他今年的述职评分很差，不少人都给他打了不称职。

"你有什么办法帮我拖一拖吗？我再想想办法。"

电话那头的赵坚思忖片刻："好吧，兄弟，我也没法帮你拖太久，只能说有的部门的材料还没交齐，没有汇总完。不过今天肖强已经在催我了，看来他心里有数，我也拖不了太久。"

"多谢了兄弟，你帮我能拖多久算多久。"

办公室里，杨舟沉思半晌，拨通了手机。"猴子，是我，嗯……

辛苦你一个人留守了,那边怎么样?"

"我没事,杨总,还能多拿点补贴挺好的啊,有什么需要我做的?"

"嗯……唔……"杨舟踌躇片刻,还是不敢让侯立去找监控,"哎,我听说思婉是跟华通社那个甄羽一块儿坐飞机回去的,你知道思婉哪天回来吗?"

"我不知道啊,她说回家之后看情况。那个甄羽不是京城人吗?怎么跟思婉一起坐飞机去沪上呢?"

"我也不太清楚,听思婉说是他去S州那边看一个同学。"

"什么?!他还要去S州?!跟到思婉家里边去了?!"

"唔……"

"这个居心不良的……我……"

"行了行了,不说这个了,你在那边注意安全啊,有事咱们随时沟通。"

"哦,好的,知道了杨总。"

肖强的办公室里,肖强和朱利云相视大笑,先是灭掉了董清风,现在杨舟这个威胁马上也要拔掉了,一切都在按计划进行。

在肖强看来,干掉杨舟并不太难,他也不想给杨舟缓和乃至翻身的机会。董清风和杨舟居然如此胆大包天,在公司恐怕要好好地立一下威了,一定要让胡思乱想的人和可能胡思乱想的人,彻底断了念头。

第二十九章

后院起火

○

华通海外大厦一间会议室里,一男一女两个业务一部的俊男靓女正在等着开会。

男员工四下张望了一下,凑到女员工面前想低声说点什么,女员工警惕的身子往旁边侧了一下,微嗔道:"干啥啊,李蒙,靠我这么近,想吃我豆腐。"

李蒙故作脸色不悦:"切,贾小姐,我还用得着吃你豆腐,我这么帅,围着我的美女一把一把的,轰都轰不走。我是看咱俩关系好,想透露点内幕消息给你。"李蒙又四下张望了一下,神神秘秘地说,"关于咱们部门的大事,听说杨总要下台了。"

"哦?"贾晓云眉头一皱,将信将疑,"你听谁说的,别老传这些乱七八糟的东西啊。"

"你看,好心跟你说还怪我,财务部小刘告诉我的,她消息灵通着呢,董清风的事还没宣布她就知道了。"

"那天的述职大会上,肖总说得还不够明白吗?错不了。听说杨总还有男女作风问题,具体就不太清楚了。"

"不能吧,我觉得杨总挺正派的啊。"

"别傻了,知人知面不知心啊。杨总带着咱们这两年,业务也没有大的起色,换个领导也许能给咱多发点奖金,咱也得注意点动向站好队啊。"

"我觉得这两年杨总也不容易,业绩不好也不是杨总这一任上造成的,不能让他背这个锅吧,再说现在已经有起色了。"

李蒙歪着头看了看贾晓云:"就说你涉世不深幼稚,这锅该谁背你我能说了算吗?说是你的就是你的,连辩解都是狡辩,我在公司待了四五年,早看透了。"

"反正我觉得杨总挺好的,人品正,工作也努力。我也没必要为了讨好未来的新领导,做落井下石的事。不就一份工作嘛,老娘养得起自己,大不了跳槽不干了。"贾晓云噘着嘴,一脸傲气不满道。

"你怎么还不明白呢……"李蒙又往前凑了凑,准备再说点什么。

会议室的门开了,杨舟和几个同事走入了会议室。

"你们俩嘀嘀咕咕地在说什么呢,是不是在说我坏话啊?哈哈,没事,大家工作压力都挺大,吐槽一下领导可以释放点压力。"杨舟一边走,一边乐呵呵地对两人说。

杨舟淡定地坐到了会议桌的中间,发话了。"今天,我们要好好讨论一下鲁卡无线通信的产品方案,过完春节很快就要投标了,这一仗只能赢不能输。"

项目一直讨论到了晚上9点,杨舟疲惫地开着车回到小区,拖着腿进家门。

迎着他的李园园脸色阴沉,转身一言不发地进了屋。

"今天家里没给你留饭。看你干的好事!"岳母从卧室走出来,叉着腰对杨舟怒目相向,让杨舟顿时蒙了,皱着眉头思索起来。

"妈,你先别说了,我先问问他。你给我进来!"李园园一改往日的温婉,语气生硬,脸上还挂着泪痕。

"怎么了这是?"杨舟一脸茫然,跟着李园园进了卧室,轻轻关上了房门。李园园拿起桌上的一摞照片，扔在了大床上。

"这个怎么说！"李园园高声怒喝道，她显然已经在压制着自己的怒火了，两个肩膀在微微发抖。

杨舟拿起了照片，果然如意料中一样，正是他在酒店搀扶着关小昱的照片。他心中怒火万丈，对方的穷追猛打已弄得他疲惫不堪，显然要置他于死地，不给一点喘息的机会。

不能让后院起火，杨舟太清楚这个重要性了，现在只能先稳住形势……

"我问你呢！你怎么不说话！是不是无话可说啊？我和我妈辛辛苦苦在家带孩子支持你出去工作，你却在外面乱搞，你对得起谁啊？你还有良心吗？！"一顿连珠炮后，李园园怒不可遏抄起手边的台灯砸向杨舟，"嘭"的一声，台灯掉在了地上，杨舟觉得额头上有些发凉，用手一摸一手血。

此时的杨舟即使窝了一肚子火，也只能生生咽下，他知道，眼前的李园园是无辜的。他心里狠狠地咒骂肖强这狗娘养的，和很有可能出这种馊主意的朱利云。

李园园看到杨舟额头上的血，吓到了，连忙跑过来伸手轻轻摸了摸杨舟的额头，着急地说："舟，你没事吧，我看看，我……"

杨舟一把抓住李园园的胳膊："我的伤不碍事，园园，你要相信我，有人陷害我，我是清白的。"

"你先别说。"李园园心疼地慌忙拿纸给杨舟擦拭，又从柜子里拿出创可贴贴上。

杨舟充满爱意地看着妻子为自己的伤忙碌着，眼睛有些湿润。

"我没事，园园，你先坐下来听我说。"冷静下来的李园园带着几分愧疚乖巧坐到了床边，听着杨舟徐徐道来整件事情的来龙去脉。

"这帮人也太可恶了!"李园园瞪着圆圆的大眼睛,怒斥道。

"没事,你别为我担心了,我会有办法的,能挺过去就挺,挺不过去大不了咱就不干了呗。只是我咽不下这口气,一定要跟他们斗一斗!关小昱的事你放心,绝不会让他们把脏水泼在我头上的。"

李园园定定地坐着,拿起照片看了看。"只是这个关小昱也挺可怜的……"转而又急急地对杨舟说,"舟,你答应我,不要再去找她。"

杨舟沉吟片刻:"我答应你。"

"你看你还犹豫,这个女人可怜是可怜,可你是有家的人,你得注意分寸啊,不能对不起我们啊!"

"园园,你可别乱想。"杨舟搂住了李园园,温柔地说,"咱们俩这一路打拼过来,这么些年了,能够有现在的日子,还不是靠一起努力嘛,那其他人怎么能跟你比呢?一无所有从小县城到京城上大学、念研究生再上班,有了自己的爱人、孩子、小窝,我还有什么不知足的呢,现在咱们哪里还分得开呢?"

"我知道。"李园园柔柔地靠在了杨舟的怀里,"我这辈子可没交过别的男朋友,你可得对我好啊,见到别的女人可不兴瞎想哦……"

"怎么会呢?我也没交过别的女朋友啊,我答应过你,要照顾你一辈子的。"

"嗯……"李园园脸上甜甜地笑着,往杨舟的怀里又轻轻地拱了拱,"你不在的时候,我真的好想你啊……"

"我也想你啊……"杨舟低头吻着李园园的头发,不禁眼眶发红。

半夜,杨舟躺在床上辗转难眠,这段时间的遭遇真是让他心力交瘁,他心中五味杂陈。

李园园缓缓地凑了过来,从身后伸出胳膊柔柔地搂住杨舟,将胸口和脸贴在了他背上,安抚着他不安的灵魂。

"舟，你一定要答应我，别再去找关小昱了啊。"

杨舟疼爱地抚摸着李园园的手，轻轻地说："我答应你，一定不去了。"

第三十章

反 击

○

装修尚可的一家饭馆小包间里,屋内中式挂画,桌上几个家常菜,杨舟和李涛围桌而坐。

李涛认真地看了看杨舟的脸:"哥们儿,你这状态不太好啊,怎么嘴都起泡了,头上还贴个膏药,这是咋了?"

"哼。"杨舟愤愤又无奈地笑了笑,"能不上火吗,刀都架脖子上了。"

"到底怎么回事,这才回来几天,搞得这么狼狈。"

"别提了,被人联手搞了。我今天找你来商量商量,就是准备搞点事。这本账就是2006年的第三本的复印件,你说想再细看看的。"杨舟从包里拿出一个账本。

"上次你让我在蒙特尔看那些账,时间仓促,我是没发现什么大毛病,但是这一本有些账目我还是有点印象的。"

"你是注册会计师,查账比我专业多了。"

"切,记得多请我吃饭啊。"

李涛笑了笑,继而皱起眉头翻看起了账本。

"肖强早年在蒙特尔的账里面,有很多笔开支去处不详,这本账里的金额应该是最大的,有十几笔合计几十万美元,加上别的账本里的,我估计有上百万美元,都只写了个业务支出,全都支出的是美元现金,不知道干啥了。我估计不是行贿就是贪污了,没有票据。"

"如此的话，他们内部会不会有另一本记录，参与的人显然不止一个。"

"你说得对，应该还有另一本明细账，记录着支出。"

"如果有的话，肯定在朱利云手里，他一直都是肖强的狗腿子，那会儿他跟着肖强在蒙特尔，一步一步被提上来的。"

"如果能拿到这本账，扳倒害你的人就有希望了。"

"这样的把柄，他们不会等着我去抓吧。"

"那是，就现在明面上的账目，如果有人举报，上面有人愿意深挖，也可能找到源头。如果上面审计和查处的人敷衍了事，发现账目不清也不深查，下结论为海外财务管理不规范，让补一些单据，批评教育再要求整改一下，那很快就过去了。"

杨舟思忖了片刻："我今天找你来，就是想找人深查。上面有人会对这些事情感兴趣的。"

杨舟长出了一口气，接着说："肖强越是费尽心思打压我，越说明他有重大问题心虚，必须把我弄走，否则我依靠工作便利继续查出什么来，他就完了。"

"你说得很对，你就给他先捅出去，管他管不管用呢，先争取点时间再说。"

包间房门被推开了，走进来一个中等个头、戴着眼镜、文质彬彬的男子，杨舟忙站起身来，热情地上前招呼："哟，外交官终于来了，真是公务繁忙啊……"

来人和杨舟熟络地抱了抱，拍了拍对方的肩膀。

"'一牛一羊'终于凑一块儿了。阿舟好不容易回来一趟，你还不赶紧的。"李涛歪着嘴笑着。

"抱歉抱歉，部里又有紧急任务，加班呢，刚散。"牛俊把羽绒服随意地挂在了衣架上，搓了搓手，与杨舟同时落座。

"装什么装啊。"李涛不屑地说。

"你以为当公务员就是喝茶看报纸啊，我们忙得很的。"

"没错没错，全世界都归你管……"杨舟笑呵呵调侃着老同学。

"哎呀，阿舟啊，自从大家有了孩子，咱宿舍也聚得少了。我看你黑了啊，哟，怎么嘴上还起泡了，在外面想老婆想的？咋还贴个膏药？"

"他在外面还不知道多快活呢，黑妞那么多，还有美女同事，漂亮得紧哪，对了，关小昱也在那块，跟她勾搭上了……"李涛坏坏地笑着，一副看好戏的局外人姿态。

"瞎扯什么呀，快活个鬼，还不是为了国家战略操碎了心啊，脑袋都想破了！"杨舟一本正经正色道。

"我信你个鬼！"李涛拍了下杨舟的脑袋，"在那里工资不涨，看你去不去！"

"话也不能这么说啊，涛涛。"牛俊嗔怪道，"你看我们，工资那么低，不还是满世界去驻扎吗？国家需要有人奉献啊。"

"你这'官老爷'，说起话来腔调都不一样了。"

"唉，不开玩笑，其实待遇还是低啊，手头紧，不像你们都是赚大钱的。不过舟舟，我可提醒你，在外面久了容易出问题的。打算什么时候回来啊？"

"还不好说呢，那边有好多事情要处理。"

"我跟你说，长期驻外的人很多家庭都有问题，孩子一直给老人带，容易叛逆，出心理问题。"牛俊关切地看了看杨舟。

"嗯，这个嘛……"

"哎，我说舟舟，你去的时间还短，时间长了啊，别老婆也跟人跑了。"李涛狡谲地笑着。

"闭上你的乌鸦嘴！！"杨舟作势掐住了李涛的脖子，李涛"啊啊"地吐出了舌头。

松开了李涛，杨舟想到了李园园和萌萌，不由得有些揪心，心里七上八下。

"你没法学我，我带着老婆孩子一块儿去的。"

"嗯……"

"算了，别想这档子事了，先处理眼前吧。先说说你们项目的事，现在国家对'一带一路'有金融政策支持，非洲国家虽然有资源，但是最缺钱，咱们跟其他国家比，一个很大的优势是国家可以提供金融支持。造福于当地，在国际上还可以有更大的影响力。"牛俊拿起了茶杯，喝了一口水。"你的项目跟我说说，看符不符合政策要求。"

"嗯，还是哥们儿好啊。不过我现在最大的问题，还不在项目上，公司内部有点乱。"杨舟把肖强整治自己的事情大概说了说。

"之前我也听阿涛说了，你现在碰到的这档子事啊，我也很难出什么主意，哪里都是个江湖啊。"

"别说这些不痛快的了，来咱干一杯。"杨舟举起啤酒杯，三人杯子"乓"地碰在了一起。

晚上，杨舟拎着两瓶红酒，来到了一座高档住宅楼，出了电梯之后，敲开了贴着书法对联的红棕色防盗门。

门开了，一个仪态优雅的老妇人笑盈盈地站在门口："小杨来了，老区在里面呢。"

"小杨，来，来，坐。"区健民满面笑容迎了出来。

杨舟忙迎了上去，递上他带来的红酒："区总，打扰您了，给您从蒙特尔带了点法国的上好红酒，您尝尝，那里法国的好东西多。"

区健民故作认真,笑眯眯地说:"你看你看,小杨,给我来这个。好吧,我就收下了,好好品尝品尝。前一段我去你们那儿转一圈,给你们添麻烦了吧?"

"您哪儿的话,巴不得您去呢,多指导指导我们的工作,您看,您去之后,我们的业务马上就有了起色。"杨舟不失时机地拍了一下区健民的马屁。

"哪里啊,那都是你们的努力啊!小伙子不错,有前途!"区健民眉头舒展开来,眼角的皱纹都充满了笑意,欣慰地拍了拍杨舟的肩膀,继而诧异地看了看他额头上的胶布。"哎,小杨,你额头上的伤怎么回事?没事吧?"

"哦,小事小事,走路不小心撞树枝上了。谢谢领导关心。"杨舟尴尬地笑了笑。

"哈哈,走路要当心啊,你们这个年龄,上有老,下有小,事情多,思虑也多啊。"

杨舟摸了摸额头,小心地坐在组合沙发的一边,满脸堆笑看着区健民。区健民从茶几底下摸出一盒红塔山,掏出两根,递给杨舟一根。

"来一根?"

"好嘞。"杨舟连忙拿起桌上的打火机,凑上前去替区健民点着烟,又给自己点上,深深地抽了一口。

区健民的老伴给杨舟递过来一杯水,杨舟连忙站起身来接过水杯:"谢谢李老师。"

"看你又抽上了。"李老师嗔怪道。

"这不有客人来嘛,我趁机抽一口,哈哈哈。"区健民爽朗地笑着。

"你们聊吧。"李老师笑了笑,也不多言,随即走进了卧室。

区健民深吸了一口烟,笑眯眯地看着杨舟:"小杨,上次我去你们那儿跟你说的话,还记得吗?"

不久前,杨舟负责接待了已经成为集团董事长的区健民,而肖强借故没有到非洲作陪,只有杨舟跑前跑后负责安排。

晚上,杨舟将果盘送到区健民酒店房间时,区健民叫住他说了几句极有分量的话。

"小杨,你们公司肖强能力不行啊,公司这几年业绩太差,而且,像董清风这样的好苗子也没给带好。"

杨舟知道,董清风是区健民栽培起来的,本打算把肖强替掉,谁知道反被清理了,对此,区健民耿耿于怀。

"华通海外的领导班子必须要有重大的改变才行,再这样下去不是办法。如果发现什么不好的苗头,你们可以跟我汇报,我不希望出了大事之后再去收拾烂摊子。"

沙发上的杨舟一脸谦恭:"您的指示,哪敢忘啊。"

"没忘就好,你这次找我,肯定有重要的事,说吧。"

"区总,我这次是要跟您汇报,肖总在蒙特尔时期的账目存在重大的漏洞,好多开支都没有具体的去处,可能有廉洁风险啊。"

"证据确凿吗?"烟雾中的区健民眼睛瞬间亮了。

"我手里的账本只能初步看出有问题,还需要细查才能抓出确凿的证据。我怀疑还有另外一本明细账,但是找不到账本。"

"你来找我,有没有确切的把握?"区健民似乎有些不悦。

杨舟顿时紧张起来,鼻尖冒出一层细密的汗珠。

"看来你想铤而走险了,我可听说你们那里发生了一些事情。"区健民掸了掸烟灰,意味深长地看了杨舟一眼。

"最近我确实是不太顺,感谢您的关心。"杨舟有些诧异,自己的事连区健民也知道,看来他一直在关注着华通海外。

"你听着,查账查处那是纪检部门的事。我听你这么一说,你们那儿的管理果然是混乱,存在很大风险,必须要引进先进的管理机制,把权力关进笼子里。否则总是一言堂,太容易出事了。"

区健民又深深吸了口烟,大马金刀地坐在沙发上。"你们来自基层的声音我不能不管。肖强以为谁也管不了他,华通海外是他的独立王国。这两年华通海外的业绩一直疲软,而且根据多方得来的信息,这里的经营很可能存在严重的问题。对肖强的举报集团已经收到了不少,我们能感觉到其中有问题,但是证据不够。你们做的是国际业务,如果问题爆发了,就不仅仅是经济问题了。国际业务爆雷,就会影响国与国之间的关系,以及外交大局和国际舆论。"

"哦……"杨舟微微点了点头,有点明白了其中的利害关系,心中也不知该喜还是忧,心情错综复杂。

区健民上台伊始,就想方设法控制住肖强这匹脱缰的野马。很多人觉得这是区健民和肖强之间的个人恩怨,其实是把区健民的格局看得太小了。

一个三十多万人的集团,世界500强,能坐上集团一把手的位子,区健民不会这么狭隘。

"国家这么大的布局,这么好的政策,你们这么好的平台,绝不能让少数害群之马给糟蹋了。小杨,你们在一线,掌握的情况多,发现什么事情,也要多替上面分忧啊。"

"区总,我知道该怎么做了。"杨舟眼神变得坚毅,重重地点点头,下定了决心,"我也是一名国家干部,先不说个人恩怨纠葛,最起码的是非观还是有的。"

离开区健民家之后,杨舟连夜将账本复印了一份,并写了一个简短的材料，匿名寄给了集团纪委。在他看来，区健民说得已经很清楚了，有了他的关注，只要集团纪委借东风认真去查，证据会一点一点地浮现出来，肖强被绳之以法的日子恐怕不远了。

将匿名信用力投进邮筒后，杨舟不敢松懈，拨打了一个国外电话。

"喂，黄叔啊，我小舟。视频拿到了？……是整段的吧？……好的，太好了。"

第三十一章

科学企业机制

○

华通海外召开了干部职工大会,区健民亲自出席,稳稳地坐在主席台的正中间,不怒而威。

在他的两边,分别是集团人力的总经理和原集团财务部总经理汪延。再往边上,是肖强和华通海外的其他高管。

台下座无虚席,黑压压的一片职业装,气氛肃穆。

赵坚征询了一下肖强的意思,示意台下静一静,要开会了。

肖强简短地介绍了区健民的来意后,区健民在台上发话了:

"同志们,今天,我专门来咱们华通海外,是为了启动对华通海外进行科学企业机制的改革。科学企业机制改革是上级的要求,是提高企业经营质量,落实出资人责任的有效方法,我们选择在华通海外试点,是对华通海外的信任,也是对华通海外的关心。"区健民重点强调了科学企业机制实施的必要性和紧迫性,而肖强的脸也越来越阴沉。

"在这里,我代表集团领导班子,宣布以下任命。任命汪延同志为华夏通信集团海外公司董事长、党委书记。在这里,我想强调的是,今后董事长是公司的一把手,经营层归董事会领导。这是一种新的治理结构,希望大家能够理解、适应,配合好新的董事长、党委书记开展好工作。汪延,作为华通海外新任命的主要领导,你讲两句吧。"

"好的，区总。"汪延脸上带着笑往话筒前凑了凑，"今天对我来说，是一个非常有意义的日子，我也将开启我的国际业务生涯。感谢集团公司的信任，在国家国际战略实施、集团公司国际化经营推向深化的时候，给我压上这个担子。从今以后，我要和咱们华通海外的同志们一起并肩战斗，我一定鞠躬尽瘁，绝不会辜负集团公司和华通海外同志们的期望！"

一片掌声过后，区健民侧过脸望向肖强："老肖，你也讲讲吧。"

肖强在主席台上脸色极其难看，很不情愿地往话筒前凑了凑，甚至不愿挤出一丝笑容。

"在这里，我代表华通海外领导班子，拥护集团决定，欢迎汪总到来，其他的，我和汪总下面再交流吧。"他潦草几句，敷衍过去。

而台上台下的众人，都已经开始打起了自己的算盘。

而区健民的亲自镇场，显然是为了给汪延立威。

来之前，区健民亲自向汪延交代了华通海外的情况，勉励汪延把华通海外的事情抓好，一定不能出乱子。汪延很清楚他即将面对的局面，也认真做了一番盘算。肖强的情况，他已经有所耳闻，既然上面让他镇这个场子，他自然要努力不辱使命。浸淫职场多年，他也知道初来乍到急不得，新官上任三把火多半会把自己烧了。

来到华通海外以后，汪延始终一副笑眯眯的样子，似乎并不急于夺权，亲切地称呼肖强为"老肖"，开头闭口"我们是一个战壕的战友"。

"我对这里的情况不太熟悉，都得多听老肖你的意见啊。"

"哼。"肖强并不给汪延面子。他浸淫商场官场多年，不吃这一套。

他告诫手下的人别跟汪延走太近，没什么好处。他的兄弟们也相信，只要肖强随便挖几个坑，不熟悉环境的汪延就会跌得头破血流。

一大批死忠于肖强的人，不愿意配合汪延的工作，准备把汪延挤走，这样华通海外就能回到以前的样子，仍是他们的天下。

这世界总是有人守旧，有人拥新。市场六部的老总刘雨薇，一位四十多岁的女士，主动来到汪延的办公室汇报工作。这两年以来，她一直受到排挤，随时有下课的危险。

刘雨薇收拾了一下笑容，轻轻敲响了汪延的门。

恰在此时，肖强从旁边的办公室出来，望向了汪延办公室门口的刘雨薇，目光如冰射了过去，嘴里冷冷地哼了一声，转身拂袖而去。

刘雨薇不由得打了个寒噤，哈着腰尴尬地跟肖强点头示好，刚挤出的笑容瞬间凝固，脸色跟心情都十分难看。

"进来。"屋里传来汪延的声音。刘雨薇匆忙再换上另一副笑脸，推门进了汪延的办公室。

汪延前期已经找赵坚聊过好几次了，询问了大量关于综合、人事方面的情况，要了很多资料。

他还找财务负责人朱利云了解情况。朱利云总是借口上面财务检查、审计等事情太忙，不去汪延那儿。实在不行去了以后，要么一问三不知，要么含糊其词。

汪延原本就是集团财务部的总经理，怎会不知朱利云的小心思？于是干脆让朱利云把财务报表都拿过来，他自己看。

"这些报表太多了，董事长您这么忙，看得过来吗？"

"不想给我看还是怎么着？董事长不能看报表啊？"汪延微微地笑着，目光如剑刺向朱利云，觉得他似乎有点逾矩了。看得瘦小的朱利云汗毛倒立，脑海中猛地浮现出"笑面虎"的形象。

"哪敢哪敢，我这就去拿。我是怕累着您……"

汪延还专门找了杨舟，勉励他一定要好好干，把非洲的业务做起来，并且笑眯眯地跟他说，自己刚当了这个一把手，还没有了解情况，人事方面的事情暂时不准备有什么动作。

　　杨舟知道汪延是在稳住他。汪延不准备有动作意味着肖强没有办法自己决定人事任免，杨舟暂时安全了。

第三十二章

龙江宾馆

○

黄昏,京城郊区,一辆奔驰轿车驶离大路,在密林掩映的龙江宾馆门口稳稳停住,肖强走下车。

梳着大背头,穿着白色夹克,大腹便便的男子迎了上去,打着哈哈,异常热情地握住肖强的手。这正是龙江集团董事长秦十里。

"肖哥,来了哈,哎哟,气色好像不是很好啊。放心,到我这儿保准让你快活。"秦十里笑得满脸横肉乱颤,一把搂住肖强的肩膀,一起肩并肩往里走。

"秦总,我可不比你这么自由快活啊。"肖强有点苦涩地笑了一下,随着秦十里前行,一边秦十里的随从赶忙接过了肖强的大衣。

偌大的温泉池子里,只有肖强和秦十里两人泡在里面。

"大哥,到我的地盘就别拘谨,想玩什么尽管说。"

"今天啊,想跟你说点正事。"肖强不经意地环顾了一下左右。

"这里没别人,咱俩赤条条的,连窃听器都没法安,有啥事就说吧。"

"遇到点麻烦,我不太方便出面做。我们约束比较多,上面又有人盯着,得守点规矩。"

"哎哟,老肖,真有你的。你也知道我,没啥文化,靠收街坊的保护费起家,靠的是胆大心狠。有事儿你说吧。"

"我们公司有个经理叫杨舟的，在蒙特尔常驻，我本来想要把他整出去，结果上面派来个碍事的当董事长，弄得我动不了手。我有点担心时间长了让他们给整出事来。"

"哟，让咱肖总都担心了，看来还有两下子嘛。算了，不跟他废话。"秦十里微微闭上眼睛，甩了甩头，拍了拍肚子上的肥肉。

"嗯……"肖强眼神一凛，犹豫片刻，皱着眉头看了看秦十里，"不要整出大事来。"

"放心吧，我会安排好的，不用你管了。肖总，你们这帮人哪，不是我说呀，太能装了。蒙特尔那么乱，出点意外也是正常的嘛。"

"来人！"秦十里扯着嗓子喊了一句，立即进来两个衣着暴露、身材火辣的女郎。

两人躺在池子边的藤椅上，惬意地闭着眼睛，两个女郎在他们身后帮他们按摩，让两个老男人心猿意马。

"后边咱们的股份打算怎么运作啊？"

"这事没问题，操盘的人都找好了，炒作的资金也快到位了。出研究报告的人很在行，现在需要蒙特尔政府那边的人配合弄出点动静来，把我们的噱头落实了，越像真的越好。"秦十里半眯着眼睛说。

"这个我来办，那边政府关系我熟。说不定还真把木材的事给弄成了，秦总下面的龙江物流把着码头，政府的人也被你搞定了吧？"

秦十里转过头，冲两个女郎摆摆手，两人停下手中的活计，风骚得像蛇一样扭着身子退下。

秦十里拿起桌上的雪茄，递给肖强一根，又拿起一根，用纯金的打火机给自己和肖强点着，深深吸了一口，吐出一股烟圈。

"看老肖你这话说的，就别抬举我了，现在的人都贪得很，不给钱根本不办事，你让我怎么办？不过这次我要玩虚的，这些年我算明白过来了，玩金融比做实业来钱快多了。你看我这些年开赌场，收保护费，强买强卖搞贸易，拎着脑袋赚个千儿八百万，那帮穿西装讲故事圈钱的一搞就是几十上百亿，我连人家的零头都不到啊。"

"所以咱们也得玩玩股市嘛。这次再融资，华通海外这边我会想办法，虽然来了个姓汪的董事长，问题也不大，我们做国际业务，入股国际物流企业也属正常，只是金额恐怕达不到之前说的那些。"

"行了，要的是你们国有大企业的金字招牌。操盘的人都跟我说了，现在是牛市，涨十倍是保守估计，他们之前玩过几十倍的。大家就需要个噱头来炒作。等我们搞起来，自然会有大把的人跟风。股市都是博傻，就看谁接最后一棒。"

"行啊，就等着看你的表演了。"

酒店房间内，秦十里叼着雪茄，面无表情地看着电脑屏幕。

屏幕上，一个干部模样的瘦削中年男子正坐在总统套房的豪华大床上，三个年轻女子走进了房门，嬉笑着向男子簇拥过去。

"视频保存好，我有用。"秦十里悠闲地吐出一口烟，冷冷地对身旁黑衣人说。

第三十三章

选 择

○

2月份的京城，依旧寒风阵阵，似乎春天还很远。

浓浓的雾霾笼罩着巨大的城市，高楼大厦如立云雾之中，一切都是灰蒙蒙的，几步之外已经看不清人脸，行人大多戴着口罩，匆匆而过。

杨舟驾着车在车流中缓缓前行，戴着白色口罩，不时咳嗽几声。

巨大的立交桥下，杨舟的车随着车流以龟速缓缓靠近了一栋宽大的建筑，楼顶的大字写着："儿童医院"。

医院里摩肩接踵的都是抱着小孩的家长或是老人，有的婴儿看起来甚至还没满月，因为高烧红着脸，露着胳膊哇哇哭着，那么弱小无助。

拥挤的人群和焦虑的神情让杨舟眉头紧皱，浑浊的空气使他剧烈咳嗽起来。

这次雾霾断断续续已经持续了一个多月，他已发烧咳嗽好几天了，加上多事之秋急火攻心，一把一把地吃药，丝毫不见好转。

走过几条长长的走廊，杨舟挤进了人满为患的电梯，随着人流下了电梯之后，急忙走进一间病房。

两人间病房里，李园园坐在板凳上，呆呆地看着病床上的萌萌。萌萌脸色苍白，手上打着点滴，闭着眼睛。

忽然李园园肩膀抖动起来，开始剧烈地咳嗽。杨舟连忙走过去，抚摸着她的后背，递过桌上的矿泉水。

李园园转过头来,接过水喝了一口,轻轻地说:"你怎么才来?"杨舟接过矿泉水,也喝了一口,却引发了剧烈的咳嗽,边咳边说:"公司有点事没忙完……处理完……处理完赶紧过来了。"

"这次雾霾太严重了。"李园园的脸纸一样苍白,没有一丝血色。

"萌萌好点了没?"

李园园叹了口气:"睡着了就好,不然就一直咳嗽,吃啥吐啥,只能靠输液了。"

杨舟心疼地看着萌萌的脸,和她扎着针的小手。他忽然感到一阵腿软发虚,头上的汗珠落在了地上,只得蹲下来握住了李园园的手。

"舟,你怎么样啊?"李园园把水递过去。杨舟润了润嗓子,稍微缓了一下,咽了口唾沫,声音低沉地说:"我没事。"

李园园拿出纸巾擦了擦杨舟额头上的汗。"这次咱家大人小孩全都病了。舟,你要是不在家该怎么办啊?要不咱别去蒙特尔了,家里需要男人啊,你看,你也病了。"

看了看妻子的脸,再看看萌萌稚嫩的脸,杨舟这一刻有些动摇了。

长期在蒙特尔,不能尽到一个父亲和丈夫的责任。每次雾霾来袭,萌萌都会生病。杨舟不在家,只能是李园园和姥姥带着去医院。

他拉着李园园坐在了萌萌的病床边:"我……其实我也想陪着你们,可是那边的事情确实走不开。说大一点,是为国家做贡献,咱不是什么圣人,政策那么大,国家那么多事,总得有人做吧,那么多人都在外面漂着呢。打仗的时候那就更顾不得这么多了,像我叔,还有黄叔他们当年那么年轻,不是说上战场就上了吗?"

"我明白的,你为国家做事我也觉得光荣啊。"李园园崇敬地看了一眼杨舟,把头倚在了他的肩上。

杨舟轻轻抱住了李园园,抚摸着她的头发。"再说,我也是想在正当年的时候给咱们小家积累点资本,将来日子还长着呢。"

李园园抬起头看着杨舟,眼神中有些许无奈。"可不是吗,在京城生活成本多高啊,萌萌这次住院一周,已经花了八千多。舟,生病的时候啊,我总是觉得什么都无所谓了,只要健康地活着。你在外面要是再有个好歹,我们娘儿俩怎么办啊?"李园园眼中满是焦虑。

"放心,我会照顾好自己。"

"好吧,我不是想拖你的后腿,我支持你,只是你也要理解我的不容易……"李园园的眼圈有些红了。

杨舟把李园园搂得更紧了,脸贴着李园园的头发,百感交集。

他忽然想起什么,从兜里掏出一个U盘:"园园,这是在蒙特尔现场我们那个殉职的工程师包里的U盘,设置了高端密码,我们的工程师都破解不了,要不你帮我试试吧,说不定里面有点啥。"

"行,我试试。舟,我支持你去做事业,可是你不在的时候我真的很想你,遇到事了想让你在身边帮我。"李园园委屈地钻到了杨舟的怀里。

"还有,舟,你……钱也要省着点花啊,跟人买情报不要上当了。家里也要用钱……"

"嗯……"杨舟抱着李园园喃喃道。

窗外响起了一阵"砰砰"的声音,空中绽放着一朵朵烟花。明天就是年三十了,已经有人在放礼花庆祝了。萌萌还在睡着,礼花的色彩映射在窗户玻璃上,五彩斑斓一闪一闪的,映在病房内惨白的墙和脸上。

忽然,杨舟的手机响了:"喂,妈,啥事?……什么!……"

杨舟一脸惊愕,瞪大了眼睛望向了李园园。

"出什么事了?"李园园眉头也皱了起来,紧张地看着杨舟。

杨舟眼睛已经红了,愣了几秒才说出话来。

"奶奶去世了……"

机身上印着火红凤凰的客机缓缓降落在 H 省省会机场。

杨舟神情焦灼,皱着眉头,背着背包快步走出机场出口,一个矮胖的中年司机拿着手机,挥着手热情地迎了上去,二人迅速走向停车场。

"喂,妈,我下飞机了,我包了个车,大概有两小时就到了。我爸怎么样?……唔……保重身体……该吃饭要吃饭的……你们现在在哪里?……"

小轿车飞驰在高速公路上,来自故乡的司机一边开着车,一边兴致颇高地跟杨舟说着话。这一单包车,由于正好过年,他多要了二百。

杨舟有一搭没一搭地回着话,失神地望着窗外,司机看杨舟无意攀谈,也就识趣地闭了嘴。

天色阴沉着,窗外飘起了细细的雪花,如柳絮缓缓飘荡。杨舟的眼睛红了,挣扎了一下,眼泪还是流出了眼眶。

之前听说奶奶身体不是很好,但没想到会这么严重,怎么突然人就没了呢?

从小到大,杨舟都是奶奶最疼爱的孙子。

小时候,每次杨舟来乡下玩,奶奶总是笑得合不拢嘴,都给预备着雪枣、糖果,还给他准备最爱吃的红烧肉。成年工作以后,奶奶还是每年省吃俭用,给他压岁钱。

奶奶始终记得杨舟小时候喜欢玩小狗,每逢杨舟回去看奶奶,总会记得叫人借一只小奶狗给他玩。

小轿车从高速拐进了国道,又从国道拐进了一条水泥小道,远处传来鞭炮声和凄凉的哀乐声,越来越近。杨舟摇开了车窗,探出头去。一股湿冷的空气夹扎着雪花扑面而来，刮得脸生疼。

车停在了路边，杨舟钻出了车门，两个头发蓬乱、胳膊上戴着黑纱的男子赶紧迎了上去。

"三叔……爸……"

寒风中，父亲的白发已经多了很多，一向沉稳的眼神中竟多了几分无助。

雪越下越大，一行十余人缓缓行进在泥泞的道路上，默默无语。

似乎依然温热的骨灰盒，让杨舟的手在萧瑟的寒风中感受到了些许热度。

奶奶在用最后的温度温暖着归来的游子。

杨舟把骨灰盒小心翼翼地放进了墓坑正中间，两个汉子挥锹填土。

他默默退后了几步，双膝跪在了泥泞的雪地里，缓缓弯腰磕了个头，泪水夺眶而出。

"奶奶……奶奶……"

那个永远疼爱自己、永远慈祥和蔼的奶奶已经离去了。

"你奶奶是半夜睡着后自己离去的，你三叔早上叫她起来，才发现人没了。"父亲眼睛红红地坐在沙发上，看了一眼挂在墙上爷爷和奶奶的遗像。

"奶奶85岁了，走得安详，没遭什么罪，也没给儿女添什么麻烦，有福的人啊！"母亲哽咽着。

"只可惜，志军不在啊。"父亲长叹一声。

"舟舟，你知道你叔现在到底怎样了吗？"

"妈，我……我也不知道他现在怎么样了，我给了他一个卫星手机，但他从没给我打……"

"造孽呀。华华的事，到死都没敢给你奶奶提啊，奶奶去世前两天,总是在念叨华华的名字,说'怎么……怎么好久都没给我打电话了……'"母亲呜咽着,父亲长叹了口气。

"要妈说啊……舟舟,你要不也赶紧从那里回来吧,咱们别赚这钱了,太危险了。"

"他那是为国家工作,哪能随便回来呢……"父亲喃喃道。

"你看你爸一辈子也就是个小公务员,我当个小学教师,也都过得挺好的,咱也不求什么大富大贵,你在那儿也待了两年多了,还是回来吧,你们杨家已经死了一个孙子在那儿了……"

"大过年的说什么丧气话……"父亲摇了摇头。

"我不是说……喀……喀……"母亲一时气急,剧烈咳嗽起来,苍白的脸顿时涨得通红。父亲连忙拍了拍母亲的背,从桌上拿起了一杯水。

咳了一会儿,母亲终于停下了,大喘了几口气,喝了口水。

"妈,今天吃药了吗?"杨舟关切地问。

"吃了,你爸每天都提醒我吃药。我这身子也不争气,哮喘这么多年也不好,北方天气那么干,我也没法帮你带孩子啊,只能劳烦孩子外婆了。"

"妈,你就别替我操心了,照顾好自己的身体就是对我最大的支持了。"

"怎么能不操心?儿行千里母担忧啊,你这何止千里,还跑地球的另一边去了。"

"行了,别老跟舟舟说这些,人这一辈子这么短,总得做些有意义的事情,也不是谁都有这个机会为国家效力呢,不光为了赚钱。"父亲嗔怪地看着母亲。

"就你觉悟高!我只想着孩子能平安。还有,舟舟啊,你可得好好对园园她们啊,你出去这两年,萌萌还小,她们祖孙三代在那儿,身边也没个男人……喀……喀……"

说着,母亲又咳嗽起来,半晌才止住。

"妈,我知道的。把事情处理好我就会回来的……"

"舟舟,我支持你待在蒙特尔,但是……注意安全啊……"父亲眼神很复杂,有鼓励,有不舍。

"嗯。"杨舟低着头,用牙嗑开一粒瓜子,重重地点了点头。

小河边一处幽静的砖瓦房,屋前的禾场上已经长满了杂草,堂屋的大门紧锁着,窗户上、台阶的板凳上已经布满了厚厚的灰尘,屋顶蛛网密布。

杨舟看着这破败的景象,眼眶发红,一屁股坐在地上,重重地叹了口气。

从小到大,杨志军都是他心目中顶天立地的英雄。为了国家义无反顾上了战场,历经九死一生才回到家乡,这种传奇经历是杨舟这样生长在和平年代的人难以想象的。

而眼前这座旧房子,不仅记录着杨志军一家三口那曾经幸福温馨的生活,也承载着杨舟的回忆。小时候,每次杨舟到乡下奶奶家,总会到这个屋子找杨华玩,和他睡在一起。勤劳善良的婶婶也会为杨舟做上几个好菜,笑眯眯地不断热情招呼他多吃点。

而在其他人面前并不想多提往事的杨志军,也经不住杨舟的死缠烂打,会跟他讲讲异国丛林中的故事。

但这一切,都只剩下了这人去楼空的老房子。杨舟把头埋进了臂弯,眼泪涌出了眼眶,不可抑制地呜呜哭了起来。

第三十四章

官　司

○

　　风尘仆仆的杨舟在走廊中寻找着，终于找到一张门牌上写着"民事三庭"的门，推门而入。

　　四五十平方米的法庭里，居中的法官席上还空着，被告席上坐着李志远的妻子张萱，以及一位四十多岁，西装革履，看着沉稳持重的律师，原告席上则坐着邱燕，以及年轻帅气却略显稚嫩的律师。

　　在旁听席上看到了赵坚后，杨舟走过去扶了一下赵坚的肩膀，坐在了旁边。

　　"来了，刚从老家回来？"赵坚转过来，点了点头。

　　"嗯，刚下飞机。"

　　"那是李志远的父亲。"赵坚朝旁听席一角微微努了努嘴，轻声说。那里坐了一位皮肤黝黑、面色发苦的老汉。除了这三人，旁听席上再无别人。

　　"李志远的父母已经放弃了对李志远房产的继承权，只要了社保和咱们公司抚恤金当中的份额……"

　　"唔，那他们分了多少？"杨舟用眼角的余光瞟了一眼角落里默默无言的老汉。

　　"按理说他们老两口一半，李志远夫人和女儿一半，按人头分，但是现在李志远的……嗯……李志远的儿子的妈妈也要分。他们的房子嘛，产权一半应该归张萱，另一半就属于遗产，应该是配偶父母子女一起分。"

"哦，这样啊，那邱燕是替自己的儿子争取的？"杨舟又看了看张萱和邱燕，两个憔悴的女人。

"对的。哎，你有没有听说你的一个新绰号，叫'杨二郎'。"赵坚忽然神情有点龌龊。

"什么杨二郎？"杨舟眉头微皱，不解其意。

"就是……就是……你在蒙特尔遇到的那个关小昱，你只在人房间待了几分钟，所以有人叫你'杨二郎'，说你那方面能力只能坚持两分钟。"

"我去他大爷的！！！两分钟？！你听谁说的？！"杨舟一听火了，差点跳起来，好容易压住了声音，这么恶毒的诽谤！！

"安静安静……别急……法官来了。"

一位穿着法官袍的中年男子走上了法官席，稳稳地坐了上去，二十多岁的书记员小姑娘也坐到了自己的位置上。

"下面我宣布，开庭！"法官一敲法槌。

"请原告方代理人陈述。"

年轻的原告律师点了点头，望了一下四周，开始说话了。"受邱燕女士委托，下面由我代表原告进行陈述。原告李昊，是李志远的儿子，虽为非婚生子女，但在遗产继承上享有婚生子女的同等权利，现向法庭提出请求，要求就李志远公司给予的抚恤金、社保给予的抚恤金以及李志远的房产和其他遗产进行分配，分得应得份额……"

"下面请被告方代理人陈述。"法官看了看被告席。

"原告主张李昊为李志远的儿子，应当充分举证证明，方能依法享受继承权……"

第三十四章 官 司

"下面进入辩论阶段。"

"我方有充分证据证明，李昊与李志远有亲子关系。我们有李志远为自己购买的人身意外险 100 万元保险单，受益人为李昊。而且，虽然李志远的遗体已经在蒙特尔火化，但是我们依然提取了他衣服上的毛发，与李昊做了亲子鉴定的比对。请法官审阅亲子鉴定报告，报告可以证明，二人有亲子关系。"

"还能这么操作？"杨舟看了一眼赵坚，又看了一眼坐在被告席上的张萱，张萱紧皱着眉头，眼圈已经红了。

"我方认为，李志远和李昊之间存在亲子关系的结论不能成立。不论李志远出于何种目的将保险的受益人指定为李昊，都无法直接证明二者的父子关系，也存在其有误解的可能。而且，并没有证据证明，亲子鉴定的毛发来自李志远，也就是说，亲子鉴定没有证明力。"被告律师显然经验丰富，说话不急不缓。

原告席上的邱燕突然哭了出来，站起身来，拿起一张偌大的照片。"难道这还不能证明，这是李志远的孩子吗？"邱燕用手指点着照片，左右展示着，"大家看看……这眉眼、鼻子……多像！这不是他的孩子吗？"

杨舟看了过去，因为法庭不大，能够看得出来，李志远一脸灿烂的笑，脸贴脸抱着一个婴儿，眉目之间确有几分相似。

而张萱的肩膀已经颤抖起来，眼泪无声地往下掉。旁听席上的老汉，脸色越来越难看，长叹了一口气。

"对不起，原告，法庭上讲究的是法律证据。"被告律师的话一字一顿，依然沉着。

原被告律师分别辩论了几个来回，到了最后陈述的阶段，在原告律师陈述完以后，张萱拦住了律师，表示自己想说两句。

张萱抹了一把眼泪,定了定心神,长出了一口气。

"今天,我的心情很难受。李志远遇难,我非常难过,一场夫妻这么多年,我的心情是崩溃的,我们孤儿寡母将来怎么办哪?在这里,在法庭上,我又受到了二次伤害,不得不面对第三者和突然冒出来的孩子。我一直被李志远蒙在鼓里,对于一个女人,这公平吗?他人已经死了,我不想再怪他,但是我们娘儿俩在京城还得过下去啊。所以我不会放弃属于我和倩倩应得的份额。对于邱燕的处境,我无法表示同情,也管不了。"

杨舟叹了口气,李志远的父亲一抖一抖地哭了起来。

法庭门口,杨舟和赵坚赶上了拿着行李匆匆赶路的老汉。"李叔,您打算怎么回去啊?"

"我买了车票,去火车站待会儿就回去了。"老汉叹了口气。

"我开车送您去车站吧,叔,正好我有车。"赵坚连忙拉住他,旁边,邱燕和律师走过了身边,一言不发地过去了。

赵坚驾驶着汽车行驶在北三环。

"领导啊,让你费心了。"李老汉很是不好意思。

"没事,应该的,您大老远过来不容易。"

"唉,真是造孽啊,志远没了,这两个女人又打在了一起。"

"唔……现在法院也判了,证明不了这个孩子是志远的……"赵坚也不知道该说什么。

"唉,法律的东西我一个农民不懂,这孩子啊,我看铁定是志远的。可是我们又能做什么呢,志远他妈躺在床上几个月了,虽然也需要钱,但是我们都是一把老骨头无所谓了。"李老汉喃喃道,"做人也要讲点良心啊,志远自己在外面有了女人,先对不起媳妇,房子我们就不要了,放弃继承。一开始啊,志远他娘还不同意,我给劝了好几天，吵了好几次。我这个人啊，一生窝囊、老实，但就是不能没有良心不是……好在啊，志远给我们买的保险里，有 100 万是给昊昊的，他跟我们交代过……志远留给我们的钱哪，最终都要给娃儿的……"

"嗯……"赵坚一边开着车，一边有一搭没一搭地应着："叔，您老就别为他们担心了，照顾好自己和婶的身体吧。喏，咱们到了。"

江南的 S 州，天气阴冷，飘着蒙蒙细雨，而街上却是张灯结彩，一派火热的过年气氛。

电影院散场了，成双成对的年轻人或依偎着，或牵着手走出影院，在影院附近的小吃铺驻足停留。

甄羽和刘思婉并肩走出了人流，两人微笑着，牵着手缓缓前行，说话时嘴里哈出的气形成一团团雾气。

"《重返二十岁》，你说我会不会在 70 岁的时候，再变成 20 岁遇见你？"刘思婉甜甜地笑着问。

"哦？我可没有想过 70 岁的事情，今朝有酒今朝醉哦。咱们现在在一起就挺开心的，能和你这么好的姑娘在一起，我是祖上积过多大的德啊。"

"花言巧语。"刘思婉吃吃地笑，"你这次到 S 州看朋友，是个借口吧，怎么看你天天都来找我玩？"

"当然是为了你这个大美女了。"甄羽也不避讳，"还没有哪个女孩子，能让我跑这么远追过来呢。那次在演出的时候看到你，我真的感觉心都被你偷走了……"

"哈哈……"刘思婉开心地笑起来，几乎不能抑制，"我真的有这么大魅力吗？我觉得自己好普通啊！"

"你都不知道自己有多迷人！"

恰在此时甄羽手机响了，他连忙接起了电话。

"妈，对，我跟思婉刚看完电影出来……后天就回去看你。"

"你这孩子真是白养了，我这大过年的一个人，你回国也不回京城，真是有了女朋友娘也不要了……"

"妈，你不要这么说，我这也是为了让你早日抱上孙子嘛！"随即向刘思婉做了个鬼脸，刘思婉脸一下子涨得通红。

"好了好了，知道了。"

挂了电话，甄羽无奈地笑笑："我妈一个人过年有些孤单，让我明天就回去。"

"你也回去陪陪你妈吧，她一个人挺不容易的。我们到了蒙特尔反正还要经常在一起的。"

"嗯呢，只要我不出差，就去找你。"

"刚才你说什么，抱孙子？"

"是啊，我妈抱孙子。"

"讨厌……"

不知不觉间，二人已经走进刘思婉家所在小区。小区第一排有三栋深灰色雅致小楼，三楼一间亮着灯的屋子窗口，一对儒雅的中年夫妇，看着楼下的刘思婉和甄羽，相视而笑点了点头。

"进来。"门内传来汪延的声音，杨舟推开门走了进去。

"小杨，坐。"大班台后的汪延微笑着热情地招呼杨舟坐下，"你这又要去蒙特尔了，走之前咱俩聊聊。这一去，少则几个月，多则一年哪，家里怎么样？"

"都挺好的，谢谢领导关心。"

"到那边哪，疫病不少，治安也不好，最紧要的是注意身体和安全，保障员工的生命安全是第一位的。"

"我会注意的。"杨舟礼貌地微笑回复着。

"你们去那里，是代表华通集团，代表中国企业，所以呢我还是要嘱咐你一下，注意维护好形象，多做有利于当地和中国形象的事情，业务上的事情我也不跟你多说了，你比我了解。"汪延定定地看了看杨舟，"我听说你最近遇到了一些问题，有些情绪，是不是啊？"

杨舟一怔，与汪延的目光迎在了一起，脑子里考虑着措辞，却不知道该说什么。

"我想跟你说的是，党管干部，我是党委书记，组织上绝不会让真正干事、真正清白的干部受伤害。你只管去放手干事业，不要有什么心理负担。"汪延鼓励地看着杨舟，"我听老柳说了，你已经提交了证据，之前的录像就无法证明你有问题。"

"谢谢汪总，我知道我是清白的……"杨舟顿觉精神一振，感激地看着汪延。

"你可能也听到些传言，其实啊，我跟肖强之间并没有什么个人恩怨，有的只是工作上的分歧，如果涉原则性的问题，我一定会把好关的。我刚来不久，情况也不太熟，所以这一段时间我也没太多地关心你，今后有什么事啊，你也可以直接向我汇报！"

"领导有这份心，我就很感激了，您放心吧，我在外面能把握好的……"

"各位旅客，我们的飞机已经开始下降了，将在20分钟后抵达鲁卡国际机场……"

杨舟缓缓睁开了眼睛，从座位上费力地挺起了身子，望向了舷窗外。

　　底下，是一望无际的原始森林，一片绿色，只在中间有一片各种颜色的建筑群，昭示着人类的存在。

第三十五章

被扣押的人

○

杨舟拖着沉重的行李箱缓缓走向出站口，二十多个小时的辗转飞行让他十分疲惫，瞪着布满血丝的眼睛，盘算着回办事处要好好休息一下，倒倒时差。

一股湿热的风扑面而来，与京城的凛冽寒风似乎不在一个世界。同时扑上来的，还有满脸焦虑的侯立。

"杨总，杨总，你可下飞机了，小蒋被警察扣押了！"

"什么！？"杨舟混沌的大脑顿时一个激灵，"怎么回事？！"

"大使馆一会儿召开紧急会议，一会儿就开会了，您看您是先回去休息还是……"

"还休息个屁啊，赶紧拉我去大使馆！咱边走边说！"

一路上，侯立一边开车，一边把他知道的情况跟杨舟述说着。杨舟努力保持清醒听着，不时提出一些问题，一边还给林常伦和华通国际的中间商张玉龙轮番打电话，却都一直是占线。这让杨舟眉头都能拧出水来，急得直挠头皮。

事情是昨天才发生的，杨舟还在飞机上，侯立接到消息后已经尽最大努力去打探风声，但是知道的也并不多，只是说最近蒙特尔由于非法采矿的问题闹得很厉害，最后把中国人给抓了。

"我们的企业又没偷矿，非说违法收购来源不明的矿石，抓咱们的人。矿上咱们的安防监控系统出了点问题，小蒋是去做检修了，结果跟着矿上的几个中国人一块儿被抓了……"

"哦，那要是能查清楚倒也没事，但是他们这效率，整上几个月，别把小蒋搞出事来啊……"杨舟皱着眉头，脑子拼命运转着，而大使馆的门牌已然映入眼帘。

使馆门口已经停了好几辆车。杨舟和侯立匆匆下得车来，与门口的警察交涉了几句，加快脚步走了进去。

会议室里，一桌子人要么一脸焦虑用手捂着手机低声打电话，要么是激烈地比画着，互相说着什么，气氛紧张而压抑。

而一直打不通电话的林常伦和张玉龙也在桌边，还在拿着电话不停地皱着眉头说着什么。

左群埋着头，带着几个人步履匆匆走进了会议室。落座后，一个小伙子把一张纸放在了左群面前的桌子上，低声说："这是名单。"

"大家静一静……"左群抬起手来摆了摆，眼神环视了一圈。

桌边众人或挂断电话，或结束了与眼前人的交谈，探询和期许的目光落在了左群身上。

"昨天下午，蒙特尔警方突然对4个中国矿业公司进行了搜查，扣押了在场的12个中国人，今天把相关的单位叫过来，就是要充分了解一些情况，看看下一步怎么办……"

"左大使，我老婆可是冤枉的啊，凭什么把她抓进去，几个女的关在那鬼地方，条件那么差，连睡觉都没地儿！危险得很啦！我不管，要是再不放出来，我可不管这么多了！！"挺着大肚子的张玉龙，光头和脖子上大金链子一晃一晃的，激动地挥舞着胳膊，上面花花绿绿的文身十分扎眼。

一个中年妇女腾地站了起来。"是啊，左大使，这帮子人什么都做得出来的，不就是要钱嘛，我们给，赶紧把我儿子放出来！大使馆也得帮我们做主啊，这里的监狱……"女人瞪着充满血丝的眼睛，忍不住呜呜哭了起来。

一下子大家情绪激动了，纷纷望向左群，七嘴八舌地说了起来。

"大使馆得保护我们哪……"

"为什么到现在还不放人……"

"我妈六十多岁了，本来就有糖尿病……"

而杨舟本来想说几句，一看这混乱的局面，硬是把话咽了回去。

"静一静，静一静……"左群尽最大努力保持着情绪的平稳，勉强挤出一丝笑容来，轻轻把双手往下压了压，众人才慢慢平静下来。

"林会长，你把上午去监狱的情况跟大家也说说吧。"

"嗯，上午我去看了被关押的同胞，他们目前情绪还平稳，我给他们送去一些吃的穿的，还有药品，咱们医疗队的医生也给他们检查了下身体，总体来看应该没有大碍。"

众人一听，悬着的心稍微往肚子里放了放。

"但是，那边的条件确实差了点，他们的监狱都快关满了，没地方，12个人关在一个十多平米的屋子里……"

"这怎么能行呢！？吃饭上厕所怎么办……"

"把我老婆关坏了怎么办哪……"

众人又开始焦急地嚷嚷起来。

"大家不要急！"林常伦抬高了声音，"我已经跟他们说了，他们已经开始转移本地囚犯，改善关押条件，预计下午就可以男女分开，有更大的空间了！"

林常伦扫视了一遍在座的众人，眼光停在了张玉龙的身上，话锋一转。

"张总，你夫人被抓了，你怎么没事啊，我听说是去抓你的？"

"唉，我提前收到消息，就赶紧跑出来了，可是我老婆出去买东西回家，正好遇到警察在那儿蹲守，我跑出去给打她电话也不接……"

"大家都不要急，大使馆肯定会保障大家的合法权益！"左群微微点了点头，锐利的眼光望向了众人，"你们老实说，这些当地人偷的矿，你们有没有收呢？"

憋了半天的杨舟终于忍不住开口了："左大使，我们小蒋是去做售后的，肯定跟收矿没关系，能不能给先放出来啊……"

"小杨，先别说你的事，那其他人有没有收矿呢？"左群再次向众人投去探询的目光，"大家不要有顾虑，都是自己人，了解了情况我们才好和他们谈判啊。这次事情的背景非常复杂，有事和没事谈法是不一样的。"

张玉龙咬了咬嘴唇，开口了："左大使，现在蒙特尔这个矿业的情况，就是这么个乱象，多少年了，您说有没有收，是有，有时也只是几小块样品而已，谁管他的矿石哪里来的？这么一个环境，不这么干又怎么做生意呢？可再怎么说，也不关我老婆的事啊……"

"张总啊，我之前就跟你说过，不要搞这些乱七八糟的事……"林常伦无奈地对着张玉龙摇了摇头。

"林会长，您什么意思啊？！"张玉龙一听火噌地就上来了，脸色阴沉看着林常伦，"您老是腰杆硬不怕撑死，根深叶茂的怎么都能赚到钱，可我们这些小公司也要生存啊！这里的环境您不比我清楚吗？当地的人、别的国家的人不都在做吗？凭什么就欺负中国人呢？大家说对不对？"

"是啊，就是针对咱们的……"

"你们这样瞎吵吵有用吗？！"林常伦沟壑纵横的脸顿时涨红了，

大声喊道,"现在形势已经不一样了,前段人家都说了要整顿,我都提醒大家了!警察开枪打死打伤了好几个偷矿的黑人,他们还抬尸游行,你们也看到了。这次被偷得最厉害的F国矿业公司急眼了,向政府施压,政府扛不住压力,才搞了这么一出。现在事已至此,咱们把这个问题分析清楚,好好应对嘛……"

"是啊,坦白讲,这里面利益太大了,矛盾积累太深太久,谁都想分一杯羹,终于在这个点上爆发了。大家要明白这个大的背景,处理起来没有那么容易的。"使馆政务参赞刘主任耐心地平复着大家的情绪。

左群又看了看众人:"蒙特尔相关部门要甄别咱们的人到底哪些有事,哪些没事,需要时间,所以大家可能要耐心等一等。"

"他们这办事效率……"众人一听此言,都唉声叹气,失望地摇了摇头。

"但是!"左群提了提嗓门,"我们会尽量争取更好的结果,保证大家的人身安全!部里领导对此非常重视,也向上做了汇报,要相信我们的工作。我看哪……"

左群正说着话,突然灯全灭了,屋里陷入昏暗,看不清人脸,一个小伙子忙急匆匆走了出去。

左群无奈地摇了摇头,"嗡嗡"的发动机轰鸣声响了起来,会议室的灯逐渐变亮了。

"刘主任,赶紧跟部里申请买台声音小的发电机!"左群对旁边大声说。

"明白的,左大使,只是咱们使馆的经费……"刘主任面露难色,也拉大了嗓门,以免左群听不见。

"唉!"左群只得定了定神,几乎是喊着跟大家说话,"大家还有什么想法,都跟我们说,我们晚上会去看望关押的人员,对蒙方提要求!发电机声音太大,大家聚拢过来说话!"

众人忙挪着凳子向左大使的位置靠拢过去,七嘴八舌地开始说了起来。

略显破败的鲁卡监狱里,在两个看守的带领下,左群、林常伦等一群人走过昏暗、潮湿的长廊,牢房里一些满脸污秽的黑人来到窗口,诧异地看着走过的这一群人。

不多时,众人来到了一处牢房前站定,看守打开了门锁,"哐"地将拉锁拉向一边,金属碰撞的声音回荡在整个监狱里。

牢房地上的床垫躺着一个憔悴的老妇人,旁边一个中年女人和一个年轻姑娘坐在床垫边上,蓬头垢面抬起了头,忙站起身来,望向了走进来的一众中国人,泪水顿时夺眶而出,哭着扑了上去。

深夜,左群的办公室门口,甄羽站定理了理衬衫,敲响了门。

"进来。"

甄羽走进房里,左群和林常伦坐在沙发上正皱着眉头说话。

"小甄,坐。"左群勉强挤出一丝笑容,指了指沙发,"这么晚还把你叫过来,辛苦了。"

"我没事,左大使,这是应该的,社里已经交代了,让我全力做好这件事。"甄羽连忙落座,"我听说您这边下午也召集好多单位开会了,其实我也来的话或许能帮上点忙。"

"你们记者不都忙嘛,这种会就不劳烦你们参加了。"左群微笑着,而林常伦看了看甄羽,脸上的肌肉动了动,眼中闪过一丝不易察觉的狡黠。

"哦……"甄羽一愣,似乎明白了什么,忙说,"没事没事,您这边需要我配合的随时找我就好。"

"是这样的。"左群定了定神,坚定的目光望向甄羽,"现在蒙特尔这些反对派也在借题发挥,就这件事攻击执政党,国外的媒体也没有闲着,可劲抹黑中国企业,舆论对我们有些不利啊。所以啊,请你过来,咱们也必须把我们的声音发出去,一方面澄清事实,另一方面要给政府施压,赶紧把我们的人解救出来,关在里面太危险。"

"明白的,左大使,义不容辞!这些人也太过分了,乱抓人!社里已经做了安排,稿子一会儿给您看一下,我抓紧报上去。明天您看要不给您做个专访?"

"嗯,很有必要,我出来讲讲,让他们保证人员的安全,这是最紧要的!"

"另外啊,"左群又转向了林常伦,"有些事情你们商会出面比官方更好办,林会长你要注意打听消息,看看他们的底线到底是什么,到时候好谈。"

"我手底下的米勒,在中国留过学,能力也很不错,我已经让他负责一块生意了。他的远房舅舅是外交部的副部长,可以帮着私底下递些话过去。还有啊,咱们现在过来的中国人多了,龙蛇混杂,有些人路子野得很,也不知道干了什么,不好处理啊。"

"我知道的,辛苦林会长了。小甄,这段时间就要麻烦你多关注了,各路媒体那边有什么动静,及时告诉我们。"

"那是自然,左大使。"甄羽用力点了点头。

"这种情况之下啊,咱们的外交和宣传也不能太死板,能拿到一个大家都能接受的结果就是成功!"左群深吸了口气,坚定的眼神依次划过林常伦和甄羽的脸庞。

崭新的蒙特尔外交部大楼门口,门牌上用法语和中文写着"中国援建",二三十个中国人聚在门口路边,一会儿焦虑地互相交谈着,一会儿看看路上来往的车辆,一会儿伸长脖子望向大楼里面。

一辆插着中国和蒙特尔国旗的小轿车驶来,众人不由自主地围了上去。

车慢慢减速,后排车窗缓缓打开,左群从车里转头对大家微笑着点头示意,继而转过脸去,铁青着脸望向了前面的外交部大楼。汽车在众人期待的目光中驶入了院子。

蒙特尔国际机场。

杨舟紧紧握住了小蒋的手,侯立和刘思婉围在一边,关切的眼神一直停留在小蒋身上。

"先回去休息一下,别管这么多了,被吓着了吧?"

"说真的,杨总,一开始真怕,一群警察荷枪实弹地把我按在地上。不过大老爷们儿,很快缓过来了,也看看他们监狱是个啥样。"

"呵呵,够爷们儿,不管怎样也算是体验了一把。"杨舟笑着拍了拍小蒋的肩膀,"不过啊,后面你要想再回到这里,恐怕就不那么容易了。我跟公司说了,后面你先回去做些国内的工作,如果你愿意,把你调去五部,那里东南亚业务做得不错……"

"杨总,我是非常感谢大使馆和大家把我救出来。但是这事我是真不服,我明明没犯事……"

"唉,小蒋啊,这是人家的主权,看谁不顺眼就是可以把人赶出去的。他们必须赶在副总统出访前解决这个事,而咱们呢,又怕人在监狱里待久了出事,所以啊,一股脑儿赶紧全回国已经是最好的结果了……"

"林会长,感谢感谢,能这么平安出来,不容易啊。"一个五十多岁的男人紧紧握着林常伦的手，憔悴的脸上仍有几分担忧，"不过就这么让我回去了，我在这边的厂子怎么办啊？"

"先回去吧，保住人要紧，这边的事我们会帮你看着的……"

"能安全出来已是万幸了，娘的，在里面不是人过的日子。这封感谢信是我们十二个人给大使馆写的，麻烦转交左大使，谢谢他们这些天的辛苦周旋，我们先回去了，这边的事交给你们了。"

一行十二人走向了安检通道，一众送行的人停留在了原地，不住挥手道别。

杨舟望着小蒋的背影，心情复杂，无奈地摇了摇头。

第三十六章

温 巴

○

　　黑色越野车驶过热闹的城市，马路宽阔平整，路边林立着密密麻麻的楼房，衣着齐整的人们穿行着，商场广告牌和路边小店橱窗不断掠过。杨舟驾驶着汽车，黄友德坐在副驾驶，两人都若有所思，无暇看窗外的风景。

　　汽车渐渐驶入城乡接合部，开始颠簸起来，路面越来越窄，建筑也越来越低矮破败，直到前面出现了一个巨大的棚户区，汽车才终于停了下来。

　　杨舟和黄友德下了车，再次确认车锁好了。

　　周边是泥泞的马路和随处可见的垃圾，苍蝇肆意乱窜，空气中弥漫着一股腐臭味。几个干瘦的黑人青年不怀好意地盯着杨舟和黄友德笑，五六个黑人小孩围了上来，几个人嘴里用生硬的中文重复说着"钱……钱"。

　　两人继续往前走，心照不宣地快步绕过黑人小孩，他俩都知道给钱只会招来更多的小孩，很容易被困住。

　　小孩们追着转了一会儿，见拿不到钱，就散开了。一辆大型垃圾车开了过来，一翻斗倒下去，花花绿绿的垃圾喂着垃圾场，大人小孩们蜂拥而上，在里面开始挑拣有用的东西，有的捡到了食物，直接就塞进了嘴里。

第三十六章 温巴

杨舟和黄友德不紧不慢地走着，他俩已经进入了蒙特尔最大的贫民窟。铁皮、木板以及各种材料堆砌成的简易棚子里，住着大人小孩，外面晾着五颜六色的破旧衣服，地上满是污水和垃圾，不时有年轻男子站在路边，警惕地看着两人。

越往里走，就越不见阳光，潮湿腐朽的空气让人窒息。杨舟皱着眉头，边走边警惕地左右环视着。

狭窄的小巷里，一扇稍微像点样子的铁皮门外，三个粗壮的黑人男子拦住了他们的去路，黄友德拿出一张字条，递给了光头的领头人，上面写着法语。

黑人接过字条看了看，敲开了铁门，把他们带了进去。

里面是一个几百平米的大院子，院落里零零散散有十几个黑人或在闲聊，或在摆弄着手里的自动步枪、火箭筒。

穿过院子以后，杨舟和黄友德终于进到了一间土木结构的平房，屋子中间的椅子上，一个健硕的中年黑人穿着迷彩服，左拥右抱着两个黑人女子，正惬意地吃着桌上的杧果。

见杨舟和黄友德走进来，黑人撇开了两个女人，扔下了手里的杧果，手在衣服上用力擦了擦，乐呵呵地走向黄友德，嘴里热情地说着什么，给了他一个大大的拥抱，旋即把他们引到了里屋。

这是一间有窗户的白墙房子，陈设简单，四十多岁的粗壮黑人男子半躺在沙发上，身着宽松的睡服，微闭着眼睛，一个衣着暴露的黑人女子在帮他捶腿。

见到黄友德和杨舟进来，黑人男子缓缓从沙发里站起来，笑容满面地向黄友德走过去，伸出了大手，用力摇了摇黄友德的手。

"黄，见到你我很高兴啊！"黑人用生硬但还算流利的汉语热情地跟黄友德打招呼。

"我也是啊,温巴,好几个月没见你了。这是我的朋友杨舟。"

"你好你好,杨,黄的朋友就是我的朋友!"温巴又转头热情地握住了杨舟的手,杨舟也报以灿烂的笑容。

"黄,今天找我,是有什么发财的机会,还是需要我帮忙?我知道的,你们遇到麻烦了。"

"是啊温巴,有人袭击了我们,你知道是谁干的吗?"

温巴重新坐回了沙发上,看了一眼杨舟。杨舟心领神会,从兜里掏出来5张100美元,递给了温巴。

"嗯,中国朋友就是好打交道。既然是黄的朋友,我就不多收了。"温巴把钞票收起来,装进了兜里。

"你们知道,我爸爸的弟弟在蒙特尔自由联盟当了大官,不过我也没有收到确切的消息。"

"哦?"杨舟略显失望。

"但是我可以告诉你们,不是猎豹组织干的,而且当天晚上袭击你们的人不止一伙。其中有一伙人,非常厉害!"温巴特意用神秘的眼神望向杨舟,且竖起了大拇指,以强调这帮人的厉害。

"据说,他们与三年前袭击蒙特尔首富的人是同一批人。那一次参与袭击的只有几个人,但保镖就死了五十多个,莫吉北的头儿都被带走了。"

"啊?"黄友德一惊,袭击首富莫吉北的事件轰动蒙特尔,到现在也没有查到究竟是谁干的。不少人猜测,是一群退役特种兵,也有人认为,莫吉北得罪了某大国,是被某大国的特工执行了斩首。

温巴拿起雪茄,点着抽了一口。

"现在我从好几个消息来源知道,你们还要被袭击,而且时间就在4月20日。这次攻击会非常猛烈!"

第三十六章 温 巴

黄友德和杨舟相对一望,军方也说最近会有袭击,只不过没具体到哪一天。

"所以你们要不离开,要不得保护好自己。"温巴从烟雾中望向杨舟。

"怕袭击我就不会待在蒙特尔了。这个工程我做到了现在,离开了就全没了。"

"既然你们不想走,那需要我们的帮助吗?"

"这样,你卖我 20 支自动步枪,5000 发子弹,我们自己也防备一下,政府军不完全靠得住。"黄友德望向温巴,说明了最后的来意。

"没问题,我给你最便宜的价格,4000 美元!"

"你看,温巴,我们都是老朋友了,我也不是第一次找你买,要不 3000 美元算了?"

"呦呦,黄,这已经很便宜了。这样吧,再多送你三支枪加 1000 发子弹,这总行了吧!"

黄友德略一思忖,有力地伸出右手,"成交。"

温巴也伸出手与黄友德握在一起,用力地摇了摇。"跟你们中国人做生意就是爽快!需要我的人去保护你们吗?"

"不用了,谢谢,太危险了。"黄友德连忙摆了摆手,这帮乌合之众撑撑场面可以,真有袭击跑得比兔子还快,还白白浪费出场费。

"黄,这些枪记得去政府登记一下,不过管理费我可不出。你不交费最后被查,不要说是我卖给你的。"

"知道了,这个钱我不会省。"

回来的路上,黄友德与杨舟并肩走着。

"这个温巴啊,当年在我的工地上做事,人很强壮,也很勤快,跟大多数黑人不一样,别人歇着的时候,他总是在干活,我当时就想他在寻找机会，可能会有点出息，挺注意他的。"

"有一次我们去给一个中国公司盖办公楼，打地基的时候突然塌方了，他背对着塌方没注意，我赶紧一把推开他，救了他一命，我的手臂被水泥砸伤，缝了几针。他一直记着这个恩情，卖力地替我干活。"

"跟我干了大概两年多吧，我看他人聪明，又肯干，让他当了黑人雇工的头，工资也给涨了，他还挺卖力，中文也能说不少了。他脑子活，利用跟中国人接触的机会开始做中国人的生意，倒卖商品，给当地和外来的小姐顾客牵线，还做洗钱的中介，赚了第一桶金，有了知名度，中国人都叫他'王八'。"

"拉皮条起家啊。"

黄友德停下脚步，白了杨舟一眼："你们这帮人啊，跟这些三教九流接触得还是少，人家也要生存，也想过得更好。"

杨舟呵呵笑了笑。

"温巴在这里经营了好多年。后来他叔叔当了武装分子的头目，他就趁机把生意做大了。他现在洗钱、开妓院、开赌场、收保护费、卖军火什么都做，黑道白道都认识人，赚几边的钱，消息也最为灵通。"

"咱中国人在这里挣钱也不容易，就说我跟着崔总他们建的这个国家公路，在原始森林里愣是修出一条高级公路来。中国建设的那些女翻译，细皮嫩肉的被蚊虫叮得一脸包，只能成天戴着头纱蒙着脸，苦啊。"

"是挺不容易的。"杨舟低下了头，"嗯，不说这个了。黄叔，我觉得吧，这么多人都知道要发动二次袭击，那袭击者不是傻蛋吗？工地这边要是严阵以待，等着他们自投罗网那岂不是惨了？"

"你是说，这是个烟幕弹？"黄友德停下脚步，疑惑地看着杨舟。

"很有可能，本来是个偷袭，现在我觉得知道的人太多了，那恐怕是故意放出来的风声，另有所图了。"

"嗯，你分析得有道理。不过也不好说，反政府军那边大都是些乌合之众，随便给点钱就把情报泄露了。我们也不得不防着有人真的再来一次袭击，真真假假谁知道呢，我可不想坐以待毙。"

说话间，二人看到了不远处的越野车，杨舟掏出遥控钥匙按了下，车滴滴一响，侧面的车灯闪了闪，车边围着的一群小孩一哄而散。

车上的反光镜已经不见了。杨舟无奈地摇了摇头，看了看前面那一群小孩，攀上汽车，载着黄友德颠簸着离开了。

第三十七章

考察团

○

鲁卡商贸的总裁张玉龙以及一个随行的年轻女子，领着十几个西装革履的黑人男子出现在出站口，其中有蒙特尔工业部副部长昆古拉，工业部和蒙特尔通信的一干人等，还包括军队的答巴耶。华通海外一群身着职业装的俊男美女立即迎了上去。

据说华通海外邀请他们到中国来实地参观的消息一出，蒙特尔工业部和蒙特尔通信的人都抢着来，这显然是一趟美差。而答巴耶因为参与了"6·12"事件的调查，杨舟让他也混了进来，对此，他十分兴奋。

一群黑人东张西望地往前走着，除了领头的昆古拉和答巴耶，其他大部分人已经被京城航站楼的气魄和现代化所震惊。

那一圈圈钢筋所缠绕出的艺术形态，巨大的幕顶，宽阔的大厅，精致的设施，各式的灯光和电子设备，让他们眼花缭乱，赞叹不已。

公司的豪华中巴载着一行人行驶在高速公路上，逐渐进入了京城的主环线，高楼大厦鳞次栉比，一辆辆汽车在宽阔的主路上飞驰而过。纵横交错，一层绕一层的立交桥让几个年轻人兴奋得不停地往车窗外张望。

华通海外的会议室里，肖强礼节性地会见了昆古拉一行，双方洽谈了业务，签署了合作谅解备忘录，气氛友好和睦。

张玉龙领着考察团在京城的名胜转了一大圈，成员们眼花缭乱，乐不思蜀。三天后，考察团又来到了南方的特区滨海，在华通集团的工厂里走了一圈，大而宽敞的厂房有着高高的屋顶，现代化的生产设备整齐有序地分布在各个车间，气势惊人。见过些世面的年长者眼神中充满了艳羡，频频点头，而年轻人更是东摸摸西看看，不停交头接耳着。

滨海五星级酒店前台，张玉龙正在安排考察团入住，手机忽然响了。

"哎哟，秦总啊，您有什么吩咐？"

秦十里拿着手机，略带威严地说："怎么样啊，张总，他们到哪儿了？"

"秦总，您叫我小张就好了。我现在安排他们入住酒店，明天去您那儿！都安排好了。"

"好的，把他们都拉到我酒店，所有费用算我的，我跟肖总都商量好了，其他你就甭管了。"

"明白的，秦总，听您吩咐，明天我们就过去。"挂断电话，张玉龙开始招呼考察团的一行人往酒店深处走。

此时，昆古拉已经往京城赶，跟政府有关人员会面。而答巴耶，却被两个身材健硕、西装革履的中国人叫住了。中国人跟张玉龙耳语了几句，跟答巴耶一起离开了。后面的行程中，张玉龙再也没见过答巴耶，多年的江湖经验也让他并没有多问。

"张总，这是怎么回事？我听说有人举报考察团的人？"杨舟眉头紧蹙，拿着手机声音低沉地问着。

"杨总啊，这次真的是很抱歉，差点把事情办砸了。"张玉龙卖力地向杨舟打圆场，"不过现在好了，都没事了，考察团成员们对咱们公司很有信心，而且玩得都很开心，项目的事我估计也会很乐观的。"

"张玉龙，咱们合作这么久，你得跟我说实话，要不我还敢把项目交给你做吗？"杨舟加重了语气，不满张玉龙跟他兜圈子，"听说你带他们干了些不好的事情？"

"怎么龙江集团也掺和进来了呢？他们不是咱们这个行当的啊？"杨舟对于龙江集团和秦十里有所耳闻，充满了戒备，他隐隐感觉到，这个江湖人士的介入对自己没什么好处。

"还不是肖强肖总介绍的，秦总在蒙特尔也有生意，所以就安排在秦总的宾馆招待一下考察团，还是免费的，一举多得呢。后来秦总出面摆平了，给他们每人送了不少钱，才勉强把事情平息了。这个秦总还真有本事……"

杨舟明白，张玉龙也免不了收秦十里的好处，况且秦十里跟肖强还是一伙的，他必须把秦十里的底细摸一摸，今后行事要更加小心才行。

阴暗潮湿的房间里，一名男子被绑在椅子上，脸上伤痕累累，白色的衬衣被打烂了，四处透着血印。

光头的王虎满脸横肉，光着膀子，浑身的文身，看着十分骇人。他从一个钱包中掏出一张名片，看了一眼，"正宇科技，业务经理，刘守仁"，钱包狠狠地被扔在地上，王虎身上的肥肉，满身的文身跟着一起晃动。

"误会……误会啊，兄弟，有话好好说……"刘守仁已经被狠狠揍了几顿，身体极度虚弱，说话有气无力，断断续续。

"也不提前想想自己几斤几两。"说着从破桌上拿起一把匕首，狞笑地走了过来。

"你要干什么，你要干什么……"刘守仁一脸恐惧地疯狂喊着。

王虎一个眼色，几个打手压住了王守仁，没几下，刘守仁耳朵的一半已经离开了脑袋。凄厉的叫声回荡在空旷的厂房里。

远在蒙特尔的关小昱早就得到消息，昆古拉带队的考察团要跟张玉龙回国，考察华通集团。如果这次沟通得好，那正宇科技很可能就与项目无缘了。

关小昱手下的刘守仁业务经验丰富，脑子活，于是被派回国，一直跟踪蒙特尔代表团的动向，收集信息，伺机插进去，把事情给搅黄。

贪功的刘守仁一看考察团被拉去了酒店，打听到那里面的勾当，就找人给举报了。他们要真被警察处理了，后边的项目还能有华通海外什么事？

看到警察来查，在大堂观察的刘守仁暗自高兴，却没想到警察很快就空手撤了，让他一头雾水，又隐隐有些不安。

而现在，关小昱已经失去刘守仁的消息两天了，她让正宇科技当地人员联系刘守仁，也渺无音讯。关小昱坐立不安，她不知道这中间出了什么岔子，只好让当地员工报了警。

关小昱想问问杨舟那边的情况，心里又几番犹豫，毕竟这次她是要拆杨舟的台。她拿起手机，翻出杨舟的号码，踌躇再三，叹了口气，把手机扔到了桌子上，瘫在椅子里闭目沉思。

桌上的手机响了，关小昱接起电话："喂。"

"关总，刘守仁找到了。"

第三十八章
庄　园

〇

下午时分，林常伦庄园。

厚重的铁门缓缓打开了，黑色越野车驶进了庄园，停在了院子里的开阔地，杨舟打开车门走下来，看了一眼旁边的一辆白色轿车。

走进大厅，林常伦笑容满面起身相迎，长椅边站着的，竟是关小昱。

杨舟诧异地看了看关小昱，关小昱也报以职业的微笑。

她怎么也在这里？几个月不见，出了这么多事，杨舟心里五味杂陈。

"哎，哎，看到美女就不管我了，哈哈！"

林常伦一阵爽朗的笑，杨舟方才回过神来，尴尬地连连抱歉，随着林常伦坐到长椅上。

"来，喝茶，你们也是老同学了，就不用我介绍了。真是太巧了，关总正好今天也要找我打听点事，干脆咱一块儿聊了。"

杨舟明白，关小昱来找林常伦，目的跟他是差不多的，而林常伦让他们在这里相遇，真的是巧合吗？他倒想看看林常伦打的什么算盘。

从刚才杨舟复杂的神情中，林常伦读出了一丝不寻常。林常伦给杨舟也倒上茶递过去，眼角瞟了一眼关小昱，正巧看到关小昱有一点失神地看着杨舟。

第三十八章 庄园

林常伦嘴角露出一丝不易察觉的微笑。

"你们啊,都想知道点平福的事,算是找对人了。听说那边前段时间出了点变故,后来给摆平了。要不然闹大了,真成外交事件了。"

"哦?您说的是什么事?"

"我说杨总,你就别跟我装糊涂了,关总也是你同学,不是外人。"

"哎呀,您老就别卖关子了,什么大事吗?跟我们说说。"杨舟乐呵呵地笑着,只好继续装傻。

"是啊,林叔,给我们讲讲嘛。"关小昱也显得饶有兴趣,笑眯眯地对林常伦说。

"你们这些年轻人啊,鬼精鬼精的……一个星期前,昆古拉他们被张玉龙拉到国内考察,去了你们华通海外,我相信,正宇的人不可能不知道。"

"我们知道这事。"关小昱点点头。

"后来张玉龙拉他们到宾馆快活,被当地警方给截了。据说有人把他们举报了。"林常伦意味深长地看了看关小昱,关小昱面不改色,仍然兴致勃勃地盯着林常伦,似乎举报的事跟她完全无关。

"张玉龙带他们离开华通海外后干了什么,我们是真不知道。"杨舟诚恳地说。

"嗨,当着你这位漂亮女同学的面,细节我就不说了。总之,这个宾馆的主人,有来头,把事情给摆平了。"

林常伦卖了个关子,端起茶杯抿了一口:"这可是专门从国内带来的好茶啊,你们别光顾着说话,也品尝品尝……"

杨舟和关小昱刚刚端起了茶杯,突然"轰"的一声爆炸,地都震得抖了一抖,关小昱的茶杯掉到了地上,溅了一身。此时三人一脸错愕,聊着意外,意外就来了。

林常伦放下茶杯，缓缓站起身来，向外面走去。

庄园外一百多米处的树林里，一个黑人躲在树后，肩上扛着的火箭筒冒着烟，庄园的铁门被炸出一个凹坑，还在冒着烟，但并没有被炸开，结实的铁门昭示着主人的深谋远虑。

五六名手持AK47、身着各式服装的黑人大喊大叫着从树丛中跳出来，冲向大门。

林常伦走出屋子，招呼了一声："阿坤，过去看看。"

一名中等个子，身材结实，着迷彩服的中国男子，拎着一把自动步枪瞬间跑到门外，朗声道："好的，林叔，我去处理一下。"说罢转身飞奔而去。

"你们跟我来。"林常伦招呼杨舟和关小昱进到书房，按下书柜后的一个按钮，墙上出现一个小屏幕，林常伦将自己的眼睛凑近后，"嘀"的一声轻响，墙的一边向内凹进去，向右边平移，出现了一个一米多宽的入口，里面台阶通往地下。

"你们是客人，还是先避一避吧。"

林常伦招呼两人走下了台阶，尽头是一扇厚实的铁门，林常伦的眼睛凑近铁门上的屏幕，"嘀"的一声门开了，是一个三四十平米的房间。三人走进了房间，灯亮了，墙上挂的几个显示屏自动启动。

杨舟和关小昱惊讶地看着这个有点像监控室或是指挥室的屋子，跟着林常伦走了进去，屋子里还有几扇门通向其他房间。

"工程不小啊，林总。"杨舟感叹道。

林常伦得意一笑，淡定地看向了屏幕。

五个屏幕从不同角度显示着庄园外的动向，几个冲向庄园的黑人，以及树丛中提供掩护的武装分子均被一览无余，一个屏幕的电子地图上标明了每一个袭击者的准确位置，还有一个屏幕的图像显然是

第三十八章 庄 园

从空中拍摄，来自无人机，监看范围基本覆盖了整个庄园。

从屏幕上看，袭击者的进攻和射击毫无章法。

而屏幕的边框上，是正宇科技的标识。

"原来是一群毛贼，想在我这里占便宜。看到没有，我这些监控装置是正宇的，地下室的安保系统是华通的，你看，把你们的产品结合起来多完美，各取所长、合作共赢，哈哈哈。"林常伦笑得意味深长。

"这是我来之前装的吧，我都不知道哦。"杨舟有些疑惑。关小昱刚到蒙特尔，脸上也写着不知情。

"来。"林常伦又把他们引到了里面一间客厅模样的屋子，三人围着沙发和茶几坐了下来。

"这种袭击差不多每年都会有。"林常伦笑着感慨，忽然想起了什么，"对了，杨舟，我得到消息，最近还有人要袭击你们的工地，你们得小心啊。"

"谢谢林叔提醒，我们现在也在做准备呢。"再一次有人通知他袭击的事，更让他觉得此事异常。

"反正这种事真真假假，谁也说不清楚，小心点为妙吧，你们没有必要在这里把命搭上。唉，我儿子读书不行，在国内做生意做得不顺，非要到这里来淘金。我是不希望他来，太危险，我赚的钱足够他花了。"

"林叔，现在的年轻人有想法着呢，男人嘛，出来闯闯也是好的。"杨舟说。

"你这可有点大男子主义啊，在外面拼搏的女人也有不少啊。"关小昱带着微嗔的语气。

"那是，咱们潮汕不少女子也在外面跑，巾帼不让须眉啊！咱再说说平福吧。上周在平福出了那样的事，恐怕也让你们对平福的环境了解得更多了。"杨舟看林常伦一脸的泰然自若，似乎外面的袭击跟他没有关系。

"林叔，秦十里您认识吗？最近在蒙特尔经常听到他的名字。"关小昱终于发问了，这是她此行最想搞清楚的问题。

举报的员工被打伤了。刘守仁照片传过来，太惨了，一只胳膊骨折，脸上几道血印子，一只耳朵耷拉着，基本毁容了。关小昱内心涌动着愤怒，但面部表情控制得很好，波澜不惊。

冲向庄园的人已经越来越近，有人把手雷扔向了大门，爆炸过后，大门倔强地歪歪扭扭地立在那里，绝不倒下。

五六个庄园围墙上的小孔突然喷出了火舌，两个冲在最前面的黑人仿佛突然被锤子击中，倒在了地上。远处的树丛也被打得枝叶纷飞，两三个黑人被打倒在地。

冲在外面剩余的四个黑人被强大的火力打蒙了，赶紧趴在地上，向围墙上的枪眼射击。

围墙内一颗手雷扔了出去，竟远远地落到了树林中，一个人被炸飞了出去，血肉模糊地掉在地上，痛苦地呻吟着。

袭击者的心态彻底崩溃了，树丛中的领头人大声呼喊着，冲在外面的人赶紧爬起来往回逃。

"关总，我只能跟你说，这是个恶人。被他盯上的，不管是人还是东西，都很难逃脱的。"

"林叔，您对他应该还了解不少吧？"杨舟也探寻地问。

"平福谁能不知道他呢，比我名气都大。"林常伦顿了顿，又觉得有失自己的威风，"不过在国外，大家更给我面子。"

"是啊，林叔，"关小昱不失时机地吹捧几句，"你们潮汕人在外面打拼的很多，蒙特尔周边少说也有十几万，大家都听您的呢。"

"在外面时间长了，经历的事情多一些，懂的也多一些而已。"林常伦不无得意地说，"我们家乡临海，大家历来就有在外打拼的传统，而且团结、讲义气，所以在外面才能混得开。"

"但是秦十里这个人，太邪了。"林常伦皱了皱眉，鄙夷地摇摇头，"我出来开公司的时候，他还只是个赌场看场子的小混混，后来做掉了自己的老大，靠着心狠手辣把地盘扩大，手上沾了很多人的血，也结了不少仇。他很聪明，有好几次，仇家要杀他，都被他给躲过去了。"

"听说他在当地人脉很广。"

"不就是互相利用吗？"林常伦一脸不屑，声音也高了好几度。

枪声已经停止，庄园的门开了，阿坤带着三个全副武装的黑人壮汉走出大门，走向了躺在地上的两个袭击者。

"这些年，平福相关方面的人因为各种原因换了一茬，他跟新来的人串通一气，抢了我不少生意，要不是我……"

正说着话，书桌上的电话响了。"嗯，好的，我这就上去。"

"来，坐。"上楼后，林常伦又招呼两人重新坐回中式长椅，端起茶杯抿了一口，"呵，还有点温呢。"

"秦十里最近也想插手蒙特尔的林木生意，但在这里，恐怕就由不得他了。"林常伦招呼黑人妇女换了热茶，重新给杨舟和关小昱沏上。"不过也不能小看他，我现在运到平福的一些货物，有的遇到了刁难，我打听到，跟他有关。我等着他来找我。"

林常伦放下了茶杯，认真地依次看了一眼杨舟和关小昱："你们应该明白我的意思了吧？"

"林叔，我这女人家比较愚钝，您什么意思啊？"关小昱一副温柔知性的模样，故作不知。

林常伦呵呵笑着用手指了指关小昱："你呀你……"

"我的意思是说啊……"林常伦看了眼杨舟，"秦十里想到蒙特尔来和我们分一杯羹，咱们没有必要让他占这个便宜。"

"那是那是，林叔，有啥事我们肯定向着您哪，关总你说是吧？"杨舟向关小昱使了个眼色。

"那当然啊，您看今天我不就来找您了嘛。"

"好！"林常伦一拍大腿，"林木的事我会和你们商量，在蒙特尔你们有你们的能量，咱们一起做生意。至于你们的贸易，我也会帮忙的。"

"那敢情好，林叔，咱们碰一个！"

"来！"

三个茶杯被当成了酒杯，碰到了一起。

第三十九章

同窗之谊

○

　　杨舟和关小昱的车一前一后缓缓驶出庄园大门，站在楼前的林常伦看向远方，眼神深不见底。

　　杨舟的车快速离开门口，向办事处开去。车已经离庄园有一段距离了，杨舟定了定神回想这一天的经历，有些愣神。

　　后边一辆白色小轿车从一侧超了过去，驾车的女子从车内冲着杨舟莞尔一笑，是关小昱。

　　关小昱的车不紧不慢在前面开着，开出不远，在扎伊尔河路边停下了，杨舟也跟着在路边停下。

　　关小昱打开车门，下得车来，歪着头笑着望向正在下车的杨舟。"怎么，这么久不联系我，不打算理我了？"

　　"最近遇到了太多事……"

　　"得了吧，听说有人把你举报了，说你我有不正当关系，然后你就躲着我？"

　　"嗨，针对我的人总会找事造谣诬陷。"杨舟故作轻松地笑了笑。

　　"诬陷？"关小昱诡异地看了看杨舟，继而失落地垂下了眼。

　　"嗯……"杨舟看了看关小昱俊俏的脸，努力收住心神，打趣地说，"呵呵，你这样的女神，我哪敢打你的主意。"

　　关小昱无奈地笑了笑，说："今后咱们俩啊，恐怕碰撞的时候多着呢。不妨告诉你吧，上次举报考察团的人，就是我们的人干的。"

"干得好啊，遇到涉及违法的行为，公民都有义务举报嘛。"

"你少给我来这套。考察团还不是你给叫过去的。张玉龙是什么人你又不是不知道，他带着考察团到平福，能干好事吗？平福又没有你们的业务。"

"看来这些事都逃不过你的眼睛。我是真不知道他们干吗去了。我们只管付佣金，其他沟通方面的事由他们去做了，生意归生意，底线我还会守住的。"杨舟一脸诚恳，让关小昱也有几分相信他说的是真的。

"我跟你说哈，鲁卡无线的项目我是不会放手的。"

"都是为了工作，那咱们就竞争竞争。对了，你不怕我把你们举报的事告诉昆古拉啊？"

"你觉得他能信你吗？我还想说是你们贼喊捉贼，要抓他们的把柄好要挟他们呢。"

杨舟越发意识到，作为竞争对手，关小昱非常不好对付。她收集情报和运作的能力，都让杨舟吃了些苦头。

"挺有想法！咱边走边说。"杨舟深知在利益面前，关系是不停转换的，关小昱这样的实力要是合作，肯定给力。他俩再次走在了扎伊尔河河边。

"今天在林老庄园那边其实挺危险的，你一个女人，在这种地方奔波，真的好吗？"

关小昱没有说话，眼神变得有些黯淡。

"小昱，你之前恐怕没有想到有这么一天，我们俩会为了这些利益互相耍手段吧？"

关小昱苦笑了一下，感到一阵心酸。在杨舟面前，她感觉还能够放得下女强人的面孔,更像一个需要安慰和保护的女人。

她的心情复杂,眼前的这个男人,对她而言显然是靠不住的,将来是敌是友都尚未可知。

关小昱叹了一口气,喃喃地说:"说到底,还不是为了生存。我们学法语的,好多都来到了这里,我一个人,也想为君君创造一个好的条件,不能不拼,能干不能干的,也都得干哪。你呢,不也一样吗?"

"其实,这里或许比国内更加单纯呢,大家想要啥都是赤裸裸的,不会那么虚伪。"

"对了,你那么费劲地追查袭击者,真的值当吗?家里面拖家带口的,在这儿跟这些亡命之徒作对?再说,这么混乱的地方,谁都有可能为了利益去吃人,你何必纠结于这事谁干的呢?"

"杀了人当然不能这么随便算了。我答应过我叔,一定会揪出真凶。"

"找到真凶又怎么样?你想把他们怎么样?自己去把他们杀了,雇人杀他们,还是让当地政府去办?你都知道的,他们的政府里面成分有多复杂。"

"困难总会有,但总会有办法伸张正义。我相信我们国家也不会袖手旁观的,他们不方便出面调查的事,我来做。"杨舟平时显现的更多是中年人的沉稳,偶尔会闪现出少年的血气方刚,这骨子里的血性大概是与生俱来吧。

关小昱定定地看了看杨舟,内心中有些许崇敬,又觉得他的固执好像有点不知轻重。杨舟被看得心里有点发毛,不安地扭过头去。

关小昱摇了摇头:"你看看我们现在过的日子。有的人觉得,眼前的日子过得鸡零狗碎,要奔向诗和远方。其实生活不只有眼前的苟且,还有远方的苟且,都一样。"

"现在咱们过得不好吗?人生从生到死,就是一个过程,欣赏这个过程中的风景就好。我们刘思婉也是学法语的,她就想出来闯闯,愿意把自己的世界变得更精彩,不也挺好吗?还有你们外语系那个小师弟甄羽,听说他妈让他回去都不回去呢。这些年轻人勇敢地追寻着诗和远方,那是因为心中有光。我们虽然被社会鞭打得遍体鳞伤,但心中的光不应该熄灭呀!"

"说起你们那个姑娘很漂亮啊,在咱们小圈子里小有名气呢。哦?你看,那不是她吗?哦?!甄羽,怪不得他不回去呢!"

杨舟顺着关小昱的手指往前看,前面四五十米处,果然是刘思婉,一袭素白连衣裙,远远望去像朵盛开的百合花,静静绽放着芬芳,挽着高大帅气的甄羽,美得像幅画。

"咱们往回走吧。"关小昱转过头去,避免让刘思婉和甄羽看见自己。杨舟扫了一眼刘思婉他们的方向,好在他们还没有发现自己。

"他们真走一块儿去了,好多男的费尽心思也追不到,被你个小师弟几下就搞定了!"

"老是追不到就说明没看上,时间再长也没用。能够看上的,几乎不用追。"关小昱莞尔一笑,拉开了汽车的车门,翩翩上车,绝尘而去。

办事处的厨师玛娜把饭菜端上了桌,三四岁的小女孩跟在她屁股后面跑来跑去。饭桌上,杨舟把白天在庄园经历的事跟侯立、刘思婉说了说,两人都倒吸了口凉气。为了避免麻烦,杨舟没有把后来和关小昱单独聊的事告诉他们。

"杨总,最近工地要遭袭击的消息传得沸沸扬扬,大使馆今天也提醒了,说是就这两天了,中原石油的人也说正在考虑要不要撤离工地呢。"侯立有些担忧。

"真有意思,搞个突袭还像是要演出一样,怕别人不知道。咱们的人也撤回来，工地的工程现在暂停，避避风头再说。"

"可是现在工期紧啊。这种袭击的消息多了去了，好多都不靠谱，咱们这个项目也拖了这么久了。"侯立害怕袭击，但又觉得惋惜，项目再做不成，他真的觉得在这里白待了。

"我把情况跟总部都报告了，生命安全当然是最重要的。反正大选的事一推再推，现在又推到了6月，咱们也不能着急。"

"杨总，那咱们最近又得歇着了？"刘思婉嘴一噘。

"当然不能歇着了，注意正宇科技都在干啥，和大使馆保持联系。另外……"

厨师玛娜在一旁也听了个大概，忍不住用生硬的中文接上了话："老板，这些人真的坏，中国人来了我们有工作，能赚到钱，为什么……为什么要袭击啊，真丢蒙特尔人的脸！"

"哪个地方都有坏人的。"杨舟冲玛娜笑了笑，"玛娜，你在咱们这儿也干了三年，工作很勤快，我知道你是好人。"

"是啊，老板，我也想一直干下去，我的三个孩子都要养，我还要赚钱让我的儿子上……上大学，老板，你说可以吗？"

"拉库在中学成绩挺好的啊，当然可以了，我看好他！"侯立对着玛娜竖起了大拇指。

"哈哈哈……"玛娜开心地笑了起来，"我想让我的儿子过上更……更好的生活。"

"只要努力就会有好生活。"杨舟一字一顿地鼓励着玛娜。一个健壮的黑人走进了屋子，望向了玛娜，在地上玩耍的小女孩开心地笑着跑向了男子，被男子一把抱起。

"嘿，达克拉，接玛娜回去哪？最近怎样？"侯立热情地跟来人打招呼。

"哦,我……不是……很好,上班的中国厂子关了,中国人回去了,我没有……工作了。"达克拉看起来十分失落,一只手抱着孩子,一只手努力比画,用中文磕磕巴巴地说着。

"这样啊……"杨舟沉吟片刻,"等过些天局势明朗了,我介绍你去黄叔的工地吧,达克拉之前还当过兵,干活没问题,我让黄叔多开点工资。"

杨舟说得有点快,玛娜夫妇显然没有听懂,一脸茫然,刘思婉忙把杨舟的话用法语说了一遍。

"啊!"玛娜惊喜地喊了出来,"谢谢老板,谢谢老板……"达克拉也一脸欣喜,不住地点头。

"没事的,工地上也需要人,你去忙吧,等我消息。"杨舟笑着看了看玛娜和达克拉,又望向了侯立和刘思婉,顿了顿说,"你们去收集一下龙江集团的资料,他们现在抓紧在蒙特尔运作,已经下本了。"

飞机在鲁卡机场缓缓降落,李涛走出机场,后边跟着个穿风衣的女助理,杨舟张开双臂迎了上去。

鲁卡国际酒店的房间里,杨舟和李涛有一搭没一搭地聊着。

"哥们儿,这次咋还带了个小秘来调研呢,怕一个人来太寂寞啊?"杨舟盘腿坐在大床上,调侃道。

"切!为了凸显我们公司对项目的重视啦。这次的研报我得好好写,你也给我提供点素材,带我到处转转。"李涛在房间里走来走去,不时伸展一下身体,舟车劳顿之下,他神情有点疲倦。

李涛定定地看了看杨舟,故作神秘地说:"怎么样,有没有兴趣搞点股票,发点小财?"

"我才不玩呢,不太懂。你不怕出事啊?"

"没事，把分寸把握好，查不到啥的。现在牛市都来了，谁还顾得上查这个呢？"李涛瞥了一眼杨舟，"你看现在，跟去年的大盘2000点比已经涨了一倍，很多人都说要突破之前的6000点高点，直奔10000点啊。大家都疯狂着呢，都需要爆点去炒作。"

"我奉劝你啊，还是小心点玩吧。"

李涛喝了一口水，润了润嗓子："呵呵，这叫顺势而为啊。现在玩股票的人赚个几倍的多得是，新晋千万亿万富翁每天都一大把，眼馋不眼馋？我们公司好几年没业绩，就看这一波牛市了。"

"说老实话，来钱确实太容易，太快了，让人眼馋啊。"杨舟的话里带着一股酸味，想着自己家里又要生活，又要追查凶手，需要用钱的地方很多，不免有些心动。

"那是，谁都担心自己赶不上这班车，赚了的还嫌自己赚少了呢。现在啊，大家都已经疯起来了，借钱炒股的人越来越多，找券商借的，找小贷公司借的，最后如果钱都进来了，没有增量资金，行情就要崩了。"

"我对股票不太懂，所以我不想玩。人赚不到自己认知之外的钱哪，即便靠运气赚到了，也会凭本事赔回去的。可是照你这么说，其他人知道有风险还不提前跑吗？"

"你说得轻巧。贪婪和恐惧是人性的两个弱点，进去的人，有几个能克服得了？谁不想多赚一点啊。龙江股份这个股票到时候疯起来你就看吧，有多少人往里蹦。我告诉你，现在差不多要启动了，我一直在关注这只股票的动态，四五个月前他们雇的操盘手已经开始布局了。找我的人是公关公司，不是龙江集团。这是一道防火墙。不过，我见过龙江集团的财务总监，这个女的看着挺风骚，没想到一聊专业方面还挺懂，还是个研究生。"

"人都是趋利的，这跟读没读书关系不大。"

"秦十里这个人流氓一个，没想到还找了个好帮手。"

"这哥们儿能发家自然有他的独到之处，他现在拿钱到处打点，下了不少本，后边肯定是要想法儿收回来的。"

"那是，找人不得花钱啊，人脉都是拿钱堆出来的。哎，我说你查这查那的，也得花钱哪，公司不给你报销吧？"

"报销啥啊，自己花了不少了，日子过得紧巴巴的，想吃点好的都要犹豫半天，都不好意思请你吃饭了，要不你再借我点？"杨舟半开玩笑地望向李涛。

"行啊，哥们儿，要多少？"

"嗯……最近确实手头有点紧，你先借我5000元，两个月后我的项目奖发了还你，行不？"

"一会儿我给你打两万，你也太抠搜了。咋了，被老婆控制住经济命脉了？穷成这样了？其实啊，你只要像你老板一样动点手脚，还差这点钱？随便过个账就走了。"

"算了吧，这种事我不想干，太危险。"

桌上的手机响了起来，杨舟坏笑着说："你老婆查岗来了吧，带着个小秘人家哪里放心哪。"

"我老婆都听我的，敢查我岗？……你的手机。"李涛一看，把手机递给杨舟。

杨舟接过手机："喂……哦？'6·12'调查组？又来了……嗯，我马上回去。"

第四十章

博　弈

○

"杨舟那边有什么动静没？"肖强脸色阴沉，深坐在真皮老板椅里面，隔着大班台目光幽暗地看着朱利云。

"他还在打听'6·12'袭击的事，有情报说最近还有人去袭击工地，时间就在4月20日，说得有鼻子有眼的。这样子搞，工期恐怕又受影响啊。"

"哼，就怕不受影响，杨舟这个人太多事了，一定要阻止他在那边查下去，节外生枝的，迟早会查到咱们头上。他要是不在工地，就说他临阵脱逃，不顾项目的进度；他要是待在那里，在袭击中死了，就最好。"

朱利云心里有点发毛，毕竟他只是个搞财务的，心还没那么狠。"哦，是啊，这种袭击的传言不能太当真，总不能有传言就什么都不干了吧。对了，上次杨舟在酒店跟那个女的在一起，他自己搞到了整部视频，证明他就在房间待了三分钟。"

"这他就能洗干净了？我还得跟纪委老柳说说，对于我们的领导干部一定要严格要求啊，搂着人家女同志本身就不对，干吗不找个女服务员帮忙，明显就是想占便宜。"肖强眯了眯眼，努力想再挖掘点什么。

朱利云呵呵笑了笑："是啊，搞不掉他也要让他难受，没精力跟咱作对。对了,那边的账我都以清查办事处账目的名义收齐了,各办事处都交了,您放心吧。"

"嗯,那就好。再有两个月,上级巡视组要进驻集团,有可能要延伸下来查我们的账,可得把账好好捋一捋,别出什么岔子。"

"明白的,肖总,审计都来多少拨了,不会有事。不过我估计到时候肯定有人故意给咱捣乱。"

"抓不住证据折腾也没用,那么多告的,还不都让咱摆平了。只是现在来了个汪延,好多事办起来碍手碍脚的。"

"来了几个月了,也没干出个啥来。"

"哎,别小看,这孙子指不定在憋什么坏招呢,咱还得防着点。嗯,一会儿你帮我转两万美元给张玉龙,让他交给昆古拉,就说我个人给的,后边木材的事让昆古拉照顾着点,别走公司的账,完了我把钱给你。"

"一会儿就去办。"

"哦,对了,下周有个去外省开会的机会,要不你顺便去逛逛,去过没?"

"就知道您想着我,我老婆也跟我说过想去,可是我血压太高,去高原太危险了。"朱利云谄媚地笑着。

"行吧,回头安排你去别地。你先忙去吧,把三部的老邢给我叫来一下。"

华通海外班子会,汪延和肖强坐在会议室长条桌的中间,其他班子成员分坐两旁,赵坚在一旁记录。

这是一次例行学习,学习的内容是上级反腐倡廉最新精神。大家已经有些疲惫,眼看会议即将结束,肖强还伸了个懒腰。

"哦,对了,跟大家说个事先讨论讨论哈。"汪延眯眯眼微笑地看了看与会人员,"去年董清风走了之后,公司一直空着一个副总经理的位子,市场一部杨舟那边和市场三部老邢那边的业务,一直由肖总直接管着,肖总还要管全盘,我看工作压力很大啊!"

肖强心里一激灵,脸色阴冷地说:"哦,是比以前忙了很多,不过业务方面我比较熟,还能应付得过来的。"

"肖总的能力肯定没问题,做了几十年的业务,可是老总主要还是得抓全局啊,不能被这些太具体的事情牵扯精力。我跟集团区总有一次开会碰到,说起了这事,说想从各省公司调一个分管国际业务的副总到咱们这里来,区总说很支持啊,人我们可以在各省随便选。当然了,选副总的事还是要尊重总经理的意见哪。肖总,你觉得呢?"

肖强微微皱了一下眉头,端起面前的茶杯喝了一口,心里暗暗问候了汪延的长辈。这摆明了是要掺沙子,还先把区总搬出来,说区总同意。其余的人互相对望了一下,等着看好戏。

"汪总的考虑有道理,这个位子一直空着,确实不利于工作开展,好多事情我也顾不过来啊。不过我觉得从公司内部提拔可能更好,让咱们自己的职工觉得更有奔头,上来以后人头也熟悉,开展工作也快。"肖强不紧不慢地说出了自己的观点。

"哦?肖总说的也是,从外面调,内部选,都是选干部的办法,只是肖总有合适人选吗?"汪延扭过头看了看肖强。

"这个问题我也一直在考虑,我看市场三部的老邢不错,跟我一起来的公司,是元老之一,以前扎根东北部非洲做出了不少成绩,群众基础也很好。"

"嗯,老邢是个好同志,业务经验丰富。可是他今年已经五十……赵坚,老邢多大了?"

"五十四。"

"哦,对,五十四了,属牛的。有的同志反映他工作上冲劲不足,比较守旧,这些年业务上没有新的突破。我们现在非洲这块业务有点止步不前,现在各级又在抓干部年轻化,这个岗位更需要开拓型的年轻干部啊。

"但是上面也说了,要用好各年龄段的干部,赵坚,你说是不是?"

赵坚面无表情,不置可否地"唔"了一下,并不表态。

汪延看了看身边的柳传深:"老柳,你觉得呢?"

柳传深一副沉思状,往桌子前靠了靠。

"嗯……两种方式各有优势吧,公司这几个部门负责人怕是也没有比老邢更强的了,其实有志不在年高。我也快退休了,公司的班子建设确实需要加强,主要是你们两位领导拿主意,我也很难发表更多的意见哪。"

汪延转而望向了赵坚:"看到没有赵坚,咱们公司干部队伍的年轻化,以及后备力量的储备还需要加强啊。这样吧,你先找各个省公司要一下分管国际业务的领导的资料,统计分析一下,让我看看,完了我再跟大家商量。"

肖强勉强压住了心中的怒火,自己再不做点什么,就被动了。

"汪董,我还有一个提议。现在杨舟的一部业务推进迟缓,他经验不足的弱点越来越暴露出来了,再这么下去,恐怕会拖累公司发展。我看这样,要不把一部和三部合并,让老邢统管整个非洲市场,杨舟辅佐他,有利于各自的优势互补,也是更好地发挥'传帮带'的作用,对公司业务和个人成长都有利。这也是给老邢压担子,如果他短期内能做出业绩来,再往上走即便年龄大点也能服众。我跟老邢谈过了,他本人也愿意承担更大的责任。"

汪延耐人寻味地看了看肖强:"那你跟杨舟谈过了没有?"

"还没来得及,杨舟还在国外,老邢最近带团回来,就先跟他聊了聊。对了，老柳，杨舟的事查得怎么样了？"

"快结案了，应该没有发生什么。"柳传深谨慎地回答。

"我怎么听有人说杨舟是快枪手，两分钟就办完事出来了呢？"肖强龌龊地笑着，明显被汪延步步紧逼得有点恼火了，失了分寸，看戏的其他人忍不住小声笑了起来，也不知是笑杨舟还是笑肖强。

汪延脸色似笑非笑，眼神高深莫测地望向柳传深："这事能落实吗，老柳？"

"不太可能，如果只是这么怀疑，不能给人下定论的。杨舟已经把全盘的录像给我了，从目前的证据看，他确实只是送人家回房间，我们纪检绝不能冤枉一个好人哪。"柳传深顿了顿，意味深长地说，"看来大家对我们纪检工作很关心啊。"

"老肖，部门合并这事，恐怕还需要慎重啊。杨舟还年轻，去年蒙特尔那么乱，能够维持住局面已经很不错了，有的项目还在拓展的关键阶段，临阵换将不好。关于人事安排，肯定要慎之又慎，党管干部，我作为党委书记一定要把好这个关。我们今天都提一提想法，后边再商量好不好，肖总？大家有什么想法今天都开诚布公地谈一谈吧。"

肖强淡淡的一声冷笑，双手交叉抱到胸前。

十里乡乡政府门前的禾场，临时搭建的简易台子上，一群小学生涂着红脸蛋载歌载舞，大喇叭放着《歌唱祖国》，乡村教师在舞台旁紧张地指挥着，而台下前排坐着一众领导和来宾，后面是村民和一群小学生。

秦十里戴着红花，笑吟吟地与同样戴着红花、一位领导模样的人并排坐在最中央。

台上的背板以戴着红领巾的三个小学生为背景，用醒目的红字写着：

"龙江集团援建'十里小学'捐赠仪式"。

"下面我们有请河清省十佳企业家、龙江集团董事长秦十里先生向'十里小学'捐款！"

台下立即响起一片热烈的掌声，前排的人一边鼓掌，一边站起身来依次走上了台。

秦十里笑吟吟地将一块写着"捌拾捌万元"的牌子递给了一位戴着啤酒瓶底厚眼镜、秃顶的中年男人，十里小学的校长。男人穿着一件不合身的有些发皱的黑色西服，诚惶诚恐地接过了牌子，台下的掌声更加热烈了。

两人共同拿着牌子，面向台下，秦十里依然保持着笑容，而另一端的校长，却似乎很少参加这种场合，笑得很是拘谨。

台下的各路记者迅速拍照，闪光灯闪个不停。

"感谢秦总对我们山区教育事业的大力支持！下面我们用热烈的掌声，请秦总致辞！"县教育局的女干事做了一个邀请的手势。

秦十里微微颔首，慢慢踱上前两步，接过话筒。

"尊敬的各位领导，各位来宾，我秦十里是个粗人，不会说什么漂亮话。今天其实应该是我感谢县里、乡里的领导，以及学校的老师和同学们，给我这个机会，来让我尽一份微薄之力，帮助这些孩子接受教育，让他们有一个改变命运的机会。这也是我一直以来的一个心愿。

"小时候啊，因为村里穷，家里穷，我初中都没有上完就去打零工，补贴家用。现在我生活好了，有钱了，我不希望孩子们还像我一样没有钱上学……

"我和咱们十里乡有缘哪，跟我的名字同名，正是因为这份缘分，我斗胆提议新建一所'十里小学'，让咱们十里乡的小朋友们能上学，上好学……"

第四十章 博弈

乡间小路上，行驶着龙江集团的奔驰车队，路边破旧的泥砖平房与豪华车队仿佛不在一个世界，万事万物平行又交错着。

"别说还真是读点书有用，郑总你这稿子写得好啊，连我自己都被感动了，不枉我背了一晚上。"秦十里心情大好，对着旁边的郑霞赞许有加。

"哪里啊，您做善事，可不得好好说说嘛，省电视台还要播呢。"

"你想得就是周到，好好宣传宣传，别让这 88 万白花了。"

"都安排好了秦总，到时候媒体密集轰炸，您的知名度、美誉度'噌噌'的，比做广告划算多了！"

"哈哈哈……"秦十里越发高兴起来，正想从下面摸一把郑霞的屁股，却不料手机不合时宜地响了。

秦十里不耐烦地将悬在半空的手绕回来掏出手机。

"喂，说话。"

废弃的厂房里，一个小弟拿着手机："秦总，人我们抓到了，怎么处理？"

"他还有钱吗？"

"看样子是被榨干了，他的公司和厂子已经卖完了。"

"那就处理掉，别让别人觉得欠钱可以不还，那还有王法吗？"秦十里淡淡地说完，手又伸向了郑霞的屁股。

小弟像领了圣旨一样夸张地转过身去，拿起一个麻袋，阴冷地笑着，走向地上一个衣衫褴褛、浑身是血的中年男人。

男人看着走近的小弟，慌了起来，哭喊着："兄弟，你们饶了我吧，我是真没钱了，有钱我一定给……"

小弟并不言语，招了招手，另一个人走上前来，两人一起准备把麻袋往男人头上套。

"你们做人要有点良心啊,把我骗到赌场,把我几千万都整没了,就不能留我条命吗?!……"男人手脚被捆,拼命挣扎喊叫起来,小弟熟练地用胶带把他嘴封上,顺势踢了他肚子一脚。

黑夜里,海边悬崖上,两个人往鼓鼓囊囊的麻袋里塞进去两块硕大的石头,封好麻袋口,费力地抬起麻袋,从悬崖上扔了下去。

暗夜里,一个四翼无人机悄无声息地飞得越来越远。

秦家祠堂,烟雾缭绕。林立的排位前,秦十里面色虔诚,跪在地上拜了三拜。

秦十里站起身来,转身轻声道:"秦远,过来,拜一下祖宗。"

戴着眼镜、面色白净的秦远走上前来,跪在秦十里身边的蒲团上,磕了三个头。

"你是咱们秦家的文曲星啊。咱们秦家祖上五辈,也是出过人物的。你祖爷爷的爸爸,是当时的举人,当过官的,后来遇到世事变迁,家族就没落了。

"你哥哥跟我一起打打杀杀的,被仇家给砍死了,我就剩你这么一个儿子了。"秦十里叹了口气,"你读的书,比我们几辈人加一块儿都多,秦家真正要洗白,走上台面,就靠你了。"

秦十里拍了拍跪在地上的秦远肩膀,转过身去。

"走,去你爷爷的坟上看看。"

第四十一章
军事训练

○

"江处,我知道的差不多就这些了。"

留着板寸、皮肤黝黑的特派员江勇身着夹克,跟杨舟漫步在工地旁的扎伊尔河边,一个同样留着板寸、精壮的年轻人跟在身后。

江勇微笑着对杨舟点点头:"杨总,感谢你的配合,我们还会在工地待上一个月,继续调查'6·12',你有什么新情况,随时告诉我们。"

"那当然是义不容辞,我也希望能够早日将凶手绳之以法,为我堂弟和同事报仇啊。"

"能理解你的心情。我们跟你们领导打过招呼了,有什么事你可以直接告诉我们。我知道你一直在调查这件事,不过,注意安全。"

"那太好了,这样我追查起来就更加名正言顺了。我想问问,如果查到了是谁干的,你们打算怎么办呢?"

"你放心,我们的人不能白死,国家不会不管的,凶手就算逃到天涯海角我们也有办法。"江勇的眼睛望向了远处的雪山,眼神坚定。

杨舟心中一阵振奋,惩处凶手又多了一线希望。

"江处,这里据说很快又要被袭击了,4月20日,就剩一个多星期了,你们在这里不是很危险吗?"

江勇淡淡地笑了笑:"我们吃这碗饭的,都是哪儿危险往哪儿去。在这种地方,袭击的危险随时都会有,传言也是满天飞。真有危险了，不还有两条腿嘛，就赶紧撤呗。"

"砰……砰……砰……"

几声枪响吸引了三个人的注意，几百米开外，黄友德组织施工队的人在进行射击训练。

"走，咱去看看。"

"瞄准……射击……"黄友德大声喊着口令，神情严肃，仿佛是一个指挥千军万马的将军。

"砰……砰……砰……"

趴在地上的8个工人手中的自动步枪喷出火舌，50米开外摆着的七八个啤酒瓶碎了两个。

"收枪，换瓶子！"黄友德用军人特有的嘶哑腔调大吼道。一个站得笔直、穿着迷彩服的黑人像煞有介事地举起了手中的小红旗。

啤酒瓶前方的土堆下冒出来一个拎着瓶子、穿着迷彩服的黑人，把打碎的瓶子换上了新的，又迅速躲到了土堆后面。

又一批8个工人上前趴在地上，射出一排子弹。

"挺像那回事哈。"江勇回头对自己手下的平头乐呵呵地说。

几个回合后，黄友德示意大家休息。

"黄老板，你们这训练挺费瓶子的啊。"江勇一行三人走向黄友德打趣道。

"哎哟，江处，小舟，你们来了。没事，我们喝剩下的瓶子多得是。工程这边说最近把安保这块让我管起来，我得负责啊。"黄友德看到他们，又恢复了点头哈腰的包工头模样，两个灵魂切换自如。

"黄叔，我看中原石油的人就剩几个看场子的了，都躲了，你们还在这儿坚守呢？"杨舟看着黄友德，心生感慨。

"说得好听点，关键时刻看表现！说得直白点，给的钱多啊！"

"我看你这都快当排长了,以前当过兵吧?"江勇上下打量了一番黄友德。

"1978年入伍,参加过Z战。"黄友德自豪地说,又指了指自己的腿,"还受了点伤。"本是让他嫌弃了一辈子的跛腿,此刻闪光得像块军功章。

江勇肃然起敬,和手下"啪"地敬了一个军礼,"敬礼!"继而紧紧握住了黄友德的手,"原来是战斗英雄啊!"

黄友德脸上尴尬地笑着,自己哪里是什么英雄,做战俘的那一页他真的不愿意再提了。

"哪里哪里啊。几十年前算是有点经验,教教他们。"

"前辈,看你们这儿也有小三十人,实力还不错啊。"

黄友德脸上重又浮现出得意之色。"谢谢领导夸奖。来几个毛贼我们还是能扛得住的。都是我挑选的精壮后生,胆子大,体格好,有两个还当过兵。刚刚买了些枪,加上原来的,一共30支自动步枪,我还雇了两个退伍的黑人。"黄友德指了指身边的两个身着迷彩服的黑人,两个黑人立正也敬了个军礼,有些茫然地看了看江勇。

"唔,枪是旧了点,只是对付土匪也行。打退几个打劫的没啥问题,如果大规模地袭击,怕是够呛啊。好在政府军最近加强了这里的戒备,有了两个连。"江勇的眼光望向了工地一侧的军营,已经比之前阵势大了不少。

"可不要小看我们呢,土匪100个都打不过我们,是不是弟兄们?"

"哈哈哈……"身材精壮的小伙子们眼睛放光,士气高昂。

"江处,你们也跟我们练练?"黄友德递过一把冲锋枪。

"不了不了,你们练吧,我们去周边再转转。"江勇连连摆手。

"我来试试。"杨舟饶有兴趣地接过枪。

"那咱们就接着练了，开始了，弟兄们。"

杨舟和工人们一起趴在地上，射出了一排排子弹，远处尘土飞扬，一个个瓶子被打碎。

江勇背着手，带着手下走远了。

"挺有意思，小武，关注一下这个黄友德。"江勇喃喃道。

扎伊尔河边，杨舟和黄友德坐在河边，两人手里各拿着一瓶啤酒，对着碰了一下，仰脖喝下一口。

"黄叔，你留在这里心里不怕吗？"

"怕什么怕，钱给得多啊，我还觉得是赚钱的好机会呢，最好就是总搞这种恐吓，袭击的人却不来，我就能躺着赚钱了，哈哈哈……"黄友德从皱巴巴的衬衣兜里摸出一盒金"白沙"，弹出一支叼上，又递给杨舟一支。

杨舟犹豫了一下，接过香烟说："那倒是，人为财死，鸟为食亡啊。"

"别说这么不吉利的话，什么死不死的。你干吗还到工地来啊？"黄友德掏出打火机给杨舟点上，又给自己点着了，吧唧了一口。

"毕竟我是项目的头，工地上的事不能不管啊，国内的那帮孙子还在不停找我碴儿，给我挖坑，别到时候说我临阵脱逃，不负责任，不能不防啊。再说，江处他们找我，正好我也想从他们那里得到点消息。"

"我说啊，他们这些调查组来第三拨了，也没调查出个啥。老找我们问东问西，问我们袭击的时候去哪里了，平时跟谁来往，好像每一个人都值得怀疑。他们这态度不好，大家都挺讨厌他们的。"

"他们也是为了查案子。我跟他们聊过好几回了，据说在国内跟答巴耶接触过了，清除内鬼肯定也是他们的目的。"

"切，这帮官僚练练嘴皮子可以，能办成啥事啊。"

"唔……"杨舟张了张嘴，把话咽了回去，"黄叔，你打算啥时候回国啊？啥时候钱能赚够了？"

"我呀，不太想回去喽。"黄友德眼神黯淡下来，"父母都不在了，村里人又说我是个逃兵，都看不起我，又拖着个瘸腿，一把年纪连个媳妇都说不上。"

黄友德站起身来，喝了一口，有些惆怅。

"我来了六年，在这里都安了家，丽莎给我生了两个孩子，我还回去干什么呢？在这里我管着百来号人，挣得不少，还能有点尊严。"黄友德脸上浮现出幸福的笑容，布满沧桑的脸柔和了些。

"也是，在哪里不是安家呢，你们工地上好几个都在这里找了老婆。"

"我跟他们不一样，丽莎对我很好，没有国内的娘儿们那么多事，又彩礼又啥的。"

"人在哪儿家在哪儿！也不知道我叔现在怎么样了。"

"我也替他担心哪，几个月了，一点音讯都没有，你给他的手机，他给你打没有？"

杨舟摇了摇头，两人碰了一下瓶子，喝了一大口。

不远处，两个黑人正在比比画画示范工人们挖工事，被汗水浸透的大肌肉块子在阳光下闪着亮光。

"你还雇了两个黑人保镖？"

"前段雇的黑人工人里挑出来的，参加过蒙特尔的内战，现在退伍了，干活还不错，钱给的比别的工人多点，说不定能派上用场呢。"

"他们肯替咱们卖命吗？"

"跟着我干了一段，这么好的工作机会他们当然得珍惜啊，上哪儿找，嗯？"

两人又碰了一下瓶子，一饮而尽。黄友德长吁了一口气："爽！瓶子别扔了，咱们训练还要用。"

"你是不是根本不管我的感受！"

一串清脆、熟悉的女声让杨舟回过头去，是刘思婉在一棵大树后激动地和人说着什么。

"哎？"杨舟诧异地站起身来，"黄叔，你先回，我去看看怎么回事。"

"甄羽，你有没有想过将来啊？咱们都不小了啊！"

"思婉，我们都年轻，你看你，怎么突然就生气了呢？"

"我不是突然，你总是对将来没个打算，吊儿郎当的……"

"你们女的是不是都这样啊，老说什么将来将来的……"

"你谈了这么多女朋友，是不是把女人都当个玩物啊，可是我告诉你，我跟她们不一样！没错，你是很优秀，可是我也不差啊！难道不配让你考虑考虑未来吗？一说到将来你就没个想法。"

"我妈和我爸从我小的时候就离婚了，他们自己不也各自照样过吗？干吗非要结婚呢？"

"过得挺好，那你找你妈，跟你妈过去吧！我可没心思陪你玩……哼，我算是发现了，你谁都不爱，就爱你自己！"

"喀—喀喀喀……"杨舟故意咳嗽两声，甄羽和刘思婉忙停止了争执。"杨总……"

"哎，思婉，你怎么还没走，这里危险哪，甄羽是来接你的？这是要跟甄羽一块儿回去？"

"不是，谁知道他来干什么的？一会儿我跟侯立开车回去！"

"哦，赶紧走吧，避避风头。"

刘思婉扭头回去了，甄羽赶紧跟了上去。

第四十二章

传说中的袭击

○

华通海外的班子会上,汪延笑吟吟地转头对肖强说:"蒙特尔的业务据说进展不是很顺利,肖总,现在还是你直接分管的,你跟大家说说?"

"唔,昨天我跟杨舟通了电话,关于项目的进度之前我也说过了,有些进展,但不太顺利。"肖强顿了顿,"再这样下去,我们在鲁卡的办事处只能关门了。"

"哦?有几个项目不是还在争取吗?听说工地最近有可能再次遭到袭击,他们是不是要先避一避啊?"汪延问。

"鲁卡无线通信的项目还没有落地,不过这次昆古拉来访,我跟他们聊得不错,签约应该问题不大。要不是我亲自出马,这个项目还不知道拖到什么时候呢。"肖强拿起茶杯喝了一口,"工地那边恐怕也得盯一盯,已有的项目更不能出问题。"

"肖总,我看工地是不是就不要去了,万一真遇上袭击怎么办,员工的安全最重要啊。"汪延皱了皱眉头。

"汪董,你不了解蒙特尔的情况,我在那里待了十年,这样的传言和威胁随时都会有,既要警惕,也不能太当回事。"肖强对着汪延言之凿凿,"其他人可以避一避,杨舟他作为团队领导,越是这种时候,越应该冲在前面。我在鲁卡那会儿,鲁卡发生的恐怖袭击每隔几个月都有，你看，我这手臂还是被弹片划的，他们年轻人不能太娇贵。工地的设备要是没人管，分分钟让人偷。"

肖强话锋一转："当然，现场的人员也要注意安全，我会跟大使馆说，让他们向政府施压，多派点军队来。"

"那好吧，告诉前方务必保证人身安全，发现情况立即撤离……"

4月20日凌晨，工地。

两个连的政府军蹲在沙袋、壕沟等工事后面，神情紧张地等待着预想中的袭击。

壕沟中的军官拿起对讲机，脸色冷峻地问："3号，3号，发现情况没？完毕。"

丛林中一棵树的树叶稍微动了动，浑身编满树叶的士兵半蹲在树干的枝丫上，警惕地扫视着周围，对着对讲机说："一切正常，完毕。"

"呱……呱……"突然一大群飞鸟被惊起，聒噪着钻出丛林飞向天空。

"6号，6号，你那里发生了什么情况？"军官急促地问。

一只额头上一缕白毛、身形健硕的大猩猩钻出树丛，缓缓左右张望了一下，前肢指关节抠地，昂首挺胸，稳稳地往前走，身后树丛中陆续钻出十几只大小不一的猩猩。

旁边一棵大树上，同样身上披满树叶的士兵稍稍放下了手中的狙击枪。"是一群猩猩，一切正常，完毕。"

工地再次陷入了宁静，除了躲藏在战壕中、麻袋后、塔楼上严阵以待的士兵，看起来空无一人。黄友德训练的保安队为了安全起见也撤离了，只有黄友德一个中国人留了下来，他紧张地在沙袋后张望着。

然而直到半夜，传说中的袭击也没有来。

第四十二章 传说中的袭击

接下来的日子里风平浪静，袭击者显然爽约了。到了5月份，越来越多的人相信所谓袭击只是一种恐吓，驻守的军队越撤越少。

随着大选日期的临近，边境的反政府武装又活跃起来，据称有几支数目可观的武装摧毁了边境的哨所，已经进入蒙特尔境内，军队大部分又被抽调到形势紧张的区域去了。

工地重新恢复了生机，工人慢慢归位。

已是5月中旬，蒙特尔进入了旱季，雨渐渐少了，红彤彤的夕阳挂在雪山之巅，扎伊尔河上，群鸟正在归巢。

"怎么样，这些红木不错吧？"杨舟拍了拍堆积如山的红木，略带兴奋地看着李涛。

"你们也真能想，来次袭击，就趁机砍了这么多树，都是钱哪。"

"哎，你也不能这么说，你看。"杨舟抬手指着工地，"砍掉这一片树，工地的视野扩展了很多，在树林里只有重机枪和火箭筒才能威胁到工地。袭击者进到这个开阔地，就无处可藏，变成了活靶子。"

"胡扯吧你，就凭剩下的这十来个混吃等死的政府军，加上黄友德的民工队，来支土匪游击队都绝对是连锅端，举手求饶是唯一正确的选择。说吧，你是怎么搞定军队的人帮你编故事的，木材打算怎么运出去？"

"商业机密。"杨舟神秘地笑笑。

"哎，我说那棵树要是能砍下来，应该能值不少钱，上次来我就见了，你能运作吗？"李涛指了指远处那棵五六十米高的巨树。

"别惦记那个了，那是棵上千年的古夷苏木，木材本身不是最值钱的，但是这么高的树现在不让砍了，也超出了咱们的砍伐范围。"

"走，先去吃饭，再带你见识一下我们的无人机，高科技产品，带夜视和热成像的哦。"杨舟一搂李涛的肩膀，指了指工地的方向。

工地上，几十个身穿"中原石油"工作服的工人正在忙碌着施工，大大小小的机械在工地上穿梭，而黄友德领着几个中国人和两个壮硕的黑人正在砌着厂房的外墙。

夜幕降临，丛林中寂静无声，只有偶尔传出的几声鸟叫，远近难辨。一轮弯月挂在巨大的古夷苏木枝头，皎洁的月光洒在枝叶浓密的树冠上，纤尘不染。

"嗡……"一架一尺见方的四引擎无人机从密林中窜出，灰色的身影爬升到大树的顶端，绕了一圈后又钻入树林，不一会儿又从树林中窜出。

工地上的办公楼里，侯立操作着遥控器，江勇和平头饶有兴趣地站在身后，盯着不大的电脑屏幕。

"江处，我们的无人机不错吧，红外热成像，待机六小时，你们有需要也可以买点，价钱可以商量。"杨舟坐在侯立旁边，对身后的江勇说。

电脑屏幕上，丛林中的景象飞速掠过，树上的猴子瞪着闪闪发亮的眼睛，一只接一只地逃跑了。一会儿，无人机飞出丛林，下方是一片黑漆漆的树林。

"唔，是还不错……"江勇认真地看着屏幕。

"这玩意儿还挺好玩，要不我也买一个，拍个美女啥的？怎么是黑白的，有彩色的没有？"李涛跃跃欲试。

"你要买来偷窥，买个便宜的就行了，这款是专业的，没必要。"杨舟白了李涛一眼。

"等等！"江勇眉头猛地一紧，"刚才那儿飞回去，下去看看！"

侯立回头望了一眼杨舟，杨舟点了点头。江勇的眼睛紧盯着屏幕，不容置疑大声喝道："快点！"

无人机掉了个头,下降钻入丛林,在树干间穿梭。几秒钟后,前方出现了影影绰绰的人影!

无人机掠过人群的头顶,竟是身着迷彩服、绿色军服乃至T恤,服装各异,手持AK47、火箭筒的武装人员!

众人的神色陡地严峻起来,不约而同死死盯着屏幕。无人机一直往前飞,下面的武装人员在快速地行进,队伍仍然看不到头。

队伍中有人拿着消声手枪,对着无人机连开数枪。无人机剧烈晃动了几下,掉在了地上。电脑屏幕上出现了一个戴着军帽的黑人面孔,一阵杂乱扭曲的影像之后,便彻底没了图像。

电脑前的几人面面相觑。

杨舟按住了侯立的肩膀,急促地问:"离工地多远,方向是哪里?"

"离工地2.5公里,奔我们来的……"侯立的声音因为害怕而有些抖。

"20分钟以后就到了!"杨舟的眉头都能拧出水来。

"现在还不清楚袭击者有多少人,从刚才的影像看,至少150人!"江勇看了看眼前几人。

"这么多人?!那咱们赶紧撤啊!"李涛的脸因为恐惧而变形,后背已然湿了。

"工地怕是扛不住!"江勇神情异常严峻,他很清楚,依靠工地上这点力量,根本不是这群武装分子的对手,极有可能全军覆没。

"跑是来不及了,扛不住也要硬扛。"杨舟神情冷峻,眼神中透着决绝,"丛林里、公路上比工地更危险,碰上恐怖分子必死无疑。事不宜迟,我赶紧通知军队和黄叔,咱们先抵挡一阵子,等待救援!侯立,你赶紧通知鲁卡政府和使馆,请求增援!"杨舟努力稳住心神,条理清晰地布置开来。

"杨总说得对！"江勇拍了一下杨舟的肩膀，又看了一眼身边的平头，"我们走，快！"

两人一转身飞也似的离开，剩下的三人不明所以，也没来得及追问他们到底要去哪里。

"呜——呜——"工地上响起了警报，黄友德手忙脚乱地指挥工人自卫队进入战壕，与几个政府军士兵跳到几个壕沟里，工地对角线上的两个塔楼，探照灯的光圈不断在密林边缘掠过！

江勇和平头一人背着一个大包向工地外飞奔而去。

"杨总，他们莫不是自己跑了吧？你不是说外面更危险吗？"侯立怀里抱着一支自动步枪，目瞪口呆哀怨地说。

"这帮鸟人，光知道怀疑自己人，关键时候跑得比兔子还快！"黄友德不屑地往地上吐了口唾沫。

杨舟摆弄了几下手里的枪，大声喊道："不管他们了，咱们一定要扛住！100公里以外有一个连的援军，最快三小时以后能到！"

两个背着冲锋枪的小伙子急匆匆地跑过来说："黄头，宿舍区的人都转移过来了，待哪里啊？"黄友德回头一看，是十来个文职人员，神情十分慌张，刘思婉和中原石油的一个年轻女翻译已经浑身发抖地抱在一起。

"女的撤到办公楼地下室，男的过来帮忙垒沙袋，装子弹！"黄友德大喊道，在这群中国人里，他是唯一有实战经验的人，似乎一下子成了精神领袖。

人们的脸上写着惊恐，几个中国小伙子拿枪的手抖个不停，几个政府军也不安地看着远处的丛林。只有黄友德找来的两个退伍军人和厨师玛娜的老公达克拉见过血腥，十分镇定，拿着枪早早就准备就绪。

黄友德将人群揽到了一起，自己站到了沙袋上，开始说话了。

"小伙子们,弟兄们!咱们跋山涉水到这里工作,只是为了靠自己的双手,让自己、让家人过得更好,从来没有想过要惹谁。可是这帮混账东西非要来打我们,抢我们!"

黄友德一改往日的谦卑,一脸狰狞,挥舞着拳头,用嘶哑的嗓音对着人群大吼着。"这些狗娘养的,杀了我们那么多弟兄,来了一次又一次,把我们当怂包呢?!咱们是这么好欺负的吗?!"

下面的人开始窃窃私语起来,迷惘的眼睛渐渐有神,有的默默攥紧了拳头。

"弟兄们,家人都在等我们回去团圆,我们到这里来,不是来挨打的!我当过兵,打过无数硬仗,是从尸堆中爬出来的,就凭这帮土匪,咱们要好好跟他们操练操练,在老子眼里,他们就是个屁!"

底下人已经骚动起来,眼神越来越坚定,互相点头鼓励着。

"弟兄们,战场上,不是你死就是我活,只能靠自己杀出一条血路!!告诉我,你们是不是男人?!"

"是!是!"壕沟里的人精神一振,大声喊起来。

"告诉我,你们要不要任人宰割?!"黄友德又声嘶力竭地大叫道。

"不要!不要!"人们的暴怒被点燃。

"打起精神,让他们知道我们的厉害!"黄友德挥舞着手中的自动步枪,脖子上青筋直暴。

"让这帮王八蛋有来无回!"

"为死去的兄弟们报仇!"

"拼了!……"

激昂的呐喊声此起彼伏,几个政府军和退伍黑人也受到感染,跟着大吼了起来。人群就像一锅煮沸的水,一时间群情激奋,士气大振。

杨舟目光炯炯地看了一眼旁边的黄友德，不由得肃然起敬。此刻他眼前的不是一个包工头，而是位骁勇善战的战士。他向黄友德伸出手，两只手用力地握在了一起，彼此传递着力量与信心！侯立也握紧了手里的自动步枪，看了一眼办公楼的方向，喃喃地说："我绝不会让人侵犯你！"

塔楼上的政府军放下望远镜，冲着下面大声喊着什么，侯立赶紧说："他让我们隐蔽，敌人马上来了！"

"各就各位！隐蔽！"黄友德一声喊，四周迅速陷入了宁静。工地已经变成了一个直径三四百米、背靠扎伊尔河的环形阵地，战壕和沙袋后，一双双眼睛紧张地大睁着，四处都是急促的呼吸声，握着枪的手已经渗出了汗。

塔楼上的制高点，黑人士兵打着探照灯，重机枪黑洞洞的枪口指着工地外的密林。

森林中一片片飞鸟惊出，几只羚羊被吓得窜了出来。

黄友德从壕沟里探出半个头来，瞪着血红的眼睛，紧紧盯着森林深处。

树林里一阵骚动。

第四十三章

血战 1

○

一个精壮的黑人缓缓穿过全副武装的队伍，来到密林边缘，所过之处人群纷纷让路。

他身穿绿色迷彩军用衬衫，厚厚的嘴唇，神色冷峻异常，横跨左眼的一道刀疤让这张脸显得更加狰狞。

疤眼慢悠悠地摸了摸自己的光头，拿起望远镜望向几百米外的工地。

工地上一片宁静，一辆陈旧的坦克静静地停在空地上，只有两个塔楼上的探照灯在四处打望。

跟获得的情报一样，军队大部分已经撤走了，剩下的这些人多半是藏在掩体后面，有的人甚至小半个脑袋都露在沙袋外。这显然是一支临时拼凑的队伍，不堪一击。

疤眼摇了摇头。他埋怨父亲小题大做，就对付这么些人，用得着带上 300 人的队伍吗？最多三分之一的人手就可以轻松拿下，再绑几个肉票，扛走些值钱的东西。

说不定枪一响对方就跪地求饶了。大家又不是出来玩的，这么多人一路上吃喝拉撒那都是钱啊！经费本就紧张，要不是为了搞点钱，谁愿意这么远跋山涉水干这活呢？

还先搞什么欲盖弥彰，散布进攻的假消息、假时间，尽整没用的。

疤眼放下了望远镜，淡淡地说："开炮。"

"砰……砰！"两发迫击炮弹呈弧线抛射出去，一发落在了塔楼前十米，一发落在塔楼边上，气浪掀得塔楼和上面的人都晃了几晃。

几乎是同时，两发火箭弹奔向空地上的坦克，一发偏了，击穿了建筑后面的围墙，一发"轰"地直接命中坦克，坦克炮塔歪向了一边，像个浑身伤痕、脖子被拧断的怪兽。

黄友德心里一阵惋惜，可惜这辆坦克年久老旧，又没人会开，只能摆在那里当靶子，吸引敌人的火力，也算发挥了点作用吧。

塔楼上的探照灯打向了迫击炮的开炮处，紧随而来的是一连串密集的重机枪子弹。子弹打得枝叶乱飞，人群纷纷伏倒，一个炮手的半个肩膀连同手臂被子弹撕裂，身体被甩到了树上，没来得及哼一声就毙命了。

另一门炮迅速调整坐标，又一发炮弹飞出，正中塔楼底部，塔楼瞬间被炸得粉碎，两名士兵惨叫着从十多米高的塔楼上重重地摔下来，血溅当场。

不一会儿又一枚迫击炮弹落在工地中心的空地上，震耳欲聋，扬起漫天的尘土，黄友德、杨舟等一众人顿时灰头土脸，有点狼狈，其中一人被飞来的板砖砸个正着，晕了过去。

人群紧张起来，端着枪眼睛死死盯着前方，神色慌张。

黄友德甩了甩头上的土，声嘶力竭地大吼道："想活的都待着别动！"

疤眼缓缓抬起了右手，举过头顶。匪徒纷纷端起枪，猫着腰迅速向密林边缘聚集。

疤眼的手"嗖"地落下。成群的匪徒呐喊着冲出树林，向工地奔去！

远处另一塔楼上的两个士兵从沙袋后坐起，手中的重机枪"突突突"响了起来，子弹疯狂扫射，或溅起串串泥土，或打得血肉横飞，冲在前面的士兵被打穿了身体，后面的人面无表情地直接踩过尸体继续往前冲，像没了心的工具人。

冲锋的人群仍在强劲往前推进，在接近防线400米的位置，伴随着猛烈的呐喊声队伍加快了速度。

黄友德大喝一声："准备！"

众人忙挺起身来，露出脑袋向前张望。一百多人的冲锋队伍冒着重机枪的弹雨迅速向工地逼近。

"开火！"

几十把自动步枪喷射出一阵阵火舌，密集的火力扫向前方，有的人因为紧张子弹飞向了天空，划出一道道火线，有人因为害怕而玩命扫射，误中匪徒溅出一串串血珠。

"瞄准点打！子弹有限！"黄友德大声喝道。

冲锋的人群手中的AK47也纷纷开火，在沙袋上溅起点点土花，一个工人额头中枪，猛地向后一仰，没了动静。

杨舟看了眼工人喷血的额头，愣了一愣，指着落在地上的枪对惊魂未定的李涛说："快捡起来，打！"

工地上重机枪和自动步枪不断地喷射着火舌，冲锋的人已经被撂倒了十几个，剩余的不得不趴在地上，或是在土坑里开枪还击，不时有人被子弹击中。几个匪徒见势不妙，扭头跑回了树林里。

疤眼举起手枪，一枪一个结果了跑在最前面的两人，大喝道："回去！"

剩下的人只得又折返回去，冲向工地。

疤眼皱着眉回头看了看身边一个系着红色头巾、背挎狙击步枪的男子，点了点头。

红头巾心领神会，像猴子一样爬上了树，蹲在树杈上，将枪移至胸前，端起枪望向前方。

塔楼上两个正在疯狂扫射的重机枪手出现在瞄准镜里。

"砰！"一声悠远的枪响，机枪手头上突然开了花，军帽飞了出去，身体后仰撞在了塔楼护栏上，一击毙命。

黄友德回头看了眼塔楼，心中一惊，大喊道："有狙击手！大家注意隐蔽！"

红头巾机械地拉了下枪栓，推出了弹壳。

副射手赶快跪到重机枪前继续扫射，只是把头埋得更低了。

"砰！"又是一枪，副射手同样脑袋开花，倒下了。

见重机枪哑火，冲锋的人群像被打了一针兴奋剂，从地上跳起来一边开枪，一边奔向工地防线。不时有人中弹在路上栽倒，但是从树林中又蹿出了更多的人。

失去了高空阻击的优势，天平开始向袭击者倾斜，子弹打得工地上的人抬不起头来，已经有五六个人中弹。

黄友德看着树林里不断涌出的敌人，越来越焦急，呼吸急促起来。敌人的数量已经远远超出了他们的预期！

杨舟换了一个弹夹，咬紧牙关，扣动扳机向冲锋的人群射击，他面前的沙袋上被打出点点土花，前方一个穿着花短裤白背心的袭击者被他击中，捂着胸口倒在了地上。

红头巾再次拉了下枪栓，将枪口往下。透过树叶，瞄准镜中出现了沙袋和建筑物的轮廓，由于枝叶的遮挡，这里只能看到有限的范围。

但是这个位置能让他死死地盯住塔楼。只要有人企图爬上去操作重机枪，就立即让他血溅当场。

红头巾放下枪，扒开了眼前的树枝，望向了一千多米外的参天大树,微微点了点头。

那是一个绝佳的狙击点,不仅居高临下视野开阔,而且巨大的树冠藏三五个狙击手都没问题。他正盘算把狙击点转移到大树上,却看到树冠中有一道火星一闪。

"嗖!"他的左额突然被子弹洞穿,半边头盖骨连着头巾飞了出去。红头巾没来得及叫一声,就连人带枪从树上栽了下来。

"砰!"沉闷的枪声才刚刚传来,红头巾已经重重地摔在了地上,溅起一片泥尘和树叶。

疤眼回头惊愕地看着一动不动躺在地上、只剩半边脑袋的红头巾,狠狠地吐了一口唾沫,眼中熊熊燃烧着两团火!

这可是队伍里唯一在比丹受训过的狙击手啊!是自己的王牌!在几次战斗中都屡建奇功,就这么挂了?

一个匪徒肩扛火箭筒对准了工地,突然胸口遭重击飞了出去,仰面倒在了地上,胸前一个碗口大的血洞,火箭弹射向了天空。

"砰!"沉闷的枪声再次传来。

巨大的古夷苏木上,透过浓密的枝叶,江勇趴在大树枝上,推出了一个弹壳,一只眼睛死死盯着狙击枪的瞄准镜,冷冷地默念着:"狙击顺序,狙击手,炮手,机枪手,指挥员……"

而他手中的这款 AMR-2 重型狙击步枪,两脚支架稳稳架在宽大的树枝上,月光透过斑驳的树叶投射过来,使黑色的枪身散发出淡淡的、阴森森的光,长长的、黑洞洞的枪口正指向火光闪耀的工地。

这是中国产的主力狙击枪,使用的是大口径 12.7 毫米重机枪子弹,射击精度极高,能够对付远距离的装备器材,包括击穿轻型装甲车。

打在血肉之躯的人身上,结果就可想而知了。

瞄准镜中,一支火箭筒竟正对着江勇!

江勇连忙扣动了扳机，火箭筒同时也冒出了火光，一颗火箭弹迅疾向大树飞来。

子弹洞穿了火箭筒手的脖子，比江勇瞄准的靠下了一点，距离太远，仓促击发，倒也不算失手。

江勇如猿猴般一个翻身，躲在了巨大的树干后面。"轰！"火箭弹在树干顶端炸开了花，断裂的枝叶纷纷往下砸。

一根粗大的树枝砸在了江勇头上，江勇一阵眩晕，脚从树枝上滑了下去，忙乱中双手紧紧攀住一根树枝，整个人吊在了三十多米高的空中！

血糊了江勇一脸，让他睁不开眼睛。他大喝一声，双臂一紧，用尽全身力气重新攀上了树枝，拿起了歪在一边的狙击枪，抹去了眼睛上的血，从瞄准镜后再次观察着工地。

火箭筒手已经栽倒在地，头几乎断了，只有一块皮肉还连着身体，脖子往外冒着血，身子像蠕虫一样抽搐着，终于不再动弹了。

江勇只感到头晕目眩，视线已经模糊。他知道，自己现在的状态已经很难对敌人造成太大的杀伤力了，而且搜索的敌军很快就会赶到。

黄友德等人的表现让他刮目相看。本来，他对工地上的人不抱多少希望，只是想支持一下工地，拖延时间，如果袭击的匪徒人数少，还有可能坚持到援军到来。

但是根据刚才的战况，匪徒恐怕都超过了二百人，还有火箭筒、迫击炮和狙击手，这让他心里发凉。

实力悬殊太大了。

如果对方再多一个狙击手，自己恐怕就是砧板上的肉了。

江勇抹了一把眼睛上的血，再次推出了一个弹壳，拼尽全力稳住心神，而握枪的手已微微发抖。尽管伤势不轻，已经暴露，也没有办法转移阵地，但自己的存在仍然是对敌军巨大的威胁。即便是要牺牲，他也必须钉在这里一边消耗对方有生力量，一边拖延时间。

肩上的使命与责任支撑着他，工地上是几十条人命，不容自己退缩半步！

工地后方，由于上游连续的暴雨，扎伊尔河上浊浪翻滚，不住地拍打着河岸，溅起了水花，只听得哗哗浪花的翻涌和动物的低吼。

月光下，河水奔流不息、一片浑浊，据说在这个时候，连鱼都无法游过这个河段。

而河水中竟浮出了两个黑色蛙人的头。两人奋力地划着水，用尽了全身力气，终于靠近了岸边。

"嗖！"一米长的木钎扎进了一个蛙人的脖子，另一个蛙人抬眼一看，一个魁梧的黑影从岸上跳过来，将他压到了水里，同时背上一阵刺痛！

两人落到了水下，蛙人迅速反应过来，翻身一拳击在来者脸上，用粗壮的双臂抓住了对方持刀的手腕。对方的刀掉到了水中，另一只手也是一拳打在蛙人头上。

趁蛙人恍惚，来人将蛙人的氧气面罩扯下，套在自己嘴上猛吸了一口，却被蛙人一脚踢在腹部。几番水上水下缠斗，来人明显更加谙熟水性，浪花翻涌间，你一拳我一脚地逐渐占据上风，终于用氧气管死死勒住了蛙人的脖子，直到蛙人一阵挣扎之后再也不动了。

来人冲出水面，大呼了一口气，再用尽全身力气喘息了几口，缓缓游向岸边。河面上漂起了两具蛙人的尸体。

来人还在大口喘着粗气，按着依然疼痛的肚子，回头看了看刚才勒死的那个人的脸，月光下竟是白得瘆人的白人面孔。

几次冲锋下来，袭击者留下了一片尸体，已经离阵地越来越近，后续的人潮源源不断从树丛中涌出,恐慌情绪已经开始在工地蔓延。

几个袭击者冲到了阵地前沿,黄友德雇佣的退伍黑人立即站起来给了他们一梭子,放倒了两个,但还是有三个人冲进了战壕,对着里面一顿扫射,一个工人和一个退伍黑人中弹倒地。

黄友德目眦尽裂,嘶吼着站起身来,一梭子扫向一个匪徒。而另一个匪徒扑向了战壕中的李涛,旁边的杨舟狠狠一枪托砸向与李涛抱在一起的匪徒,嗷嗷叫着不断往匪徒头上砸,血溅了一身。达克拉"啊"的一声大叫,晃着一身的腱子肉,一枪托抡在了一名袭击者脸上,直砸得脑袋开花。

李涛掀开身上的匪徒,惊魂未定,整个脸都扭曲了,大骂一声"他妈的狗杂种!",抬起冲锋枪失去理智般对着冲锋的人群一顿突突。而人潮还在往工地中心地带涌来,打得灰土四溅,李涛和其他人只得躲到沙袋下,几乎抬不起头来,阵地岌岌可危。

会拿枪的人已经伤亡近半,子弹也快打光了,对面是黑压压冲过来的一片敌军。

黄友德眼神越来越凌厉,布满血迹的脸扭曲得狰狞可怕。

30年了,现在他终于又一次上了战场,正是改写历史、重获尊严的时候!老子硬汉一条,赤条条来赤条条走!

他牙一咬,大喝一声,直起了身子,准备冲出战壕,战死沙场!

不料被人从身后重重地按下了。黄友德回头一看,眼珠子几乎跳出了眼眶。"志军哥?!"眼中的悲壮被希望烧尽,他的神回来了。

浑身湿漉漉的杨志军坚定地看着黄友德:"跟我来!"

第四十四章

血战 2

○

疤眼简直要疯了,原以为轻轻松松就能把工地一锅端,现在已经折损了近百人,却还在外面打转!

他狠狠地抽出手枪对天一枪,大喝:"全体出击!"

疯狂的人群冲向工地,疤眼挥舞着手枪跟在人群中,准备完成这最后的冲锋,收割战利品!

沙袋和壕沟边飞过一阵阵弹雨,李涛手里的枪已经没了子弹,他也不知道自己有没有打中敌人。

"再换一个弹夹!"李涛瞪着血红的眼对杨舟说。

"没有了,子弹快打光了!"杨舟灰头土脸,嘶吼道。

李涛愣愣地看着杨舟,胸口起伏着,气势一下弱了下来,喃喃地说:"哥们儿,没想到我们要死在这里……"

"嗡嗡……"一个黑乎乎的庞然大物钻出了两栋厂房之间的间隙,拐过头来,向工地外冲去。

大地也为之微微发颤,工地上的人们惊愕地回头看着这个怪物。

黑影迅疾冲出了阵地,墨绿色的轮廓逐渐清晰,加快速度向前驶去,长长的管子微微昂起,直指前方。

竟是油漆斑驳的坦克!

行进中的坦克放低炮管,"嘭"地向冲锋的人群轰出一炮,炸得血肉横飞，一片哀号。

阵地上，杨舟等人握拳欢呼，脸上洋溢着惊喜。大家吼叫着，纷纷用手中的冲锋枪扫射着慌乱的敌军。

杨志军不断摆弄着方向盘，使坦克呈 S 形前进，嘴里大声喝道："装弹！"黄友德赶紧笨拙地将一颗炮弹推送上膛。

杨志军按下了右手的按钮，坦克上 7.62 毫米机枪喷射着火舌，钢管般滚烫的子弹洞穿了一个个血肉之躯，继续飞向丛林深处。

袭击者躲闪着坦克的枪口，无数的子弹飞向坦克，只溅起一片火花。众人边打边退，撤回了树林。

疤眼双目喷火，狠抽了旁边的人一耳光："不是说没人会开坦克吗？快给我打掉！"

一颗火箭弹飞了过去，擦了下坦克的炮塔，飞向了工地的办公楼。

坦克为之一震，掉转炮塔，向来袭方向轰出一炮，再补上一阵机枪，火箭筒手连同旁边的两个匪徒消失在烟雾和弹雨中。

而工地的办公楼几乎被火箭弹炸塌了，落下的地板砸向了地下室中的人们，人群一阵惊叫。中原石油的女翻译被砸中了腿，痛苦地尖叫着，还有一个男的被埋在了楼板下。刘思婉和众人赶忙把水泥板搬开，女翻译已经痛得昏死过去，男人血肉模糊，没了气息。

又一颗火箭弹飞向坦克，被击中的坦克猛地一震。杨志军和黄友德头撞到了内仓壁，鲜血直流，而坦克就着惯性前行了几米，履带断了瘫在了那里。

匪徒们兴奋地大叫着，向坦克围了过去。而坦克的机枪却突然喷射出火舌，随着缓缓转动的炮口，继续收割着生命。

杨志军满脸是血，狠狠地按着机枪的按钮，黄友德再次推送一发炮弹上膛，"轰"的一炮，炸飞了树林中的一片匪徒。

匪徒们从侧面向坦克围过来，黄友德打开塔盖爬了出来，操起上面的 12.7 毫米高射机枪左右扫射，一片钢雨扫向人群，残肢断臂乱飞。

塔盖上立即弹雨纷飞，嘣嘣作响，黄友德只觉得肩膀遭到重击，"啊"的一声，从塔盖上滑进了座舱。

前方，一个匪徒扛着火箭筒，对着瘫痪的坦克瞄准着。

江勇努力睁了睁被血糊住的眼睛，瞄准镜里的火箭筒手有些模糊。他定了定神，吸了口气，微微发颤的手指扣动了扳机。

"砰！"火箭筒手的一只手臂被打飞了。

"偏了。"江勇暗斥道。

还没来得及推上下一颗子弹，树下响起"嗒嗒嗒嗒……"密集的枪声，飞过来一阵弹雨。十余个匪徒已经将巨大的树干团团围住，抬头向江勇的方向猛烈扫射。

残枝败叶不断掉落，夹杂着几颗手雷。

"轰！轰！"五六个匪徒被炸飞了出去，剩下的几个从地上爬起来，一边踉跄着跑离树干，一边仰头继续向树上扫射。

一丛灌木突然从离大树二十多米的地方跳了起来，冲向匪徒，微型冲锋枪喷出火舌，将猝不及防的匪徒们扫倒在地，一个刚被炸倒的匪徒站起来扑向黑影，却被后者"砰"的一脚踢中胸口，飞了出去。

黑影端着枪，对着地上的十多个匪徒快速补了一轮枪，子弹打光后扔掉微冲，回过头来，看了看刚才被踢倒，躺在地上吐血喘息的匪徒，慢慢地走上前去，飞起一脚，踢断了他的脖子。

黑影揭掉头上的草和背上的灌木，露出了平头和涂满油彩的脸，对着树上喊道："没事吧，江处？"

江勇头上的血已经凝固了，捂着受伤的手臂，呼出一口气，艰难地说："我……我没事。"

疤眼看着伤亡惨重的队伍,恨不得把工地夷为平地!

明明工地只有四五十号人,大部分看样子还是临时拿枪的工人,怎么就攻不进去呢?

对方的坦克手和狙击手又是哪里冒出来的?

栽倒在地、断了一只手臂痛苦挣扎的火箭筒手在身边苟延残喘着,疤眼难抑悲愤,凶光四溢,朝着黑夜怒吼了一声,眼际的伤疤扭成一团。

坦克的机枪已经哑火了。疤眼从旁人手中拿过一只火箭筒,蹲在地上,瞄准了坦克,他要亲自终结这个怪物!

却不料后方的密林中一阵剧烈的骚动,几个匪徒面色惊惧,一边奔跑,一边向树上扫射。

一个巨大的黑影从天而降,将一个匪徒压在下面,直接暴毙,紧接着长臂一挥一拳打飞了身边的另一个匪徒。

疤眼回头一看,是一只两米多高的猩猩,额头上一缕白毛,脸上一长条伤疤,正怒视着自己,狂吼着捶打胸口。

疤眼慌忙扔掉火箭筒,掏出手枪对着猩猩一顿猛射。猩猩掉头狂奔,爬上大树,消失在枝叶丛中。

树林中枝叶乱动,不时传出匪徒的惨叫声和猩猩的怒吼声。猩猩们的身影在树间不断跳动,也辨不清到底有多少只!

疤眼抬手一枪,结果了一只跳下来的猩猩。

杨志军扶住黄友德:"机枪没子弹了,咱们得赶紧撤!我出去掩护你!"

"嗯!"黄友德坚定地点了点头。

杨志军背起一支冲锋枪,悄悄爬出塔盖,操起高射机枪一阵扫射,打光了子弹,随后翻到塔盖后面,用冲锋枪对匪徒进行精准点射,一个接一个匪徒在枪响后倒下了。

"嗖！"一个偷偷绕到坦克侧面试图偷袭的匪徒从肩膀处被打穿，歪倒在地。片刻后，沉闷的枪声从远处传来。

平头趴在江勇原来的位置，推出了狙击枪的一颗弹壳，躺在树干后的江勇手臂上流着血，喘着粗气。

"砰！"平头又是一枪，一个匪徒的胸口被子弹打出碗口大的血洞。

黄友德艰难地翻出塔盖，滚到了坦克后面，重重摔了下去，捂着伤口背靠坦克喘着气。

树林中传出 AK47 的枪声，火线乱飞，不时有猩猩中弹从树上掉下来。

猩猩头领猛地从树上跃下，怒吼着一记重拳砸扁了一个匪徒的脸，接着扑向另一个。

疤眼双眼圆睁，大喘着粗气，背靠大树换了一个弹夹，举起手枪对准猩猩们射击。

不远处一个黑影如闪电般扑了过来。疤眼赶忙掉转枪口，连续扣动扳机。

而黑影鬼魅般左腾右挪，子弹竟不着分毫，片刻间已伴着一道寒光掠过疤眼身边。

疤眼只觉得脖子上一凉，鲜血喷涌而出，捂着脖子大张着嘴，跪在了地上。他试图用手堵住脖子上的刀口，却无济于事，血依然在大股地往外冒。

疤眼艰难地抬起头，一张布满血污的国字脸正怒视着自己，眼中射出的寒光直击灵魂。"这一刀替华华还的！"

疤眼颓然倒下，杨志军在匪徒的乱枪之中飞奔而去。

匪徒们已经乱作一团，溃不成军。

300 人的队伍现在只剩了几十人，工地外有狙击手点名，树林中有不知数目的猩猩不时给以一顿乱拳,而头领又神不知鬼不觉被割了喉。

几个小头目忙不迭地招手:"撤退!撤退!"残兵败将向密林深处奔去。

枪声、猩猩的低吼声不断远去。

杨志军一脚狠狠踩在匪徒的尸体上,默默地矗立着,望着匪徒远去的方向,头上的血一点一点往下流。

黑夜中的丛林终于慢慢安静下来,工地上的人微微直起身子,探头探脑缓缓走出战壕。

"耶!"人群中突然迸发出一阵欢呼声,互相拥抱着喜极而泣!活下来了!熬过来了!大家都没有想到自己会离死这么近,而这恐怖的死神来得如此之突然,走得又这般快,一切仿佛一场梦。

杨舟抱着李涛,跳了又跳,而侯立紧紧抱着刘思婉,脸上的土、血和泪已经混在了一起。

远处的公路上传来一阵阵嗡嗡的马达声,由远而近。依稀的月光下,十多辆车一字长龙停在了公路上,跳下来一队队人影,冲工地奔过来。

工地的人待在了原地,一脸惊惧地看着不断接近的人影。

如果再来一批袭击者,他们已经无力抵抗了。

幸存的政府军士兵拖着伤腿,扶着工人挣扎着爬起来,看着公路,欣喜地大喊道:"是我们的人!"

工地上一片狼藉,到处是残破的建筑和呻吟的伤员,政府军和医护人员四处奔跑着救治。

阵地前的开阔地上,横七竖八地躺着一百多具尸体,以及数不清的残肢断臂。

机身印着红十字的白色直升机从远处飞来,降落在空地上,掀起一片气流。

杨舟忙迎了上去，与穿白大褂的医生接上了头。

"HS公司为您服务！"

"辛苦了！"杨舟接过交接文件，迅速地浏览起来。

两个政府军士兵用担架抬着女翻译走了过来，刘思婉在一旁拎着输液瓶，侯立和另一个工人抬着一名重伤的工人也走向了飞机。

"赶快把他们抬上去！"杨舟签署了文件，却发现旁边的士兵并没有动手。

杨舟诧异地抬眼一看，一支冲锋枪黑洞洞的枪口正指着自己。

脸庞黝黑的士兵用生硬的中文低声说："别动！"

"你……"杨舟惊呆了，眼前黑面孔的士兵身材魁梧健壮，眼神中透出一股逼人的气势，让杨舟心中一阵发寒。

刘思婉无法理解眼前发生的这一幕，手中的输液瓶"嘭"地掉在了地上。侯立和工人一脸惊惧，在另一名士兵的枪口下，缓缓放下了担架。

"你，你，还有你，上飞机！"士兵用枪口指了指杨舟、刘思婉和侯立，不容置疑地用中文命令道。

杨舟强作镇定说："你们是不是误会了……"

"少废话，否则一枪崩了你！"士兵低沉地说，神情并没有太多变化。

说中文的士兵走向了驾驶舱，打开了舱门。飞行员回过头来，还没看清楚来人，却是一记势大力沉的重拳砸在脑门上，直接晕了过去，被拖下了飞机。

士兵坐在了驾驶位上，熟练地操作着各种仪器。杨舟三人胆战心惊地上了飞机，另一人则坐他们对面，用枪指着他们。

飞机螺旋桨转速不断加大，杨志军看到一旁的担架、医生和倒在地上的飞行员，猛地意识到不对劲，赶快向飞机奔去，却不料迎来了一梭子子弹，忙纵身往旁边一滚，堪堪躲了过去。

直升机卷起一阵旋风，缓缓升空，掉转机头，飞向了远方，逐渐成为一个白点，消失在空中。

第四十五章

绑　架

○

　　直升机掠过黑漆漆的热带雨林，仅仅飞了几分钟，就在一处宽阔的河滩缓缓降落了。

　　杨舟三人被赶下了飞机，周边已经围了五六个匪徒，三个人都被从上到下搜了一遍，又用类似机场安检设备的仪器扫了一遍。

　　刘思婉被搜得瑟瑟发抖，满脸的泪水，不停地嘤嘤低泣，搜她的匪徒忍不住在她屁股和大腿上多摸了几下。刘思婉心中满是绝望，脑子里一片模糊，一股热流顺着大腿往下流，竟吓得尿裤子了。

　　"住手！"侯立大声用法语嘶吼着扑了过去，揪住了搜刘思婉的黑人。一记重拳敲在侯立头上，侯立一阵眩晕，软塌塌地倒在地上。

　　开飞机的黑人见状，不耐烦地用生硬的法语说："别摸了！一会儿他们追过来了！"匪徒这才罢手，将搜到的手机取出了手机卡，扔到地上踩了个稀巴烂。

　　飞机上的一个器件被卸了下来，扔在河滩上。两个人抬着一具尸体，送上了飞机。

　　借着淡淡的月光，杨舟看到尸体脑袋软软地耷拉着，眼睛上一道伤疤，而脖子上一道骇人的刀口，红色的肉往外翻着，血已经流尽了，衣裳血红。

　　他的眼睛依然睁着，十分不甘。

开飞机的黑人淡定地走向河边,用毛巾蘸了水,使劲擦了几把脸,又回到了飞机上。这具彪悍的身躯上顶着的,竟是一张东方人的面孔。

匪徒粗暴地把三人手绑上,用臭烘烘的黑布条蒙上了他们的眼睛,押上了飞机。

飞机再次起飞了,地上的匪徒一哄而散,消失在密林中。

杨舟什么都看不到,耳边只听到直升机引擎"嗡嗡"的轰鸣声。

好不容易挨过了一轮袭击,在鬼门关走了一遭,却不想又落入了虎口。

他并不知道匪徒们到底要干什么,但是已经想到了最坏的结果。绑票要钱的概率应该比较大,可这帮毫无人性的人也很可能撕票。自己不知道还有没有机会见到亲人了。如果真死在这里,李园园和孩子怎么办呢?年迈的父母怎么办呢?

在战场上他都没来得及想这些。现在,他开始胡思乱想起来,想着自己到底该不该到蒙特尔来,以致惹上杀身之祸。

他又是恐惧,又是焦虑,不仅为自己,还为手下这两个年轻人的安危。他们还能活着回去吗?像刘思婉这样的美女,进入狼窝会不会遭到非人的虐待呢?

不行!!绝不能听天由命!要努力让大家脱险!极度恐惧到脑袋一度空白的杨舟,开始一点点清醒。

如果匪徒要钱,可以跟他们谈判。为了李园园,为了孩子,为了家人,为了身边的两个下属,他要努力活下去!

杨舟平复着自己的情绪,大脑开始飞速运转。

坐在旁边的侯立用捆着的双手碰了碰刘思婉,颤抖着说:"思婉,你还好吗?"

第四十五章 绑架

一直咬着嘴唇的刘思婉终于忍不住嘤嘤哭出了声。

"别怕,匪徒现在没有杀我们,肯定是想拿我们换赎金的,我们的安全应该没什么事。"杨舟大声说道。

"对啊,思婉,他们想杀我们早杀了,杀了我们就一分钱也拿不到了!"侯立赶紧附和,刘思婉心神稍定,停止了抽泣。

"不许说话!"一声法语的怒吼,杨舟和侯立脸上都挨了一拳,鲜血从杨舟的嘴里流出来。

飞机飞过无边无际的密林,巨树环绕中,前方出现了一大片空地和低矮的建筑,闪烁着灯火。

直升机在空地上缓缓降落,六七个穿着背心、拿着AK47的黑人,一边用手抵挡着直升机螺旋桨扇过来的气浪,一边小跑着靠过去。

杨舟等人被推下了飞机,眼前的黑布被粗暴地扯开了。

杨舟眯了眯眼睛适应了下光线,四周的木屋和塔楼逐渐清晰起来,周围是三三两两的匪徒,凶狠地看着他们。

"走!"杨舟被推了一个跟跄,跟着持枪的人往前走,边走边四处张望,默默地记着周围的环境,侯立和刘思婉灰头土脸,神情沮丧地跟在后面。

"这次我们能扛住这么多人的袭击,多亏了大家齐心协力,我还以为,工地要遭遇灭顶之灾呢。"江勇头上蒙着纱布,一只手臂用绷带吊在胸前,一改往日的冷漠,情绪有点激昂。

"我还以为你们跑了呢。"黄友德同样用绷带吊着一只胳膊,崇敬地望向江勇和平头,"没想到你们是高手啊。"

"我和江处是奉命来调查'6·12'事件的,因为有消息说工地会再次遭到袭击,我们的另一个任务是暗中保护工地的安全,蒙特尔政府许可了的。"平头微笑着说。

"对。一发现有袭击者,我们就以最快的速度抢占了那棵树。那是个制高点,如果对方有狙击手占据了那里,整个工地都在他的射程范围之内了。"江勇说。

杨志军的头上也贴着一块胶布,他声音沉稳地说出了自己的看法。

"这次袭击的人已经算是半正规的部队了,有迫击炮、火箭筒、狙击手,都相当于特混兵种了。跟我在水里搏斗的蛙人,非常不一般,差点把我按在水里。"杨志军定定地看了一眼江勇,"我们的伤亡也不小啊。现在最大的问题是,小舟他们怎么办?"

江勇沉思片刻:"一般来讲,绑匪都是要钱的。"

"直升机的黑盒子和定位系统都被拆了,扔在十几公里外的河滩上。这次袭击确实有高手,一般的匪徒没有人会开直升机,还会拆定位设备。"

"还有,西边 K 国人的铜矿也在同一天遭到了袭击,他们没做什么抵抗就投降了,抓走了两个人,矿场被洗劫一空。有可能也是这帮人,出来捞一票的。"

"后边还会有新的情报出来。"江勇忍不住咳嗽了两声,放低了声音,"过两天我就要回国养伤了,小武会留在这里,有什么消息可以告诉他,大家一起商量。"平头点了点头。

"恐怖分子基地的位置我知道,我跟踪了他们几个月,跟着他们一起来的工地。"杨志军说。

"哦?他们的基地在哪儿?你怎么发现的?"

杨舟等人被押到了一块空地,除了周边的木屋,还有一个用木头搭起来的台子,像是集会用的。

第四十五章 绑架

杨舟和侯立被硬推进了两个深深的土坑里，只有头露在外面。"你们要干什么？！"侯立惊慌地问。

武装分子开始往坑里填土，杨舟和侯立大声用英文和法文喊着："等等等等，你们要干什么？！"

但是对方毫不理会，默不作声地填着土，直到土逐渐埋到了两人的脖子，填土的人终于停了下来。两人一嘴土，旁边的刘思婉吓得浑身发抖，一屁股瘫坐在了地上。

杨舟使劲转了转脖子，紧张地看着周边围着的人群。

一个光头的粗壮黑人走上前来，旁边跟着的是开飞机的东方人。光头蹲下来凶神恶煞地看着杨舟，那架势恨不得把他活吞。

光头没说话，咬着牙，"啪啪"各扇了两人一个耳光，打得两人金星直冒。两个黑人将铁桶里的液体向两人头上浇去，一股浓烈的汽油味弥漫在四周。

侯立用法语大声喊："你们要干什么？！你们要干什么？！"杨舟法语不好，急得大叫："告诉他们要钱我们给啊！我们给！"

匪徒们不理会杨舟和侯立的嘶吼，把疤眼的尸体抬了过来，脖子上的伤口就放在杨舟的眼前。

"这是我弟弟，告诉我，是谁杀了他。"光头恶狠狠地用法语问道。

侯立舌头已经不好使了，几乎是哭喊着说："我……我不……不知道是谁杀了他，我……我问问旁边的杨总，看他知不知道……"

光头点点头，侯立带着哭腔对旁边脸上又是土又是油的杨舟说："杨总，他说死的这个人是他弟弟，问我们是谁杀了他。"

杨舟如五雷轰顶，怎么出了这么个幺蛾子！！"我哪里知道是谁杀的啊，死了那么多人……"

侯立只好转头对光头说："我们不知道啊，当时场面很混乱，求求你们别杀我们，我们可以帮你去查……"

"不知道？！"光头脸上的五官几乎扭到一块儿去了。他站起身来，快步走向刘思婉，从地上像拎小鸡一样拎起了她。

光头从口袋里掏出打火机，按到刘思婉手里，大声喝道："给他们点上！"

刘思婉像遭了雷击一样，颤抖得更加厉害了，双手拿着打火机，泪水、汗水从煞白的脸上往下淌。"我……我……我不……"

光头不耐烦地说："快点！否则……"

"欧耶……""喔……"旁边的人顿时兴奋起来，眼睛醒醒地在刘思婉身上打着转，有的跃跃欲试地往前挪了两步，期待的目光又停在了光头身上。

刘思婉的心如同掉进了冰窟一般，颤抖着往前挪了一步，看了看侯立和杨舟露出来的头和他们恐惧的目光。

"啊——啊——"刘思婉痛苦地仰头尖叫起来，突然晕了过去，倒在了地上。

光头一愣，踢了踢倒在地上的刘思婉，摇了摇头，捡起她手中的打火机，一边朝杨舟走去，一边大喊着："既然你们不知道谁杀了他，那你们就给他陪葬！"

杨舟头上的冷汗大滴往下淌，用英语大喊道："兄弟，有事好商量啊……"

光头仍然在往前走，侯立声嘶力竭地大喊着："大哥……我们有很多钱，给你们钱哪！"

光头一听到钱，稍一犹豫，须臾眼神又恢复了凶狠，打着了手上的打火机，伸向杨舟。

杨舟和侯立两人闭着眼睛疯狂嘶吼起来。

第四十五章 绑架

"住手!"光头身后传来一声大喝。

五六十岁、穿着绿色军服、腆着啤酒肚的黑人男子走了过来,后面还跟着十多个武装分子。

光头猛地回过头来,看到来人,眼中仍有几分不甘。

"父亲,这些中国人杀了弟弟,还杀了我们那么多弟兄,不能饶了他们,我要他们一起死!"

啤酒肚看到了地上的疤眼,紧走了几步,艰难地俯下肥胖的身子,脸上满是哀伤,接着眼神又扫向只露出头的杨舟和侯立,眼中的怒火能把他俩烧焦,看得两人心里又是一阵寒战。

"不要杀我们,我们很值钱的!"侯立苦苦哀求道。

杨舟也用英文喊着"Money(钱),money!"。

身着迷彩服的东方人十分淡定:"将军,这些人是他们公司的高级员工,知道不少情报,会花大价钱来赎他们,死了就一文不值了。"

啤酒肚回过头来看了看迷彩服,略一思忖,站起身来叹了口气:"嗯……"

"可是父亲,弟弟不能白死啊,我要杀了他们……"光头怒气冲冲凑上前去,打火机几乎凑到了啤酒肚的脸上。

"啪!"一记耳光落在光头的脸上,打火机掉到了地上。"你长点脑子好不好,要是杀了他们,就一分钱也赚不到了!那么多人那才是白死了!!没我的命令,谁也不许动他们!"

光头愣在了当场,愤怒地扭过头去走向场外,往地上吐了口唾沫,骂骂咧咧地带着几个手下离开了。

"把他们关起来!"啤酒肚命令道。

迷彩服走上前去,蹲下身子仔细查看起了疤眼脖子上的伤口。

第四十六章

周 旋

○

清晨，武装分子的基地。

木屋里，啤酒肚、光头、迷彩服和几个年龄不一的蒙自骨干，围坐在一张破旧的木桌旁。

坐在正位的啤酒肚后面站着一个戴眼镜、长相斯文的小伙子，有些紧张。光头把脚搁在桌子上，目中无人地摇晃着。

啤酒肚说话了："这次我们去打中国人的基地，死伤了二百多人，损失太大了。库勒，你参加了这次行动，说说怎么回事。"

"我们被伏击了。情报有问题，对方足有一百多人，不仅有顶级狙击手，还有会开坦克的人。居然还有人在乱军中，用匕首近距离杀了达瓦。这真是一次灾难啊！"说话的人头上缠着绷带，心有余悸，长叹了口气。

啤酒肚又转向迷彩服："阮，你怎么看？"

阮世明往前凑了凑："我当时潜伏在树林里，那个工地有高手，而且有好多个。我派出去偷袭的蛙人都是顶尖的雇佣兵，但都被杀了。"

啤酒肚转向了光头："班克，你的情报是怎么回事？"

光头闷闷不乐地把手一摊："我们得到的情报是他们只有十多个士兵，也没有人会开坦克，谁知道这些人是从哪里冒出来的！"

"哼。"啤酒肚白了光头一眼，平静地对身后说，"带进来，我要问话。"

"这次我们损失太大了,我要从那三个中国人身上捞回来,多要点赎金。"啤酒肚对众人说。

"你就知道要赎金!弟弟都被他们打死了,你也不管!"光头一拍桌子,霍地站了起来。

"坐下!"啤酒肚威严地命令道。

杨舟被推进屋里,按倒在地上,惊愕地看着这一幕。

光头从屁股后面拔出手枪,拉开保险,快步走过去对准杨舟的脑袋。

"把枪放下!"啤酒肚怒不可遏,大喝道。

光头的脸已经变得扭曲,怒火把脸憋得通红:"父亲,你已经老了!你们越来越软弱,我要带人把工地上的人全部杀光!我要杀进鲁卡,兄弟们不想一直待在深山老林,这鬼地方!"

"放肆!没脑子的东西,一味地蛮干只会死得更快,你懂不懂!给我滚出去!"啤酒肚站了起来,手指着光头,气得发抖。光头竟掉转枪口,对准了啤酒肚,啤酒肚后面的几个人举起了冲锋枪,对准了光头,屋子里瞬间充满了火药味,剑拔弩张。

光头看了看对面的枪口,缓缓放下了手枪,恨恨地说:"我们走!"转过身去走向门外,桌边三个稍年轻些的人也一脸不服跟着走出了屋子。门外响起一串枪声,响彻天际。

惊魂未定的杨舟看着桌边还剩下的几个人,不知道他们又要干什么。

"我们是蒙特尔自由联盟,说说,这次到底有什么人帮你们。"啤酒肚回头望了望身后的眼镜男。眼镜男这才回过神来,将啤酒肚的话翻译成生硬的中文。

杨舟看向声音处,这个带点书生气的翻译,竟是自己曾经资助过为其母亲治病的米波尔!

"快说!"啤酒肚不耐烦地对杨舟喊道。

杨舟这才从眼镜男脸上移开目光,定了定神说:"我们工地因为怕遭到袭击,安排了30个特种兵暗中保护我们,他们都很厉害。"杨舟想把他们吓住,不要再去工地报复了。

听了眼镜男的翻译后,桌边的人们交头接耳起来,纷纷表示果然有高手,光是30个特种兵就把我们打成这样。

只有阮世明冷笑了一声,没有说话,十分怀疑杨舟在胡扯。30个特种兵的组合,埋伏在那里,能把这群乌合之众杀得渣都不剩。

教了他们那么些战术,还搞了个散布假消息的计谋,300人背着火箭筒、迫击炮,带着自己最好的狙击手,攻不下一个小小的工地,单兵素质还是太差了。阮世明摇了摇头。

"是谁,杀了我儿子?!"

"我不知道啊,我当时在工地上,看不到树林里的情况,他们特种兵都会用刀的!"杨舟确实没有看到疤眼死时的场景,但是从疤眼被割喉来看,十有八九是杨志军干的。

"你们公司那么有钱,把值钱的东西都放哪里了?"

"我们的仪器设备,只有一小部分在工地放着,大部分还没运过来呢,要两个月以后才到。"

"其实你们这里很有钱的。你们房子周围的那些大树,一棵能卖20万美元,比我们的仪器值钱!"杨舟补充道。

"哦?"听到眼镜男的翻译,啤酒肚提起了兴趣,身体往前倾,"继续讲。"

"我们有路子,你们把树砍了,我们负责想办法运出去,赚到的钱我们对半分！"

啤酒肚与旁边的人一阵耳语，眼神逐渐凶狠起来望向杨舟，望得杨舟心里一阵发毛。从啤酒肚的眼神看，自己很可能说错了话，骗不了他们。

"我认识温巴，听说他是您的侄子，我们做过生意的，他知道我们在做木材生意！"杨舟赶紧给啤酒肚解释。

啤酒肚对着杨舟一阵怒吼，眼镜男连忙翻译给杨舟听："你们这些人太狡猾了，我们的红木凭什么分你们一半？！"

杨舟恍然醒悟过来："不对不对，是我说错了，你们分70%，不，不，80%，我们分20%！"

啤酒肚眼神稍稍缓和："必须给我们充分的回报！"杨舟点头像鸡啄米一样，心里暗暗欣喜，有戏！

阮世明鹰隼一般的眼睛望向杨舟，他有些猜不透这个男人是不是在演戏，表现得很慌张，思路却那么清楚。

杨舟与阮世明目光相撞之时，不动声色地移开了视线。他感觉这双眼睛似乎想看穿自己。

除开阮世明东方人的面孔、魁梧健硕的身材，他的气质与这里的人很不一样，浑身洋溢着一种技高一筹的自信和淡定。

又被问了几个关于红木贸易的细节，杨舟口若悬河，对答如流。

基地里，光头和几个手下怒气冲冲地走着，一个小弟一脸不服唠唠叨叨："大哥，凭什么我们去卖命，他们那些老家伙在那儿得好处啊！大哥你也看到了，他们根本不管我们的死活，连自己儿子都不管，就知道要钱！大哥要是你有事，他们也不会管的！咱们别跟他们干了！"

光头脸色越来越难看，一个手下忙上前凑了凑，咬牙切齿地说：

"大哥,这趟出去抢的那点东西全被那帮老家伙分了!我们拿命拼的啊,连肚子都吃不饱!"而另一个手下赶紧上前附和:"我们达瓦的这帮人也没剩多少了,达瓦已经死了,以后你就是我们的大哥了,我们都听你的!中国人打死我们这么多人,大哥你带我们去报仇!"

光头停住了脚步,咬了咬牙,眼露凶光,狠狠地往地上吐了一口唾沫。

两个匪徒把杨舟押了回去,关进了狭小的木屋。木屋里除了地上的枯草、树叶和一个用于排便的木桶,没有任何其他器物,蹲在地上的侯立和刘思婉赶紧站起身来。

"杨总,您可回来了!"侯立焦急地迎了上去。刘思婉一脸污痕,眼巴巴地看着杨舟。

杨舟紧绷的神经终于松弛了一些,一屁股坐在地上喘了半天粗气,招手把两人叫到一块儿,说:"猴子、思婉,听着,我们现在处境非常危险。这帮人是蒙特尔自由联盟的,那个光头想杀了我们替他弟弟报仇……但是他爹又想拿我们换赎金,意见分歧很大。我担心光头哪天一个不高兴就对我们下手!"

"那个光头太可恶了,还要侮辱思婉!蒙特尔自由联盟?自由个屁,一帮土匪!"侯立愤恨地说。

"所以我们要自己想办法逃跑!!"这是一个大胆的设想,也可能是唯一的出路,杨舟看向了两人。

"我们……我们……能行吗?"侯立有些犹疑,"不过这帮人最后就算拿到了赎金,也还是有可能把我们杀了泄愤。他们没啥诚信的。"

"确实是。我刚才忽悠那个老头说卖木头可以赚大钱,希望他暂时留我们一命。下次他们找你们问话,你们也这么说,一会儿咱们把故事编得更像样些。"

"知道了,杨总,您就说怎么干吧!思婉,你觉得呢?"

刘思婉点了点头,咬了咬嘴唇:"杨总,侯立,你们别为我担心了,这两天我想了很多,我们一定要活着回去,我家人还在等我!需要我做什么,都可以!"

杨舟看了看两人:"要坚定信心!!我们比他们聪明,要发挥优势智取!你们看,外面只有两个守卫,成天懒洋洋的,门上的锁很容易开,就是搭着的,连钥匙都不用。周边的环境我也观察了一下,离这里最近的距离50多米我们就能钻进树林!"

"但是进了树林以后怎么办呢?"

"你看啊,咱们坐了大概两小时的飞机,说明咱们离工地直线距离大概300公里,步行一天40公里的话,七八天就能走到。首先,我们要搞清楚自己在哪儿。侯立,你待得久,对这边的地理情况比较了解,你怎么看?"

侯立低头沉思片刻:"从工地画一个300公里的圆,往西和往南都是政府军严密控制的区域,东面逐渐变成了草原,我们现在应该是在工地北面,与比丹交界的地方,那里有蒙自的几个基地,比丹在支持他们。"

"嗯,分析得很有道理,但是我们的位置还不够具体。"杨舟点点头说,"再告诉你们一个好消息,他们的中文翻译就曾经在工地工作过,鲁卡大学的学生,我还曾经资助他给他妈妈治病。侯立你应该知道他的。"

"哦,知道,我跟他打交道比较多,叫米波尔,还在中国留过学,他怎么会在这里?"

"这就不知道了,被绑到这里来的?有机会我们跟他好好说说,让他帮我们。"

"米波尔这个人还比较善良,我也认识他。但是我们怎么逃出这间屋子呢?"刘思婉问。

三人互相对视了一下,又开始了讨论,那一丝丝希望让他们暂时忘了恐惧,身处险境仍不自弃的坚韧精神把三人紧紧拧成了一股绳。

北四环边上,华通海外的会议室里,坐着公司的几个领导,气氛非常压抑。

"刚才前方已经传来消息,蒙自要我们 500 万美元的赎金,大家怎么看?"汪延面如土色,十分憔悴,杨舟他们被绑架,这两天他几乎没睡觉。

柳传深叹了口气:"唉,又出事了,我一开始就说,员工安全是第一位的,已经有消息说工地要遭到袭击了,为什么不避一避呢?现在搞成这样,怎么办?"

肖强皱了皱眉头:"老柳,这个时候就不要再事后诸葛亮了,每天都有人说要袭击工地,我们就都不干了吗?已经避了个把月了,要避一辈子吗?谁也不想发生这样的事,我们现在要想的,是后面怎么办。"

"是啊,我知道。"柳传深摇摇头,面色凝重,"现在最重要的是设法把人救出来,人是最重要的,家属情绪很激动,我们一直在努力安抚啊。"

汪延用手拧了一下眉头:"500 万美元不是小数目,前方没有那么多现金,资金出境要办手续,要筹集一下。"

"我觉得给赎金一定要慎重!"肖强看了看桌子上的各位,汪延不禁扭过头,看了看旁边的肖强。

"蒙特尔的这帮匪徒都是贪得无厌的,如果让他们发现绑架我们的人能够牟取暴利,恐怕以后就专门盯着我们绑,这样反而害了大家。"肖强说。

汪延沉思片刻，虽然他不认可肖强这个人，也不知道他居心何在，但他不得不承认肖强说得在理。

"肖总说得有道理，但是我们也不能坐视不管。我是这么想的，我们一边保持跟匪徒的接触，该谈判谈判，同时我们要求蒙特尔政府对他们进行营救。"

柳传深摇了摇头："蒙特尔的警察、军队里面本身就有各色反政府武装的人。即便他们有心去救，他们的实力大家也是知道的。"

"不管怎么说，员工的生命是第一位的！"汪延严肃地说，来了半年多了，他必须树立起自己一把手的权威，"我们还是要跟绑匪谈判，就说筹集不了这么多现金，一边讲讲价，一边再想别的办法。大家有没有意见？"

肖强一看汪延有点耍威风的架势，不紧不慢地说："谈当然是要谈的，就看怎么谈了。蒙特尔前方现在就剩两个小年轻了，应该赶紧派人到前方去处理这些事情，项目的事也不能放着不管。现在这个时候，把一部和三部合并会更好。"

汪延皱起了眉头，在华通海外既没有班底，也没有业务经验的他，总觉得开展起工作来处处掣肘。现在面临这种焦头烂额的处境，他担心肖强会忙中添乱，找他的漏洞或故意给他找点麻烦。

汪延思索片刻，说道："机构合并没有必要操之过急，杨舟人还被关着，这样搞不合适，可以找个人暂时负责。前线的谈判，还是要尽量拖，争取时间，另外要注意收集信息，尽一切努力保证人质的安全。赵坚，你把今天的会议内容记录好，注意督办实施。"

刘守仁来不及敲门，匆忙闯进关小昱的办公室。关小昱从电脑前抬起头来，不自觉地看了看他被削掉半边的耳朵。"什么事？"

"关总,华通海外的杨舟和他的两个手下被蒙自绑了!"

"什么?哪里得到的消息?"关小昱腾地站了起来。

"消息都传开了,确凿!就是昨天袭击的时候被绑的!"

关小昱的眉头拧成了一团,心里为杨舟担心,忙不迭地对刘守仁说:"尽我们的一切力量帮助他们,继续打听消息,如果他们现金不够,我们可以借给他们。"

"嗯!"刘守仁用力地点点头,又有些犹豫地搓了搓手,"呃,关总,呃……"

"你还想说什么,快说!"关小昱心情有些烦躁,看着刘守仁磨磨唧唧的更加心烦。

刘守仁定了定神:"华通海外的人现在都被关起来了,鲁卡无线的事……"

关小昱目光凛冽地看向了刘守仁,吓得刘守仁连连摆手:"关总,我知道杨总是您的同学,我也知道乘人之危不好……"

"别说了。"关小昱长吁了口气,"项目的事我自有打算,一码归一码,这正是我们的机会。"

一架机身画着凤凰的大型客机缓缓降落在鲁卡机场。

面容憔悴、眉头紧皱的李园园拉着行李箱,快速来到了机场出口,向等候的杨志军、黄友德冲过去。

"叔!"李园园抓住了杨志军的手,泪水夺眶而出。

第四十七章

世外桃源 1

○

七个月前。

杨志军跟踪着黑人探子进入了丛林,一路跋山涉水。

探子还算警惕,但没有发现杨志军的尾随。途中,探子在一个小村庄的联络点吃了点东西,还捎带了点,随后继续风餐露宿地在热带雨林里赶路。

等到了第十天,杨志军发现探子走进了一片很大的村落。这里不像其他的村落,到处都是木屋和岗楼,住的大多是青年男人,很多人都拿着AK47,还有少量的妇孺儿童。

"这应该是土匪窝了。"杨志军默念道。

虽然一路上都是树林,也没有像样的公路和标志性建筑,杨志军仍然能够根据远处的火山和扎伊尔河,凭着过往经验大体判断出这个基地的位置。

基地藏在一片平原上,四周全是丛林,隐藏得非常好,周围除了树木没有制高点,杨志军爬到树上对基地仔细观察着。

入夜以后,杨志军经常神不知鬼不觉地潜入基地侦察,看到过几个首领开会,无奈因为语言障碍,听不懂他们在讲什么。他甚至潜入他们的木屋,用老年手机拍了几张文件的照片。

他还看到,匪徒们在组织人实验制作爆炸装置,在策划什么行动。

两个月过去了，杨志军已经摸清了基地的布局，但是仍然搞不清究竟是不是这个组织袭击了工地，杀害了杨华。

他也曾看到基地里面有东方人和欧洲人出没，从他们的身形来看，这些外国人都是高手。

杨志军慢慢地失去了耐心，他不知道自己的侦察该怎么破局。杨舟给的卫星电话，他倒腾了半天竟不会用。

杨志军偶尔还会尾随落单出行的匪徒，却没有多少收获。

12月份的一天，又是一个雾蒙蒙的清晨，杨志军一路隐蔽，跟踪一个匪徒，脚步尽可能轻地掠过地面，一边默默计算着路程。

已经离开基地7天，这个匪徒几乎一直在往前走，虽然这种速度对于杨志军而言几乎是龟速了，但是这两天他却感觉越走越累，脚步越发沉重，最后竟一个站不稳，跪在了地上。

汗珠不住地从杨志军头上淌下来，腿有些发抖，匪徒已经渐行渐远了。

杨志军想站起来跟上，却不料腿一歪又栽倒在地。

坐在地上休息了许久，他的呼吸反而急促起来，摸了一下额头，滚烫。

杨志军心知不妙，折断旁边一根树枝，拄着一步步往前走，水壶里的水已经干了。他嘴唇发白，口渴难耐，慢慢地往前走着，寻找水源。

终于，他看到了一条小河，心头一阵狂喜，紧走几步却跌倒在地，头脑一阵眩晕，再也没有力气站起来。他拼尽全力爬到河边，趴在地上刚喝了两口，就脑袋一耷拉晕了过去。

当杨志军再次睁开眼睛时，发现自己在一间木头屋子里，躺在一个简陋的木床上。一个人影走了过来，传来中文的男声："你醒了？"

杨志军拿掉额头上的湿毛巾，用手臂撑着身子试图坐起来，来人紧走几步，扶住了杨志军："先别着急动，躺下休息。"

杨志军在搀扶下重新躺在了木床的草席上，大喘了几口气，虚弱地问："我……我这是在哪儿？你……是谁？"

"我叫文章，你现在在华村。你应该是得了疟疾，昏迷三天了，能醒过来真是奇迹。你身体真好，一般人这条命就留这儿了。"文章约莫四十来岁，瘦小个，皮肤被晒得黑黑的，戴着眼镜，说话轻声细语。

"我，我怎么会在这里？什么？华村……"

"呜呜，"门口，一条其貌不扬的大黄狗探出了头，警惕地看着杨志军，低声呜呜着。

"没事，大黄。"文章朝大黄挥挥手。

"有几个在外面打猎的村民发现了你，把你救了回来，我给你用了些草药。这里交通不便，没有医院，只能把你留在这里，能好到什么程度，看你的造化了。华村的事我慢慢跟你讲，感觉怎么样？"

"没……没力气。"杨志军的肚子咕噜噜叫起来。文章端过来一碗黄澄澄的糊糊："喝了这碗玉米粥吧，你的身体还需要养一段。"说着小心地把杨志军扶了起来。

杨志军慢慢坐起来，看了一眼文章，端起了碗，缓缓地喝下了玉米粥。

大黄走进了屋子，冲杨志军摇了摇尾巴，放松了些警惕，引来杨志军诧异的眼神。

"哦，这是大黄，看着像咱土狗吧？其实人家是非洲本地的，小时候我从这里一户人家给抱过来，跟我三年了，好得很呢。"

在木床上又躺了两天，杨志军终于能下地了，推开门，走出小木屋。阳光刺得他有些睁不开眼，等他慢慢适应，环视四周，才发现自己竟在一个村落里。

村子坐落在一个高坡上，稀稀落落地排着方形的木房子，屋顶上铺着茅草，袅袅炊烟从屋顶的烟囱上升起，一片安详平和。

杨志军缓缓地走到屋子前的空地上。前方几百米之外，是一片片规整的农田，三三两两的人们在栽种着什么，有的似乎已经收工了。

农田的边上，是一条蜿蜒流淌的河流，有人戴着草帽在波光粼粼的河面上划着小船，唱着歌。河边，十几只羊在悠闲地吃草，放羊的少年跷着二郎腿惬意地躺在河滩上。

更远处，是更多的农田、树林以及夹杂在其中的很多处木头房子，有的房子三五成群聚在一起，有的独自矗立在土坡上。

回过头来，是一片五六米高的树林，逐渐向上陡峭的地势，以及杨志军见过的那座雪山。

只是比在工地的时候，雪山看起来大了好多，仿佛就在眼前，能看到山上的树木和大石头。

和风掠过，带来青草的芬芳，沁人心脾。文章坐在屋门口的石凳上，望着远方的雪山。而大黄则贴在他的脚边，静静地趴着，一人一狗，画面和谐温馨。

杨志军又兴奋，又疑惑。莫非，这是传说中的世外桃源？

一个妇女穿着有民族特色的服饰，头上顶着水桶，牵着小男孩，走过了杨志军的身边，冲他友好地笑了笑，杨志军也报以微笑。

这对母子，以及不远处的村民，与杨志军在蒙特尔见过的黑人有很大不同，身形更加矮小，皮肤没有那么黑，似乎介于黑皮肤和黄皮肤之间。而且，他们也没有黑人那样标志性的厚嘴唇和鬈发。

"起来了。"文章转过身来，冲他笑了笑，"你一定有很多疑问吧，不着急，我来给你慢慢讲。"

文章起身回屋，拿起桌上的剩饭，走到屋外倒进了大黄破旧的饭碗里，亲昵地摸了摸大黄的头，满眼都是宠溺。大黄低下头不急不慢地吃了起来。

"这狗很好养的，不挑吃，也不生病。"

接下来的日子里，杨志军一边休养，一边断断续续从文章那里获得了不少信息。

令杨志军大感意外的是，文章是京城大学历史学的博士，在母校当了几年老师，专门研究世界史。

五年前，一个法国的同行告诉他，曾经去过一个非洲的华村，并且提供了坐标和村民在外界可能出没的地方，于是文章向学校申请前来做研究，凭着对学术研究的执着和热爱，坎坷地一路找了过来，虽九死一生，但终于遇到了华村的人，被带了进来。

杨志军对眼前这个其貌不扬、穿着灰色麻布衫的中年男子肃然起敬。他这辈子历经磨难，经历的事情已经够多了，和博士打交道还是头一回。

"文博士，这些人真的是中国人吗？"杨志军请教道。

"我觉得应该有中国人的血统。关于他们的由来，是一个很长的故事，也没有书面的记载，我来了很长时间，问了好多人才算勉强把这个故事给凑得略微完整了。"

文章坐在了门口的石凳上，摸了摸大黄结实的后背。"他们自称是郑和船队的后人，说是当年一艘大船因为台风脱离了船队，在非洲东海岸触礁沉没，船上几百人只逃出来百来号人，有士兵、水手和婢女，为首的是一个姓刘的千户……"

"知道什么是千户吗？就是明朝的军官，大概相当于团长。"

杨志军点点头。

"上了岸之后,他们没有办法再造出回去的大船,只得留了下来。为了生存,他们在刘千户的带领下辗转了很多地方,不断地寻找落脚点。除了刘千户和两个百户,百户相当于连长吧,这一百多人之前都是农民,颠沛流离之中,又没人没时间教人识字,文字就失传了,但话还是会说的。"

"他们说的是中文,腔调发音都很怪,我和他们互相还是可以听懂、交流的,有很多人可能最初来自古代中国东南沿海。后来啊,这支队伍待过好几个地方,也曾经种植过水稻、水果,耕作农田,遭到过原始部落的攻击,也有过疫病,人口时多时少,能够存活下来的,都经过了多次淘汰和洗礼,算是精英吧。"

"他们在这儿待了多久啊?"杨志军越听越好奇,没想到在万里之外的非洲,还能遇到这样的一群人,还可能同祖同根。

"大约在四百年前吧,具体的年代已经不可考了。他们一路走走停停,向非洲的内陆迈进,二百年走了两千多公里,不知怎么地发现了这个地方,就在这里扎根生活下来了。这里在原始森林的深处,地形奇特,与世隔绝,世界上历次的战乱,包括两次世界大战,都没有波及这里,这么多年,已经发展到将近两千人的规模了。"

杨志军站起了身子,重新审视着这片土地和星星落落的木房子。

"他们除了相貌、身材类似于中国人,生活习惯很多地方都和我们相似。祖祖辈辈都会炒菜,也有养狗的习惯,本地的土狗就被他们给圈养了起来。"

"你看,这些房子,都是方方正正的木质结构,非洲土著喜欢盖圆形的房子。"文章指着远处和近处的房子,"他们的坟头是半圆形的,前边再立个碑,明显和中国的墓地差不多。"

"没想到……喀……喀……"杨志军觉得身体有点虚,忍不住咳嗽了两声。

"没事吧?"文章眉头一皱,看了看杨志军。

"没……没事……"杨志军缓了口气,定了定呼吸。

"你是被人抬了两天才到这里的。这里常年与世无争,人心还比较纯朴。等你好点我带你去见刘村长,这里的最高领导。"

"刘村长?刘千户的后人吗?"

"这里的人都姓'刘',至于是哪个刘,说老实话谁也不知道,也不知道什么时候起都姓刘了。但是这个刘村长并不是刘千户的后人,据说还没到这里的时候,辗转迁移的过程中,刘千户就绝后了,反正他们说上一任村长死后,就采用公推的方式来选出自己的领袖,选拔的标准是,德才兼备。"

"哦……"杨志军若有所思地点了点头,目光所及,突然发现,在两公里之外,盆地中心的部位有十几处房屋和一个平整的广场,广场上似乎还有不少人。

"中间那块屋子是谁家的?"

"那是华村的政治、军事中心,村长就住在那里,外面那片广场,喏……看到没有,是他们练兵的地方,现在有人正练着呢。"文章指向了那里,若干条小路都从中心辐射出去,河流在流过旁边的时候,变成了一个不规则的湖泊,目测应该有一两个平方公里,湖中还有小船在缓缓地游弋,淡淡的雾气漂荡在水面上。

"八月湖水平,涵虚混太清。这样的风水,多好。"文章冲杨志军微微一笑。

"嗯……"杨志军似懂非懂地回应着。

"得了疟疾一般要休养个把月,看你病得这么重,至少要两个月了。你先在这里歇着吧,就跟我住一起,我也好久没有一个能够聊得来的人了,时间久了也有些寂寞。"

"来,看你话挺少的,咱们进屋整点吃的,今天吃白米饭加小白菜,回头我还得跟刘村长申请点粮食,你这一来,我的份额都不够吃了。"

第四十八章

世外桃源 2

○

在华村又待了一个月，杨志军感觉身体已经恢复了七八成。文章带他走访了附近的几家村民，都是纯朴和善的人家，见了杨志军有的笑吟吟，有的则显得有点呆。

夕阳下，杨志军和文章并排坐在土埂上，大黄还是静静地依在旁边，任由文章抚摸着自己的头。

"采菊东篱下，悠然见南山。"文章看了看杨志军，指着前方，"看，大叔，多好的景色。我本来是研究他们这个群体的，可时间一长，竟待得不想回去了，安逸得让人忘了凡尘俗世。我这人不太机灵，不善言辞，在学校不招待见，没有姑娘喜欢我，也没有可以相交的知己，也不知是我不适应这个世界，还是这个世界不适应我。"文章眼神中带着几分无奈又掺着几分洒脱。

"唉，待在这里挺好，没有那么多尔虞我诈和钩心斗角，一待就是五年啊。他们知道的少，想要的也少，所以烦恼也少了。广厦万千，夜眠不过三尺；家财万贯，一日仅需三餐。做人，其实越简单纯粹越好。人啊，都是欲望的奴隶。丢了做人的初心，又怎么能够控制好内心的私欲。这个世界已经乱了秩序了。"

杨志军默默地点了点头。纯朴的村民，让人有种天然的安全感和亲近感。这大概是人原始的本能，人与生俱来就会主动追寻和靠近真善美。这里与世隔绝，依山傍水，物产丰富，气候宜人，确实是个修身养性的绝佳之地。

身体好了一些后，杨志军也帮他们干一些松土、栽种玉米的农活，村民们都惊讶于杨志军的力量和种地的速度，村民们的羡慕和赞赏，让低调的杨志军有点不好意思。

"看你身体也差不多了，咱们去见见村长。我跟他说了，你功夫不错，到时候给他露一手。"

"我还一直想当面感谢他呢。可是，为啥要露一手呢？"杨志军一边往外走，一边不解地问。大黄摇着尾巴与两人并排走在一起。

"他们呀，男子都是练武的，虽然平时不侵犯别人，也要打猎，派出去的商队，偶尔遭到一些散兵游勇的袭击，需要有人护卫的。"

两人一边走着，小径那边走来一支二十多人的青壮男子队伍，统一留着平头，穿着麻布无袖的褂子，肩上扛着梭镖一类的兵器，雄赳赳气昂昂，颇有几分气势。

文章忙把杨志军拉到路边，看着队伍呈两列纵队通过，一边跟他们打了打招呼。"这是他们最精锐的队伍，叫中央军。"

"中央军？！"

"这支队伍有一百多人，都是好后生，每年拿他们的产品出去换东西的时候，就靠这支队伍护卫的。"

"那上次我看到的那些在打拳的人，是民兵吗？"

"差不多吧，其实就算是中央军，平时还是以种地、打猎为主，只是他们是比较正式的，其他人，只要是适龄男子，都要偶尔训练一下，以备不时之需。"

旁边的大黄突然大吠几声，快跑几步到了两人前面十多米远处，站着不动了。

文章拦住杨志军，放慢了脚步。

一条拇指粗，颜色鲜艳的蛇缓缓爬过路面。

"大黄在向我们预警，看样子是条毒蛇。"

杨志军赞许地看了看大黄，继续往前走。

"这里地形很险要。"

"是的。"文章点了点头，指着远处陡然拔高的地势，手指画了一道弧线，"你看！这整个就是一个盆地，四周都是陡峭的悬崖，进来的通道，只有一条路，通过峭壁下的岩洞。我对考古采矿啥的多少懂点，我觉得吧，这个地方应该是多少万年前给陨石砸出来的一个坑，要不然形状不会这么规整。这边在三国的边境，蒙特尔西北部境内，周边几百公里全是原始森林，三不管地区，几百年来外面都不知道有这么个地方，所以才能保持现在的样子。"

杨志军转头环视了一下整个近乎圆形的盆地："哦，一夫当关，万夫莫开，妙啊，天赐的礼物。"

"是啊。我到盆地的外面观察过，外围也都是峭壁，峭壁的底端大部分是巨大的峡谷断层，极其危险，想从地面到盆地里来，是既爬不上去，也下不来。我大概算了一下，这个盆地半径有三公里，面积有将近三十平方公里吧，绕着这里走一圈，快的话也得大半天的时间。"

"嗯。但是现在他们就扛着这么些标枪，能挡得住外面那些土匪吗？"

"土匪一来不知道有这么个地方，二来离这里都很远，三呢也对这么个地方没什么兴趣，所以没有什么大规模的武装分子骚扰这里，华村人在军事上基本还停留在几百年前。

"但是啊，去年，他们商队返程的时候，遭遇了二十多个持枪武装分子的袭击，一百多人的商队死伤了三十多人，靠着大刀、弓箭、梭镖和拳脚击杀了十几名武装分子，才将他们击退。当时护卫的首领是中央军的扛把子刘百户，杀红了眼，要替兄弟们报仇，带着一队人马在丛林中追赶厮杀起来，最后匪徒被全歼了，但刘百户却死于乱枪之中。"

"时代不同了……靠这些远古的兵器肯定不行。如果遇到的不是战斗力差的土匪，或者在草原而不是森林，华村的人怕是一个也活不了啊。"

"喏，咱们到了，一会儿慢慢跟村长聊吧，他听说你当过兵，打过仗，想跟你好好聊聊。闻道有先后，术业有专攻，我一介书生，打打杀杀的事情没啥发言权，也没有兴趣。"

二人一狗爬上缓缓的土坡，走到一处五十米见方的泥地广场。杨志军试探着跺了跺脚，土已经很硬实了，显然常年被踩所致。

二三十个"中央军"打扮的后生在一个壮实汉子的带领下呼喝着，一个架势一个架势地操练标枪。

而广场的正对面，是一处五六米高、十几米宽的木头房子，房顶上铺着茅草，周边的十多个小房子高的不过三米，簇拥着这个大屋如鹤立鸡群一般。

文章和杨志军进了大屋，大黄也轻车熟路，一跃而过门槛。

屋子里面的墙上一块木板供着一尊人像，头戴头盔，披着铠甲，腰挎宝剑，像是一个古代的军官，像是石头雕刻而成，虽涂上了颜料，但做工很是粗糙，倒也与人像粗犷的外形相得益彰，显得很和谐。

屋子的正中央，站着一位枯瘦的老者，一身素色麻布长衫，半尺长的头发已全白，正凝神抬头看着雕像。

"村长，我们来了。"

老者闻言，缓缓转过身来，手拄一根拐杖，身体微微前倾，黝黑的脸庞线条分明，下巴一寸多长的白胡子续满了岁月，满脸的皱纹中尽是笑意，乍一看像一位慈祥的农民老爷爷，但细看之下，眼神坚定有力，手背及脖子等明处的疤痕昭示着他绝非等闲之辈。

"来了，快来，坐。"老者笑眯眯地上下打量了一番杨志军，把他们引到了一边的四方桌坐下。

"这就是刘村长，这是我跟您说起过的杨志军。"

"刘村长，我……感谢你们救了我。"杨志军并不是很善言辞，心中的万分感谢憋了半天只憋出最简单的一句。

"啊？哦……感谢？不用了，总不能见死不救，何况一看你就是和我们一样的人。"

杨志军仔细听了听，发现他也能听懂老村长的话。

这时，门外领头练兵的壮汉也大步走了进来，坐到了方桌前。

"这是我们的新百户，中央军的首领，呃，也是我的二儿子，我的大儿子，原来的百户，去年已战死。"村长提及时，脸上似乎没有什么太过悲痛的表情，反而流露出使命与担当的责任感。

刘百户冲杨志军点了点头。杨志军还在酝酿该说点什么，村长话锋一转，"我听文秀才说你以前参加过官军，还与夷人打过仗？"

"什么夷人？"杨志军不解地问，他总觉得村长说话有点像唱戏的感觉。

"就是外国人。"文章补充了一句，杨志军才点了点头。

"你们是怎么打仗的呢？"百户问。

"呃……"杨志军没想到村长直入话题，半点寒暄都无。

"这里的人都是直肠子，没啥拐弯的。"文章笑呵呵地对杨志军说。

"说出来给我们听听吧。"村长也是一副饶有兴趣的样子，眯着的眼睛里闪着亮光。

"呃……那会儿我们当兵的跟在坦克的后面往前走……"

"坦克？"百户不解地问。

"就是……就是……用很厚的铁做的房子……可以移动的……房子上还插着炮管，可以放炮……"杨志军一边说一边比画着。

"啊！"百户惊讶地张大了嘴，"那用刀怕是砍不穿吧！"

"是啊，冲锋枪都打不进去。"

"咱们去年从那些夷人那里夺过来的铁器，就是冲锋枪。"文章又补充道。

"哦……那……"

对方的问题越来越多，杨志军手舞足蹈，在文章的帮助下，日过晌午，总算把以前他怎么打仗给说了个大概。

而村长父子俩嘴越张越大，最后已经惊得合不拢了。杨志军不由得看了文章一眼，看来文章之前没有给他们科普过现代战争，战斗机、导弹，甚至原子弹啥的就更甭提了。

"你们打仗死这么多人……兵器这么厉害……"村长喃喃了半天，好不容易定了定神，往杨志军这边凑了凑，"你知道吗，去年我大儿子他们遇到的那群匪徒，虽然被我们都消灭了，但他们才二十多人，我们可是一百多人的中央军啊！都是个顶个的好手，可我们死伤的居然比他们还多！连我儿子都战死了！"

村长一边说着，不由得懊恼地拍了拍桌子，低下了头，长叹了一口气。

杨志军定定地看着村长，感觉他那布满皱纹的脸上写着的，不仅是悲伤，更多的是忧虑和不安。

杨志军想说点实话，可又不想再给村长的伤口上撒盐，不料村长自己开口了。"自从上次之事后，我就甚是琢磨，如果对方100人，或者 200 人，我们该如何啊？"

村长将探寻的目光望向了杨志军。

能够管好这样一个村，村长想来是有些能耐的，但是几百年的封闭，怎么对付拿着现代武器的人，华村将来还能不能像几百年来一样独善其身，村长有忧虑，杨志军的一席话更是加深了他的担忧。

"村长……"杨志军犹豫了一下，觉得还是要据实相告。

"如实说吧。"文章淡淡地说。

"你们上次遇到的，应该都不是真正的战士，说是土匪都高估了他们。如果你们遇到那二十多人是训练过的军队，那……"

"那会怎么样？"百户急切地凑过来问，一脸的担忧。

"会全军覆没！"

"啊？！"村长失态地惊呼出声，而百户已经噌地站了起来！

"你胡说！我们的中央军都是精挑细选的好苗子，苦练多年功夫，都是……"百户的自尊心显然受到了极大的打击，村长摆了摆手，示意百户坐下，自己也长出了口气，再次定了定神，努力稳住气息对杨志军说："没事，你接着说，说说你的想法。"

"而且，杀光你们的队伍只需要半小时。"

"啊！！"村长明显坐不住了，眼睛已经瞪到了极限，嘴也张大得露出了残存的几颗牙齿。

村长不愿相信，心情复杂地把探寻的目光投向了旁边的文章。"文秀才，他说的是真的吗？"

文章扭头看了看杨志军，无奈地点了点头。

"唉……唉……"村长似乎心中最后一丝侥幸破灭了，连连叹气，脸上也没有了初见面时的光彩。

杨志军看着文章："你之前没跟他们说这些，是不想让他们难过，让他们继续蒙在鼓里对吗?"

"现在不是挺好的吗?"文章淡淡地说。

"你也是学历史的,难道不知道落后就要挨打吗?我看你这人啊,喜欢逃避。"

文章噌地站了起来,又缓缓地坐下了,低头不语。

"落后?!"村长似乎猛然醒悟,这几百年来,他们一直过得挺好的,莫非不知不觉中,已经落后了?!

"这个人毕竟是外面来的,在这里乱说,也不知道有没有真本事,不是来唬我们的吧?咱们要不比试一下,让我看看你的厉害!"百户显然十分不服气,凭什么说我们不行呢,在这里四百年来,都没有遇到过真正的敌手啊!

杨志军低下头沉思了片刻,抬起头来说:"走吧,咱们到外面比画一下。"

他决定要帮一帮这些人,因为这些人既是自己的救命恩人,又是同根同宗,这也许是命运的安排。

大屋前面的广场周边,除去在这里训练的几十个中央军,还有附近劳作的村民,男女老少有百来号人,把五十米见方的广场中央都让了出来,等着看热闹。

"谁先躺下谁输,你年纪大你先来。"刘百户朗声道。

"好吧。"

两人缓缓相向而行,在相距约莫一丈的位置双双停下。

百户弓腿低腰,一手拳一手掌,摆出了中国的古拳架势,而杨志军则缓缓错开两腿,一拳伸向前方,一拳护住面部,摆出了擒拿格斗的姿势。

"呔!"杨志军突然脚尖一点,身形一长,一拳直扑百户面门,百户几乎还未反应过来，拳锋已至眼前，忙侧身一闪，只觉一阵风掠过耳边，堪堪躲过这一拳。

杨志军一拳打空，并未收势，拳头横贯过去，百户忙双手格拳抵挡，"嘭"的一声，拳上如遭千钧之力，脚下竟一软，踉跄了几步，只觉得双拳发麻，心下不由大惊。

这等力道、速度他从未见过！

杨志军并未给他喘息的机会，挺身上前，鞭腿、刺拳潮水般涌来，百户手上脚下一阵忙乱，几个回合下来就只剩招架之势，终于被杨志军抓住一个空当，一记重拳落胸口，百户连连退去数十步，右腿死死抵住地面，方才勉强站稳。

围观群众眼看百户落了败势，开始窃窃私语，纷纷替百户捏了一把汗。而村长脸上竟露出了一丝喜色。

百户只觉胸口一热，气喘吁吁。初一交手，百户已经明白，对方的实力显然在自己之上，稳打稳扎必输无疑。

百户深吸了一口气，大喝一声："该我了！"

百户脚下如疾风般暴走，迅速贴近杨志军，左手掌右手拳击出十多记，杨志军左格右挡，被逼得连连后退，虽未伤着分毫，却也略显被动。

围观者纷纷鼓掌喝起彩来。

"好身手！"杨志军赞赏地喝道，左手格开百户的拳锋后，右手一记重拳砸将过来，百户借力一侧身，杨志军并未收势，后背已经暴露无遗。

百户大喜，使尽全力一掌劈向杨志军后背。这一掌，曾经把一寸多厚的岩石劈得粉碎。

"嘣！"百户觉得像劈在了铁板上，手掌麻得几乎失去知觉。而杨志军趁势一个铁山靠，肩膀携着身体的力量势大力沉靠向百户胸口。

百户手掌的力来不及收回，身体如同被一座移动的山峰撞到，直接撞飞出去七八米，四仰八叉地倒在了地上。

众人惊呆了，没料想华村第一高手，就这么三拳两脚败给了此人。偌大的广场，百多号人鸦雀无声。

百户挣扎着试图爬起来，杨志军快步上前，扶他起来。百户一脸惭愧又眼含敬佩："杨大哥，我输了。"

村长拄着拐杖大步走来，也顾不上嘴角流血的儿子，扔掉拐杖，一脸欣喜，一把抓住杨志军的双手，紧紧握在手中。

"杨壮士，屋里说话！"

大屋内，四人又坐回方桌。百户倒也是个爽快人，很快从失败的懊恼中走出来，双手抱拳道："杨大哥，你的功夫确实了得，在下甘拜下风！"

杨志军摆了摆手："你已经非常厉害了，力度很足。我是从尸堆里杀出来的，这些年，把我祖传的杨家拳和现代的格斗技术进行了结合。你们的拳虽然练得好，说实话，我看了有不少花架子，这么多年没打过仗了，实战经验不够啊。"

"这也是我担忧的地方……杨壮士要是不嫌弃我们这里，要不你教教我们你的把式？"

"我答应你们。"杨志军早已有此打算，点点头，最后下定了决心。

"太好了！"村长一拍手掌，紧蹙的眉头顿时舒展开来，心中畅快地高呼了一声。

"但是……"杨志军若有所思。

"但是什么？"村长心头又一紧。

"带我去看看你们拿到的那些铁家伙吧。"

一间木屋的大门被打开，杨志军一行四人走进屋里，阳光也跟着照了进来，绕过十多个大米堆，似瓦似泥的大土缸，来到了两个一米见方的木箱前。

百户打开一个箱子，杨志军探头一看，里面横七竖八摆着十几支冲锋枪，几十个弹夹，几十颗手雷夹杂在冲锋枪之间的间隙里。

杨志军拿起一支冲锋枪："AK47，跟中国的56式冲锋枪差不多。"

"啥四五六七？"村长不解地问。

"出去练练吧。"杨志军轻轻一笑，给AK47上了一个弹夹，战士一般大步走出了木屋。

一个面庞青涩的中央军小子在地上每隔两米摆一块石头，拳头般大，快速摆完五块，站起挥了挥双手示意。

两百米开外的杨志军跪姿持枪，朝路边的乱石开了几枪，试了试枪，打得石头乱飞，把村长父子吓了一跳。

杨志军又调了调准星，定了定神，对着远处的石头，"砰砰砰砰砰"麻利地连开五枪。

一行四人走向了石头摆放的位置，越走到近处，父子二人的表情越是惊奇，五块石头全部被打碎了，百步穿杨！

村长仔细端详了每一块石头的摆放点，心想这还是几百步开外，要是人的脑袋呢？

村长脸上的表情越来越激动，忽然紧紧抓住了杨志军的双手。

"壮士，杨……杨壮士，请受我一拜！！"

"村长快请起……村长……村长，您……"杨志军猝不及防，连忙扶住了村长。

第四十九章

再出发

○

杨志军决定留下来一段时间。

复仇的事情，仍铭记在心，但并非那么急切，眼前有更急迫的期待，他不愿辜负。来华村一个多月，杨志军悲愤的心情似乎平静了许多，抑或是复仇的火焰被埋进了心底更深处，抑或是为了报答这些救过自己的人，抑或是忽然又感受到自己存在的意义。

正如村长担忧一般，看似平静祥和的世外桃源，实则十分脆弱，经不起外界武力的任何冲击。

这周边100多公里没有成规模的武装，但蒙特尔及邻国的形势极其复杂，多如牛毛的武装力量，说不定哪一支哪天发现了华村的价值，打到了这里呢？一支几百人的武装，就足以将华村夷为平地。

据文章介绍，再延伸到方圆500公里，各色武装人员就有好几千人了。自己一直跟踪的蒙自，有将近千人，离这里大概也就200公里。

而这些武装分子的凶残，杨志军不仅有耳闻，在这一两个月的侦察中也看到了几个屠村的惨剧。

他曾经经过一个部落，里面100多人被全部射杀，尸体横七竖八地躺在村庄各处，包括不少妇女儿童，尸体早已腐烂，爬满蛆虫，空中盘旋着秃鹫，一副人间地狱的惨状。幸存的人，肯定已逃得远远的了，如果有的话。

第四十九章 再出发

村里除了茅草房子，能搬的东西都被洗劫一空，到处被打砸得乱七八糟。

连杨志军这种从尸山血海中爬出来的人，都愤慨于匪徒的凶残。真是一群禽兽。

他把自己的见闻和担忧向村长和盘托出，村长思虑得夜不能寐。这个家他得护，但又该如何护？天上的神明解答不了，祖辈的经验解答不了，这位初来乍到的外人是否又能解答得了，尚未可知。

许是大家习惯了安宁，没有遇到过凶残的杀戮，并不了解真正的危险。这次也是在商队遇袭，原来的百户、自己的儿子身亡之后，村长才有了切肤之痛，感受到了巨大的威胁。

正因如此，当村长听说了杨志军并看到了他的真实实力后，才把他当作了天降救星。

杨志军也打心底里愿意为华村做点未雨绸缪的事情。也许这一拍即合的筹谋可以让华村的未来进入拐点。但天意难测，世事难料。

杨志军认真清理了缴获的武器，一共有 26 把 AK47，17 把配套的刺刀，5000 多发子弹，还有 52 颗手雷。

这些兵器大概能装备一个排。

另外华村现有制式弓箭 100 多把，大刀也有 100 多，主要装备中央军。而民兵们训练的时候，手里拿的都是一根木棍加个铁枪头的标枪，十分简陋。

杨志军建议让村里加快炼铁，铁匠铺再多打造一些大刀、枪头、箭头，加快军备建设，村长全部予以采纳。

这些东西在密林里还是颇有用处，自动武器因为树木太密和视线的限制，反而不能充分发挥威力，这一点杨志军在六年丛林生涯中体会极深。

杨志军让百户从民兵中又挑选了 100 多人编入中央军，扩充至 300 人，而民兵也扩大至 500 人，把村里剩下的青壮年男子全都入编，这样战时起码能有一支 800 人的队伍了。

远程武器的使用被重视起来，拳脚功夫的训练减少了。从中央军中挑选了 80 人成为专门的弓箭手，又搭配了 50 名民兵，由百户带领紧急训练射箭。

杨志军还挑选了 50 人练习射击，当然，主要是比画，实弹射击的次数十分有限，因为子弹打一颗就少一颗。

通过筛选，有 5 名眼神、悟性、枪法比较好的后生被杨志军重点培养，在训练时特殊开小灶，给予了远多于其他人的指导和子弹。

而手雷的使用，实弹只有一次，爆炸的威力让大家瞠目结舌。铁匠铺除了制作农具和冷兵器，甚至开始了土炮的研制工作。

杨志军带了一帮子青壮在岩洞口修建工事，形成交叉火力点，打算围绕洞口挖一条 50 多米长的弧形壕沟，结果只挖了两米多深，就再也挖不动了，下面都是坚硬的岩石，只能作罢。

杨志军还组织人制作了绳梯，爬上了岩洞口上方 50 多米高的峭壁，在上面设置了观察哨和火力点。为了在峭壁上修建工事，摔伤了好几个小伙子。

令文章意外的是，村长终于采纳了好几年前他的建议，同意让村民们跟着文章识字了。

村长已经意识到，自己真的落后了。而落后，不仅会挨打，还可能招致灭顶之灾。他不想华村几百年的血脉毁在自己手里，两位意外到来的客人，也许是在提醒自己需要改变了。

杨志军身体已经彻底恢复了，开始正式参与农业生产，按照村里的分工，与文章一起种植水稻。

这些水稻早已经换成了文章从中国带过来的杂交稻,种植在河流沿岸肥沃的湿地里,据说比之前的产量提高了好几倍,村民们慢慢开始储备粮食,以备不时之需。

而由于蒙特尔热带丛林的独特气候,瓜果蔬菜不分季节都有出产,物资可谓丰富得很。

小河里有从地底岩洞钻进来的鱼,村民们偶尔出去打猎,再加上纺棉纺纱,华村已经形成了自给自足的状态。

种了几十年地的杨志军种地的经验非城里长大的文章能比。他告诉村民们,要用灯火剿灭飞蛾,土要挖深,要有阳光,阳光充足才能种菜,还要引进优良品种。他决心等与外界取得联系之后,从中国弄一批好种子过来,哪些好哪些不好,他心里还是有数的。

待的时间一长,杨志军甚至有些迷恋这里,每天种地、训练,跟文章聊聊天,遛遛大黄,也没有什么纷争,正是自己向往的生活啊。

原本他已经彻底厌倦了杀戮,只想安安静静地过田园生活,却不料天降横祸,家破人亡,才一心过来复仇。现在他又机缘巧合地来到这世外桃源的华村,不由得心境再生起伏。

在慢慢的接触中,杨志军也觉得这个淡泊名利、隐居田园的文章,是一个值得信任的人,于是他也渐渐打开心扉,向文章介绍了自己到蒙特尔的来意,打开老年手机,翻出在基地偷拍的几张照片,给他看。

"哦?法文的。我研究非洲历史,会法文的。嗯……"文章扶了扶眼镜,文件是手写的,字迹有些潦草,需要仔细辨认。

"这是晚餐的菜单……这是篮球赛的时刻表……这是……嗯……一份失足妇女的名单和联系电话……"

文章从杨志军老年手机上一张张翻看着照片,忽然一张引起了他的注意。"这是一个行动计划图的草稿……唔，袭击中国人的据点，有鲁卡市区，也有郊区，这地图画得太抽象，有三个地点标了×，应该是要袭击的地方，但是我也不知道这是哪里，我对鲁卡不熟。这个应该是个人名，大概读成……卓……群。"

"看来他们要发动一轮连环袭击啊。有没有说什么时候？"

"没有。"

"你来这儿时间长，他们袭击的目的是什么啊？"

"这帮人说不好。要不为了抢劫绑架，要不就是有人雇佣吧。看来这是个恐怖分子的窝啊，他们还叫自己'蒙特尔自由联盟'。"

杨志军陷入沉思。"听小舟说，中国在蒙特尔大概有5万人，其中4万在鲁卡，项目和据点太多了，很难知道他们到底要袭击哪一个。第一次袭击会不会是他们干的呢？"

"谁知道呢。我在这里手机没有信号，外面的事情啥也不知道。"

在华村待了将近半年以后，杨志军觉得该走了，自己身上还有大仇未报。他依依不舍地话别文章、老村长和华村的村民们，再次踏上旅途。

当杨志军再次来到蒙自基地时，发现里面的人明显忙碌了起来，不停地进进出出，运进来各种武器弹药，训练也频繁了，看来是在为大规模行动做准备。

5月的一天，眼睛上一道疤的头领，带着300人的队伍，扛着武器和补给，浩浩荡荡钻进了丛林。

杨志军暗道不好，这支队伍袭击哪里，哪里就要遭殃，而且他们很有可能要袭击中国人。于是他小心翼翼地跟着行进的队伍，直到十天后，抵达了工地的边缘。

第五十章
阮世明

○

门被猛地推开,光线刺眼地照了进来,惊醒了在枯草上睡觉的三人。一个匪徒进来指了指杨舟,大声吆喝了一下,又指了指外面。

杨舟无奈直起身子,爬了起来,警惕地走出房门,匪徒在背后使劲一推,嘴里骂骂咧咧,杨舟只得加快了脚步。

这次走的时间有点长,经过了一排排房子,来到了一间稍大的木屋前。武装分子打开了门,示意杨舟进去。

屋子正中摆着一张简陋的木桌,桌面是树木的纹理,凹凸不平,似乎是当地人做的,没有经过打磨。

木桌的后面,坐着微笑的阮世明。

阮世明指了指自己对面的椅子,用中文淡淡地说:"坐。"

杨舟怔怔地看了看阮世明透着寒光的眼神,缓缓落座,直觉让他很是不安。

"说说杨志军吧。"阮世明不冷不热地说。

杨舟心中一惊,要坐下的半边屁股停在了半空。他怎么会知道叔叔的名字?

"杨志军是我叔叔,就是一个普通的种地农民。"杨舟慢慢落座。他不能暴露杨志军的任何情况,对面的这个人看起来太危险了。

阮世明笑了笑,摇了摇头:"杨志军,1976年入伍,曾经是特种兵。他的儿子去年死在了这里，现在他人在蒙特尔。"

"你……你？"杨舟瞪大了眼睛一时语塞，他是调查了杨志军，要替疤眼报仇吗？

"我叫阮世明，我父亲叫阮平，三十年前死在了他手里。"

杨舟更是惊得霍地站了起来，难以置信地看着眼前这个健硕、淡定的男人。

阮世明挑衅地看着杨舟："杨华是我杀的。"

杨舟如五雷轰顶般震惊、愤怒。

杀害杨华的仇人就在眼前，杨舟找了这么久，他怒火攻心，一时情绪失控，攥紧拳头一拳砸向阮世明，要把眼前这个人捶得稀巴烂！

阮世明左手轻轻一挡，格开杨舟的飞拳，另一只拳头不知何时已经落在杨舟的脸上，打得杨舟一个跟跄栽倒在地，鼻血流了出来。

阮世明风一般跟上前来，反拧着杨舟的手，膝盖抵住了他的头。

杨舟疼得嗷嗷直叫，一颗大牙已然松动。

阮世明松开了杨舟，又回到了凳子上，戏谑地看着地上不堪一击的杨舟。

杨舟挣扎着爬了起来，大喘了几口气，泄愤似的一口吐出了嘴里的血。

疼痛让杨舟恢复理智，他知道自己根本不是对手，对方可以轻松置自己于死地。这局势让愤怒的杨舟十分沮丧、无力。

"坐下来好好说话。"阮世明不容置疑地命令杨舟，脸色并没有什么变化。

杨舟努力平复了心情，擦了擦鼻子和嘴角流出的血，神色缓和了许多。

"你叫我来想干什么？"灰头土脸的杨舟没好气地问。

"没啥事，待久了有点闷，想跟你聊聊天。"

"跟我聊天？！"杨舟极力压住自己的怒火，有种被耍的挫败感。

"你好像很激动，很愤怒。你想不想知道，一个没有爹的孩子是怎么长大的？"

杨舟没有说话，也不想说话。在这种任人宰割的境地，他不明白阮世明跟他废这么多话干吗。

"我到蒙特尔来，是来找杨志军的，我要亲手宰了他。他杀了我父亲，毁了我的人生。"

"你怎么知道是我叔杀了你父亲呢？"杨舟道。

阮世明从迷彩服的兜里拿出一张纸。上面打印的是一个网站的截图，时间是 2010 年 3 月。

截图上的杨志军脸色黝黑，憨厚地笑着，一个本分老农民形象。报道的标题是《孤胆英雄杨志军鏖战原始丛林》，里面记载着杨志军与大部队走散，在丛林中拼搏六年的传奇经历。

"这，又能代表什么？"杨舟问道。

"当年我父亲带领特战小队去搜索杨志军，反被他给杀了，杨志军就是当时的人所说的'幽灵'，不可能再有第二个这样的人。我父亲是一等一的特种兵，被刀刺死，杀我父亲的人，肯定是绝顶高手。"

"我当时去过杨志军的家乡，待了一段，但是那里不好下手。正好后来他儿子来了蒙特尔，我就跟了过来。"

"杀了杨华，当过特种兵的杨志军绝不会善罢甘休，就会主动来找凶手。到了蒙特尔，就好办了。我也要让他尝尝家破人亡、孤身一人的苦，然后再亲手宰了他！"

"杨华是被袭击工地的恐怖分子炸死的，跟你有什么关系？"

"是我们和蒙自一起去干的，我用狙击枪亲手杀了他，然后他才被爆炸的油桶给烧没了。"阮世明冷笑着举手做了一个枪击的手势，"biu"了一声。

"那蒙自的人为什么愿意跟你们一起干？他们跟中国人无仇无怨？"

"有人给钱当然要干哪。"

"那两具猎豹组织的尸体是你们弄的？谁雇的你们？！"

"对啊，尸体就是我弄的，我不想那么快被人发现。哎……你是人质还是我是人质，问题这么多。"阮世明瞪着杨舟，有点恼火被打断了节奏。

"军人在战场上都是履行自己的职责，并不是私人恩怨。你不应该杀害无辜的杨华，你会付出代价的！"

阮世明愣了愣，忍不住大笑了起来，肩膀一抖一抖的。"哈哈哈哈，付出代价？你杀了我啊！哈哈哈……"

杨舟十分恼怒阮世明对他的藐视，却也无可奈何。

阮世明好不容易止住了笑，站起来摊开了双手："来啊，我就在面前，你来报仇啊，来杀我啊！不自量力！"

杨舟明白，阮世明心中的怨气压抑了几十年，好不容易终于有机会发泄，自己现在只是个他用来泄愤的玩偶而已，不能轻举妄动，否则容易招来杀身之祸。

阮世明见杨舟没反应，似乎对自己刚才的表演有点失望，指着杨舟说："我不妨告诉你，现在蒙特尔有人出钱买你的命。四万美金的出价。中间人层层转包下来，到杀手手里只剩下一万美金了。接单的组织我很熟，合作很多次了，问我要不要赚这个钱。只是这种小单子我是不会接的。"

杨舟一愣，几分惊讶，几分沮丧。我的命只值这么点钱？那到底又是谁想杀自己呢？是肖强？自己也没有正经八百去调查肖强啊，至于吗？是在蒙特尔的商业竞争对手？大家都是打工人，挣一点工资，犯不上啊？且现在最大的竞争对手是关小昱，更不可能。难道是因为自己在调查"6·12"事件？杨舟一时理不出头绪。

"不过，现在我不会让你死。我把你弄过来，是要把我兄弟从鲁卡的大狱里换出来。你死了，我还要另找合适的筹码。所以，你的命暂时存在我这里。"

"你跟我讲这么多，到底想干什么？"杨舟冷冷地说，一副要杀要剐悉听尊便的样子。

"等你出去以后，告诉杨志军，要他洗干净脖子等着我去杀他。"阮世明用手指敲了敲桌子，"如果我想用枪狙杀他，他早死了。我要让他死在我的刀下，心服口服！"

杨舟心情复杂地看着眼前这个内心极其矛盾的人，又凶残，又忧郁，还有着近乎偏执的傲慢。大概苦难已经把他折磨得近乎癫狂，那是他们这种在和平年代蜜罐中长大的人所不能理解的世界，那应该是个充满黑暗的世界。

杨舟又被扔回了牢房，侯立和刘思婉关切地围上去。"怎么杨总您的脸被打了？谁打的呀？"刘思婉看了看杨舟脸上的瘀青和红肿的鼻子，轻轻碰了碰。

"啊……啊……别动……我没啥事。那个开飞机的东方人是Z国的，叫阮世明，自己说他是雇佣兵。还说我叔在战争中杀了他爸，他到这里来就是为了报仇。对了，他说杨华也是他杀的。"

"啊？还有这样的事？"侯立和刘思婉几乎惊掉了下巴，"那他为什么要和蒙自的人混在一起？"

杨舟皱着眉头想了想："他跟这些人不是一路人，我觉得……他初到这里，也需要找人合作吧，蒙自可以给他提供情报和休整的基地，而他可以帮蒙自的人做点事。"

"嘭!"门被人一脚踢开了,光头提着一把手枪,嘴里叼着一根烟,站在门口。

第五十一章
逃跑计划

○

杨舟和侯立被人按在了地上，用AK47指着头，吃了一嘴土。光头带着两个随从围住了刘思婉。

光头看了看刘思婉脏兮兮的脸，皱了皱眉说："把脸擦干净。"

脸本是为了自保故意弄脏的，光头的要求让她有不祥的预感。

"砰！"看刘思婉没动，光头冲着她脚下开了一枪。土和草溅了起来，刘思婉吓得脚一跳，嘤嘤哭了，用袖子轻轻擦了擦脸，却依然很脏。

"你给她擦！"光头对随从吼道。随从走上前去用自己的破头巾给刘思婉擦了几把脸，干净了些许，露出了白皙的肌肤和姣好的面容。刘思婉惶恐不安地看着眼前这些人，瑟瑟发抖。

"把衣服都脱了。"光头平静地命令道。

刘思婉哭得更大声了，没有动。光头脸扭曲到了一起，一耳光打在刘思婉脸上，快步上前动手揪住刘思婉的衣服用力往外扯。

侯立愤怒地剧烈挣扎起来："你们这帮浑蛋要干什么？！不许动她！"他一边大喊，一边站起身来，要扑向光头，"嘭"一声闷响，侯立肚子上挨了重重一脚，痛苦地蹲在了地上。

"别动她！"侯立几乎是带着哭腔在哀求。

刘思婉大声哭喊起来。

杨舟望向了崩溃边缘的侯立，目眦尽裂，咬着牙用中文冲侯立轻轻道："侯立，跟这帮畜生拼了！"

杨舟暗暗运了运气，手指关节酝酿着动了动。侯立听懂了杨舟的意思，心一横，神色变得凶狠。

突然，趁着匪徒注意力在侯立身上，杨舟奋力从地上跳起来，一记重拳击向松懈的匪徒，而侯立也狂叫着夺过匕首扎进了一个匪徒的胳膊！

狭窄的木屋里局面顿时混乱起来，喊打叫骂声、拳脚肉搏声不绝于耳，六七个人扭打到了一起，不多时，鼻青脸肿的杨舟和侯立再次被人数占优的匪徒放倒在地，抱着头迎来对方的一阵拳打脚踢。

一个瘦小的匪徒也被放倒在地呻吟着，爬不起来了。

光头没想到这几个看似文弱的中国人居然敢反抗，揉了揉自己挨了一拳的脸，看了眼胳膊上被刘思婉咬的血红牙印，恼羞成怒，抬起手枪对准了地上的杨舟！

"砰！砰！"

"住手！"窗外一声大喝。啤酒肚提着冒烟的手枪，带着一队人马走过窗前，拐进屋子。

"班克！你又在干什么！"啤酒肚指着光头骂道。

"父亲，你怎么来了？我只是要惩罚他们一下！"

"我不来他们就全被你玩死了！叫你不要动他们，听不懂啊？！中国使馆跟我们说了，不要伤人，否则他们会报复！钱的事有的谈！"

光头不服地看着啤酒肚："不要老这么教训我！老子想干什么就干什么！"

"快滚，我找他们有事。"啤酒肚皱着眉头，不满地冲光头喊道。光头看了看啤酒肚的队伍，咬了咬牙，带着随从，悻悻地离开了。

杨舟翻过身长舒了口气，看了看躺在地上衣衫褴褛的侯立，用尽力气靠墙坐了起来。刘思婉哭着扑向了侯立，把他抱在了怀里，哇哇大哭："侯立……侯立……你……"

侯立缓缓睁开了眼睛，艰难地笑了笑："我……没事，你没事就好……"

啤酒肚的手下架着杨舟和刘思婉来到了大木屋，询问了关于木材贸易的有关细节，杨舟努力跟啤酒肚等人描述着美妙的前景。而刘思婉还没有从刚才的噩梦中醒过来，眼神溃散地呆呆坐着一言不发。

啤酒肚不断听着身后眼镜男的翻译，频频点头。一个木材贸易的链条和计划在不断完善中。

深夜的牢房里，杨舟三人靠墙坐着，低声商议。

"今天你们都看到了，我们每多待一天，就多一分危险。不管怎么样，咱们得尽快逃出去。侯立你伤怎么样了？"

刘思婉看了看侯立，眼神里与以往相比，多了分怜惜和崇敬。

"我，我没事。"侯立咬了咬牙，"都是皮外伤，没有伤到骨头，杨总您就说怎么办吧，思婉是个女孩子，不能再待在这里了。"

"好！无论什么事情只有计划好，才有成功的可能。不管多难，都要试试！"

侯立和刘思婉使劲点点头，也打算孤注一掷拼了！

三人讨论了几套方案。

首先就是把门口的两个守卫引进来解决掉。可以让最强壮的杨舟假装自杀，撞墙倒地不醒，再把守卫喊进来，待守卫查看时由杨舟解决掉一个。为求逼真，头上一定要流血。

如果是那个瘦小的守卫来查看杨舟，杨舟有信心立即制服他。如果是那个壮点的，杨舟也可以先拖住他，侯立和刘思婉联手解决那个瘦小的。或者是刘思婉竭尽全力拖住那个瘦的,杨舟和侯立合力先把壮的干掉。

他们能够使用的唯一武器,就是墙角的木头尿桶。

三个人忍着恶臭,轮流拿着桶挥舞了一阵。如果用力敲在头上,完全可以把人敲晕。

"下手一定要狠!"杨舟强调,因为基地的其他人听到动静,很快会过来。

还可以让刘思婉色诱。行动前让刘思婉把脸擦干净,衣着暴露一些把人骗进来,杨舟和侯立伺机动手。

杨舟的提议刘思婉咬着嘴唇答应了,却遭到了侯立的反对。杨舟解释性命攸关管不了这么多了,美色有时是致命武器,常人难抵挡,出不去刘思婉可能遭到更大的侮辱。

侯立这才不得已勉强点了点头。

逃跑计划的细节在不断完善,最后他们试着把两种方案结合起来,由侯立先假装撞墙倒地,再由刘思婉色诱,让匪徒放松警惕,再突然袭击合力击杀匪徒。

逃出这间屋子以后,他们必须以最快的速度穿过开阔地,奔向丛林。

三人演练了几遍,刘思婉解开了衬衣的扣子,露出里面的内衣和雪白的肌肤,还有两个未被内衣完全覆盖的"半球",惹得侯立眼睛都看直了。

"哎哎,看什么呢!"杨舟竭力把眼睛从刘思婉胸前挪开,嗓子有些发干,拍了一下侯立的脑袋。"把衣服扣上吧,这样应该可以。"

逃离的时间定在半夜。从月亮的走势看,就在两三天以后,月黑风高之夜!

第二天下午,眼镜翻译送来半条羊腿,跟守卫说是啤酒肚给他们的加餐，希望他们养得好好的。

"杨总，你们吃吧，你资助过我和我妈妈，我很感激你。"米波尔用中文真挚地说。

"米波尔，你妈妈怎么样了呀？你为什么在这里啊？"杨舟充满了疑惑。

"我妈妈做了手术，已经好了。我被抓过来的，他们说最近需要中文翻译，如果我不好好干，就杀了我妈妈。我妈妈没有地方可以去，这帮人什么都做得出来的。"

"这样啊，真不幸。"杨舟想了想，凭他的感觉，他选择相信眼前这个年轻人，能加大逃跑的胜算。"我们在这里随时都有生命危险，必须得逃出去，你能帮帮我们吗？"

米波尔犹豫了片刻："我跟着他们开过几次会，班克很想杀你们。杨总，你们中国人是好人，帮我们做了那么多事，我们的日子过得比以前好了，而且会越来越好。你们不应该死在这里。我知道这里的地形，从房子后面逃进丛林，三十多米就到树林了。"

杨舟三人顿时燃起了希望，完善的计划，加上米波尔的帮助，逃跑有望啊！

"明天他们的大部队会调出去搞一个什么行动。防守会空虚很多，会是一个好机会。"

"好！就在明天晚上半夜，你接应我们！"

"出去以后，你们能不能把我妈妈藏到安全的地方？"米波尔犹豫了片刻，还是将希望寄予曾经帮助过他的杨舟，用无助的眼神祈求地看着。

"没问题，我答应你。"杨舟坚定地点了点头。

第二天，基地里的人们果然忙碌了起来，一片喧嚣之后，大批全副武装的人员经过牢房的窗前,向丛林外出发。

入夜,随着时间的推移,杨舟等人的心情越来越紧张。

估摸着时候差不多了,杨舟到窗前看了看外面的守卫,一个抱着枪坐在地上打盹,一个站着懒洋洋地四处打望。

杨舟深呼吸了一口,定定地说:"行动吧。"刘思婉抹了几把脸,解开了衣服的扣子,侯立朝木墙上一个凸起的疙瘩撞了过去!

"砰!"侯立的头肿起一个大包,流出了血,有点眩晕。可是刚才那一声响,却不像是撞墙的声音!

"砰……砰砰……砰砰砰砰……嗒嗒嗒嗒嗒嗒……轰……"窗外响起了鞭炮般的枪声和爆炸声,泛起了火光。三人愣了半晌,赶紧到窗口一看,外面已经乱作一团,人在火光下到处乱窜,子弹划出的火线满天飞,有的木屋已经着火了。

"轰!"一个看守被炸翻在地,另一个跑得无影无踪,而房顶的茅草,烧得呼呼直响!

光头提着一把手枪,脸色凛冽走出木屋,屋外的阮世明一脸淡漠,与他相视微微点了点头。屋内,啤酒肚额头上一个窟窿,倒在了血泊之中。

基地内似乎有几拨力量在交火。

光头趁着大部队开走,弑父夺权。

而杨舟他们的牢房,屋顶不断掉下燃烧的茅草,墙面也已经着了,里面浓烟滚滚!

杨舟使劲踢着门,侯立则试图把窗户上的木条给卸了!

门却突然自己开了,一个黑影用中文说:"杨总,快走!"

米波尔带着三人一路小跑,绕过几座房子。这条路线显然优于先前杨舟的计划,距离更短,也不用穿过危险的开阔地。

第五十一章 逃跑计划

在拐过最后一个房子的拐角时，四人竟迎面撞上了两个提着木棍的匪徒！双方立刻扭打在了一起，杨舟和米波尔合力将一个匪徒按在地上，杨舟的拳头一拳一拳往匪徒脸上招呼。

而侯立却被另一个健硕的匪徒按在地上，掐住了脖子，脸涨得通红，拼命挣扎着！

"嘣！"侯立身上的匪徒头上遭到一记重击，身子一软，歪了过去。

刘思婉双手拿着木棍，对着匪徒的头不停地砸下去，只砸得血肉模糊，看不清脸了。砸了七八棍后，她扔掉带血的木棍，又冲着匪徒的命根子一脚一脚狠狠地踩下去！

她要把这些天的恐惧、耻辱和愤怒全部发泄在匪徒身上！

侯立爬起来大喘了几口气，惊讶地看着眼前的刘思婉，几乎不敢相信自己的眼睛。

杨舟放开手底下不再动弹的匪徒，站起身来，看了看几近疯狂的刘思婉，大喝道："别踢了，快走！"

刘思婉狠狠地抹了下额头上的汗，跟着三人穿过拐角，瞬间就蹿进了树林。四人撒开腿一路狂奔，离开基地越远，就越安全。

忽然，米波尔停下了脚步："杨总，你们走吧，我不能走，否则我妈妈会有危险。"

杨舟满怀感激地紧紧握住了他的手："你……好吧……谢谢你米波尔，我一到鲁卡，就赶快把你妈妈藏到安全的地方！"

话别后，杨舟三人继续在黑暗中奔跑着，身后传来一阵喧嚣声，一队人马拿着火把和手电，一边说着话，一边搜索着，手电筒射出一道道光交错着，像一张网一样在捕捉他们。

突然，有人指着杨舟他们的方向大喊了一声，手电光聚集了过来，人群一阵骚乱，加快脚步追了过来，有人开火了，子弹嗖嗖地穿过来，打得树叶和草叶乱飞。

三人心头一紧，不敢停下脚步，只能一直往前奔跑。

"啊！"一颗子弹从刘思婉手臂擦过，她一个趔趄，倒在了地上。侯立和杨舟赶紧停下脚步，把她扶起来，拉着继续跑。

而后面的追兵，已经越来越近！

"嗡嗡嗡……"

奔跑中的人们，突然听到一阵低沉的响声，脚下的大地竟颤动起来，脚步开始发飘，有的人脚一歪，摔倒在地！

树枝轻轻左右摇摆，树叶乱颤，丛林中到处是各种动物的惊叫声，远处传来沉闷的隆隆声。

逃跑和追击的人，都停下了脚步，向声音的来处望去。

雪山尖尖的山顶出现了一个红色的火团，冒着烟，不一会儿竟向天空喷出了零零星星的火光！

丛林中的鹿、猴子等各种动物惊叫着，向远离雪山的方向逃窜，空气中弥漫着浓郁的硫黄味道，灰从天上掉落下来，伴着沙砾，落在树叶和人的身上。

"火山爆发了！"更大的石块从天而降，砸得匪徒号叫不已。追击的人群一阵惊叫，跟着动物们的脚步，扭头一路狂奔，向着基地折返回去。

沉睡数万年的火山，在这一刻爆发了。

而杨舟三人，惊魂未定，只得朝着另一个方向，在丛林中奔跑。

他们不知道前面是哪里，但是，求生的欲望让他们必须竭尽全力跑出去，跑到安全的地方。

第五十二章

营 救

○

自从得知杨舟被绑架的消息，李园园天天夜不能寐。她的内心无比焦灼。丈夫身处险境，生死未卜，面对危局，她一下子成了家里的顶梁柱。她知道自己有很多事情要面对和处理，需要保持一个好的状态，可是她控制不了内心的焦虑和恐惧，心止不住地颤抖。

坐在酒店房间的床头，李园园头发蓬乱，眼神呆滞。从两人在学校相识相爱，相濡以沫到现在，有了孩子，已经十多年了。

这么多年过来，并肩面对生活，尝尽了在京城打拼的酸甜苦辣，都成了对方的灵魂伴侣，已是亲情多于爱情，不可分离。她天真地以为他们会一直幸福下去，没想到灾难这么快就降临了。

危难之际，她多么希望像以前一样，扑向丈夫的臂弯，寻求呵护。可是现在那个呵护他的人，自身难保。

她不知道多少次质疑自己，为什么同意让杨舟到蒙特尔来。她知道杨舟骨子里藏着野性，她欣赏这种野性，但现在正是这份野性让他们陷入了如今的境地。如果杨舟真的惨遭不幸，她该怎么办？她不敢想，也不愿想。

李园园打开钱包，看着他们的合影，泪眼婆娑。照片上，她依偎着杨舟的肩头，甜甜地笑着。她曾经认为自己是这个世上最幸福的人，是上天的眷顾，更是命中注定的缘分。

为了救出杨舟，李园园毫不犹豫地把他们唯一的房子抵押，竭尽全力凑了300万人民币。

这是她几天之内能够紧急筹到的现金，自己的父母和杨舟的父母也在进一步筹集资金，但即便把他们所有财产都变卖，也远远达不到绑匪的要求。

侯立和刘思婉那边情况也好不到哪去，尤其是刘思婉的母亲，听到独生女被绑，当场晕倒急救，父亲只能先留下来照顾。而侯立的父母年事已高，身体更是无法承受长途跋涉的奔波。

即便他们能来，又能做什么呢？

华通海外的财务迟迟不拿钱出来。大家都知道，国有资产不能随便动，而且金额这么大。

人命关天，朱利云也拿不准，到底该怎么办。不过，经过大使馆、商会，还有华通海外这几天的斡旋，已经将赎金从500万美元谈到了250万美元。

来到蒙特尔的这些天，李园园一边打探着消息，一边打电话安抚国内的家人，心力交瘁，急剧消瘦下来。终于在经历了几个不眠之夜后，由于过度消耗心神，在酒店的大床上昏睡了过去。

黄友德与杨志军扎进了鲁卡郊区的贫民窟，根据凌乱的线索四处转悠，花了好几天，几经辗转才在一个破旧的屋子里找到了温巴。

温巴蓬头垢面，一脸焦虑，皱着眉头坐在阴暗潮湿的铁皮房子里思索着什么，失魂落魄的，一扫之前的威风。

温巴看到黄友德，心中一惊，随即赶忙迎了上去："黄，我的朋友，你怎么找到我的？我这几天换了好几个地方了。"

"我也找你几天了。温巴，你还好吗？这是我的朋友，杨。"

温巴看了眼杨志军，没心情理他，用生硬的中文跟黄友德急急地诉说着："我现在不太好，到处跑，不能太暴露自己。我爸爸的弟弟被他儿子杀了，蒙自现在乱套了，到处抓人，杀人。我跑得太快，身上没有钱了，你有吗，我的朋友？"

"哦？！他们内乱了？"

"是啊，我在那里的人被杀了两个！"

"你知不知道他们绑的三个中国人怎么样了？"杨志军上前一步，焦急地询问。黄友德赶紧递上几张百元美钞。

温巴接过钞票，咧开嘴笑了起来，露出洁白的牙齿："听说他们逃跑了，逃进了树林里。"

"哦……"两人松了口气，只要没有死在内乱之中，就还有希望。

"那他们现在在哪里？"

"我不知道，他们，他们往南边跑了！"

"那我们赶紧去找！"杨志军拉着黄友德的手往外走。

"昆特山爆发了，那里很危险！"温巴攥紧了手里的钞票，不忘对老朋友嘱咐一句。

酒店房间里，李园园的手机响了。她爬起来胡乱擦拭下泪痕，定了定神："喂，黄叔，有消息了？好！"

大堂里，黄友德和杨志军向李园园叙述了最新的情况。

"蒙特尔的原始森林，生存环境恶劣，又有追兵，火山还爆发了，他们能走多远呢？"杨舟能脱离匪徒的魔爪，李园园感到又喜又忧。"不过能跑出来总是好的。"

"我在森林里待了几个月，小舟很难找到出来的路，方圆100公里都没有人。这么大的范围，找人几乎就是大海捞针。"

"要在那么危险的地方搜救，找几个人，政府军肯定不愿意去的。"黄友德叹了一口气。

"我去那里找,别担心。"杨志军看着李园园憔悴的样子,于心不忍。

"叔,谢谢您。我知道你很厉害,可是这么大的地方,这么远,你一个人,得找到什么时候啊?"李园园无奈地叹了口气。

"哎——"李园园忽然灵光一闪,"我听杨舟说过 HS 公司,他们的安保和搜救很先进,设备和人员都是一流的,不知道他们肯不肯去,要花钱我们给!"

"这个主意不错!我也听小舟说起过他们,问问他们!"黄友德一拍大腿。

大使馆会议室里,左群、华云涛、林常伦还有华通海外市场三部总经理邢树发皱着眉头商议着,气氛很是压抑。

"没想到这次我们蒙特尔办事处骨干都被绑了,公司这次紧急让我过来处理,我心里其实还担忧北非的库贝里那边呢。"五十多岁,秃顶的邢树发说着话,脸色十分憔悴。

"嗯,那边形势也不好,最近游行和反政府武装闹得厉害。你们的人没事吧?"左群点点头。

"暂时没啥大事,几个在建项目得盯着。那边我们也是一大家子,过两天我恐怕得回去看着。所以这里得多拜托大家了,我留了两个小年轻,有事会吩咐他们的。"

"你在这儿也不认识人,现在这个情况也帮不上什么,有事我会跟你们联络的。其实我们倒不是在乎这点钱,就是怕惯着他们,以后老来绑我们。不过实在没辙该出还得出啊,人命是最重要的。"左群说,"我们已经辗转通过几层关系把消息递给了蒙自的头,让他们千万不能伤害人质,吃的穿的别亏待。否则,他们不会有好结果。林会长,你那儿有什么新消息没有?"

"目前没有。"林常伦皱了皱眉,"上次咱们谈判的渠道现在已经断了,那边说蒙自的联络人突然联系不上了,不知道为啥。"

"哦……"左群的眉头皱得更紧了。

门开了,江勇的手下小武跟甄羽一起匆匆走进会议室,左群诧异地看着头发蓬乱、一脸焦虑的甄羽。

"甄记者,你怎么也来了?"

"我……"甄羽坐在了会议桌边上,"左大使,您别怪小武,思婉被绑了,我着急啊,好几晚没睡着觉了,所以跟着他来了。"

"行吧,小武,你把新情况跟大家说说。"

"嗯,我从军队的答巴耶上校那里得到了最新消息,蒙自很可能内乱了,杨舟他们不见了!"

"哦!"众人齐齐坐直了身子,惊讶地看着小武。

"消息确凿吗?"左群皱着眉头问。

"对方也拿不准。"

"如果他们说的是真的,那杨舟他们很可能在热带雨林里面,应该赶紧派人搜救啊。"华云涛用手指轻轻敲着桌面,"可是这边军队的装备实在太一般,普通的地面部队不仅慢,那三不管的地带贸然去,遇上匪徒太危险了。"

"他们的直升机怎么样?"左群问。

"都是几十年前的,运几个人可以,其他不行。"华云涛摇摇头。

"哦……"左群眯了眯眼睛,长出了一口气。

"那我去!"甄羽一急之下站了起来,"思婉她一个姑娘家在那深山老林的……"

"小甄你先坐,我们这不正在想办法嘛……"左群冲甄羽摆了摆手,继而又闭上了眼睛,用手指按了按紧皱的眉头。

正在此时，林常伦的电话响了，一看屏幕是黄友德，忙接通了电话。

"哦！……啊！……好的！"

林常伦放下了电话，把黄友德告诉他的情况说了说。"看来他们逃跑了是真的。"

众人点点头，纷纷庆幸杨舟三人能在混乱中逃脱，又不免为他们在丛林中的遭遇担忧。

"答巴耶倒是说了，情况弄清楚了他会亲自带人去救的。"小武看了看华云涛，说，"我跟他一块儿去，及时了解情况，也收集些信息！"

"嗯，我的意见是事不宜迟，他们在丛林里不比在匪徒的基地安全多少，小武你也要注意安全啊。"

"而且啊，HS公司倒是一个不错的选择，他们装备很先进，咱们在这里也没有这样的力量。"林常伦若有所思道。

邢树发顿时也有了精神："我知道他们，就让他们去搜救，我跟公司申请，费用我们报销！"

左群往桌子前凑凑，冲华云涛点点头："我同意老林的意见，马上联络军队，咱们双管齐下……"

"我也去！"甄羽又腾地站了起来。

"小甄你就算了。"林常伦摆摆手，"那里凶险得很，别到时候你也丢了，还得去找你。"

甄羽一时语塞，只得悻悻坐下了。

午夜时分，杨舟和侯立坐在火堆旁，一脸疲惫。刘思婉胳膊的伤口上扎着布条，身上盖着侯立的衬衣，沉沉地睡着了。

这一路风餐露宿跑了七天，他们也不知道到了哪里。

"杨总，您说我们能跑得出去吗？"侯立的声音已经有些飘了，几天下来已经饿得眼冒金星。

"你看，我们大概是在往南边走，已走出了100多公里，基地已经远了，再走100公里，就能到国家公路了！"杨舟坚定地点点头。

"如果这样最好，可是我总感觉我们的方向未必是对的。"侯立低下了头，"现在也没有吃的了，这几天就吃了些野果子，我快走不动了。"

"赶紧把这只老鼠烧了吃吧，好在我这里藏了一个打火机，光头让思婉烧咱们的那个，被我藏起来了。"杨舟苦中作乐地冲侯立笑了笑。

老鼠很快被烤熟了，侯立咽了咽口水，推了推刘思婉。

"嗯？……"几天的奔波让刘思婉几乎虚脱过去，动不了了。

"这是我抓的小兔子，思婉你吃了吧……"侯立把树枝扎着的老鼠递给了刘思婉。

看着泛着油光的老鼠，刘思婉眼睛立即亮起了光，拿过来啃了一口，嚼了起来。"这个兔子这么小，味道怪怪的……"

"我和侯立好不容易抓到的，你看侯立这腿都摔破了……看来这里天敌少，兔子也挺笨的，要不然……"

杨舟咽了口口水，无奈地抓了抓自己凌乱的头发。

"杨总，侯立，你们也吃点吧……"

"嗯……"杨舟拿过老鼠，咬了一口，递给了侯立。

"得吃干净了，这么些天就吃着这么顿像样的……"杨舟嘟囔着。

"嗯。"侯立贪婪地咬了一口，"杨总，咱也得……也得找找水源呢，口渴着……"

"是啊……"杨舟舔了舔干涸的嘴唇，"再找不到水源，咱们不被饿死也被渴死了。"

突然，侯立触电般地从地上跳起来！"那儿……那儿……"

杨舟一惊，赶紧站了起来，循着侯立手指的方向望过去。

黑暗中，是一双鬼影一般锃亮的眼睛，缓缓靠近了过来。

"什么东西？！"杨舟不由得弯腰拿起了地上点燃的树枝，而侯立伤腿一疼，腿一软，竟一屁股又坐在了地上。

眼睛缓缓走近，在火光中轮廓渐渐清晰，竟是一头浑身斑纹的豹子。

走到离几人三五米远的地方，杨舟挥舞着手里的树枝，大声吼着，豹子被这架势和火光唬住，也不敢贸然靠近。

而刘思婉已经吓得大气也不敢喘。

双方对峙了足足有几分钟，豹子低沉地吼着，没有再走近，只是将目光停留在了侯立手里的烤老鼠上面。

侯立这才反应过来："杨总，这豹子是循着味过来的，咱这老鼠……"

"给它……给它算了……"

"这……那咱们吃什么？"

"罢了……"侯立将老鼠扔向远处，豹子立即转身向老鼠的方向追去，叼起来回头看了一眼三人，消失在了树林中。

"唉……"三个人更加沮丧。"咱先睡吧，轮流值夜……明天早上再去找吃的，找水源。"

"你说……你说……刚才那是老鼠……"刘思婉惊愕地瞪大了眼睛。

"管它是什么呢，现在连老鼠都没得吃了。"

刘思婉干呕不止，恶心得之后的话一句也没听见。

又是一个下午，衣衫褴褛、蓬头垢面的三人，有气无力地走在森林里。

侯立因为腿上有伤，不得不拿一根树枝杵着走，杨舟和刘思婉也因为饥渴难耐,已经步履蹒跚。

侯立泄气地一屁股坐在地上,喘着粗气:"杨总,我……我怕是不行了,走不动了……"

"你……"杨舟过去扶了一把侯立,却不料自己也腿一软坐到了地上。

"您带着思婉逃出去吧,或许能……还能有希望,我的腿伤了,会拖累你们。答应我杨总,把思婉……思婉带出去……"

"胡说什么呢猴子!咱们三个一个都不能少,我们一起走出去!"杨舟厉声呵斥着侯立,眼眶红了起来。

心力交瘁的他也不知道他们到底能不能走出去,但只要还有一口气,他就不会放弃。

刘思婉哭着抱住了侯立:"侯立,你振作一点,我们一起出去!"

"别傻了,思婉,你跟杨总一块儿走……"侯立回头看了看刘思婉的脸,"思婉,你真好看,像仙女一样……我不能让你死在这里……"

"那咱们就应该一起走!"

"我走不动了……"

"好!那我们先休息,养足精神再出发!现在离匪徒已经远了,也算暂时安全些了。"杨舟安抚着他俩的情绪,也调整着节奏蓄力。

天色很快又入夜了,刘思婉已经睡着了。侯立靠着一棵大树,眼神呆滞,沉默了半晌,认真地看着旁边的杨舟,说道:"杨总,如果我在路上有什么意外,请您一定把思婉带出去。"

"又说这种傻话!说多少遍了,我们几个都会平平安安走出去的!"杨舟拍了拍侯立的肩膀,"你这么喜欢思婉,更要跟她一起逃出去,将来日子还长呢。"

"唉。"侯立苦笑了一下,叹了口气,"思婉长得这么漂亮,这么优秀，又有甄羽这样的男朋友，怎么会看上我呢？我长得不帅，家里没有钱，也没什么本事。平时，她虽然没有看不起我，但也很难会看得上我，这点自知之明我还是有的。"

"那倒不一定，侯立。女人都是感性的，我听说她和甄羽经常吵架，要闹分手。甄羽这个小伙子人不错，做朋友可以，但是感情上太浮躁了，我看得出来，他和咱们思婉不是一路人。你对她这么好，她看在眼里，会感动的。"

"哦？是吗？"侯立坐直了身子，"我也听思婉讲过，她和甄羽在一起很多想法都不一样，并不是很开心。"

杨舟顿了顿："毕业工作了的女生和学校的孩子不一样了，对这样的女人，男人的魅力，更多是来自事业心和责任感，而不仅仅停留于外表。你很努力，也有担当，肯定会越来越优秀，况且你还年轻啊，年轻就是资本。"

"好吧，杨总，我很感谢您鼓励我。要不是有您带着我们，我们恐怕已经死在基地了。我佩服您的勇敢坚强，我要好好向您学习，争取越来越优秀。"侯立仰头看了看天。

"也没你说得那么好，求生本能而已，这次经历过了生死，也算生死之交了，以后大家一起努力……"

"杨总，有件事情我必须要告诉你，否则我于心不安。"侯立抬起头愧疚地望向杨舟，似乎下了很大的决心。

"什么事？说吧。"

"去年工地刚出事的时候，董清风过来处理善后，你和他商量要搞掉肖总，被我在隔壁听到了，然后，偷偷告诉了肖总。我当时也不知怎么迷了心窍。对不起，杨总，您能原谅我吗？"

"啊！哦！"

"杨总,您说您能原谅我吗?"侯立神色焦急起来,激动地紧紧抓住杨舟的胳膊,心情迫切得声音高了八度。

"我原谅你,原谅你还不行吗?"杨舟胳膊被抓得生疼,赶紧扒拉开了侯立的手。如今这种情境之下,走在生死之间,这些都只能算鸡毛蒜皮的小事了。

侯立松开了手,脸色有些缓和。"杨总,还有一件事,我想跟您说。肖总这个人心狠手辣,我怕他将来也害我,所以几年以前,我留了点东西。"侯立一副将功补过的小心样。

"哦?喔!"

"是肖总在蒙特尔时经手的一个账本,他很小心地自己保存着,我曾经见过这个账本,趁他们不注意偷偷复印了一份。里面有很多账目好像有问题。"

"你小子心眼还挺多。"

"我把这个账本藏在我床板的夹层里了。如果我出不去了,您把它找出来交给纪检吧。"

"猴子,你小子看着老实,其实挺有心眼啊。"杨舟用手指了指侯立,"我看好你!"

"唉……我……累了……杨总,我觉得啊,能不能出去,恐怕只有天知道了。"

"侯立,振作一点,家人都在外面等着我们回去呢。为了园园和闺女,我会拼尽最后一丝力气,我答应过她们,一定会回去的……"

"我……我……"

侯立挣扎着站起身来,一瘸一拐地缓缓走到刘思婉面前。

这几天的奔波,刘思婉累坏了,睡得很沉,均匀地呼吸着,灰与泥都不能掩盖她俏丽的容颜。长长的睫毛,凌乱的刘海,把侯立看得呆呆的。

"其实，我以前都没有正面认真地看过她的脸。临死之前，我也要……"侯立艰难地蹲下身子，捋了捋刘思婉额头上的头发，眼眸似水深情地望着她，忽然内心一阵悸动，忍不住俯下身去，欲吻向睡梦中的刘思婉。

杨舟看着侯立，张了张嘴，又叹了口气，抬起的手又放下了。能不能活着走出去，杨舟心里根本就没底，这万一是侯立的遗愿呢？

"嗡嗡嗡嗡……"侯立忽然听到头顶上方传来细微的嗡嗡声，站起身来抬头一看，竟是一架悬停在空中的四引擎无人机！

侯立顿时一个激灵，精神起来，急忙摇晃刘思婉："思婉，醒醒，醒醒！"

杨舟赶紧走近观察，这是一架法国产的高端侦察无人机！

周围的树丛里传来窸窸窣窣的声音，树枝草叶晃动起来，一个接一个浑身编着树叶、穿着迷彩服、端着枪的人钻出了草丛，将三人围在了中间。他们的头顶上，快速掠过一架墨绿色的直升机。

一个身材高大的"树人"走向了杨舟，摘掉了头上的草环。

"小舟！"

"叔！"

杨舟等人被一群穿着黑色作战服的人搀扶着行走在树林中，众人行至一处空地，地上直升机的螺旋桨依然在旋转着。"赶紧上飞机，我们在这不能停留太久！"

杨舟三人匆匆爬上飞机，一阵气浪掀起，飞机驶离了地面。杨志军望了眼飞机，和地上的众人一起迅速隐匿在树林中。

一架墨绿色的军用直升机掠过森林的上空，小武透过舷窗不住向下张望。对讲机里传来声响。

第五十二章 营 救

"哦！找到了！好！"

小武长舒了口气，把好消息告诉了身边的答巴耶，答巴耶一脸兴奋："太好了！"

直升机在一处空地停下，身着迷彩服的小武跳下飞机，背起一个大包，微笑着与答巴耶碰了一下拳头，转身奔向了森林深处。

标着 HS 字样的直升机在丛林上空快速掠过，奔向南方。

飞机上，一名头盔上标着 HS 的工作人员，用英语大声对着杨舟喊："杨总，这趟受苦了！这次我们动用了 3 架直升机，20 个人，给您这次的服务打了五折，您夫人已经支付了费用！"

"什么？！"螺旋桨巨大的噪声让杨舟听不太清对方说的话。

"费用我们给您打了五折！您夫人已经给了，是她找的我们！"对方更大声了。

"哦，好的，谢谢。"杨舟心里一阵暖意，李园园果然没有让他失望。"那我老婆在蒙特尔吗？"

"在，她在鲁卡的军用机场等你！"

杨舟的眼睛湿润了，一时百感交集。他想到李园园在这期间可能遭受的痛苦，很心疼；想到她的不离不弃与有勇有谋，很佩服；想到自己一番磨难平安归来，很庆幸。

直升机缓缓降落在开阔地上，杨舟迫不及待地从舱门跳了下来，几乎摔倒在地。

几十米外，在风中等候的李园园再也抑制不住心中的悲苦，哭着奔了过去。杨舟看到了妻子，愣了一下，也用最后的力气朝着李园园飞奔而去。

这几十米的距离，只是一瞬间，却好像那么遥远，隔了一个天堂与地狱的距离。

终于，差点天人两隔的两人相拥在了一起，李园园双手紧紧箍着杨舟的腰，委屈地失声痛哭，泪水浸湿了杨舟的衣襟。而杨舟也轻轻抚摸着妻子的头发，泪流满面。

"舟，我还以为这辈子，都……都见不到你了呢……"李园园抽泣着，抬起头来，贪婪地看着杨舟那脏兮兮的脸。

"不会的，我答应过你，要回来的。"杨舟抱紧了李园园，喃喃道。

第五十三章

心　锁

○

办事处的卧室里,杨舟与杨志军相对而坐,手里拿着一根"白沙",屋里烟雾缭绕。

"唉,没想到几个月不在,你奶奶也走了,我都没有在身边送终,不孝啊……"杨志军神色黯然,魁梧的身躯有些佝偻。

"叔,奶奶也八十多岁了,你之前也一直在她身边尽孝,别难过了……听他们说,奶奶走之前那两天,一直在念叨着华华呢,说怎么还没有给我来电话啊……"杨舟头上贴着一块纱布,皱着眉头掐灭了烟头,说着说着眼圈微微红了。

杨志军摇了摇头,历经沧桑的国字脸上,竟也写着忧郁和无助。"小舟,你读的书多,你跟叔说说。叔是一个军人,保家卫国曾经是我的职责,可是这一身的功夫,却连自己的小家也保不了,你婶婶病死了,华华被人杀了,我都无能为力,你奶奶死的时候,我还在蒙特尔。你说,叔,是不是不算一个称职的丈夫、父亲、儿子呢?我又能怎么办呢?"

"我……"杨舟一时语塞,不知道该说什么。

"现在只剩下复仇的信念在支撑我,可是,仇人的父亲却是被我杀的……"杨志军颓然地低下了头。

"叔,那个阮世明是个高手,你……还是要小心点。"

"没事，我心里有数的。听你的描述，我在匪徒的基地见过他几次，知道他住哪儿。HS 公司的人让我带他们去。"

"哦？HS 公司的人要去那里干什么呢？"

"他们说啊，蒙自的人抢了他们的直升机，又打伤了飞行员，很没面子。他们是世界最大的安保公司，不给蒙自点颜色看看，生意就没法做了……"

"这样啊，"杨舟无奈地笑了笑，"那叔你小心点吧。"

"生死已经不重要了。走了，还要去为你奶奶和华华祈福去。"

一辆半新不旧的皮卡行驶在马路上，副驾驶上的杨志军眉头紧蹙，心乱如麻。驾驶位上黄友德两眼看着前方，不一会儿前方山坡上出现了一个红黄相间的巨大门楼，上书"延拓寺"三个金色大字。

门楼略显陈旧，似乎已经有年头了，在这空旷的鲁卡郊区显得有些突兀，"咚——咚——"悠扬的钟声在山坡上飘荡。

黄友德将车停在了路边，与杨志军一同走了进去。

进到里面，几个身穿褐色僧服的黑人小孩正在庭院里嬉戏打闹，看到黄友德，一个略大点的女孩带着一个五六岁的小男孩喜笑颜开地扑了过来。"黄爷爷……"

"哎，月月，亮亮，吃糖了……"黄友德的皱纹里面都是笑意，把手里的糖果放在他们手心，其他小孩也围拢过来，吵着要糖，黄友德又从包里给他们散去了些。

"去玩吧，黄爷爷今天有事……"黄友德拍拍女孩的脑袋，跟杨志军继续往里走。

"月月和亮亮都是寺庙收留的当地小孩，还能学中文，有口饭吃……"

拾级而上，再跨过一个门廊，是一个更大的院落，里面一个身材健硕、身着僧服的黑人，一声声吆喝着口号，十几个十多岁同样身着僧服的黑人小孩一边呼喝着，铿锵有力、一招一式地操练着中国功夫。

"释延蒙法师，近来还好啊？"黄友德满脸堆笑，冲着黑人僧人打招呼，杨志军也礼貌地点了点头。

"你好啊，黄，今天弘明法师正好在寺里弘法，你可以让他给你解解惑。"黑人僧人用发音生硬的中文回应道。

"哦，弘明法师又从中国过来了。"

佛像前，杨志军虔诚地跪在蒲团上，五体投地拜了三拜，又拜了三拜，跪着双目紧闭，双手合十默念着。

几经征战，从尸山血海里爬出来，身体上的痛苦已经不算什么，而心灵的痛楚和纠结却挥之不去。

"佛啊，你能不能超度这个苦难的灵魂……"杨志军喃喃地说着。只听得一个低沉苍老的声音说道："施主，你是遇到什么难事了吗？"

杨志军睁开双眼，只见一位面容慈祥、穿着灰色僧袍的老僧人微笑着缓缓走来。

黄友德连忙双手合十，恭敬地低下头："弘明法师。"

"我内心的困惑，可否请法师指点一二……"

弘明法师看了看杨志军那张历经沧桑的脸，和额边的一道刀疤。"今天你我相遇，也是缘分。看你的面相，也是良善之人，若施主不嫌弃，不妨随我到禅房一叙……"

杨志军满脸欣喜："太好了，真是天大的幸事啊，还得请法师为我指点迷津！"

布置简单的禅房内，杨志军与弘明法师盘腿坐在禅床上。

"现在你的内心充满仇恨，因亲人被杀，你势必想手刃仇人，了却心愿，是吗？"

"是的，法师，只有这样，我才能得到内心的解脱。"杨志军望向窗外看似静谧的森林，悲痛与愤怒纠缠于眼底。

"这样，你真的能解脱吗？"

"请法师明示。"

"你杀了仇人的父亲，仇人又杀了你儿子，你再把他杀了，如果他有儿子，还要找你报仇。你是要把他们全杀光吗？"

杨志军微微张了张嘴，眼里的凶光慢慢消退下来，缓缓低下了头。

"所以，死亡并不会让仇恨消失，仇恨依然存在于天地之间。"法师见状微微一笑，给杨志军又讲了个小故事。

小沙弥去担水，回来的路上被蛇咬伤。

回寺院处理好伤口之后，小沙弥找到一根长长的竹竿，准备去打蛇。慧清法师见状，过来询问。小沙弥把事情对慧清法师讲了，法师问事发地点在哪里，小沙弥说在寺院北坡的草地。

慧清法师又问道："你的伤口还疼吗？"小沙弥说不疼了。

"既然不疼了，为什么还要去打蛇？"

"因为我恨它！"

"它咬疼了你，你就恨它，那你踩疼了它，它也恨你，也该咬你。你们双方因恨结怨，可你是人，你该早些放下心头的仇恨。"

小沙弥一脸的不服："可我不是圣人，做不到心中无恨。"

慧清法师微微笑道："圣人不是没有仇恨，而是善于化解仇恨。"

小沙弥抢白说："难道说我把被蛇咬当作被松果打中脑袋，或者半路被雨淋一样，我就成了圣人？如此说来，做圣人也太容易了吧！"

慧清法师摇摇头："圣人不仅懂得化解自己的仇恨，更善于化解对头的仇恨。"

小沙弥怔住了，呆呆地望着慧清法师。

第五十三章 心 锁

慧清法师说："世人对待仇恨有三种做法。第一种是记仇，等于在心里搁了一块土坷垃，自己总是生活在恨意带来的痛苦中；第二种是尽快忘掉仇恨，还自己平和与快乐，等于把土坷垃弄碎，在上面种了花；第三种是主动与仇人和解，解开对方的心结，等于是摘下花朵赠给对手。能做到第三种，就与圣人的境界差不远了。"

小沙弥点点头。

不久，北坡草地上出现了一条高于地面的窄窄的石板路，那是小沙弥修建的，之后这里再也没有发生过蛇伤人的事情。

杨志军听了故事，低头思索："法师，道理我是懂，可我也不是圣人，这后两种做法，我现在都做不到。那我，是不是要到一个没有人的地方躲起来，忘却这些仇恨呢？"

"心灵的枷锁不能解开，世界只不过是一个大的牢笼，走到哪里都像坐牢一样。心锁若能解开，即便身在牢狱中，也是纯粹的自由。我讲这个故事，并不是想让你逃避。惩恶扬善，保护弱者，也是佛法所弘扬的。"

杨志军再次陷入沉思，继而又抬起头来，虔诚地望向法师。"那我应当如何打开心锁呢？还望法师能度迷途之人。"

弘明法师没有回答："杨施主，你有没有想过，我们到这里来，是想给这里带来些什么呢？"

杨志军皱了皱眉，摇了摇头。

"唐朝玄奘法师，行程五万余里，138个国家，带回了佛法经典无数，很多典籍至今仍是我辈弘扬佛法的根本遵循。他穿越蛮荒之地，九死一生，前后历经十七年，青年出去，回来已是中年。他为的是化解人世间的苦难，也被后人称为和平的使者。"

"那么，"弘明法师微笑着望向杨志军，"我们不远万里来这里，究竟是想带来些什么，又带回去些什么呢？"

杨志军仍不解其意，只得将探寻的目光再次投向了法师。

"众生皆苦，唯有自度，所有的困惑最终只能靠自己解开。你是忠义之士，有的人生来就带着使命，做你觉得正确的事情吧，佛会指引你到达彼岸。"

寺庙门口，杨志军双手合十，对着弘明法师深深地躬下身子，就此话别。

皮卡已经开远了，弘明法师看着远去的汽车，轻轻喟叹着。

寺庙的钟声再次响起，飘荡在天际。

第五十四章

炒 作

○

6月初。

演播室里，西装革履的李涛和打扮知性、留着齐耳短发的美女主持人微笑面对着镜头，背景板上写着"财经纵横"。

主持人："各位观众，今天我们《财经纵横》节目请来了老朋友，京都证券首席分析师李涛老师，来跟大家聊一聊股市。李总，最近股市一路高歌猛进，今天S综指已经历史性地突破了4500点，对此您怎么看？"

李涛："好的，主持人。从去年下半年以来，大盘从2000点附近启动，现在已经涨到了5000点附近，很多股票已经翻了好几倍，甚至十几倍，很多股民朋友都赚到了钱。"

主持人："是的，现在大家对于股市非常关注，后续行情您怎么看呢？"

李涛："从经济基本面看，一路向好，资金面也充裕，贷款余额持续扩大。政策面呢，有人说4000点才是牛市的起点，哈哈哈……我不好说最终大盘能达到怎样的高度，有说8000点的，有说10000点的，总体我觉得后市可期吧。"

家具老旧、墙面斑驳的老房子里，李志远姐姐李红艳一家三口坐在折叠桌前吃饭，饭桌上碟子里盛着几个家常菜。

李红艳往十多岁的女儿碗里夹了一块肉，看了看一旁一边吃饭，一边目不转睛盯着电视的老公。

老旧的台式电视屏幕上，李涛还在侃侃而谈："现在啊，股市赚钱效应很明显，很多只股都创出了历史新高……"

"我说，老牛，你的股票咋样了？我听我们超市姐妹说，她们有的都赚一万了！"

"呵呵，这个数！"老牛得意地伸出了五个指头。

"5000？"

老牛微闭着眼睛得意地摇摇头。

"什么？！你都赚了5万了！！"李红艳惊喜地喊了出来。老牛一脸骄傲，点点头。

"天哪，那都抵得上我两年的工资了！"

"呵呵，我怕吓着你也没跟你说，靠咱俩的工资哪发得了财啊。早就跟你说要有门路，你还不信。要是早下手啊，赚得更多。咱们车间的小温，拿3万炒，都赚了10多万了！"

"我的天……"李红艳的嘴都合不拢了，"咱要是能多赚点，是不是买房的钱都有了！"

"那是啊！"

屏幕上，主持人笑吟吟地对着李涛："李总，那您觉得有什么股票可以关注的呢？"

"297822，龙江股份。"李涛顿了顿，"这只股票早在去年就开始布局蒙特尔的林木资源，我还专门去蒙特尔调研过两次，感兴趣的观众可以去看看我的研报。"

"好的，那我们来看看297822的走势图。"主持人说，屏幕前出现了股票的K线图。

"图形真漂亮!"电视机前的老牛赞叹道,迎来了李红艳崇拜的目光。

在她眼里,这个只能赚点微薄的工资却喜欢吹牛的老公形象一下子高大起来。

"大家看,297822从今年初以来,一直是稳步向上的一个趋势,筹码应该是比较稳固的,从5块涨到了9块,整体涨幅不到一倍,后续的空间还比较大。"屏幕上的李涛说。

"对了,红艳,志远以前不是老去蒙特尔吗,我听他说过那里的红木很多啊。"

"是啊,我也听他提起过。"

老牛沉思了片刻,似乎下定了决心。

"红艳,你说咱们要不趁着形势好,干一票大的!"

"怎么干大的啊?"

"你妈不是把志远的100万存在你那儿吗?要不咱们拿出来投进股市,赚了钱给你妈他们也分一点!"

"哎呀,这可不行!"李红艳大惊失色,连连摆手,"这是志远拿命换来的保险金,你可别打这个钱的主意,要留给他儿子的!"

"哎呀……"老牛摇了摇李红艳的胳膊,"我们又不是要他们的钱。等赚了钱就还回去啊,就周转下,多好的机会,等过了这村,就没这店了!"

李红艳神色稍有缓和,没有说话。

"你看,咱俩一个月加一起才赚三四千块钱,闺女将来还要考大学,这破房子都还是租的,钱哪里够花啊?"

"那也不行!"

"相信你老公,我不是都赚了5万吗?富贵险中求啊!不用赚太多,赚个一倍,拿 20 万就能在咱县城最好的地方买个房子,剩下的养老,今后就能过上好日子了呀!"

李红艳眼睛开始发亮,咬了咬嘴唇,没有吱声。

"好的,各位观众,今天我们的节目就到这里,感谢李总给予的专业分析。"主持人微笑着对着镜头,"股市有风险,投资需谨慎。"

银行门口,李红艳已经徘徊了许久。门口两个挎着菜篮子的大妈在兴高采烈地谈论着。

"昨天我买的龙江股份,居然涨停了,好久都没有大涨过了,一下赚了一万多呢!"

"这算什么,我儿子给我买的那只什么建设,都翻了三倍了!"

门口,证券公司的业务员摆着台子,正在一边宣传,一边发着传单。李红艳踌躇再三,终于一咬牙走进了银行。

京城金融街一栋高档写字楼内,西装笔挺的李涛拖着行李箱快步走过走廊。身材玲珑、长发披肩的美女助理一袭职业装紧跟其后。

"李总,昨天龙江股份又涨停了,这是连续第三个涨停了。上周大盘的分析放您桌上了。"

"嗯,不用看了,盘面的情况,这次出差期间我大概知道。龙江股份已经启动了,今天盘中有什么异常没有?"

"这几天龙江每天都有很多万手大买单出现,还有不少十万手的巨单。可能有人在操盘。"

"你把'可能'两个字去掉,操盘的手法很老辣,但是骗不过我的眼睛。小姑娘学着点。"

"好的,李总。"女助理笑得像朵花一样。

"对了,今天来了多少人?金总为啥让我这么赶,从机场赶来开这个见面会?"连日的奔波让李涛神色很疲惫。

第五十四章 炒 作

"来了二百多人，都是咱们的VIP客户，账户资金千万以上的，现在市场情绪很高涨，他们都急着等您点迷津呢。"

"我能指点什么迷津？众生皆苦，唯有自度。"李涛在门口站定，把行李箱递给了助理，理了理西装，换上了一副职业笑容。

脖子上挂着工作牌的同事赶快推开了门，李涛笑容满面，精神饱满，昂首阔步走了进去。

偌大的会议厅里座无虚席，还有人坐在临时搬来的折叠椅上。见李涛进门，焦急等候的中老年男男女女纷纷从座位上站起来，向李涛簇拥过来，一副迎财神的架势，贪念尽现。

"李总，帮我看看699542这只票的走势呗……"

"李总，您觉得大盘能到8000点吗？"

"李总，您觉得蓝月科技还有建仓的机会没有啊？！……"

李涛一边频频微笑着点头示意，一边努力划开众人，步履艰难地向讲台走去。

他知道，这些疯狂的人并不是有多喜欢自己、尊敬自己，只是不想失去财富暴涨的机会而已。名利场上的嘴脸早已习惯，众生如此，自己亦如此。

京城郊区龙江宾馆。

金碧辉煌的贵宾厅里，秦十里端起满满的酒杯，举向肖强。

"肖总，秦远到你这儿几个月，给你添麻烦了，来，我敬你！"

两人碰杯，仰头一饮而尽。

秦十里身边一个戴着黑框眼镜、身着白衬衣、气质斯文的小伙子站起身来，走到肖强身边，谦卑地说："肖叔叔，我也敬您一杯，跟着您时间虽然短，但是学到了不少东西啊！"

"哎，老秦，你们上阵父子兵啊，我可招架不住啊，哈哈！"肖强爽朗地笑着。

"肖叔叔，哪能让您吃亏啊，我干了，您随意。"秦远说罢，一仰脖全喝了。

"你这儿子，不仅智商高，海归博士，酒量也不差啊。"肖强羡慕地看了看秦十里。

"哈哈哈……"秦十里乐得嘴都合不拢了，"这小子除了像我聪明，其他都不像我，他读的书比我几辈子还多啊。肖总，我儿子表现怎么样？"

"秦总，你这儿子我看大有前途啊。一点没有富二代的架子，也没有博士的酸劲，每天都在认认真真地学管理，学做生意呢。我们公司的人都说进步很快，很多老业务据说都赶不上他呢。"

"哦？"秦十里有些诧异地看了眼秦远。秦远憨厚地笑了笑："哪里，肖叔叔，我之前在美国实习过一段时间，不过懂得还是太少，需要跟您学的太多了。"

"你看你看，我这儿子多会说话，一点不像他老子我这么狂，哈哈哈……"

"前途无量啊。"肖强意味深长地看了看秦远，似乎想透过他憨憨的笑容和谦逊的仪态挖掘点什么。

"老肖，你帮我好好调教着他点啊，那些什么经营管理高大上的东西我不大会。我已经把公司的一部分股份转到秦远名下了。混了这么多年，我也有些累了，后边想让他把我打下的江山给撑起来。"

"你可真幸福，有这么优秀的儿子当接班人。"肖强有几分嫉妒地看了看秦十里，又看了看秦远。

"话说，你们龙江的股票最近几天涨得很猛啊，看得我很开心，你给儿子的股票，怕是值多少个亿了吧？"说到股票，肖强的脸上又绽放出了灿烂的笑容。

"表演才刚刚开始,发财肯定要大家一起的嘛。"秦十里身子往后一仰,神秘地笑了笑,"等到 7 月底解禁了,大家都会暴赚一笔,包括你小舅子在内哦。"

南方某省城,老旧办公楼内。

三十多平米的房间里,十多台电脑沿墙排开,显示着股票的走势图,屏幕前的人紧张地盯着屏幕,不时用键盘输入一串串数字。

屋子的中间,站着一个穿着白色跨栏背心、沙滩花短裤,戴着黑框眼镜,头发蓬乱的年轻男子。

男子狠狠地吸了口手中的香烟,眉头紧皱,从厚厚的嘴唇里吐出一股股烟雾。

整间屋子已经烟雾缭绕,地上满是烟头,男子依然在不停地抽着,眼睛不时地扫过一个个电脑屏幕。

正是股市人称"追魂一字刀"的郑飞。

"郑总,盘面上有几个游资在跟风我们炒作龙江股份,金额都不小,现在已经涨了 7 个点。"一个身材干瘦的小伙子递给郑飞一杯咖啡。

"很好。"男子惨白的脸稍微有些放松,扔掉烟头,接过咖啡汲了一口。

"记好了。"男子淡淡地说,"1 号账户买入 500 万,每隔一分钟换一个账号,分别买入 1000 万、1500 万、2000 万、2500 万……以此类推,买到龙江股份涨停为止。"

破旧的小屋里,李红艳狂喜尖叫着和老公抱在一起,一边蹦跳,一边大声笑着,着了魔一般。

电视屏幕上,显示着龙江股份的走势图,一根曲线陡然向上,涨跌幅上用醒目的红字写着"10.01%"。

"今天龙江股份再次涨停，带动林木概念板块掀起涨停潮，李总，对此您怎么看？"

屏幕上，李涛依旧笑容可掬侃侃而谈："龙江股份已经成了林木概念的龙头股，最近涨得有点快，可能会有所调整，但是中长期看上涨空间还很大。"

"那您的建议是？"

"买入和长期持有应该是比较好的策略……"

第五十五章

扑朔迷离

○

6月的蒙特尔,依然是雨季。已是深夜,杨舟披着外套,站在工地宿舍的窗前。透过窗口,月光下的森林披上了一层淡淡的银装,远处是工地上星星点点的灯光,一些工人还在清理废墟,修复设施。

越过森林,杨舟的视线停留在了倒塌的办公楼上,劫后余生的他眼前经常晃动着飞蹿的火线、支离破碎的躯体。

刚逃离魔窟时,杨舟的身体历经这场劫难,还很虚弱,需要调养,暂时还不能经历长途旅行。尽管李园园坚持要留下来照顾他,在他苦苦的劝说下,还是让她独自回国了,毕竟家里也有孩子要照顾。

而杨舟呢,其实也想回家,跟这里相比,京城的家如天堂一样安逸。

可是有些事情,他还是希望能找到答案,于心不甘。阮世明的一面之词是不是可信,第一次袭击工地的是不是蒙自,都尚未可知……

裤兜里的手机响了,杨舟拿起一看,赶紧换上一副恭敬的表情。

"喂……汪总,对……我在办事处呢。您那边还是清晨吧,您有什么指示……"

"哎呀,我是睡不着了,干脆起来想着给你打个电话吧。"电话那头汪延的声音很和蔼,"怎么样,身体好了吗?"

"没事了,汪总,谢谢领导关心,没什么大碍,年轻呢,养一养就好了。"

"这一番啊,真是苦了你们了。在外面,安全和健康才是最重要的。你的驻外任期虽然还没到,不过考虑到你经历了这么多事,如果你提前回来,组织上会同意的。之前也答应过你和你夫人身体好了就回来……"

"嗯……"

"但是呢……"汪延又把话接了下去,"后面的事情还需要有人接手,你也帮我想想谁合适,我来时间短人头还不太熟,你情况更了解。肖强他有自己的私心,想让老邢替你。可是老邢对蒙特尔那边的情况也不熟啊,临阵换将不是什么好事。最近上面海外市场的政策密集出台,集团交代啊,一定要把鲁卡无线通信的项目拿下来,做成非洲地区的标杆、中国的名片。我收到上面的消息,A国FA集团也要介入这个项目,形势更复杂了。"

"哦?FA也介入了?"

"是啊。现在这个时候,正是用人之际。"

"嗯,"杨舟点头应着,眉头皱了起来,"这个项目老邢没有参与过,人头也不熟……"

"要是把事情搞砸了怎么办呢,咱们投入这么多的心血。"汪延语气有些无奈,"肖强这个人啊,唉,不说了。现在这个状况,连老邢也不愿意来了,他也不想掺和事,北非那边业务也忙,愁得我都睡不着觉。"

"汪总,这个人选还真不好找,实在不行,要不我跟家里商量商量,再待一段,等拿下无线通信这个项目……"杨舟有些踌躇。

"这样,杨舟,我其实想让你回来先歇一段,你太苦了,实在是不忍心啊。你再想想吧。"

"哦……"杨舟皱紧了眉,长出了一口气。

汪延顿了顿,似乎下定了决心:"嗯……有些情况呢,我也想代表我个人跟你说说。董清风走了以后,副总的位子一直空着,本来我想从外地调一个,可是总也没有合适人选,还有不少人建议从内部提拔。这个关键节点谁能够有所表现,把项目拿下来,就很有可能进一步。你明白我的意思吗?"

"唔……"

挂断了电话,杨舟用手拨了拨蓬乱的头发,试图理清楚思绪,而侯立却敲门走了进来。

"杨总,您也没睡啊?"侯立坐在了椅子上,显然有话要说。

"咋了,这么晚找我?"

"杨总,我睡不着,想找您说说话。我决定不回去了。思婉已经走了,这边人手更不够了。您看,油田的项目重新启动了,咱们和中原石油这两家在项目上的地位已经不可撼动了,无线通信的项目也已经进入关键时期,这正是建功立业的大好机会啊。"

"唔,这一趟下来,你不想回去休整一下?"

"哪顾得上这个啊,咱们普通人家的孩子,不就得靠拼嘛。机不可失啊!"

"你……你小子真的是个人才啊!"

"嗨。"侯立傻笑了一下,"对了,杨总,您还回去吗?其实我真的想让您再带带我,咱们一块儿把这项目给搞成了。我都跟了几年了,可不想在这节骨眼上给跟丢了,过两天就投标了,后面还有好多事呢。"

"嗯,确实是……我跟家里商量一下,你先回去睡吧,太晚了。"

送走侯立,杨舟拿出一盒"白沙",站到窗前,不一会儿屋子里烟雾缭绕。

一个多小时过去了，终于，杨舟眉头一紧，把烟头扔到了地上，用脚狠狠踩了踩。抬头一看挂钟已是京城的早晨，杨舟拨通了李园园的电话。

"喂……园园。"

"舟，你那边是大半夜吧，怎么还没睡呢？"李园园嗔怪道，"别熬夜把身体搞坏了。"

"我心里有点乱，想跟你商量一下。我们汪董刚才给我打电话了，说项目的事很吃紧，让我想想谁来接我的手。"

"谁接手啊？你……你不会又不回来了吧？说好了养好身体就回来的！"李园园语气急促起来。

"园园，你听我说……"杨舟把情况跟李园园说了一番，"我把这个项目做完马上回去，我发誓！！"

"你！"李园园大喝一声，长出了口气，"唉，我是管不了你了，你可是做大事的人嘛，我们娘儿俩你可不管啊……"

"园园，我不是……"

"算了，你别说了，搞得我好像觉悟低似的。"李园园叹了口气，声音柔和了下来，"注意照顾好自己……我要送萌萌去幼儿园了。"

"哎，我的好园园，乖园园……"

电话那头传来"嘟……嘟……"的忙音，而杨舟的眼眶不知不觉已经湿润了。

一道闪电划过，乌云逐渐遮住了月光，雨滴从天上淅淅沥沥而下，不一会儿竟演变成了倾盆暴雨。

狂风刮过，一道巨大的闪电将杨舟的脸都映白了，使他不禁微微闭了闭眼，眼前恍惚出现了"6·12"当晚，躺在办公楼地板上血肉模糊的朱斌和李志远。

半年多前，昏迷了几个月的朱斌终于在比丹的医院里苏醒了。包裹得像粽子一样的朱斌，看到杨舟的第一眼就挣扎着连声问。"志……志远……志远，怎么样了……"

"你先别动，别动着伤口。你很幸运，志远……已经没了。"杨舟难过地垂下了头。

"志远……"朱斌的眼角渗出了泪花，将头偏向一边，"是他救了我。"朱斌重重地叹了口气，缓缓地讲述了一些之前的事。

袭击发生前半个月，朱斌跟李志远在同一个宿舍，工作上很多时候也在一起，但觉得他总是神情恍惚，十分焦虑，经常半夜爬起来到外面去。有一次，半夜朱斌上厕所的时候，发现志远蹲在外面水泥地上抽烟，叹气，问他出了什么事，他说没事，也不愿搭理人。

断断续续的，朱斌又还原了袭击当天的情景。

那天晚上，朱斌和李志远加班在中控室调试设备，突然就发生了剧烈的爆炸。水泥墙和水泥块砸下来的一瞬间，李志远猛地趴在了朱斌身上，用自己的身体护住了朱斌，自己被砸死了，而朱斌虽幸免于难但也身受重伤。

窗外的雨慢慢停了，杨舟摸了摸下巴，点上了一支烟，狠狠抽了一口，吐出一大口烟雾。

经朱斌这么一说，回想起来，那段时间李志远好像是有点不对劲，总是心事重重的感觉。

杨舟也没想到，一向老实巴交的李志远，在危难瞬间，居然如此勇敢，把生的希望留给了别人。

"叮叮当……"手机的音乐铃声，打断了杨舟的思路。

"喂，园园……"

"舟，早晨跟你一着急忘跟你说了。你们公司那个李志远的U盘我已经破解了,花了我好几天,熬了好几个晚上呢。里面有两段视频。"

"哦?视频里都有什么?"杨舟语气急促。

"你看你都不关心我,我熬了好几个晚上你也不关心关心?就知道视频!你还有没有良心……我这刚刚回去,又要上班,还要管萌萌,你倒好,一个人还留在那儿。"

"园园乖啊,辛苦了我的宝贝。我在这儿再待……"杨舟赶紧把语气变得柔和。

"你别待了,赶紧回来吧,差点儿把命都丢在那儿,咱也不指望升官发财了,一家人平平安安在一起就好。"

"我知道的园园,我把这边的事情处理好,年底就回去哈。"

"唉,真是让我担心死了。"

李园园顿了顿,缓了缓情绪,杨舟也不敢说话,怕又触碰到对方哪根脆弱的神经。

最近发生的这些袭击、绑架,让李园园的心理承受了极大的震荡,有一点风吹草动都可能让她爆发。

"呼……"李园园长吁了口气,似乎已经发泄完了。

"我把视频发给你,没想到李志远之前就得了癌症。"

"什么……"杨舟眉头皱得能拧出水来,张大了嘴,"你快把视频发我!"

笔记本电脑前,杨舟皱着眉头点开了视频。

李志远的脸对着镜头看了看,返身坐在了对面的床边。

这是在工地的宿舍里录的,杨舟认得出来,视频上显示的时间是 2014 年 6 月 8 日晚 19:45。

李志远呼出一口气,缓缓地开始说话了。

"爸,妈,姐,当你们看到这个视频的时候,我可能已经不在人世了。

"不是我不想活了,而是我得了一种癌症,胰腺癌晚期,医生说,活不了多久了。

"唉,这些年哪,我觉得我活得很累。我从咱们村来到大城市,又到了蒙特尔这个地方,反差太大了,诱惑太多了。我经常觉得自卑,没有别人那么能说会道、脑筋活络,也做不成什么大事,遇到的那些诱惑,我也经不起。

"我也不知道我怎么得的这个病,是不是跟情绪有关,听说一旦发现很多都是晚期,治不好了,而且治起来很遭罪。

"如果我出了意外,你们不要为我难过,对我来说恐怕反而是个解脱。或许我会死在这里,或许我会自己了结,只是我不想经历那个痛苦的治疗过程。我给你们买了保险,死了会有保险费,一半给爸妈,一半给我的两个孩子,希望他们能好好地长大……"

"唉……"杨舟无奈地摇了摇头,长叹了一口气,把脸深深地埋进了手掌中。

窗外,天色逐渐放亮了,杨舟看了一眼手机,又打开第二个视频看了起来,皱起了眉头。

"杨总,杨总……"侯立急急忙忙跑进杨舟的房间。一宿没睡的杨舟,抬起头来满眼血丝,看了看侯立,不满地说:"什么事这么慌慌张张的?"

"不好了,我刚才接到蒙特尔工业部的电话,咱们的产品被正宇科技的人举报了,说我们的无线通信网络在蒙特尔使用有致命的技术缺陷,如果不合理解释,就不能参加后天的投标!现在他们工业部的人让我们去解释!"

"他们说什么缺陷没有?"

"说了,说我们的基站中继能力差,覆盖范围小,不能在蒙特尔使用,很多详细的技术参数都跟我说了!"

"关小昱真够阴的!"杨舟明白,这次他们被竞争对手抓住硬伤了。

华通集团的无线基站,最适合人口稠密的地区,能够即时响应巨量的无线数据传播,但是覆盖的物理距离有限,需要把基站建得很密。在地广人稀的地方,性价比就会很差。本来想先把标拿下来再说,在施工前对基站和配套的设施进行适应性改造,现在看来正宇科技不想给他们这个机会。

"他们怎么会知道?我们的产品数据为什么会泄露给他们啊?"

"我也不知道啊!"

"时间太紧了,后天就要投标了,正宇科技可能早就知道我们产品的缺陷了,到这个时候才提出来,是想让我们措手不及。先想办法,找找昆古拉,看能不能把投标拖一拖。对了,最近研发那边有进展没有,大概还有多久能完成产品改造?"

"我听他们说,进展还比较顺利,还需要大约三个月的时间。"

"唔,太慢了。"

杨舟拨打张玉龙的电话,忙音没人接。

杨舟用手捏着眉头,试图捋一捋一夜未眠而混沌的脑子。

"走,咱们回鲁卡!你去联系张玉龙,问问情况。我干脆当面去找关小昱!"

"哦,对了!"侯立转身要走,杨舟把他叫住了,"米波尔的妈妈现在怎么样了,从鲁巴庄园搬走了吧?"

"对,费用我已经付清了,稍微有点贵,不过鲁巴庄园安保状况不错,没人能随便进出的。现在蒙自这帮人也顾不上这档子事了,米波尔也回来了,到蒙特尔通信上班去了。"

"哦，他妈妈没事就好，咱答应过米波尔的。怎么，米波尔跑蒙特尔通信上班去了？"

"对啊，我也是刚知道的，最近蒙特尔通信正在招兵买马，为后边的项目做准备……"

第五十六章
正宇科技

○

酒店的咖啡厅里，杨舟西裤衬衣，却是一脸疲惫，头发有些蓬乱，早已无暇顾及。

化着淡妆的关小昱款款而来，微笑着跟杨舟打了个招呼，在对面落座，依然是那么优雅、知性。

"怎么，我的杨总，找我来干啥啊？"

"啥总不总的，咱老同学别这么生分，最近发生了不少事，也想跟你见见面，聊一聊。听园园说我被绑的时候，你还伸出了援手，谢谢你，有心了。"

"嗨，也没帮上忙。"关小昱定定地看了眼杨舟，眼睛里泛着光，"你人没事就好，说实话真的是担心你。"

杨舟避开了关小昱的目光："你有这份心意，我已经很感动了。"

"后来你们公司的人举报你跟我怎么的了，有啥进展啊？你也不回避回避？"关小昱眼神怪怪的，语气有些揶揄。

"谁愿意说谁说去呗，嘴长在人家身上，有啥好在乎的。"

"得了吧，即便你不在乎，你夫人在乎不？"

杨舟神色有些尴尬，干咳了一声，赶紧转移话题。

"不说这事了，今天我约你见面，想必你也知道是为什么吧。"

关小昱定定地看了看杨舟，叹了口气。

"唉，你这刚从刀尖上滚过来，捡回一条命，又开始忙这些名利的俗事了。"

杨舟皱了皱眉头，才意识到，自己真的是很快又回到了之前的角色，在操心着利益。

"这个世界就是个丛林，动物们生死相搏以后，日子还是要过的，人也一样。因为你若慢，就又被老虎给吃了。"

"你看我像母老虎吗？"关小昱仰头咯咯地笑了起来。

关小昱笑够了，脸色回归正常，恢复了优雅的微笑，露出两个浅浅的酒窝。

"杨舟，你也知道的，这个项目对咱们两家公司，对你对我，都非常重要。且不说合同金额现在已经涨到两亿美元，后续的升级改造，配件供应，乃至一系列周边衍生产品，够我们吃若干年了。"

"我知道，"杨舟勉强笑了笑，无奈地点了点头，"大家都要生活，你有你的君君，我有萌萌，养家糊口嘛。"

"谁不想过得好一点呢，否则谁愿意到这里来。"

"所以你就给我们下绊子？"杨舟坏坏地笑着，用手指了指关小昱。

"哎哟，我的杨总，这么说话就不对了。"关小昱依然微笑着，"我们提的事情有假吗？你们的设备难道没有缺陷吗？如果没有，你们向蒙尔特通信的人、工业部的人，用铁一般的事实澄清不就完了？"

杨舟叹了一口气，总觉得别扭。在谈到生意的时候，他俩抽离得太快了，已经没有了以前的那种熟络感和亲近感。

"小昱，你们是怎么知道我们新产品的信息的？"

"这有什么难的，谁在对方那还不能得到点消息，你在我那里就没卧底吗？咱们老同学一场，你就别跟我装了。"

关小昱依然微笑着："没拿下标，你们前期研发也不敢投入太多，不像我们，资金实力雄厚，国际业务做得比你们大，研发投入也比你们高得多。"

杨舟呼出一口气："这样啊，咱们就事论事吧。你知不知道，A 国的 FA 集团已经介入这个项目，准备和我们国家的厂商打价格战。"

"哦？"关小昱不由得坐直了身子。

"FA 集团的实力你不是不知道，A 国老牌财团，旗下的科技公司技术比咱们都要先进。"

"我知道啊，只是他们不是嫌项目小利润薄，还有风险，不愿意参与吗？"

"他们刚刚换了 CEO，是个好大喜功的家伙，想要靠低价抢占市场，在非洲重新布局。"

关小昱的眉头不由得皱了起来："如果他们倾尽全力，那我们两家的胜算都会很小。"

关小昱低头沉思片刻，忽然眼前一亮，抬头望向了杨舟。

"我知道你今天为什么叫我来了。"

"你是一个很有智慧的女人。"杨舟微微一笑，身子往前靠了靠，"如果咱们两家再这么打下去，谁都没法得到这个标，只会让 FA 坐收渔人之利。"

"但是如果我们结成联合体共同竞标，把两家的优势都互补、发挥出来，胜算就很大了。"

"没错！"杨舟打了一个响指，"到时候用你们的基站和施工，我们的光纤、运维技术和经验，就完美了，研发、施工成本可以进一步降低，FA 就不是我们的对手了！"

"其实都是中国的企业，格局也应该大一点，在蒙特尔人眼里，中国企业就是中国的名片啊，我们总是这么互相打，给人家留的印象也不好。"

"你能有这个认识最好,咱不光赚钱,方方面面的影响也得考虑啊。"

"那哪家当主承包商呢?"关小昱也往前凑了凑,狡黠地问。

"这个嘛……"杨舟笑了笑,"可以商量,但是我觉得华通集团更合适,因为……"

"谁当主导谁就能分得更多。"关小昱打断了杨舟,"这个问题就复杂了,一时半会儿怕是说不清楚。我只能跟你说,合作共赢是大方向。我们可以同时要求推迟后天的投标,让大家有足够的时间协商,相信工业部会同意的。"

"没问题,我跟总部这边请示一下,应该没问题的。"

关小昱吁了一口气:"好了,你不是想知道我从哪里得到了你们的技术信息吗?有个人很想见你。"

关小昱拿起手机,拨通了一个电话:"你可以过来了。"

"谁啊?"杨舟饶有兴趣地歪着头看着关小昱。

"来了你就知道了,你的一个老朋友。"

一个身形高大的中年男子从咖啡厅门外走了过来,随着人影越来越近,杨舟不由得站起身来。"董总!您怎么到鲁卡来了?"

董清风微笑着快步走了过来。杨舟发现,他的头发变得有几分花白,不到一年的时间,一张脸沧桑了许多,眼角皱起了几条细密的鱼尾纹,已经不如当年得志时的风采。

杨舟赶忙凑上一步,握住了董清风伸出来的右手,又把左手包了上去,使劲晃了晃。

"好久不见啊,董总!"

关小昱站起了身,拿起了自己的坤包,礼貌地笑着说:"你们老朋友见面,好好聊聊,我还有别的安排,先走了。"

"好的好的，回见。"杨舟说，董清风也微笑着点了点头。

关小昱转身离去，杨舟带着一丝惆怅看了一眼她的背影，随即招呼董清风坐下。

"董总，您到蒙特尔来也不跟我说一声，我好招呼招呼老领导啊。"在董清风面前，杨舟习惯性地像在领导面前一样谦逊恭敬。

"哎呀，杨舟，我得叫你杨总了。"董清风叹了一口气，脸上透着风霜和些许无奈。"今非昔比了，我已经不是你的领导了，你就别跟我客气了。"

"董总，您怎么到这里来了？"

"一言难尽哪……"董清风拉长了语调，讲了讲自己这将近一年来的遭遇。

被开除后董清风一度消沉，很难接受突然的落差。自己的父亲是个一辈子兢兢业业的中学老教师，听说儿子嫖娼被开除，给气得脑梗发作，瘫痪在床。本来是家里的骄傲，现在成了不肖子。

老婆呢？也没有办法，不管是不是相信自己，还有两个孩子，只能选择继续一起过。

度过了一段灰暗孤独的日子后，董清风认为自己还是要做些事情，毕竟，他要在京城养两个孩子。

他找过一个小公司做销售总监的工作，但是并没有干长久，而且心中郁结难消，想到肖强依然居于高位，依然在那里逍遥，他天天恨得牙痒痒。

后来，董清风觉得还是要利用自己在国际业务方面的知识和经验，决定到非洲来搞国际业务，也顺便收集一些肖强的证据。

"所以，两个月前，我找到了关小昱，她让我当副手。"董清风狠狠抽了一口手中的烟，从烟雾中抬起头来。

"您想利用关小昱替你报仇？"

"合作不就是互相利用，她有用得着我的地方，我也有用得着她的地方，这样才可能合作。再说，人总是要吃饭，要生存的。"

"那董总您的计划有什么进展呢？"

"肖强不是养了小三吗？我找到了其中一个的踪迹，小三又包养了个小白脸。我找私家侦探，从小白脸的嘴里，套出了肖强的一部分资产所在。"

"然后呢？这些足够扳倒肖强吗？"

"恐怕还不够。这些房产价值几千万，还有一些股权，但是肖强很狡猾，都放在了别人名下，如果没有人去深入追查，有不了了之的可能。"

"您来找我，是希望我加一把火？"

"跟聪明人说话就是痛快。我在华通集团这么多年，还有一些朋友。纪委已经查到肖强了，但是进展缓慢。我已经把我手头的资料和证据寄给纪委了，我知道你也在调查他，如果你手头有料的话，赶紧做吧。趁着这次机会，给他添一把柴，把他烧了。他已经被查了好几次了，这次不能再让他翻身了。"

杨舟长吁出一口气，紧皱眉头，陷入了沉思。

董清风身子向前倾："我已经没有太多可失去的了，他做局陷害我，让我身败名裂。还记得去年我跟你说的，要跟你联手弄他，结果你老是犹豫，我被他搞掉了，你也差一点吧。现在的局面是，不是你死，就是他亡。"董清风加重语气，用手指敲了敲桌子。

"在蒙特尔的朋友告诉我，有人在出钱买你的人头，我估计就是肖强。"

"这个事有人跟我说过，蒙特尔的情报看来没有什么保密性可言，现在连您都知道了。"杨舟苦笑了一下，下意识地环顾四周，似乎要看看杀手有没有在周围。

董清风说得对，不是我死，就是他亡。杨舟手里有从侯立那里拿来的账本复印件，但是他并不想让董清风知道。

人心难测。

"你也想想将来吧，"董清风顿了顿，"有肖强在上面压着，他能让你做成事吗？"

第五十七章

仇 恨

○

入夜,丛林里虫鸣蚤跃。远处"蒙自"基地里,岗楼上武装人员偶尔会闲聊几句,在寂静的夜里听起来有些突兀。

丛林里的一个草丛稍微晃动了下,露出了两张画满油彩的脸和脸上一双瞪圆了的蓝眼珠,还有一双黑眼珠。

"杨,我们马上要开始进攻了,你必须走了,过一会儿会非常危险,你从原路返回,没必要再待在这里了。"蓝眼睛用生硬的中文轻声对旁边的杨志军说。

"我不走。"杨志军淡淡地回应,"正好他们大部队走了,我有我的事要处理。"

"我们是要让大家知道我们有能力把直升机抢回来,再教训一下这帮人,你留这儿干啥呢……算了,随你吧。"蓝眼睛无奈地摇摇头,拿起夜视望远镜看了看,又看了看表,两点十五。

"各组注意——行动!"蓝眼睛用英语短促而坚定地说。

"噗噗噗噗!"不同角度四把狙击枪几乎同时发出轻响,两个岗楼上的四名武装分子纷纷中枪倒下,其中一人站位过于靠外直接从岗楼摔下,正好被下面身穿黑色作战服的特战人员接住,一切静悄悄。

树林里、草丛中的草突然站起身来,被抖落在地上,二十多名武装到牙齿的健壮黑衣人端着枪,迅捷、无声地向基地内部渗透进去。

队伍每经过一个木屋，都会留下一名黑衣人，将突击步枪背挎在身后，靠着墙用手枪指着门口。

其中一个木屋的门开了，穿着跨栏背心和内裤，浑身肌肉的黑人男子睡眼惺忪地推门出来，却只听"噗"的一声，脑袋开了花，无力地栽倒下来，"砰"的一声身子撞到了墙上，眼还没来得及完全睁开就永远闭上了。

屋里传出了骂骂咧咧的声音。黑衣人举着手枪迅速溜进门里。只听得一阵"噗噗"的声音和几声闷哼，屋里又恢复了安静。

杨志军依然穿着自己绿色的旧军装，迅速甩开其他人，直奔基地腹地而去。

几个持枪巡逻的黑人忽然发现了黑衣人穿行的身影，有两个还没来得及呼喊就被突击步枪秒扫倒地，剩下的三个大声喊叫起来，用手中的冲锋枪扫射。但是不到两秒钟，他们也被或远或近的子弹击中倒地，有一个被射偏的在地上垂死惨叫挣扎，被藏在大树上的狙击手一枪爆头，终于安静了。

枪声和叫喊声惊醒了木屋里正在熟睡的人，蹲守在木屋墙边的黑衣人不约而同地掏出手雷，拉掉拉环从木棍做的窗格扔进去。

基地里响起一阵阵爆炸声，受到惊吓的人惨叫着冲出木屋，被等着的枪口一枪枪结果，倒在地上不再动弹。

远处的木屋里不断跑出拿着冲锋枪、手枪和火箭筒，甚至是砍刀的黑人，叫喊着向爆炸区域汇集过来，不少人在半道上就被不知何处袭来的冷枪击中，栽倒在地。

杨志军贴着一个个木屋边缘飞速移动，遇到几个黑人并不恋战，从他们身边掠过，很快逼近了基地中心的一间木屋。

杨志军几乎没有停顿，掏出腰间的匕首，一侧身撞开虚掩的门冲了进去。屋内蹲在门口的黑影手枪"砰砰砰"一阵连发，竟被杨志军迅捷如风的几个翻滚躲了过去，反而挟裹着一道寒光扑向黑影！

"嘭！"试图逼近近战的杨志军一刀划破了对方手臂，但竟被对方一脚踹开几米远，低蹲在地胯部隐隐作痛！

窗外的火光照亮了两个人的脸，双方望向对方，双双愣住。对方扔掉没有子弹的手枪，怒声道："杨志军！你终于来了！"

"你是阮世明？！"

"对，就是我，杀你儿子的就是我！"

"啊！"杨志军怒上心头双眼充血，右手挥刀带风刺过来，阮世明却并不纠缠，转身从窗户跳走。杨志军如猿猴般敏捷从门口擦边而出，紧追不舍。

两人一前一后，飞速追逐，偶尔掠过几个人，却如入无人之境，几经辗转，直奔丛林而去。

两人如猎豹般在树林里飞奔穿梭，带过的疾风卷起地上一片片落叶。

枪声和爆炸声渐行渐远，阮世明忽然放慢了脚步，转头怒目圆睁，大喝道："杨志军！"

杨志军也放缓了脚步，站在了十多米远的地方。他知道，今天免不了一场恶战，做个了结。

"你终于来了，我费尽心机把你引到这里来，就是要亲手杀死你！"

"今天要死的人是你，跟华华的死有关的人，都得死！"

阮世明指着杨志军厉声喝道："哼，你儿子死不足惜！你知道这些年你给我带来了多大的痛苦吗？"

"你知不知道，我父亲死的时候，我还不到一岁，在我的记忆中，都没有父亲的印象。我的妈妈，伤心难抑，在我五岁时，就病死了。

我从小在孤儿院长大，那里的孩子都比我大好多，他们的爸爸妈妈死于战争，可是我爸爸死的时候，你们的军队已经撤走六年了！都是因为你，幽灵！"

阮世明愤怒地大喊着，触动了杨志军深埋于心中的那份愧疚。

"当年在丛林里，我和你父亲都是为了自己的使命才拼得你死我活，我们别无选择，可你呢？你为什么要滥杀无辜！"

"我没有父母，成了孤儿，从地狱中爬出来，过着刀尖上滚、拿命换钱的日子，全都是因为你！"

"你想报仇你找我啊，为什么杀我儿子？！"杨志军怒不可遏，大声质问道。

"我也要你活着尝尝失去亲人的痛苦！"

杨志军从上衣兜里拿出一个纸包："这是你的东西，今天，正好还你。"说罢，杨志军手指一甩，纸包旋转着飞向阮世明，被阮世明用两根手指一把夹住。

阮世明警惕地慢慢拆开纸包，不禁睁大了眼睛，嘴角抽搐，眼眶也湿润了。

这是一张泛黄的老照片，照片上的阮平穿着军装，身形挺拔。身着白色修身长袍的美丽女子依偎着他，怀里抱着一个襁褓中的婴儿。

"你……你……"

"当年这张照片给我带来了很大的震撼，我一直随身携带。这辈子本不想再杀人，是你，让我来到了这里，再次大开杀戒！"

"多么美好的一家子……"阮世明看了一眼照片，手颤抖着小心翼翼地放进了迷彩服的兜里，"三十年了，这笔血债你该还了。今天，我要在这里，用刀结果你！"

阮世明缓缓抬起头来，目露凶光，猛地从腰间抽出一把特战匕首，闪电一般劈向杨志军，而杨志军亦大喝一声，冲了过去。

两个身影交汇，几道寒光交错闪过，杨志军飞甩出去，一头重重地撞在一棵树上。阮世明的匕首狠狠地插入杨志军的左手腕上，破腕而出，鲜血喷涌。

而阮世明蹒跚走了几步，腿一软，竟跪倒在地。

他颤抖着低头一看，杨志军的匕首，已经深深地插进了他的小腹。

阮世明呼吸急促，吐出一口鲜血，捂着肚子靠着一棵大树缓缓滑坐在地。

杨志军一声低吼，利落拔出了左手腕的匕首，疼得豆大的汗珠顺着额头滚下，他皱眉忍着剧痛，拖着几乎断裂的手，一步步逼向阮世明。

刚刚电光石火之间，杨志军凭着玩命的狠劲生生用手挡住了刀，将自己的匕首刺进了对方身体。

阮世明喘着粗气，看着提刀缓缓走近的杨志军，苦笑着摇了摇头，又拿出了照片。

"父亲，母亲，我已经尽力了，可惜技不如人，不能……不能替你们报仇了……"

杨志军走到了两米开外，神色凌厉慢慢伸出特工刀，指向阮世明。

阮世明吐出一口血，眼里似乎完全没有眼前的杨志军，从兜里又拿出一张照片。"云儿，爸爸对不起你，妈妈被仇家杀了，爸爸不能陪你了，你……你……也要当孤儿了……"

"云儿，你就不要再替我报仇了，不要像我这样过一辈子……"

杨志军疾步上前一把夺过阮世明手里的照片，是阮世明抱着一个两三岁的小男孩。小男孩在阮世明怀里举着手，开心地笑着，而阮世明则深情地望着男孩。

"你……你……把照片还我……"阮世明挣扎着想站起来把手伸向杨志军。

杨志军"啊"地低吼着，面目狰狞，脖子上青筋暴起，手颤抖着，特工刀横抵在阮世明的脖子上，划出了一道血印。

阮世明喘着粗气，缓缓闭上了眼睛。

而刀抵在脖子上的寒意，却消失不见了。

阮世明睁开了眼睛，只看到杨志军慢慢离去的落寞背影。

"你……你……为什么不杀我……"阮世明声嘶力竭地大喊着，似乎自己受到了侮辱。

"你没有了父亲，但是你至少还有儿子……"杨志军紧闭双眼，缓缓前行，握刀的手剧烈颤抖着，似乎在用尽全力控制自己的冲动，好像随时有可能转过身去，给阮世明补上致命的一刀。

"你……你……"

"去陪陪你的儿子，不要再沾杀戮，我已经没有这样的福气了……"杨志军压抑低吼着，脚步不停地往前走着，心中一阵阵绞痛。

望着远去的杨志军，阮世明嘴唇颤抖着，用尽力气大喊道："我……我没有杀你儿子，他是被蒙自的人炸死的！"

杨志军像被突然电击了一般，停在原地久久未挪一步，终于扔掉了手里的刀，头也不回地越走越远，仿佛急于与这个人切断关系，又仿佛要与过去的自己诀别。

"6·12"凌晨，古夷苏木上的阮世明，手指扣着狙击枪扳机，红外瞄准镜准星对准了油桶边的杨华。

"痛苦如此持久，像蜗牛耐心地移动；快乐如此短暂，像兔子的尾巴掠过秋天的草原。"阮世明有点神经质地轻轻念叨着，他等这一刻等了太久，突然到来时反而有点不知如何疏解自己这杂乱的心绪。

他额头上青筋爆出，眼神凌厉，扣着扳机的手微微颤抖着，竟松开了。

　　一颗火箭弹击中了油桶，戴着安全帽的杨华和一名工人消失在熊熊火海中。

第五十八章

究竟是谁

○

"杨总,我说志远留的这个视频这么长,除了路过的几只动物,也没见着啥啊。"侯立揉了揉发红的眼睛对着屏幕里正在快进的画面。

这是工地周边树林里监控拍下的视频,屏幕右上方标示着"2014年5月30日"。

"继续看,这个监控说不定能拍下啥。"杨舟端起手里的瓷杯喝了一口,若有所思。

"哎哟,哎哟,杨总,有,有收获!有收获!"

"怎么了,怎么了?"杨舟赶紧凑过来,定睛一看,大白天的,竟是两只猴子在树上开始了交配。

"臭小子!"杨舟笑骂着打了一下侯立的头。

"我说猴子,这次蒙特尔无线通信的项目,我跟正宇的人已经大体谈得差不多了,你后面跟进一下,如果成了,也算是你的一大业绩啊。"

"多谢杨总栽培,奖金应该也少不了吧?"

"那是自然,这么大项目。思婉现在回去休养了,咱们人手也不太够,只能多辛苦你了。"

"没问题,杨总,咱们都一起出生入死了,项目的事那还算个啥!"

"这一次啊,思婉好像对你刮目相看呢,我看她看你的眼神都不一样了,发着光。你小子很可能因祸得福呢。"

第五十八章 究竟是谁

"那就太好了。"侯立开心地哼起了小曲,"杨总,肖强的那个账本您给了纪委没有啊?"

"给了,这回够他喝一壶了。"

忽然,侯立的表情诧异起来:"哎,杨总,有人过来了!"

"哦?"杨舟凑近一看,屏幕上一个人由远及近走了过来,在离镜头大概三十米的地方不动了,停在那里四处张望,似乎在等待着什么。

"放大看看……"这是一个戴着墨镜、年轻黑人的脸,随着镜头的拉近稍微清晰了些。

"这人在这干吗?也不动。"

"再看看。"

几分钟过去了,又有两个人由远及近走了过来,与先来的人会合,双方握了下手,停在原地,对着屏幕的方向指指点点。

"把图像放大……再放大……"

"不能再放大了杨总,已经看不清楚了。"

"哦哦哦,那再缩小一点……对,就这样。"

三个人的脸定格在屏幕上。

"光头!"杨舟和侯立不约而同地惊叫。

"侯立,你看是不是他?!"

侯立仔细辨认了一番:"就是他,蒙自的那个恶魔,化成灰我也认得!"

"好的,这就有意思了。"杨舟兴奋起来,又看向另一张脸,"这个人是……"杨舟觉得似乎有点面熟,但是他对黑人的脸辨识度还是很低,何况还戴着墨镜。

"你见过这个人吗?"

"没印象。"侯立摇了摇头。

"继续放。"

屏幕上的三人又聊了十多分钟,和光头一起来的黑人似乎是个随从,其间几乎没有说话。

双方时而平缓,时而发生一些争执,但是监控并没有录下他们的声音。

忽然,随从似乎发现了什么,跟光头说了一句,看着镜头走了过来,直到他走到了安装摄像头的树下。

随从迅速跑回了原处,跟光头说了几句什么,三人都望向了探头的方向,先后离开了画面。

将视频看过几遍以后,侯立伸了个懒腰。

"杨总,我感觉他们在商量什么重要的事情。"

"那是,看他们向工地指指点点的样子,肯定跟工地有关。"

"多半是在密谋攻击基地吧,时间也对得上,'6·12'的前十多天。"

"看来他们发现了探头,怕自己被录进去,就赶紧走了。"

"李志远发现了他们,把视频留下了,但是也没有太在意。"

"能看得出来他们说什么吗?"杨舟说。

"开玩笑吧,杨总,说什么要靠听的,怎么看?"

"唇语啊,我们的人工智能技术,读唇语!"

"对啊!"侯立一拍大腿,"我找技术要去。"

"哎,别声张啊,别说我们要干什么,现在谁能信得过不好说。"

"知道了杨总,我会小心的,可是技术方面我也不会啊!"

"技术不懂的我找我老婆,你负责语言!"

电脑屏幕上,光头和墨镜的嘴被放大了,缓慢地嚅动着,电脑艰难地读取着两张嘴的数据,模拟发出时断时续、含混不清的声音。

"图像太不清楚了,两人老动,不过,能听得出来他们说的是法语。"

"我已经让我老婆把这个视频修复了,清晰度只能这样了!你好好听听,再对比他们的嘴形,看看他们到底在说什么。"

"好的,杨总,我试试。"

侯立戴上耳机,眼睛死死地盯着画面,聚目凝神地听着,不时用手在纸上写下一行行字母。

"你先慢慢听着,我去找人问问跟光头接头的人是谁。"

"杨总,"侯立摘下了耳机,扭头看了看杨舟,"当心点啊。"

"知道了。"杨舟拍了拍侯立的肩膀。

答巴耶拿着照片看了几眼说:"这个,应该是凯达尔,我认识。替昆古拉做事的,别看级别不高,能量可不小。"照片上只有戴着墨镜的黑人,杨舟有意没让其他人出现在照片上。

"你确定?"杨舟说。

"差不多吧,照片不是太清晰。"

"好的,谢谢你答巴耶。上次去中国玩得开心吗?"

"哈哈,杨,谢谢你给我争取的这个机会,中国真是让人吃惊!……你真是我的好朋友。"

杨舟笑了笑:"我们永远都是好朋友!"

电脑前的杨舟忙碌地搜索着,点开了一个个网页。他忽然想起,这个凯达尔曾经和昆古拉,还有他一起参加了一次电信论坛的活动。

一张新闻图片出现在屏幕上,西装革履的昆古拉身后,是同样穿着西服的凯达尔。

杨舟拿起了电话:"园园,帮我比对一下这张照片和视频里的人,看看是不是同一个人。"

侯立从隔壁走了进来:"杨总,我听出来了一些内容,虽然断断续续的,但是应该差不多了。"

对着电脑，侯立兴奋地比画着。

"这是光头在跟墨镜说：'你们贪了那么多，环保费，就给我们这么点钱？……兄弟们卖命，油井爆炸。'"

"这是墨镜在说：'不能再多了……老板只能给这些。50万美元。昆古拉部长……'"

"必须再加20万美元……政府的兵。"

十多分钟的对话，侯立大体讲清楚了其中三分之一的内容，剩下的因为拍摄角度和图像的问题，无法辨认。但是这已经足够了。

"毫无疑问，他们在谋划攻击我们的工地，而且还在那讨价还价。"杨舟点了点头。

视频还在向前播放，光头的随从走近了镜头，随后，三人渐次离开了。

"而且，他们发现了这个摄像头，所以才会在袭击的时候，着重打击中控室，试图消灭可能存在的影像。"杨舟沉吟着说。

"这个逻辑就对了。一般商量完了不会这么快进攻，恐怕是这个探头，让他们的计划提前了。"侯立补充道。

入夜了，"嘀……嘀……"，杨舟的手机收到了信息，是李园园发来的，点开一看只有四个字："比对成功"。

杨舟赶紧跑到侯立的屋子。

"猴子，这个戴墨镜的就是昆古拉的心腹！昆古拉很可能就是幕后黑手！"杨舟的眉头拧得越来越紧，拿起手机，拨打了一个电话。

"喂，张总，对，是我。我跟你问个事啊，你们的环保工程怎么还没开工啊，都这么久了。"

"哦，还不是环保的工程款政府迟迟不给拨付，分包环保工程的中国公司拿不到钱，就不愿意开工，说是以前吃过这种亏。"

"我听说他们有这笔款啊,再说和建油田的钱比金额也不算大啊。"

"杨总,这事我就跟你说哈,别外传。我听说这个钱啊被工业部的昆古拉给贪了,去年'6·12'出事前他们审计部门就要查,后来就没下文了。我现在也不知道该怎么办,没这个钱人家是不会干活的。"

"哦,这样子啊,我知道了。"

"杨总,你问这干什么啊?"

"没啥,我也是想咱们一并投产嘛,回头几家一起聚聚吃个饭,你们这儿老没动静。得了,张总,回头再聊。"

挂断了电话,杨舟和侯立对视了一眼。查来查去,仇人就在自己眼皮子底下。

没想到昆古拉为了掩盖工程的缺陷,干脆雇人把工地给炸了!

"狗娘养的!"

杨舟恨恨地把拳头砸向房门。

光头带着武装分子回来了,背着打劫的战利品。他茫然地看着尸横遍地、一片狼藉的基地,疯狂嘶吼着拔出手枪,对着天空扫光了所有子弹。

"江处,你的伤怎么样了?为啥不再休息休息?"

办事处的房间里,杨舟递过去一杯茶,在沙发上落座了。

江勇躬身拿起了茶杯,呵呵笑着:"没啥大碍。没办法,是个劳碌命啊,闲不住。这不,刚回来,就来看看你这边情况。"

"你的情报跟我的对上了。可以肯定,昆古拉就是幕后黑手,雇佣蒙自,还和一个雇佣兵组织合作袭击了一次,就是你说的阮世明。蒙自后来那次袭击是自作主张,想着上次那么容易,想绑几个人质换点钱，再抢点东西，大概应该是这样子。"

"那你说昆古拉背后还有没有人呢？"杨舟喝了口水，有些不安。

"谁知道呢？"江勇耸耸肩说，"这个倒没得到相关的信息。"

"再查下去，真不知道会成什么样子了。"

"那你打算怎么办？"

"我也不知道，总之不能就这么便宜了昆古拉。"

"甄羽，你来了。"杨舟打开办事处的门，看到了帅气却有些沮丧的甄羽，"有事吗？"

"嗯。"甄羽点点头。

"那进来说话吧。"

"杨总，我是来看看您这边有没有咱们可以合作的地方。思婉回来了没有？"甄羽一边往里走，一边问。

"还没呢，上次绑票受了刺激，让她回国多休息休息。"

"她什么时候回来呀？"

"哎，你是她男朋友，难道不知道她的行踪吗？来，坐。"

"我……她要跟我分手，而且她电话不接，发信息也不回。"

"哦？为啥呢？"

"唉，我也不知道，"甄羽懊恼地说，"我交了这么多女朋友，还没有一个让我这么揪心的，都吵了好几回了。"

"唔，每个女孩子都不一样的，我们思婉长得这么漂亮，又是名牌大学生，有些个性也正常。"

"那您知道她什么时候回来吗？"

"不好说，看她自己恢复的情况了。"

"好吧……"甄羽神情越发沮丧。

"唔，甄羽，有些话我不知道当不当说……"

"没事，您说吧。"

"思婉这姑娘啊，其实骨子里挺保守的，她可能看着你对女人来者不拒，有些生气。我跟她聊过，她希望自己的男朋友能够规划一个两人共同的未来。"

"我知道，我总跟她说谈恋爱在一起开心就好，想那么多干吗呢？有姑娘喜欢我，我也没办法不是……"

"好吧，谈恋爱的事我们这些大叔都落伍了，怕是帮不上你啊。"杨舟坐在沙发上，无奈地摇了摇头。

第五十九章
远方来客

○

进到办事处的大门,杨舟蓦然看到沙发上坐着一个瘦小个、头发蓬乱的男子。他穿着已经褪色的黑T恤,戴着黑框眼镜,皮肤黑得像是被晒暴了皮。

看到杨舟进来,男子站起了身。侯立从里间走了出来:"杨总,他说找您。"

"你是杨舟吗?"

"对,是我,您是?"

"我叫文章。你是不是有个叔叔叫杨志军?他说在这里可以找到你。"

"对啊,哦……我叔跟我提起过你,他说你在华村很照顾他的。你是……博士?"杨舟上下端详了一下文章,觉得他像个流浪汉。

杨舟马上意识到自己的打量不礼貌,忙上前热情地伸出双手与文章握了握,招呼对方坐下。

"对的,是我。杨大哥在这里吗?"

"他不在,他在工地那边养伤呢,前段时间受了伤,左手断了。"

"啊!那他现在怎么样了?"文章急急地问。

"没有生命危险,只是一只手没了。你来鲁卡是专门来找我的,还是有什么事?"

"哦,我……待两天就要走了。我是跟着华村的商贸队出来的,不能待太久。我要找一下咱们的大使馆,说说华村的事,然后跟他们去会合,所以也就能待两天吧。"

"那你住哪里……这两天你就住我们这里吧,我们这有客房,你也是远方来的客人。"

"那就打扰了。"文章也不推辞,看来住的地方算是解决了,不至于流落街头。

办事处只有侯立和杨舟两人,正好到了饭点,杨舟招呼文章一块儿吃晚饭。

"都是几个家常菜,咱们厨师做的,来来,别客气。"杨舟招呼着,"话说你找大使馆干什么?"

"唔,"文章嚼了一口回锅肉,"华村的人们啊,现在想要认祖归宗,让我找找使馆,先搭搭关系,想要建立联系,如果可能的话,他们还想到中国东南沿海那边去看看,找找祖宗。"

"那挺好啊,说明中华文明也传遍了全球。"

"是啊!"文章津津有味地吃了一块红烧茄子。

"来,端午节大使馆给咱送过来的粽子,都尝尝……"玛娜端上一盘粽子,引得文章直咂嘴,赶紧拿过一个剥开,咬了一大口。"好久没吃过这些东西了,大使馆可真是咱的亲人哪……"三人一阵欢声笑语。

饭毕,杨舟带着文章来到办事处的一处客房。文章把双肩包一放,就坐下聊起了华村的事情和自己的经历。

"那你真的就不打算回去了?"杨舟对文章的想法很是好奇,"都读到博士了,不觉得可惜吗?"

"问过我的人很多了。"文章淡淡地笑了笑,"能够在万里之外的非洲找到华村这样的地方,也是有缘啊。在那里,心里很平静。有山有水,有花有草,没有纷争,不会缺钱,多好。"

杨舟心中展现出了一幅美丽的画卷，很多时候累了，他也想找个这样的地方，就这么待着，世俗的欲望和纷争都不用管了。

"是啊，这样的地方真好。每个人都向往这样的世外桃源啊。可是，这样真的可以吗？你身边的人会怎么想呢？比如……比如……"杨舟注意着措辞，递过去一听啤酒，文章一把接了过来。

"嘭！嘭！"，啤酒被打开了，两人碰了一下，喝了一口。

"想要隐居就不要考虑那么多别人的看法了，我们京城大学毕业的还有不少当和尚的呢。"

"那……你父母怎么办呢？你会不会觉得，这是一种……一种逃避呢？"

"只能这样了……"对这个话题，显然文章不愿多言。杨舟总觉得，厌世的人，其实很多是在现实中碰了壁，满足不了自己的欲望，才选择隐退的。

"可是，文博士，你觉得这种世外桃源，它真的能存在吗？"

"至少过去有，现在也有。"

"那以后呢？我听我叔说，他们也感受到外界的威胁了。这次你到大使馆来，不就是为他们再找个支点吗？现在的科技和交通，要想与世隔绝恐怕真的很难。就算自己想这样，外面的世界恐怕也不会答应吧。一旦与外界相连，人内心贪婪的本性怕是压不住啊。"

"你说的没错，这些我都知道。我们小的时候，社会也挺简单的，现在经济变好了，人心也复杂了。我只想让自己单纯一点，今后的事就交给今后吧。"

文章脸上是那种淡淡的纯粹的神情，不似一个四十来岁的中年男人。"对了，这里有一封书信，帮我寄给我父母吧。还有这里有个清单，帮我找人从中国买一批种子，钱……我没有。"

"这个没关系,我帮你做就是了,都是小事。"杨舟忙摆摆手。

文章打开他那破破烂烂的黑色双肩包,拿出一个大麻布包,放在茶几上打开,是十几斤晒干的弯弯的腰果。

"这些就给你抵种子钱吧。"

"哈?我还以为你这包里放的是行李呢。"

"华村那边有一片腰果树,最大的一棵有一个足球场那么大,这是我们的主要经济作物呢,每年收腰果拿到外面换点碗、盘子、衣服啥的。"

"这么客气。"杨舟拿起一颗腰果尝了尝,"不错,味道有点淡。"接着又拿起一颗放进嘴里,"那我就收下了,正好给我们当零食慢慢吃,纯天然食品,难得啊。"杨舟笑了笑。

"对了,文博士,你将来还打算结婚吗?就一个人过?"杨舟一边嚼腰果,一边饶有兴趣地问。

"我也不知道。"文章摇了摇头,"女孩子们似乎对我不感兴趣。"

"那在华村呢,有没有遇到合适的?"

"村长也给我介绍过几个……"文章淡淡地笑了笑,"这个事情,不着急。"

"明天我正好出去办事,要不我先开车送你去大使馆吧?"

"好啊。"

翌日早晨,办事处小小的院子里,杨舟招呼文章上车,迎着清爽的晨风两人说笑而出。

第六十章

混乱的鲁卡

○

办公室里,昆古拉突然听到"嗒嗒嗒嗒……"急促的枪声,急忙往窗外一看,一队几十名身着政府军军服的士兵正向不远处总统府方向开拔,右胳膊上绑着的白布条格外醒目。

总统府方向传来一阵阵爆炸声和密集的交火声,昆古拉从二楼窗户探出脑袋,总统府的门口已经躺着几具士兵的尸体,一辆坦克徐徐驶向门口,向里面轰出一炮,瞬间瓦砾乱飞。

一颗流弹打破了昆古拉的窗户,在身后墙上留下了一个弹孔。工业部办公楼里已经一片混乱。昆古拉暗道不好,仓皇下楼,破门而出,向总统府的反方向逃了出去。

"杨总,你听到什么声音没有?"文章扭头看了看,"你听,砰砰的……"

"哦?"杨舟仔细听了听,远方似乎有点什么声音,但是他依稀只听见了汽车发动机的轰鸣声。

"好像是……"

杨舟将车停在路边,认真听了听,忽然"轰"的一声,远处城市中升起一股黑烟,隐隐有密集的枪声传来。

"不好!"杨舟心中一惊,"发生枪战了!"

"那咱赶紧回去吧！"

"不知道发生什么事了。"杨舟眉头紧锁起来，"咱们离办事处有点远，回去路上不知道安全不安全……"

街道拐角处一阵杂乱的皮靴触地的嗒嗒声，一支身着政府军军服的队伍出现在拐角处，从后方向杨舟车的方向开过来，右臂都戴着一条刺眼的白巾。

"怎么回事？我们该怎么办哪？！"文章神情慌乱。

"别动……"杨舟稳了稳心绪。队伍继续往前，并没有理会杨舟他们。

两人松了口气，杨舟拿出手机拨打了答巴耶给他的私人电话，却发现电话关机了！

"嗒嗒嗒嗒……"杨舟回头一看，一伙衣着杂乱的人出现在了身后街道拐角处，有穿迷彩服的，有穿白袍的，还有背心、T恤，有的拿冲锋枪，有的拿砍刀。

为首的一个壮汉看到杨舟停在路边的越野车，远远指一下车，大喊一声，一行十几人随即吆喝着跑了过来。

杨舟心中暗道不好，立即发动了汽车，猛地蹿了出去。身后传来怒吼声和"哒哒哒"的枪声。

"这帮人想干什么啊？！"文章一脸惊恐，心有余悸地回过头望着身后玩命追赶的人群。

"不知道，可能是要劫车！或者绑我们！……"杨舟猛踩油门，可街道狭窄，不时有慌乱的行人挡住去向，有人甚至想钻进车里，车速始终提不起来，而后面的追兵已经逐渐逼近。

杨舟头上不停冒冷汗，方向盘猛打，向背离城区的地方开去。

"咱们要去哪儿啊？"文章的声音已经略带哭腔。

"到了就知道了！"杨舟手里不断打着方向盘，无暇解释。

马路坑坑洼洼，越野车一阵疯狂地颠簸，以尽可能快的速度拐过了几个街角，匪徒终于不见了踪影。

杨舟刚松了口气，车却猛地扎进十字路口的水坑，水没了半个轮胎，车上两人一个趔趄，车速只得慢了下来，在水坑里挪动。

路口一边的马路远处传来呵斥声和哭喊声，隐约能听到"不要杀我们！不要杀我们！"的哀求声。杨舟转头循声望去，顿时心中一惊。

只见两个匪徒一个拿刀一个端着冲锋枪对着两男一女三个中国人在喊叫着，双方似乎语言不通，匪徒大声呵斥着，老年男子激动地跟匪徒比画着，叫嚷着。

双方声音越来越大，突然枪响了，男子胸口冒出几股血雾，颓然倒在了地上。旁边的女人如五雷轰顶，哭喊着扑了上去摇晃地上的男人："爸！……爸！……"

杨舟的车终于驶出了水坑冲了出去，副驾驶上惊魂未定的文章结结巴巴地说着："刚……刚才……有中国人……"

随着一阵刺耳的刹车声，越野车硬生生地停在了路上。

前方，林常伦的庄园清晰可见，高墙电网，只要一脚油门就可以冲过去。

杨舟胸口急促地起伏着，默默低头看了一眼挡风玻璃前立着的照片。李园园抱着萌萌，甜甜地笑着，看着方向盘前的杨舟。

文章不知所措地望向杨舟，却见杨舟头上已经渗出了黄豆大的汗珠，顺着鬓角往下流。

杨舟眼眶一阵发热，不由得闭上眼睛，眼前浮现出刚才看到的三个中国人和那两个凶神恶煞的匪徒。

当杨舟再次睁开眼睛，眼里骤然泛出了精光。他侧身打开文章身前的储物箱，无声地从里面拿出一把手枪，缓缓摆在了妻女的照片旁，突然眼神一狠，牙一咬大吼一声："坐稳了！！"

车被猛地挂上了倒挡，越野车飞也似的倒开了出去，文章还没回过神来，身子猛地往前一倾，一头撞在了挡风玻璃上。

也就几秒钟，越野车再次冲进了路口的水坑里，激起一人多高浑浊的泥水，令岔口远处的几个人不由得向这边张望。

文章还没来得及坐稳，越野车猛地向左拐过弯去，从水坑里爬出来，径直朝着两个匪徒冲了过去！杨舟的一只手甚至伸出了车窗，嗷嗷叫着用手枪向匪徒疯狂射击，很快就打光了所有子弹。

突如其来的袭击让两个匪徒惊得左右逃窜，拿冲锋枪的匪徒才开了两三枪，就被车撞得飞了起来，而另一个跳过废墟，慌忙躲到了一栋房子后面。

"赶紧上车！！！"杨舟侧身打开了后排车门。女人还在试图扶起已经没有动静的老人，撕心裂肺地呼喊着："爸……爸……"

"他已经死了！死了……"一旁的男人喊叫着努力拖拽女人。

远处的街道，十几个匪徒听到动静，已经大呼小叫地向这边赶过来。文章见状飞也似的跳下车，与男人一起拽着女人往车上塞。

车终于重新启动了，男人的屁股还没坐稳，车已经蹿了出去。躲藏起来的匪徒居然又跳了出来，猛跑上去一刀砍在车后窗上，继而扒住了未及关闭的汽车车门，挂在了飞驰的汽车上。

后排的男人拼命地一脚又一脚踢着车门上的亡命之徒，终于把他给踹下去了。

远处赶过来的匪徒对着越野车一阵扫射，偶有子弹击中汽车外壳，溅起了点点火花。

杨舟方向盘一阵猛打，堪堪避开了十字路口的大水坑，脚下只管把油门踩到底。汽车带着摇摇晃晃的一扇车门，像只一片翅膀的蝴蝶，跌跌撞撞向前飞驰而去。

不多一会儿，越野车终于来到了庄园的大铁门外，杨舟用尽全力按响了车喇叭，声嘶力竭地对着里面喊叫："林会长，我是杨舟，开门！！！……后面有人追我，林会长……"

很快，铁门被一名粗壮的黑人奋力打开了，车才开进去，黑人就迅速地把门推上。

第六十一章

政　变

○

　　林常伦还穿着宽大的丝绸睡衣，从小别墅里跑了出来，看了看这几个惊魂未定的人。"你们没事吧？"

　　"林叔，外面不知道怎么了，跑出来军队和好多拿枪的人，有一群武装分子在后面追我们……差点……"

　　杨舟一边喘着气，一边平复着自己的心情，眼光的余光瞄了一眼刚才救下的两人，却是一个激灵，定睛一打量。

　　"是你啊！"杨舟不禁喊了出来，竟是正宇科技扎他们轮胎的男人。

　　被救的男子正在安抚悲痛欲绝的女人，抬头一看杨舟的脸，也惊呆了。

　　"杨总！是您救了我们啊！真的是……太感谢您了！"

　　"唉，都是自己同胞，哪能见死不救呢。"

　　"我们也是往林会长的庄园赶，没想到路上……"

　　"林叔！"一个穿迷彩服的精壮中国男子跑了上来，"外面有一群拿枪的人让我们开门。"

　　"多少人？"

　　"十几个吧。"

　　"让他们滚蛋！"林常伦眉头一皱，不耐烦地低吼了一声，"要是不肯走，拿枪子儿伺候他们！"

"好的，林叔！"阿坤转身离去。

门里门外响起了"嗒嗒嗒"的枪声。

"鲁卡出事了，看样子有点像政变。这帮毛贼想趁火打劫。"林常伦面色稍定，安慰几人。

别墅里又走出了男男女女几十个人。

"老崔？！"

"杨总？！"

"老崔，你怎么也来了？！"

"我离这儿近，来这儿躲躲，市里边出事了！"

"他们跟你一起的？"杨舟看了看老崔旁边的几个男女。

"不都是，这俩都是咱们华夏建设办事处的，这是在这附近开超市的花姐……还有开餐馆的老于一家……"

庄园边上的枪声越来越密，庄园里又有几个穿着迷彩服的黑人拿着冲锋枪跑向了大铁门的方向。

林常伦的眉头开始拧紧，拿起对讲机："阿坤，怎么回事？"

"外面聚集的人越来越多，现在有四五十人了……"

"这些王八蛋。"林常伦大步走进屋里，在众人的注视下也操了支AK47出来，走向了围墙边，从枪眼往外面开火。

"给我狠狠地打！"林常伦大吼道。

围墙里往外扔出几颗手雷，引发阵阵爆炸声，不一会儿，枪声渐稀，武装人员兵败向远处撤去，围墙外恢复了平静。

"大家先踏踏实实在我这儿住下吧，这里暂时还能顶一段时间，有吃有喝，我们看看局势怎么发展。"回到屋里，林常伦安抚着一众挤在客厅的人们，大家七嘴八舌表示着感谢。

"多亏了林会长，要不外面太危险了！"

第六十一章 政 变

"林老真是帮着咱们中国人啊……"

"在这里想打你们的主意,除非我死了!"林常伦昂起头拍了拍胸脯。他坚定的眼神,让众人慌乱的心有了依靠。

"阿坤注意警戒,他们很可能还回来!"

"呃,你说你叫文章,现在在蒙特尔边境的华村生活?"林常伦听了杨舟的介绍,不禁把文章拉到大厅中间的长椅上聊。

"是啊,都生活五年了。"

"那你给我讲讲那里的事?"林常伦依然十分淡定,对文章的故事十分好奇,仿佛刚刚发生的枪战与他无关。

"好啊。"文章努力定了定神,开始讲起了在华村的所见所闻,林常伦不时问几个问题,时而点头沉思,时而微笑赞许。

"我说啊,"林常伦沉吟片刻,"那里倒是可以搞体验式旅游啊,在国内找几个爱冒险、活腻了、想嘚瑟的大老板,比如那些想爬喜马拉雅山的,高收费,用直升机运过去。到了那儿,吃原生瓜果、农家菜,搞点古中国文化创意,每年有个几十个客户就行。"

"啊?"文章一脸不解,杨舟则有些开窍了似的点了点头。

林常伦甚至为自己的创意兴奋了:"还有周边热带雨林主题的体验。嗯,对了,那边的姑娘们怎么样?有没有可能开发点舞蹈秀?"

"恐怕不行,对于中国人而言,太黑。"文章喃喃道。

"化妆,化化妆就好。小伙子们,就是你说的那些中央军,来个'下西洋'历史剧舞台秀……"

"这些创意都非常好。"杨舟由衷地佩服林常伦的商业敏感性。

"我不同意这么做,那里是一片净土,怎么能让铜臭味污染呢?"

"嗯?果然是……博士。"林常伦眯了一下眼睛,看了看文章。

"以后咱们再讨论,以后再讨论。"杨舟连忙打圆场。

此时林常伦的对讲机响了,里面传来阿坤的声音:"林老,外面又来了一群武装分子,已经有一百多人了。"

林常伦缓缓站了起来:"他们想干什么?"

"嗯,估计是想抢东西吧。"

围墙外忽然响起高音喇叭声,一口蹩脚中文。"里面的中国人听着,里面的中国人听着,我们是猎豹组织,腐朽的布耐尔政府已经被我们推翻了,现在国家属于蒙特尔人民!请你们放下武器,打开门投降,我们保证,一定不会伤害你们!……里面的中国人听着……"

"这帮龟孙子还有会说中文的,想骗我们开门!阿坤,咱们拿枪的还有多少人?"林常伦拿起对讲机。

"加上您,24个!"

"好!大家听好了。现在外面围了上百名武装分子,这帮人没有人性的,如果让他们进来,他们会杀了我们,把东西抢走!这些年我这里存了百来条枪,除了小孩子,无论男女,每人拿一杆!"

几个黑人和中国人抱过来一堆枪,扔在了花园的地上,既有AK47,也有中国产的自动步枪。

经历过战斗的杨舟和他救过来的正宇科技的人立即各自拎起了一支,其他人或果敢或犹豫地捡起了枪,还剩几个男女忸怩着不太想拿。

"想活命的拿上枪上城墙!咱们中国人没有孬种!!"林常伦吼道。

最后几人终于拿起了枪,几个人匆忙教了教众人怎么开枪,阿坤迅速指挥大家站在墙边的土坡上,透过铁丝网把枪对准了外面,有些人拿枪的手还在颤抖。

而文章皱眉看着放在地上的枪,踌躇再三,还是没有动手。

"你为什么不拿枪?!"林常伦诧异地问。

"读书人不能杀人,应该和他们好好谈谈,化干戈为玉帛……"

文章喃喃道。

"迂腐！！！"林常伦没有时间搭理文章，转向众人喊道，"大家听好了，一会儿咱们一起开枪，让他们感受一下我们的火力，弄不清虚实！"

"对准外面树林和草丛！"林常伦嘶吼着。

"你们放下武器，打开门，保证不伤害你们……"外面高音喇叭还在喊。

"听我的口令！……"阿坤怒目圆睁，大吼一声，"打！！！"

七八十支枪喷出了火舌，一片弹雨射向庄园周边的树林和草丛，打得草木乱飞，藏身其中的匪徒冷不防被撂倒了几个，剩下的赶紧趴下或是躲在树后寻找掩护，强大的火力让他们抬不起头来，高音喇叭也哑了。

一梭子很快打光了。"换弹夹！！！"阿坤大吼道。几个人迅速地给大家换上了弹夹。

"你们抵抗是没有用的，如果再这样，你们就会被我们杀光……"高音喇叭继续着。

"打！！！"

又是一轮猛烈的火力输出，打得树林中一片土木纷飞，尽管有的打到了天上，尽管匪徒们都隐蔽了起来，没有造成伤亡，但是这样的火力输出远远超出了他们的预料。

满脸横肉的猎豹头目恨恨地咬了咬牙。庄园里的物资让他垂涎欲滴，在他们看来每一个中国人都是行走的钞票，可里面这么多条枪，即便能冲进去，看来也要付出极大的代价。

头目拿起了对讲机，吼叫起来。

更远处的树林里，匪徒的数量还在增加。大家摩拳擦掌，准备在庄园里干一票大的。

三发火箭弹射向了庄园的铁门和围墙，掀起一片飞石，把围墙后的人震倒在地，却没能把门和两尺厚的围墙打穿。

匪徒们嗷嗷叫着从树林里冲了出来，手中的枪不断开火，打得围墙上溅起点点尘土。

围墙的小洞和围墙上再次射出阵阵火舌，将冲在最前面的几个匪徒无情地撂倒在地，不断有人倒在路上，但是后面源源不断的人冲了出来，扑向了庄园。

围墙上的大多数人没有战斗经验，很快又打完了一梭子，对着冲锋的匪徒着急地扣着扳机，却打不出子弹来。

匪徒冲得越来越近，有的已经将手雷扔到了墙边上，爆炸震倒了墙边的人。

庄园内依然有三十多杆枪在持续输出，给冲锋的人群带来了极大的杀伤，但是围墙内，也有好几人中了弹，倒下两个中国人和一个黑人。

林常伦从孔洞中看着越来越多逼近的匪徒，咬牙切齿吼道："跟这帮浑蛋拼了！！！"

忽然间，远处传来了密集的枪声和爆炸声，树林中的匪徒不再继续冲锋，已经冲出来的也慌忙掉头往回跑。

枪声越来越密，越来越近，树林中，匪徒们忙着奔走、撤退，留下了一地尸体。须臾，树林边隆隆驶过两辆坦克，不时朝前方轰出一炮，一群群政府军跟在坦克后面，朝匪徒的方向追去。

匪徒和政府军都渐渐走远了，远处市中心传来的枪炮声却越来越密集，庄园里的人们终于松了口气，开始救治伤者。

夜幕降临了，大家的手机已经没有了信号，跟外界失去了联系。

第六十一章 政 变

"快来看！有人发表声明了！"灰头土脸的老崔指着客厅的电视画面。

屏幕上，一个身着军服的青年人正在用生硬的英语发表着演讲。

"这里是米拉达少校向全体蒙特尔人民进行直播。布耐尔治理下的政府，是一个腐败的政府，根本不管人民死活的政府。"

"林叔，这谁啊？"杨舟问。

"这个……我也不认识。"

米拉达少校继续慷慨陈词，情绪悲愤："他手下的工业部、内务部的人都是大贪污犯，是人民的罪人。现在还有很多证据指向工业部的败类昆古拉，为了私利不顾人民的死活，政府里面都是这样一群败类……"

画面中突然传来了一连串的枪声，米拉达少校皱眉向旁边看了看，继续着自己的演讲。

"所以我们要推翻他们，建立一个蒙特尔人民自己的政府……"

电视里枪声越来越响，米拉达抄起了桌上的自动步枪，离开了画面，几分钟后，响起一阵混乱的枪声，画面彻底消失了。

守在电视机前的众人面面相觑，不明就里。

两小时后，林常伦接到了大使馆的电话，大家才了解了事情的原委。

白天发生的枪战，是由鲁卡禁卫军青年军官发动的政变，趁鲁卡守卫空虚攻入了总统府并占领了电视台，而反政府武装猎豹组织也从郊区策应。

但是布耐尔并不在总统府内，而是秘密来到了鲁卡城外一处军营视察。下午，城外的政府军迅速回防，参与政变的二百余名军人一看大势已去，全部投降了，猎豹组织的人被政府军击溃后一哄而散，退回丛林中去了。

整个政变才持续了一天，像一场闹剧。

"我总觉得有点蹊跷，布耐尔也太不小心了吧，这不像我认识的他，倒有点像是引蛇出洞。"林常伦皱起了眉头。而杨舟听得张大了嘴，也若有所思地点了点头。

政变后的中国大使馆，人们跑进跑出，一片忙碌，杨舟和文章来到门口，跟门卫交涉了几句，出示了证件，走了进去。

回到办事处，侯立正在收拾满地狼藉的垃圾。猎豹组织的匪徒们把办事处一顿打砸，电视、洗衣机、冰箱、桌子等能搬走的都给搬走了，侯立躲进了房子的地下室，逃过一劫。

几天后，昆古拉被人发现曝尸荒野。至于他是怎么死的，有人说反政府武装把他杀了，有人说总统把他清理门户了，还有人说他跟A国做交易，结果出了岔子被灭口了。究竟如何，杨舟等人不知道，也无暇打听了。

第六十二章

股　灾

○

证券公司交易大厅里，满是焦急的人，绝大多数都是中老年。

大屏幕上的股票信息，一大片全都是绿色，触目惊心地显示着"−10.02%""−9.99%"。

"完了，又是一个千股跌停……"自助交易机前头发花白的老头面容憔悴，"都第十次千股跌停了，炒股十几年，没见过这阵仗啊！"

"大哥，您能不能帮我看看龙江股份怎么样了啊？"身穿"爱家超市连锁"T恤的中年女子一脸焦急。

"有啥好看的啊，差不多所有的股票都跌停了！"花白头发心情不佳，很不耐烦。

"大哥，求您了，您就帮我看看吧，我投了100万呢！"花白头发上下打量着急得已经蹦起来的李红艳，"你哪来这么多钱投啊，我都投300万了，几十年的积蓄，出都出不来……什么股来着？"

"龙江股份，谢谢大哥啊，谢谢！"

"这位大哥，赶紧的，别人还要用呢。"衣着朴素的中年男人催促道。

"别急别急，马上了。"李红艳跟中年男子一边作揖一边说。

"喏，龙江股份，收盘价2.82元，跌停，都跟你说了，还不信。跌停板上还压着20多万手没卖出去呢。"

"什么！？"李红艳如五雷轰顶，不用算，他们10块买的，现在只剩将近四分之一了。

"天哪……"李红艳眼泪夺眶而出,哗哗地流了下来。

这些天,她听说股市出现了大变故,老公每天都情绪低迷,唉声叹气,问他股票怎么样了,他总说挺好的。李红艳心里没底,就到超市旁边的交易厅来了。

李红艳六神无主地走回了超市,身材微胖的同事赶紧招呼:"红姐,快点,刚才主管来查岗,我跟她说你上厕所去了。你怎么了,红姐?"

"嗯,没事。"李红艳抹掉了眼角的泪水,埋头清理着商品,精神恍惚。

超市的电视上播报着新闻。

"本市昨天发生一起坠楼事件,滨江大学一名45岁的副教授坠楼身亡,公安机关已经排除了他杀。据悉,该副教授借贷了大额资金投入股市,可能与其死亡有关……"

金融街写字楼的办公室里,李涛盯着一片绿色的电脑屏幕,眉头紧蹙。虽然屋里开着空调,穿着短袖衬衣的他依然满头大汗。

龙江股份显示着"2.82,−10.01%"。

"又一个千股跌停,百年一遇啊。"李涛往太师椅后背一仰,抬头看着天花板,用纸巾擦了把脸上的汗。

原本骄傲的他,在这样的行情面前,也已经没了底气。在股市遨游十多年,他甚至开始怀疑自己适不适合股市。

面容姣好的助理慌慌张张地推开办公室的门:"李总,行情是不是要崩盘了啊!电话都快被客户打爆了!好多客户持仓的股票全跌停了,咱们的基金净值下降了9%!"

"什么要崩盘了,这不已经崩了吗?急什么,下次进来先敲门!"

一肚子火的李涛没好气地对着助理喊道。

"对不起，李总，金总让两分钟后到会议室参加高管会。"

"知道了。"

李涛收拾了下桌面上的文件，无奈起身。

手机响了，李涛看了眼手机屏幕上显示的"丈母娘"，长长吁了口气，尽最大努力换上笑脸。

"喂，妈，有事吗？"

"哎，我说李涛哪，这龙江股份怎么又跌停了啊，怎么办啊？"

"唔，现在是股灾……"

"你可别跟我提股灾啊，我和你爸的养老钱都在里面呢，你是干这行的，你得给我想想办法！"

"我知道的，妈，你听我说……"

门再次被推开了，助理出现在门口："李总，金总让您赶紧过去开会。"

"知道了！"李涛忍不住大喝一声，连忙低头向着电话解释道，"妈，我不是冲您说的，刚才同事叫我去开会，这样妈，我先开会去，晚上我再跟您说哈……我先挂了……"

"你开什么会啊，你无论如何得给我想想办法……"

李涛无奈挂断了电话，一边摇头一边走出了办公室。

李涛推开门，走进了会议室。长条形的会议桌边，一众人等西装革履，面色凝重。

李涛向坐在首座的中年男子弯腰点了下头："抱歉金总，接了个电话，来晚了。"说罢赶紧落座。

"嗯，开始开会。"金总清了清嗓子，声音不大，却让人觉得充满了厚重的力量和权威。

"这段时间的行情大家都看到了，不停地千股跌停，S指数自本轮新高 5178 点调整以来，10 个交易日跌逾千点，几大指数一个月之内跌掉了三分之一到三分之二，个股更惨。目前看来，场外配资和伞形信托大量爆仓，正常融资融券业务已经有爆仓强平发生，而且数量不小，包括我们公司的融资业务。现在政府非常重视，采取了一系列的监管措施，并且已经开始严厉打击各类股市违法行为了。"

会场顿时鸦雀无声，有人用纸巾缓缓地擦拭着额头上的汗珠。

匆匆走出会场的李涛，拨通了电话。

"喂，强子，刚才一直开会，没法接你的电话。你是问龙江股份吧？"李涛步履匆匆，"我知道。你现在赔多少了？"

"阿涛啊，我把准备买房首付的 100 万都投里面，现在账面上只剩三分之一了，我老婆要跟我离婚哪……有什么办法没有啊，哥们儿。"对方的声音都已经带着哭腔了。

"我看了龙江的盘面，现在这个行情，我也说不好。本来龙江已经吸引了市场的注意，游资也进来了不少，只是大行情变成这样，这些题材股跌得更惨。都这样了，你割肉也没什么意义了，要不拿着等等吧。"

"要是后面还跌呢？再跌掉一半呢？唉，算了，买也是我自己要买的……我自作自受！"

"喂……喂……强子。"李涛的电话里传来"嘀嘀"的忙音。

深夜，李涛打开了家门，蹑手蹑脚走进了漆黑的客厅，却不料灯突然亮了。

"回来了。"面容秀丽的妻子穿着睡衣坐在沙发上。

"还没睡呢？"李涛的脚步停在原地，愣在了那里。

"等你回来呗。你说我爸妈的股票怎么办哪，都是他们的养老钱，我爸又有心脏病。龙江股份你不是说有的赚吗？"

"等会儿，我先上个洗手间再跟你说。"

李涛衣服也顾不得换，快步走进洗手间，没脱裤子就蹲在马桶上，点着了一根烟，皱着眉头狠狠抽了一口，掀起一阵烟雾。

南方某老旧办公楼内，"追魂一字刀"郑飞脸色煞白，站在屋子中央抱着双手，眉头紧锁闭着眼睛苦苦思索。

"郑总、郑总……"一个小伙子欣喜地从电脑前站起身来，指着电脑，"快看，龙江股份开盘涨了8%！快看！咱们怎么操作？"

郑飞微微睁开眼睛，看了一眼屏幕，从牙关里吐出了三个字：

"全卖掉。"

"为啥呀郑总，这不都好转了吗？您看……"小伙子一脸迷惑。

"这不过是一次出逃的机会，崩盘既然已经开始，就不会轻易结束。咱们已经赔了两个亿进去，必须止损了。"郑飞眉头依然紧锁，摇了摇头。

"咱们这么大的量，都卖出去会把龙江股份砸跌停的……"

"让你卖你就卖，说那么多干什么！再不跑就没机会了！"郑飞心情十分糟糕，吼了起来。操盘十几年，从来没有遇到来势这么凶猛的股灾。这次算是栽了。

李红艳顺着阶梯往上爬，心如死灰。

上午龙江股份还好好的，涨了不少，怎么又跌停了呢？这什么时候是个头啊？！

弟弟拿命换来的保险金已经被她和老公亏掉了四分之三，无力归还。弟弟的孩子今后怎么办呢，怎么向自己的父母交代呢？

她痛恨自己的贪婪，可世上没有后悔药可买。

"吱呀"一声，她打开铁门。突如其来的阳光让她睁不开眼，一群在楼顶栖息的鸽子被惊得飞了起来，绕着购物中心的大楼飞了一圈又一圈。

李红艳默默地向大楼边缘走去，泪水一串串往下掉，终于纵身往楼下一跳。

第六十三章

肖强的危机

○

扎伊尔河边的小道上,肖强慢慢地踱着步。

徐徐的河风吹过,夹杂着些许腥湿的味道,多么像家乡的小河边。

已经不知道有多久没有像现在这样,能够享受这片刻的平静了。每次来到蒙特尔,在密不透风的日程当中,肖强总是想抽出一点点时间,一个人到扎伊尔河边来走走,就像很多年前在这里常驻一样。

面对着蜿蜒的扎伊尔河,肖强闭上了眼睛,深深地吸了口气,那么多的破事暂时不用管了。周围的人终于消失了,那些笑脸相迎,却心怀鬼胎,随时可能把刀扎向自己后背的人,现在肖强一个也不想见。

肖强均匀地呼吸着,紧绷的脸上展露出了一丝微笑,但手机却不合时宜地响了起来。

"喂。"肖强语气有点不耐烦。

"老肖,现在股票都这样了,你也不管管啊?你不是说龙江能赚钱吗?我弟那四千多万现在亏得剩一半了,你说怎么办?我侄子还买了呢!"话筒中传来一个中老年女性的声音。

"这个我也没什么办法,股市现在都这样了。"

"没办法?!你必须给我想办法啊!损失这么多……"

"你让我怎么办?!我是神仙哪?!"肖强终于忍不住吼起来。

"你吼啊,吼啊,跟我凶什么凶?也不想想,你当年一个穷大学生，要不是我爸一路关照提携，你能有今天？"

肖强头上青筋直暴，牙咬了又咬："我有今天的成就，是我刀口舔血拿命拼出来的，我这些年给你们家赚的钱也不少了！……"

"你还有理了？当初到我们家那么乖，现在长本事了！别以为我爸退休了就没法收拾你！赶紧把我弟的钱给找回来！找那个什么秦十里去要！告诉你，可别拿钱在外面养狐狸精……"

肖强狠狠地按掉了电话，不出几秒，电话又响了起来，肖强脸色铁青，干脆关机了。

肖强烦躁地紧走几步，转了个圈，还是开了手机，拨了朱利云的电话。"您拨打的电话已关机，请稍候再拨。"

肖强又拨打了朱利云的另一个号码，这是他与朱利云私下沟通的号码，公司知道的人很少。得到的仍然是关机的提示。

这个号平时都是二十四小时开机，等候肖强召唤。肖强心头涌起一阵不祥的预感，面色凝重，有些心神不宁。

上级巡视组即将入驻集团，不知道他们手里有没有自己的材料。肖强闭上双眼整理了一下思路，迈开大步往回走。

"咚咚咚！"

"进来。"肖强朗声道。

杨舟笑意盈盈，推门走了进来。

肖强从沙发里站了起来，热情地迎了上去。

"快来快来，杨舟，坐。来了好几天了，咱还没来得及好好聊聊呢。"

杨舟谦卑地坐下了，脸上依然带着笑："知道您日程安排得紧，跟着您这几天，也没跟您汇报思想，是我的不是了。"

肖强也坐了下来，打开了茶几上的一瓶啤酒，递给了杨舟："哪儿的话，是我对你关心不够啊。"杨舟忙不迭地接过来："肖总，我来我来。"

"是啊，你看，咱们有一年多没有坐在这里喝酒了吧？来，咱哥儿俩今天一醉方休！"

杨舟从桌上拿起一瓶，打开递给肖强。

"想当年哪，2003年吧，对，就是'非典'那会儿，你研究生还没毕业，找工作，就是我面试的你，还记得吧？"肖强感慨地说，"来，碰一个……"

"是啊，就是您面试的，怎么能忘呢？要不是您哪，我还进不了华通海外呢。"两人一碰瓶子，喝了一大口。

"当时公司要拓展业务，招兵买马，我一眼就看中了你，觉得你小子人厚道，靠谱！"肖强指着杨舟大声说。

"我很感激您，把我招进来，从一个新人开始，一手培养提拔，走到了今天。"杨舟一脸真挚，内心不禁泛起了波澜。他不得不承认，肖强在一开始，确实是自己的领路人。

"肖总，敬您！"

两人碰了一下瓶子，杨舟一仰脖把剩下的啤酒全喝了。

"痛快！"肖强也一仰脖喝光了瓶里的酒。杨舟又打开了两瓶，递了一瓶给肖强。

"杨舟，你说，我对公司的贡献大不大？"

"那还用说吗？以前公司一直半死不活的，我看着您一手把公司业务给做起来的，才有了今天的规模，才能在市场上占据一席之地！"

"你总算明白事理。他汪延算啥呀，想来捡现成的？"肖强脸色发红，摆了摆手，似乎有点酒意，"他在华通海外干不长的，根基不稳，就是来咱们这里镀镀金，待满三年一个任期，就要回去了。"

杨舟低头不语。

"董清风可惜了，这么年轻，本来前途无量，只可惜站位不对，迷失了方向，把自己的前途毁了。年轻人哪，不能太心急。"

肖强举起瓶子，跟杨舟碰了一下，眼神直视杨舟。

"那是那是。"杨舟敷衍地笑了笑，喝了一口。

肖强呵呵一笑，恢复了大度、爽朗的领导风范。

"聊聊工作吧，最近项目进展怎么样啊？我听说你对以前的账目很感兴趣，是有什么问题吗？"

"哦，没有没有，我也是想了解一下以前的经营情况，好为将来的业务布局嘛。您知道，咱们的工作都是有延续性的，我刚来走了不少弯路，还不是因为对过去的业务情况不了解。"

"好！别的不说，蒙特尔之前的情况恐怕没人比我更了解，有什么不明白的你直接问我就可以了，账目的事就让朱利云他们去管吧，不是你的主责。你还是要把项目拓展和现有项目的维护做好。"

杨舟微微皱了皱眉头。侯立提供的账本里，有几百万美元的支出去处不明，比例明显太高，只要顺藤摸瓜，不排除扳倒肖强的可能。

现在这些账本的复印件，已经在邮寄的路上，快的话应该已到纪检部门的手里了。

"你们在海外的同志啊，都非常辛苦，抛家舍业的，环境还这么乱，我当年在外面是知道的。所以，公司的同志们一定要为你们做好支撑。但是有些人就是没这个意识，不讲团结，反而在后面捣乱。"肖强眼睛逼视着杨舟。

杨舟分明从中感受到了威胁的意味，咧嘴一笑："感谢肖总的关心，在职场上混，不可能不受委屈的。其实我刚刚捡回了条命，也看开了，只要自己行得正，立得直，谁愿意说什么，就让他们说好了。"

"哎，杨舟，可不能这么说，我这个人最见不得自己的同事被欺负，对于违反组织原则，算计我的人，我自然也不会手软。"

"违法乱纪的人，自然会得到应有的惩罚，何须您动手呢，有纪检部门呢。肖总，我听说上级巡视组马上要入驻集团了，如果有问题的同志主动交代，还能从轻发落呢。"

肖强眼睛眯了眯，笑了："据我了解啊，咱们公司的同志绝大多数都是好的，但是也不排除有个别的害群之马啊，这方面主要是纪委柳书记负责，相信他会办好的。"

肖强端起瓶子，和杨舟碰了一下，语气缓和了很多，感慨地说："杨舟，咱们哥儿俩这么多年交情，我也想和你说说心里话。你堂弟在这次事件中遇难了，你很难过，我理解，但是活着的人还是要过好自己的日子，这后面的事情恐怕不是你能左右的，要有自知之明，不要以卵击石。"肖强关切地拍了拍杨舟的肩膀，"相信我，我这是为你好啊。"

"谢谢肖总关心。"杨舟拿起酒瓶，与肖强碰了一下，一仰脖又喝光了，吧唧了一下嘴，"我会把握分寸的，但是这件事我不会轻易放手，毕竟这么多条人命在里面啊。"

"你……"肖强用手指了指杨舟，目光如炬看过去，脸上的表情不知道是哭是笑。杨舟只是低头不语。

"年轻人哪……"肖强叹了口气，"也不知道咱们以后还有多少机会在一起喝酒。这么多年了，我也没怎么跟你讲过我的往事。你知道吗？我从小就没有吃过几顿饱饭，跟母亲寄人篱下、受人欺辱，所有的东西都要靠自己去抢。所以我一定要成为一个强者，让人不敢欺负我，不敢欺负我的母亲！"

"肖总……"杨舟张了张嘴，欲言而止。

肖强伤感地低下了头，瞪着喝得通红的眼睛看了看杨舟："你可以说我做事不择手段，但是我们俩成长环境不一样，我一直在为生存挣扎,从来没有安全感,能用的不能用的我都得用上。凭什么他们锦衣玉食、平步青云,我就只能吃糠咽菜?"

"肖总,做人还是要有底线的。"

"哼,底线?你呀,还是太年轻了。"肖强摇了摇头,用手指了指杨舟。

"肖总,以前的事,我发自内心地感谢您的栽培。后面的事情,我想总归会有个结局的。"

肖强愣了愣,换作了一副笑脸。

"啥结局不结局的,算了,咱哥儿俩好不容易凑一块儿喝酒,别说这些不开心的了,今朝有酒今朝醉,来!"

"来,肖总!一醉方休!"杨舟拿起酒瓶,使劲与肖强一碰,一仰脖喝下去一大口。

杨舟知道,这或许是最后一次单独与肖强喝酒,内心中满是感慨和惆怅。在他到华通海外上班的那一刻,他断然想不到与自己的引路人会弄成现在这样的局面。

他同样清楚,肖强今天找自己喝酒,只是因为意识到了危险而感到心虚,想从他这里打探点消息,同时也拉近关系,希望少一个敌人。

你来我往之间,地上已经堆满了啤酒瓶。

"肖总,我走了,咱……咱们明天接着喝……"杨舟踉踉跄跄走向了门口,扶门出去,走向了自己的宿舍。

"回去好好休息,等参加完展销会,咱接着喝!"

肖强到洗手间洗了一把脸,摇了摇脑袋,试图从酒精中迅速解脱出来。

从杨舟这里并没有套到有价值的情报,但是他觉得杨舟的表现过

第六十三章 肖强的危机

于沉稳，面对他施加的威胁和压力丝毫不惧，反而软中带刺。

事出反常必有妖。这么多年的商海宦海沉浮，这些瞒不过肖强的眼睛。他的内心越发不安，掏出手机再次拨通了朱利云的电话。

"喂，肖总啊。"

"我说你怎么一直关机呢，我总也找不着你。"肖强斥责道。

"对不起啊，对不起啊，肖总，我……我……"

"别我我我的，你怎么了，说话吞吞吐吐的，干吗呀？"肖强觉得朱利云的语气有些僵硬，不太对劲，眉头不由得拧在了一起。

"我跟我老婆孩子到高原地区旅游来了，之前在飞机上，没开机呢。我跟汪总都请过假了，您在蒙特尔，就没跟您说。您有什么事需要我办呢？"

"没啥事，我就问问公司这几天有什么事没有。"

"没有啊，挺正常的，有事我会跟您汇报的。"

"好吧，你先休假吧，完了再说。"

"好的，肖总，您保重，有什么事一定会第一时间告诉您的！"

挂断了电话，肖强跌坐在沙发上，头上黄豆大的汗珠渗了出来，顺着脸颊往下流。

朱利云曾经跟他说过，他有严重的高血压，不能去高原。

这是在给自己示警。在肖强看来，朱利云没什么能力，只不过是一条听话的狗。但是，狗也有情义的。

审讯室里，两名警察接过了朱利云的手机，重新给他戴上了手铐。

背后的墙上写着八个斗大的红字："坦白从宽，抗拒从严"。

肖强明白，摆在自己面前的只剩了两条路，要么回国束手就擒，要么逃跑当丧家之犬。

而这两条路，都不是他想要的。

第六十四章

聚　会

〇

　　一辆黑色轿车停在鲁卡国际酒店的门口，杨舟从前排下车，肖强推开车门，从后排走了出来，昂首阔步走入酒店，杨舟紧随其后。

　　酒店包间里，装饰还算精美，颇为洁净，大圆桌边已经坐了不少人，桌上都是中式菜肴和酒水，还放着一盘月饼。

　　梳着大背头、身着丝绸唐装的林常伦笑容满面地起身招呼："肖总，快来快来，这边坐，就等你们了。"

　　肖强一边作着揖，一边在林常伦旁边的空位落座。杨舟也坐了下来，环顾了下四周，林常伦坐在大圆桌的主位，旁边是驻蒙武官华云涛，其他都是驻蒙特尔一些机构的负责人，有华夏建设的老崔，华通社的甄羽，中原石油的张劲，张劲旁边还坐着黄友德，一共十几个人。

　　"哎哟，华武官，您也来了，咱们这桌今天有啥军事题材吗？"肖强笑着向华云涛伸出了手。

　　"怎么？肖总不欢迎我？何参赞今天陪左大使去参加政府的活动，就派我来凑个数喽。"华云涛打着哈哈，站起身来向肖强也伸出了手，两只手紧紧握在了一起，用力摇了摇。

　　"华武官是我的老朋友了，正好今天大家聚聚，坐，坐。"林常伦微笑着看了看两人。

　　"怎么敢不欢迎，也就林主席能请得动您吧，一会儿一定要和华

第六十四章 聚 会

武官多喝几杯!"肖强满脸堆笑,眼角的皱纹都堆到了一起。

"奉陪到底!"华云涛笑着指了指肖强,缓缓落座。

"哎,我说老崔啊,我怎么看你好像有点蔫啊,这四五十岁的人了,脸上还长青春痘,要焕发第二春了?"林常伦打着哈哈,看着一边心事重重的崔春风。

"哎呀,还不是项目上员工的事,工人得了疟疾,差点没了啊,还在医院躺着呢,没醒过来。"

"哦?哪个项目啊?咱不是鲁卡有医疗队吗,怎么会搞成这样?"华云涛诧异地问。

"在鲁卡当然不会这样了,咱商会不是组织中国企业捐建了个小医院嘛,在班查那边,交通也很糟,工人得了疟疾没地治,带的药吃了不管用,好容易才给运到鲁卡来的,好悬啊。"

"哎呀,不容易啊。医院建得怎么样了?等建好了得疟疾就有得治了。"

"这样的工程哪敢怠慢啊。都修好了,有个中国医疗器械公司还捐赠了一批仪器,正在往里运,很快就开诊了,医生都是在咱们中国学习过的。"

"得个疟疾不会吧,我都得两回了,吃点药就好了。"甄羽呵呵傻笑着,眼神中有一丝诧异。

"你个年轻人身体好运气好,不懂。"林常伦指了指甄羽,嗔怪道,"那一带每年光得疟疾就要死好几百人哪,我都得了十来回,有一次在外边也差点交代了。"

"等医院投入运营了,就好多了,方圆几十公里的人就能得到救治了。"崔春风点点头。

林常伦又看了看甄羽,笑了笑。"你们这些年轻人胆子太大了,有我年轻时的风范！"林常伦捋了捋头顶稀疏的花白头发感慨道，"哎呀，一眨眼，我到这里都二十几年了，都变成老头喽。这些年不知道被抢过多少回，身上到处都有伤，经历过稀奇古怪的事数都数不清了，早就习以为常了。我这一把老骨头能混到今天，已经是妈祖保佑了。"

甄羽还在傻呵呵地笑着，故意双手托着腮帮子往桌前凑了凑说："林叔，那您就给我们讲讲您的传奇故事呗。"

"哈哈哈……"林常伦爽朗地笑着，"那我就……"

众人正说着话包间的门被推开了，走进来一位风尘仆仆、身材高大的中年男子，一顿作揖。

"抱歉抱歉，林主席，来晚了，我们关总临时被工业部叫过去了，让我来跟大家聚聚。"

来者与肖强四目相接，彼此都是一怔。

"肖总，一年没见了，别来无恙啊。"董清风面色微沉，缓缓落座。

"好得很哪，想必董总这一年也经历了不少吧，怎么，听说你跳槽到正宇科技去了？"肖强干咳两声。

"托您的福，一切都好，山不转水转，没想到今天在这里又遇见了肖总。"

"很好很好，老朋友又都见面了。"林常伦打着哈哈，"我说你们华通和正宇这两家也别争了，你们联合起来把这边的通信搞一搞，咱们这手机信号也不行啊，得给他们好好整整，对吧？"肖强应付地笑着，不置可否。

林常伦看了看桌上众人，站了起来清了清嗓子："各位新老朋友，今天啊，感谢大家卖我个老脸，过来一起坐坐。大家都在蒙特尔，平时有时候有来往，也有的一忙起来长时间都没联系，今天我呢，把大家叫过来一块儿聚聚。最近哪，蒙特尔出了不少事，牵扯到咱们的人也不少，有的朋友已经永远地离开了我们。"

"真是今天不知道明天的事啊。"林常伦感慨了一句，"大家到这里来，都有着自己的目的和追求，也有必须承担的任务和责任，离家万里之外，更需要我们拧成一股绳，互相照应，共谋发展。我呢，作为中国商会的会长，来，我先领一杯，祝愿大家都能平平安安！"

林常伦端起手里的小酒杯，众人纷纷起身，拿起桌前的酒杯，吆喝着一齐碰杯，林常伦仰脖一饮而尽。

"这第二杯啊，我想敬咱们的华武官，有大使馆在，就有咱们的保护神在，就有咱们中国人的魂在！来，华武官，走一个！"

"职责所在，义不容辞啊！很多事情我们做得还不好，条件有限，惭愧啊。有什么困难一定要跟我们大使馆反映，无论如何，一定尽力而为！"华云涛与林常伦一碰杯，双方一饮而尽。

"这第三杯哪，我想敬咱们的英雄。我这个人也当过兵，打过仗，也有一股子军人的血气，从来都是敬英雄，重英雄！今天，我特意把黄友德黄老弟叫过来。黄老弟来蒙特尔好多年了，平时不怎么声张，在歹徒来袭的时候，临危不惧，带领大家击退了几百人的进攻啊，要是我，简直不敢想啊！"林常伦端着酒杯，走向黄友德身边。

黄友德忙站起身来，诚惶诚恐，一脸是笑。

"林主席，您太过奖了，我没您说的那么厉害，我就是个包工头。"

"咱们老黄就是厉害啊，现在在工人们心目中，就是战神一样的存在啊。"坐在旁边的张劲一脸崇拜，竖起大拇指。

"哎，我说张劲，我怎么听说你那段时间一直躲在鲁卡不肯去工地呢？"林常伦调侃道。

"没有的事，没有的事。"张劲尴尬地连连摆手，"那不是鲁卡这边事情比较多嘛，跟政府好多手续要办……"

"黄老弟，咱不理这个怂人，咱俩喝！"双方又是一仰脖，留下张劲面红耳赤，手都不知道该往哪里放。

林常伦三杯过后，招呼大家喝酒吃菜，大家你来我往，包厢里气氛很是热烈。

"轰！"一声剧烈的爆炸声，震得众人耳朵发麻，窗户玻璃被震碎了，地板也为之颤抖，顶上的吊灯吱吱呀呀左右乱晃。

正忙着敬酒吃菜的众人呆住了，不知所措。

酒店的门口被炸得一片狼藉，满是烟尘，两个黑人保安倒在了血泊之中。二三十名路人纷纷掏出了藏在包里、筐里和长袍下的冲锋枪、手枪和大刀，冲进了酒店大堂，一片枪声响过，一路上遇见的人遭到了无差别射杀。

武装分子兵分几路，向酒店内部冲去。

杨舟离门近，赶紧起身走向门口准备查探一下，却被一群匪徒举着枪推了回来。

第六十五章

酒店遇袭

○

　　林常伦等十余人被几个匪徒推搡着来到了一楼的大会议室，里面已经有四五十名各种肤色的宾客，双手抱头，蹲在地上。

　　十几名或持枪或持刀的匪徒，骂骂咧咧地维持着秩序，一个面露凶光、肌肉发达，头领模样的黑人提着手枪走进了会议室，杨舟抬眼一看，竟是蒙自的光头。

　　"真是冤家路窄！"杨舟暗道不好，赶紧低下头来。

　　人群中，一个白人女士嘤嘤地哭了起来，光头走过去拎起她的头发把她提了起来，"嘭"的一枪打在太阳穴，随即把人扔了出去，女人倒在了血泊之中，血溅到了光头的衣服上。

　　"给我安静点！否则就跟她一样！"光头用法语凶神恶煞地大喝道。

　　人群顿时吓得鸦雀无声。

　　光头走向了前台，挥舞着手枪，慷慨激昂地大声喊道："你们这些该死的有钱人，成天到这种酒店里面，吃好的喝好的，总觉得自己高人一等。我们天天在丛林中受那么多苦，要拿命换吃的，凭什么？我要你们尝尝恐惧的滋味。"光头冲着天连开数枪，吓得众人一阵惊叫。

　　光头得意地笑了笑："今天，只要你们配合，大多数人都不用死，我会拿你们去换钱。但是，中国人就没那么幸运了！一群该死的中国人杀了我的兄弟，还带着人来袭击我们的基地，我要你们陪葬！现在，中国人自己站出来的，可以死个痛快，否则，我保证会让你们后悔来过这个世界！"

光头扫了一眼蹲在地上的人群，冲着杨舟等一众中国人走了过来，缓缓抬起了手中的枪。蹲在地上的华云涛向林常伦使了个眼色，林常伦心领神会，微微点了下头。

"你！起来！"一个匪徒指着张劲怒吼道。张劲颤抖着缓缓站了起来，一脸惊惧，仿佛腿已经不是自己的，几乎是费尽了全身力气才勉强站稳。

匪徒拿出一张照片跟张劲的脸比对了一下，点了点头，回头冲光头说："就是这个人，石油工地的头！"

光头转过头来看了看张劲，脸上的肉几乎拧到了一块儿，快走两步一脚踹在肚子上踢飞了他。张劲慌忙爬起来，跪在地上忙不迭地求饶："大哥，有事好说啊……大哥……"

几个匪徒对着地上的中国男女一顿拳打脚踢，只听得一阵阵哀号，一个女士已经被踢晕了过去。张劲脸上又挨了一枪托，一脸惊惧地抱头蹲在地上，看着地上翻滚喊叫的同胞，眼神中的恐惧竟慢慢消散，逐渐多了一丝愤怒。

混乱中，尽管杨舟在挨拳脚的同时不忘费力地挡住自己的脸，还是被一个匪徒给认出，把他揪了出来。

"又是你！"光头冲上前去，凶神恶煞地拿枪顶住了杨舟的头，直让杨舟面如土色，暗叫不好。"这一次，我会让你……"

"别开枪！！"华云涛用法语大喊一声，直起了魁梧的身子，高举着双手。众人一怔，望向了华云涛。

"这位头领，我是中国大使馆官员，我很值钱的，你们把我绑了吧！"华云涛掏出自己的外交护照，"这是我的证件！"

一个匪徒夺下华云涛的护照,递给了光头。

"你们在鲁卡带着这么多人质不方便,把他们都放了,带着我就可以了,就能拿到你们想要的。我是外交官,中国政府和蒙特尔政府都不会不管我……"

光头看了看护照,走近了华云涛:"想当英雄,很好!"光头用护照拍了拍华云涛的脸,又向前一步,把自己的脸几乎贴到了华云涛的脸上,让华云涛不由得内心一阵厌恶,眉头微微一皱。

"你确实值钱,但我也不想放过他们,怎么办呢?嗯?!"

华云涛知道当前无论如何必须先稳住局面,拖延时间就可能出现转机,说不定救援很快就能到来。

"你听我说,兄弟,你想要什么都可以跟我们提,要钱那更没问题,做事没必要太绝,条件都好谈。他们都是无足轻重的小人物。"华云涛态度十分诚恳,试图耐心劝说光头,却发现光头的表情越来越凌厉,又是一脚踢将过来,把华云涛踢得一个趔趄。

"老实蹲下,别跟我啰啰唆唆的……"对着黑洞洞的枪口,华云涛只好蹲在地上,埋头快速思索起来。

而光头眼里凶光毕现,掉转枪口再次对准了杨舟!

"这位英雄且慢!"

光头一愣,诧异地回过头来,却看见林常伦举着双手缓缓站了起来,满脸堆笑。

"我叫林常伦,在蒙特尔有很多资产,也一直敬重咱们这些江湖人士。"林常伦对着光头一抱拳,抛出了自己的筹码,"鲁卡迪比街的庄园就是我林某的房产,我在卡他省还有铜矿。各位英雄这么拼命也是为了过得更好,如果你们把我绑了,放了这些人,我可以让我的人给你们钱,你们可以拿去快活,享乐才是人生最好的追求啊。我可以给你们……"

光头和众匪徒停下了手里的活计，都望向了林常伦，林常伦伸出了五个手指。

"500万美元……"

光头一听深吸了一口气，眼光变得柔和了许多，几个匪徒的眼里泛出贪婪的光来，互相对视了几下。

林常伦一看有戏，赶紧添油加醋："我的资产大部分就在鲁卡，大家不用担心，你们押着我，很快就可以拿到钱，其他人，你们带着不方便，可以放了……"

匪徒们的神色更加兴奋，一个匪徒忍不住两眼放光傻笑着拉了拉光头的衣角。

"很好。"光头点了点头，诡谲地笑了笑，回头看了看蹲在地上的华云涛，"既然带多了人不方便，那我就带上你们俩，把其他人全杀了吧……"

匪徒们端起了枪，对准了人群，听懂了的人开始惊慌起来，林常伦顿时急了，喊叫起来。

"你杀了他们我一分钱都不会给你！我一条老命不要也罢，一分钱你也别想拿到！"

"你！没有人可以要挟我！……"暴怒的光头冲上前去，拿枪抵住了林常伦的额头，却直直迎来了林常伦愤怒而坚定的目光。

"轰！轰！嗒嗒嗒嗒……"几声爆炸过后，响起了持续的、密集的枪声，一个匪徒匆忙跑进会议室，"头领，部队已经攻过来了！"

"这么快！有多少人？"光头一脸的不可思议。

"好像有一百多人！"

光头咬了咬牙："跟我出去看看！"走到门口，光头停了下来，恶狠狠地对剩下的五个手下说："带不走了，把他们都解决掉！"

光头消失在门口，三个匪徒端平了手中的冲锋枪，另两个则举起了手中的大砍刀。

"他们想杀了我们！"蹲在地上鼻青脸肿的肖强听懂了光头的话，焦急地对旁边的人说。

"嗒嗒嗒嗒……"还没等众人反应过来，三个匪徒手中的枪喷出了火舌，无情地扫倒了前排的五六个人。

"跟他们拼了！啊——！"

肖强突然大喝一声，猛地从地上跳将起来，身形一长，纵身扑向一个匪徒！

三个拿枪的匪徒赶忙掉转枪口对着肖强打出了一梭子，冲出去的肖强靠着惯性扑倒了一个匪徒，用尽全身的力气压住了他。

千钧一发之际，华云涛不知何时右手多了一根筷子，突然眼神一狠猛地一挥手插进了身边匪徒的眼睛，引发一阵杀猪般的哀号。

而旁边的匪徒举刀砍向了地上的肖强，已经跃起的杨舟见状忙奋不顾身地扑向了持刀匪徒，把匪徒撞到了墙上，一只胳膊被刀割开了一条大口子。

求生的本能和满腔的怒火瞬间也在人群中爆发了！

几乎在同时，黄友德飞快地扑向肖强身下的匪徒。

"狗娘养的！"顾不得擦去脸上的鼻涕眼泪，张劲一声怒喝，操起椅子扔向持砍刀的匪徒，林常伦、甄羽等十几个肤色各异的男士已经跳将起来，大叫着扑向匪徒，六七把椅子被扔了过去。

被筷子插中的匪徒"啊啊"杀猪般号叫起来，手里的枪被华云涛一把夺过，一枪托将匪徒砸倒在地，熟练地掉转枪口对着另一个持枪的匪徒打出了一梭子。

冲出来的人群只一瞬间便与匪徒缠斗到了一起。地上的匪徒被黄友德按住了一只手,腿和大半个身体被肖强压着动弹不得。杨舟如同发了疯一样,拼尽全身力气一顿老拳打在匪徒脸上,打得对方血肉模糊,不再动了。

而两个持刀的匪徒也已经满脸是血,被众人掐住了脖子,一顿暴揍。混乱中,华云涛给插着筷子、鲜血淋漓的匪徒补上两枪,又将枪口抵近一个匪徒胸口,一个短促的连发,打出一片血花。

张劲趁势夺走了匪徒的刀,自己也被砍得浑身是血,胳膊皮开肉绽,仍不忘用脚狠狠踹向倒地的匪徒。

大敌当前,同胞受辱,生死关口,这些凶残的匪徒让他仿佛变了一个人,曾经懦弱油滑的他也忘记了恐惧,头也不回地杀向了匪徒。

混乱中,林常伦匆忙捡起地上的AK47,蹲姿持枪对准了门口。闻声冲进来的两个匪徒,被林常伦快速扫倒在门口,华云涛又给他们各自补上了几枪。

枪声越来越密,越来越近了。终于,身着政府军军服的士兵冲进了会议室。

杨舟扶起了趴在匪徒身上的肖强。肖强一只胳膊被打穿了,血流不止,头发被打飞了一块,身上到处是血,还在剧烈地喘息着。"杨……舟,我……我没事。"

"小舟,我……"杨舟回头一看,黄友德急促地呼吸着,捂着胸口,靠墙瘫坐在地上,手指间不断有鲜血渗出来。

"黄叔!黄叔!"杨舟赶忙过去扶住即将瘫倒的黄友德。

"我,中枪了……"

"黄叔,你别说话,挺住,救援的人已经来了……"杨舟忙不迭地查看着黄友德的伤口,却在肚子上又发现一个冒血的弹眼!

"小舟……你说,你说,我是英雄吗……"黄友德越来越虚弱,眼睛微微要闭上。

"是啊黄叔，你当然是英雄啊，你别睡啊黄叔……"杨舟急切地摇着黄友德。

"我不是……不是……逃兵……"黄友德头一歪，最后一刻眼中带着光，缓缓瘫倒在杨舟怀里，残留着一脸的满足仿佛在告诉世人，他回到了那个心中应该回去的战场，他绝不是逃兵，是英雄！

会议室里，墙上、地上到处都是血迹，横七竖八地躺着二十几人，有人还在哀号、蠕动，有人已经彻底不动了。还能活动的有的蜷成一团瑟瑟发抖，有的开始查看地上的同伴。

一群穿着白色制服的医生和护士拎着药箱冲了进来，迅速扑向躺在地上的人们。

张劲瘫坐在墙角，浑身是血，看着眼前的惨状，颤抖着嘤嘤哭泣。

电视屏幕上，衣衫不整的甄羽举着"华夏TV"的话筒，用英语在现场播报，背后是一片狼藉的酒店门口，军队和施工救援的人们在紧张地忙碌着。

"鲁卡时间今天中午12时许，京城时间19时，一伙武装分子袭击了鲁卡国际酒店，造成了酒店工作人员和宾客大量伤亡，根据目前的统计，死亡15人，受伤26人，伤者已经送到鲁卡医院抢救。刚才我自己正好也在酒店中，亲历了这场袭击……

"在激战大约一小时后，武装分子被政府军击退，击毙武装人员16人，另有二十余名武装人员逃走。目前还没有哪个组织声称对这次袭击负责，据蒙特尔政府方面的消息，这次袭击很有可能是蒙特尔自由联盟所为。

"此次袭击的鲁卡国际酒店是中国援助建造的酒店，是中国和各国商务人士经常光顾的酒店。这次袭击目前造成了我方人员8人死亡，

10人受伤，中国外交部对此次袭击表示强烈谴责。"

中国驻蒙大使左群出现在画面上，言辞愤慨。

"这次袭击，包括中国平民在内的各国群众遭受了重大伤亡！我们强烈谴责恐怖分子的行为，倡议各国政府，尤其是蒙特尔政府与我们一起打击国际恐怖主义！"

"从监控录像我们可以看到，在这次袭击中，被绑架的人质与匪徒进行了英勇的搏斗，避免了更大伤亡的产生……"甄羽继续播报。

画面上，肖强迎向枪口，扑向了匪徒，随后是暴起的杨舟、黄友德、林常伦、华云涛等人。

肖强冲向枪口的镜头被播放了三遍。

宿舍里，坐在电视机前，杨舟的双眼湿润了。

又是一次死里逃生，他脑子很乱。

肖强扑向匪徒的画面久久萦绕在他脑海。他的纵身一跃，为大家创造了拼死反杀的宝贵机会。

而黄友德，一辈子都对自己在丛林中的那次投降耿耿于怀，一辈子卑微，一辈子不甘，这次如愿倒在了冲锋的路上。那么他，算是求得了一个圆满吗？

杨舟俯下身去，把脸埋进了手里，一股难以抑制的伤感袭上心头。

电视里传来左大使铿锵有力、义愤填膺的声音：

"我们必将让这些伤害中国人民的匪徒，付出血的代价！"

第六十六章

肖强与秦十里

○

鲁卡医院的病床上，头缠纱布、吊着一只胳膊的肖强，面沉如水，眉头紧皱，终于拿起手机，用一只手艰难地拨通了一个电话。

"妈，我没事……对，在蒙特尔呢。"肖强语气很平静，"妈，你别担心我了，你身体怎么样啊？"

"妈没事，还有保姆在这里，其实我自己能行的，你不用花这钱了。"

"妈，你这么大岁数，我也没办法在身边照顾你……"

"我的好儿子，妈不用你照顾，你在外边给国家做事，妈心里高兴啊，那不比赖在我身边强好多！妈带着你那会儿啊，只是想着能有口饭吃，你能长大就好了，哪里敢想你有今天的出息啊。"

肖强脸上肌肉抽搐了一下，眼眶湿润了，张了张嘴却说不出话来。

"妈，你吃了那么多苦，儿子不孝……以后……"肖强用吊着的胳膊从被子里拿出一个某国的护照，打开放在面前，看着照片上的自己。

"强子，你说什么呢，在妈眼里你是最孝顺的，村里边这些孩子，就数你最有出息了。在外面别忘了管好自己啊，五十多的人，不比以前了，回来妈给你做你最喜欢吃的水煮肉。"

肖强肩膀抖动起来，极力压抑着自己的声音，泪水从紧闭的双眼里争先恐后流出来，滴落在面前的护照上。

"强子，你怎么了，怎么不说话了？"

"我……我……"纵横官场、商场多年，肖强已经为自己准备了后路，而如今已到生死抉择的时候了。

肖强不禁放下了手机，抱着头呜呜痛哭。

"强子，你怎么了？你什么时候回来看我啊？"手机话筒中传来老太太急切的声音。

肖强忙拿起手机，眼泪在脸上肆意流淌："妈，我没事，我过几天回国了就去看你……我这里还有事要处理，先不跟你说了，回去再说哈。"

放下电话，肖强痛苦地抱住了头、闭上了眼。自己是怎么走到了现在呢？考上大学，参加工作，升职受挫，娶了千金，那些商人的巨额财产、灯红酒绿和自己完全不能与之相提并论的工资，一次次计谋和行动，一桌桌饭局，一扇扇门被打开、合上，一幕一幕如过电影一般浮现在眼前。

究竟是在哪一步呢？

"唉……"肖强懊恼地长叹一声，拿起眼前的护照，一抖一抖无声地痛哭起来。

机场，肖强与杨舟握了握手，两人心情复杂，四目相视。

"在酒店，谢谢你救我。"肖强转身离去，而杨舟直到肖强的身影已经消失许久，仍站在那里发愣。

宾馆的房间里，正宇科技的刘守仁下意识地摸了摸缺耳，眼睛死死盯着电脑。

"妈的，这帮死变态！"屏幕上不堪入目的画面，让刘守仁恶心起来。

刘守仁又点开了下一个视频，这显然是无人机从高处移动拍摄的。厂房里，一个发福的中年人被秦十里等人打得满地打滚，浑身是血，颤抖着在一份文件上签了字。

刘守仁打了个寒噤，他不得不为自己只丢了一只耳朵而庆幸。

刘守仁又翻看了几张照片和几段视频，拿起手机拨打了电话。

"关总，东西我都收集好了，咱们公司的产品性能非常好，又隐蔽，拍得很清楚。还有几个是我找秦十里的仇家买的，秦十里和他手下的黑视频，有人特意用无人机拍的，加上咱们拍的，证据不少了。我亲自去交给公安局，看谁敢保他！"

"唔，你最好匿名寄过去吧，别自己有什么危险。"

"我还是实名去举报吧，这样力度更大，查办更快。"刘守仁咬了咬牙，下定了决心。

"嗯，也罢，有时候你弄到明处，别人反而不敢动你。现在互联网这么发达，给曝光出来谁也受不了。你再寄一份给纪委，以防万一。"关小昱冷静地说，"但是你一定要注意安全。"

"知道了，关总，我还会把一些年轻网友喜闻乐见的精彩片段发到网上，看他们怎么抹！这帮孙子太欺负人了。"

"全国现在都在开展打击黑恶势力专项行动，有传言说上面有人已经在查秦十里和他的保护伞了，咱们给他再添上一把柴火吧。"关小昱冷冷地说。

省公安厅大楼，一楼大厅的门口贴着红底白字的横幅："横扫黑恶势力，还你朗朗晴空"。

刘守仁抬眼看了一眼横幅，拿着信封，恨恨地咬了咬牙，走进了大门。

KTV 包间里，秦十里左拥右抱，与手下和一众美女正在寻欢作乐，忽然手机响了。秦十里接通了电话，笑容凝固在脸上。

秦十里的赌场门被身着黑色作战服的持枪特警冲开，警察们高声呵斥着，参赌和组织的人员有的蹲在地上，有的被追得四散奔逃。

龙江宾馆的 KTV 包间里，秦十里的手下们还在继续玩乐，一队持枪特警冲了进来，一阵女人的惊叫声，众人被驱赶到了沙发一角。

"我说警察叔叔，唱个歌都犯法啊？"一个黄毛嚣张地叫道。

"秦十里呢？！"带头的警察厉色大声问道。

"秦总有事刚刚走了，您找秦总的话，去……"

"追！"

黑夜中，一辆黑色奔驰汽车一路跌跌撞撞驶过七拐八弯、坑坑洼洼的小路来到了一处树林，熄了火，关了灯。

车上下来一胖一瘦二人，一路急急忙忙从草丛中往前疾走，终于来到了海边。

沙滩边，渔船上闪耀着星星灯火，船上一个胖子跳将下来，蹚水迎了上去。

"大哥，是我，王虎，快上船！"

"都准备好了？"

"准备好了，这条船之前我们一直用，放心吧，外面都打点好了，没有人会拦咱们，出去以后那边有人接应。"

秦十里从包里拿出几摞钱塞给来人，面色凝重，拍了拍对方的肩膀。

渔船发出"突突"的马达声，掉转船头，越开越远，逐渐消失在了夜色中。

T 国幽静的别墅门口，黑色轿车驶入大铁门，身后门迅速被关上了。

第六十六章　肖强与秦十里

穿着花衬衫、戴墨镜的男子拉开了车门，秦十里从车后座钻了出来，仍然穿着走时的衣服，头发蓬乱，有些狼狈。王虎亦从前排走了出来，四顾看了一下，与秦十里一起走进了小楼。

在客厅的沙发坐定之后，秦十里拨通了电话。

"小远，我到了……对，在T国的老房子了。"

秦远语气有些急迫："爸，您总算安全到了！急死我了！"

"想抓我秦某人，哪有那么容易。"秦十里露出得意的笑，"小远，我估计得在外面待一段时间了，等风声过去。你得帮我把事情都盯好了，咱们的产业别有太大的损失。"

"知道的，爸，可是我管理经验还不是很足……"

"有啥足不足的，你都博士毕业了，又在肖强那边学了几个月，差不多了，我的儿子没问题。你现在是第二大股东，我不在他们都要听你的。"

秦十里端起茶几上的茶杯，轻轻吹了吹，抿了一口，又喝了一大口。

"不过你现在毕竟年轻，公司的事啊，你先跟着你彪叔、刘叔，好好学学，他们惹上的事少些，其他几个要不已经进去了，要不也跑路了，指不上了。"

"知道的，爸，他们经验丰富，我多跟他们学习。"

"别太书生气了，这个世界复杂得很，不是书里那些东西能讲清楚的。不要嫌我没文化，你老爸我就是一路打拼过来的。"

"再有啊，财务总监郑霞，这女的骚是骚点，很专业，要用好她，公司的很多事她都知道，也得了不少好处……还有……还有……嗯？！"

秦十里的表情忽然惊愕起来，一群穿着花衬衫，满脸横肉的男子拎着手枪突兀地走进了屋里，为首一个四十多岁的壮汉迈着六亲不认的步伐缓缓坐在了秦十里旁边，皮笑肉不笑地拍了拍秦十里的肩膀。

而王虎和另一个手下，也在最后慢慢走了进来。

秦十里不可思议地看了看这一圈人，眼光落在王虎身上。

"阿虎，你……"

"大哥，对不起了。"

"阿虎，你跟了我二十年，你，你怎么能背叛我呢？！"

"大哥，大家都要生存的。"

"树倒猢狲散……"秦十里无奈地苦笑，转头看了看旁边的男人，"巴颂，说说你想要什么。"

巴颂往沙发后面一仰，笑了笑，用生硬的中文说："秦总这人就是够爽快，给你儿子打电话，让他拿5000万美元赎你。"

"5000万！美元！……你……"秦十里噌地站了起来，试图去抓巴颂的衣领，却被身旁一人一脚踹翻在地，一群人围上去一顿拳打脚踢。

"怎么了，秦总，觉得自己不值这些钱？"巴颂端起秦十里的茶杯喝了一口。

秦十里鼻青脸肿，嘴角淌着血，咬了咬牙，无奈接过了手机，拨通了电话："小远，你听我说，出了点事，我被T国这边的巴颂给绑了，他要5000万美元，你先给他……对……等爸出去咱们从长计议。"

对面沉默了半晌："爸，咱们账上没那么多现金啊……"

"那你想想办法啊！！"秦十里恼怒起来。

秦远再次沉默几秒，语气平静地说话了："爸，你一直跟我说我妈是因为难产死的，是一个酒吧女，可是我听他们说，她是重点大学的女大学生，品学兼优，被你绑到地下室关了两年，生下了我。最后，她病死了。是这样吗？"

"我要改良咱们秦家的品种，秦家要出人头地，当然……当然有人要付出代价！"

"可是我从小就被剥夺了母爱。"秦远的语气依然平静。

"你先不要跟我说这些，先把钱的事想想办法……"

"爸，属于你的时代已经过去了。你罪孽深重，死了，很多事情就不会再查下去，一干二净，这样，我就可以继承家业，把它发展好，让秦家有一个好的未来……"

"你个混账……"

"你不是跟我说，要做大事就要心狠手辣吗？"

"你们父子俩聊什么呢？叽叽歪歪的……"巴颂一把抢过手机，冲着电话吼道。

"听明白了没有，把钱给我，否则，我会把他的肉一点点割下来，让他怎么痛苦怎么死。"

"我不会给你一分钱的。"秦远冷冷地说，"即使钱给了你，我相信你不会让我爸活着。只要让他走了，最后死的恐怕就是你。"

"你……"巴颂歪了歪头，一脸的横肉拧到了一起，凶神恶煞地转向了秦十里，"秦总，你儿子说不给我钱，你说，我该怎么办呢？！"

"哼，果然是我秦家的种，好样的！"秦十里盘腿坐在地上，冷冷地冲巴颂笑了笑。

王虎缓缓走上前来，手里一份文件放到了巴颂面前的茶几上。

"大哥，这份文件你签了，你在T国的资产就归他们了，这样你也可以保一条命。"

"阿虎啊……你倒挺为我着想，他们给你分了不少吧？"秦十里恨恨地望向王虎。

"识时务者为俊杰，秦总，看你的弟兄还为你想了一条生路，你不能不领这个情啊。"

秦十里摇了摇头，颓然长叹一声："唉，我秦十里作恶一生，到头来落魄了，连自己儿子也落井下石，都是报应啊……报应啊……"

"我说秦总，你什么时候这么多愁善感了，赶紧签了吧，你就自由了。"巴颂不耐烦地皱了皱眉，嘴朝茶几上的文件努了努。

秦十里抬起头，冷哼了一声，艰难地爬向了茶几，却冷不防从茶几下抽出一把手枪，对着巴颂一顿怒射，巴颂始料不及，身中数枪，而旁边众人的枪也响了起来，被打得一身窟窿的秦十里躺倒在了地上，浑身是血，大睁着眼睛，不动了。

身在平福的秦远听到电话里的一顿乱枪，皱了皱眉头，默默地挂断了电话，长吁了口气。

第六十七章

复 仇

○

六架9型武装直升机低空掠过主席台，掀起一阵气浪，引得主席台上下的人们一片欢呼和掌声。

凌晨时分，天已放亮。排成雁形的六架9型直升机，飞快地掠过一望无际的原始森林上空，树冠的树叶被吹得像波浪一般摇曳。

远处出现了一处密林中的营地，直升机放慢了速度。

营地越来越近，螺旋桨发出轻微的嗡嗡声终于引起了营地中人们的注意，抬起头惊愕地看着迅速逼近的直升机。

"砰砰砰砰……"直升机机头黑洞洞的炮口突然喷射出急促的火舌，一阵阵火红的钢雨瞬间砸向地面，炸出一道道火光和烟尘，随着直升机不断向前推进，像犁地一般，所到之处，塔楼倒塌，房屋木片横飞，地面被炸出一个个大坑，而血肉之躯的人已经被炸飞起来，撕成了碎片。

犁过一遍之后，六架直升机分成两队画了个漂亮的弧线，又折返回来，对着仓皇逃窜的人们继续倾泻着钢雨，打出了一簇簇火箭弹，让地面成了一片火海。

地面射来了阵阵火线，打在直升机外壳上啪啪作响。一颗火箭弹从地面暴起，飞向机群，直升机往两边一闪，堪堪躲了过去，下一秒，火箭筒手已被打成了肉酱。

地面的人混乱不堪，还活着的拿着手中的 AK47 和手枪胡乱向空中射击，有的试图往树林中逃窜，却迎来了树林中密集的火力。

一阵火力倾泻后，大批政府军士兵从树林中冲了出来，扑杀残余的武装分子。

身着迷彩服的江勇，与答巴耶等政府军的指挥官一起，看着大屏幕上无人机传来的画面。

画面上是遍地的残骸和尸体，以及在枪林弹雨中逃窜的武装分子。江勇一脸冷峻盯着屏幕。

浑身是血的光头在一个手下的搀扶下，连滚带爬跑向了树林。众多匪徒在树林中逃窜，不时被身后袭来的子弹击倒在地。

基地已经成了一片废墟，烟雾缭绕，到处都是火光。

地上还有在呻吟和蠕动的武装分子，政府军冷漠地补上几枪。

光头回头看了看远处冒烟的基地，面目狰狞，牙咬得咔咔响。经营十多年的基地就这么片刻化为乌有了。

光头一挥手，吊着一只胳膊，跟残余的手下匆匆往密林深处走。

连日的逃亡后，光头和手下已经疲惫不堪。缺医少粮，吃的只能在路上就地解决，士气十分低落。

途中，他们洗劫了一个部落，杀光了里面的几十个人，却没找到几口吃的，收获甚微，只把人肉烤了一些吃。

行进中不时有人逃跑，再这样下去，恐怕只能散伙了。队伍估摸着已经逃出去一百多公里，政府军的追击已经远了。入夜，光头召集了几个小头目一起商议将来该怎么办。

看着大家表情沮丧，沉默不语，光头发话了："弟兄们，那帮腐朽无能的人砸了我们的基地，杀了我们的兄弟，这个仇是一定要报的！！"光头目光凶悍，使劲握了握拳头。

其他几人想到自己的悲惨遭遇，也纷纷叫嚣起来。

"但是，我们的队伍受到了很大的损失，不能再这么跑下去，要找到一个可以落脚的地方，好好休整！"光头环视各个头目，"你们有什么好办法，可以讲出来。"

"对，我们太累了……"

"我们可以找个地方重建一个基地，弟兄们还有二百多人，可以的！"一个头目说。

"不行，这样时间太长，太费力了，还没等建起来，我们就饿死了。"

"是啊，咱们原来的基地是花了一年才建起来的。"一个年龄稍大的头目附和道。

"那我们只能占别人的地方！"

"可是这周围连个像样的部落都没有啊！这些浑蛋把我们逼得这么紧，小部落占了等于没占，他们随时会攻进来。"

"嗯……"光头沉吟片刻，"派出去搜索的人都回来没有，有什么发现吗？"

"都出去两天了，就剩一组两个人没回来了，其他人都没什么发现，唉……"一个匪徒无奈地摇了摇头。

正说着话，一个匪徒急急忙忙跑过来，上气不接下气地说："大哥……我……我有发现！"

众人又期待又狐疑地将目光落在了来人身上。

匪徒大喘了几口气，接着说："我和迪瓦发现一群背着东西的人，有五十多人，就跟着他们一直走，想发现新的部落。结果他们到了一个隐蔽的地方，走进山洞就不见了。"

"哦？这么大的山洞？能住几十人？"

"当时我们也觉得奇怪,想过去看看,但是山洞口有拿着弓箭和大刀的人把守,就没有过去,我们在周边走了一会儿,发现有一个地方比较低,就爬了上去,越过山岭往里一看,你猜怎么着?"

"赶紧说!库贝!"光头恼怒地拍了一下那人的头。

"我们爬上去一看,里面是一个特别大的平地,有好多房子,好多人,还有好多地里种的东西,足够几千人生活了!"库贝手舞足蹈地比画着。

"哦?!有这种地方!"

"这里面肯定是一个大部落,人很多,但是人个子小,武器很原始,如果我们抢下来,吃的有了,还能作为我们的基地!"

"好!!"光头兴奋起来。

"那个部落离这里多远?"一个头目问。

"不太远了,大概在那个方向,离昆特山不远。"库贝用手指了指一个方向。

"对了,你不是和迪瓦一块儿去的吗?迪瓦呢?"一个匪徒问。

"迪瓦下山的时候摔死了,那个地方不好爬,很危险……"

"管不了那么多了!明天一早我们就出发,找那个部落,去吃好的,喝好的!"光头大声喝道。

第六十八章
华村之魂

○

"文秀才，这次去官家那里跟他们接头，辛苦你了。"入夜，村中央的大屋里，刘村长、文章、杨志军和刘百户坐在一起。

"没事的，村长，大使馆的左大使亲自接见了我，说会派人过来看一看，跟国内再请示一下，看能不能邀请村长去中国。"

"哦……那敢情好。"村长捋了捋白胡子，"想不到我这把老骨头，还能回到祖宗的故土看看……"

"对了，杨壮士，你的伤怎么样了？"村长看了看杨志军左手的袖口。

"少了一只手，不碍事。"杨志军淡淡地说，"外面这么乱，我越发觉得，华村也不太平啊。"

"所以我让文秀才把你叫回来，想让你帮帮我们哪。"

"咱们的兵器和战法还是弱，都是几百年前的，我在这儿几个月，帮着张罗了下，还很不够。刘百户，我不在这儿两个月，弟兄们都练得怎么样啊？"杨志军问。

"大家都练得很认真呢，还发现了一些好苗子！现在中央军有50人的钢枪队，都会使那喷火的洋玩意儿，就是那玩意儿少了点，咱弟兄的准头也差点。中央军还有150人的弓箭队，100人的大刀队。民兵里面，还有300人，拿的标枪、砍刀，各种把式。在咱们华村，还从来没有过这样的规模呢。"刘百户不无得意地说。

"唔,这样的架势,依靠周围的峭壁,一百多人的武装,未必能打得进来的……"杨志军点点头。

"唔,别人不打我们,我们也不会去招惹别人的。"听到儿子的陈述,村长脸上自信了很多,摸了摸旁边端坐着的大黄的脑袋。

"其实,我们还是蛮危险的,手里的枪只有二十多把。"

"杨壮士多虑了吧,虽然我们没有多少枪,但是弓箭、大刀这些祖祖辈辈传下来的,也绝不逊色啊!本来我还心里没底,现在训练了这么多的青壮,依仗天险……"村长脸上洋溢着自信的笑容。

"嗯,华村确实易守难攻,我围着转了好多圈,有个地方的山崖比较低,我能翻过去的,普通人虽然很困难,但是……"

"杨壮士不必担忧。"刘百户接过话头,"那处地方我知道,也险峻得紧,十年前我们在那摔死了个后生,然后就没人敢去爬了。咱们村里有巡逻队,发现啥就敲锣嘛。"

"村长,其实咱们地方这么大,人手也不太够……"

杨志军有些无奈,只好看着文章:"文博士,你比我能说,你倒是说两句啊……"

"行了,不说这个了。今天铁柱娶新媳妇,也到时候了,咱们一块儿过去热闹热闹。"村长兴致勃勃地站起了身,满是皱纹的老脸仿佛乐开了花。

"咱们这里有人成亲,按照传统村长都要当证婚人呢……"几人一边走着,刘百户一边介绍道。

村长笑眯眯地说:"今天成亲的铁柱,是我们大刀队的头领,功夫好,就是脑子愣点。有人成亲啊,我就很高兴,这就意味着又有人要出生了,咱们华村后继有人啊……"

一行人不多时就绕到了大屋后面的一处大厅。

大厅张灯结彩，布满了各式鲜花和红色的布花。

铁柱人如其名，高大粗壮的个头，黝黑的皮肤，厚厚的嘴唇，中央军的麻布军服外面系着一朵红色的大花，正在傻呵呵乐着招呼各路宾朋。

大黄也赶紧汇入几条狗里面，穿梭在桌椅之间，摇头晃脑，寻找着吃食的机会。

"看他那长相身材，铁柱肯定有当地血统，不知道传了多少代了。"文章一边走着，一边给杨志军介绍。

看到村长到来，有人组织大家落了座，村长一行人旋即坐在了前排的首座。

人群逐渐安静下来，村长站起了身，笑吟吟地走到了前排。而铁柱和头戴鲜花、衣着鲜艳的新娘，则一起来到了村长的面前。

村长笑眯眯地伸出了双手，高大的铁柱忙俯下身子，让村长把手放在他和新娘的头上。

"我宣布，刘铁柱和刘二妹结为夫妇！祝你们白头偕老，早生贵子！"

偌大的屋子里，上百名宾朋响起了欢呼声。而杨志军隐约还听到了"噼噼啪啪"的鞭炮声。

"华村还有鞭炮？传统保持得很好啊。"杨志军面带微笑跟文章说，似乎也沾了些喜气。

"啊？鞭炮？没有啊？从来没见过啊……"

"嗯？！……"杨志军笑容僵在了脸上，凝神又听了听，噼里啪啦的声音越来越密。

杨志军脸色忽然一变，猛地从凳子上蹿起来，箭一般冲了出去！

屋外，啪啪的声音愈加清晰，岩洞方向的山顶亮起了火把，偶有火线越过山顶。

"咣咣咣……"急促的锣声从山顶传来！

岩洞口，两个中央军已倒在血泊中。

月光下，岩洞前的开阔地上，光头声嘶力竭地叫嚣着："弟兄们，攻下这个部落，抢到的粮食和女人就都是咱们的了！！！"饥饿的匪徒们顿时像打了鸡血一样，猛烈地向岩洞上百米峭壁射击，十几个匪徒嗷嗷叫着，冲下壕沟，向岩洞进发！

而峭壁上，锣声大作，不时有箭矢袭来，石块飞来，一个匪徒脖子被箭贯穿，还有一个被砸碎了脑袋。

岩洞前的火力密集起来，几十支冲锋枪的火力压制下，峭壁上的人不时中弹，更有两枚火箭弹袭向山顶，炸出了一片碎石，上面的二十余人不一会儿工夫就被打死炸死大半，剩下的已经被这恐怖的火力几乎吓傻了！

华村的中心混乱起来，在杨志军和刘百户的大声呼喝下，才逐渐恢复了秩序，现场宾朋中的中央军已经在广场集合完毕，不断有民兵和中央军向这边集结，戴着红花，比别人高一头的铁柱赫然在列。

"走！"刘百户一声喊，几十名中央军拿着冲锋枪、弓箭和大刀向岩洞方向飞奔而去。

这时，十多个匪徒已经冲进了岩洞，只听得岩洞里一阵枪声、呐喊声和惨叫声，很快就恢复了安静。

一个匪徒仓皇从岩洞里跑出来，胳膊上扎着一支箭。

"什么情况？"光头赶忙问道。

"里面……里面……拐弯很多，有人拿刀、弓箭，藏起来打我们……"匪徒上气不接下气地说。

"其他人呢……"

"都……都……死了……"

"上刺刀，再上！"光头一声怒吼，三十多人把冲锋枪上了刺刀，爬过壕沟，冲进了岩洞。

七拐八弯的岩洞里，不时传来枪声和喊杀声，火光在岩洞壁上闪耀，地上躺着一具具尸体，十余个匪徒已经踏着同伴和守卫者的尸体，向洞口的月光冲了过去！

数十支箭袭来，率先冲出洞口的三个匪徒被扎成了刺猬。

"放！"刘百户一声怒吼，又一阵箭雨射向洞口，剩余的匪徒赶紧撤了回去。

"抬高………"上百名弓箭手抬高了弓箭，呈45度角对着天空。

"放！"

一片箭矢越过峭壁，飞向华村外，在外面下了一场箭雨，开阔地上向山顶射击的匪徒被"嗖嗖"的箭扎中了好几个，倒在地上惨叫着打滚。

又一阵箭雨袭来，剩下的匪徒不得不离开开阔地，到树林中躲避。

"嘭！"一发迫击炮弹越过山顶，在华村箭阵边缘炸响，碎石乱飞，两个中央军被炸倒在地。"嘭！"又是一发，偏了十几米，炸飞的碎石砸在了箭阵众人头上，弓箭手惊恐地看着倒在地上的同伴，出现了骚动。

"不准动……拉弓！放！"又一阵箭雨飞向山顶另一侧。

杨志军出现在峭壁顶上，指挥几个中央军，架着冲锋枪，在月光下瞄准树林中的匪徒，"嗒嗒……嗒嗒"地点射。树林中匪徒不时中弹，但更多的人举枪还击，强大的火力让峭壁上的人不敢轻易露头。

进攻陷入了僵局，光头阴冷地笑了一声，眼睛望向了月亮的方向。

一公里以外，成群的匪徒在树木的掩护下，艰难地在盆地豁口处攀爬。一个匪徒脚下一滑，滚下了山坡，摔死在了山脚下，更多的人悄无声息地爬了上去。

爬到豁口的顶部，众人看着里面的村庄呆住了！果然是好地方啊！

头目掏出了步话机，接通了岩洞外的光头。

"嗯……嗯……好！"光头将步话机递给手下，大声喊道："加大火力，向山顶打！"

一条条火舌射向山顶。山上增援的来了，射下来的弓箭和扔下来的石头更多了，却很难伤到树林中的匪徒。

成群的匪徒冲下了盆地豁口，走出了山腰上的树林，在月色下直奔华村纵深而去。

"呜呜……"一直坐着的大黄忽然站了起来，紧张地冲着一个方向低吼起来。

"怎么了大黄？"屋里的文章走了出来。大战当前，他也不知道一介书生能干什么，只好带着大黄回到了自己的屋子。

"汪汪汪汪……"大黄突然向着黑暗中的峭壁大声吠叫起来。

村里的狗此起彼伏地叫了起来，文章望向大黄吠叫的方向，竟依稀有一大群影影绰绰的黑影在蠕动着。

在狗叫声的警示下，一支十多人的标枪队发现了偷袭的匪徒，大声惊叫着，有的把标枪投了过去，有的敲响了锣，引来一阵弹雨，只一会儿的工夫，标枪队全部倒在了血泊中，一个匪徒被标枪贯穿了肚子。

匪徒迅速冲进了村里，见人就杀，不时往木屋里扔手雷，炸得血肉横飞，被炸出来的村民立即被枪扫倒，妇女儿童的惨叫声不绝于耳。

一个匪徒踢开了文章的房门，扫了眼漆黑的屋子，发现了躲在墙角的文章，向他端起了枪。却不料一条黑影猛地蹿出来，死死地咬住了匪徒拿枪的手！

"啊……啊……"匪徒手上一阵钻心的疼，扔掉了枪，使劲甩着手，在屋里打转，却始终甩不掉手上的大黄。几个回合下来，匪徒从腰间拔出匕首，狠狠地一刀一刀扎向大黄，直扎得鲜血喷涌。

大黄终于无力地松开了嘴，匪徒大叫着看着血肉模糊的手，才想起抬头，却看到文章急促地喘着气，端着枪将黑洞洞的枪口对着自己。

匪徒一愣神之间，文章大叫一声，扣动了扳机。

"突突突……"子弹全部射光了，匪徒一身是血软软地瘫在了地上。

"大黄！……大黄……"文章踉跄着跪到地上，抱起了血泊中的大黄。大黄胸口起伏了几下，就再也不动了。

"大黄……"文章紧紧地抱着大黄，泪流满面。

山顶上的杨志军回头看到村里的场景惊呆了！原来是声东击西！

一支几十人的大刀、标枪队，悍不畏死冲向匪徒，绝大多数人被扫倒在了半路，只有几人冲进了敌群，在放倒了几个匪徒之后，很快也全军覆没了。

零星的抵抗者试图用原始武器抵挡匪徒，却是一个个倒在了枪口下，并未给匪徒造成多大伤害，一边倒的屠杀逐渐向村中央蔓延！

大屋外，村长看着越来越近的火光和屠杀，听着远处传来的枪声和惨叫声，又惊又怒，急得直跺脚！

已经有流弹向这边飞来，击中了大屋，两个青年连忙把村长架进了屋里，堂屋中的武将雕像被子弹打穿了一个窟窿，碎末乱飞。

"嗒嗒嗒嗒……"一道道火舌射向匪徒，伴随着一支支箭矢，几个手雷被扔了过去，"嘭嘭"，掀起气浪！杀得兴起的匪徒突遭火力输出，一瞬间被扫倒、炸倒了十余人。

刘百户带着一百多名中央军主力回防了！

匪徒头目惊得目瞪口呆！华村的人居然有这么多冲锋枪！！还有手雷！匪徒们赶紧隐蔽在房前屋后和土堆中，对着来袭的方向射击。

刘百户一声令下，铁柱带着几十名大刀队冒着弹雨向前冲去，在被扫倒了十几人后，终于与匪徒缠斗在一起，展开了近身肉搏。

见敌我已经短兵相接，剩余的弓箭队和冲锋枪队旋即也冲入敌群，还有零散的人员拿着各式武器、农具不断加入战斗，华村内杀声震天，血肉横飞！

而有五名手持冲锋枪的中央军，却并未与敌军靠近，而是各自趴在屋顶、土堆上，脸色冷峻地一个个点杀着四处奔突的匪徒。

光头听着盆地里越来越密集的枪声，大喝一声，百余个匪徒冲出树林，迎着山上落下的石头和箭矢，向岩洞口奔去！

在扔下几具尸体后，匪徒们冲进了岩洞，与里面的匪徒会合，一起向另一侧洞口冲去！

几个匪徒冒出洞口时，四五支冲锋枪喷出火舌，十余支箭矢飞向洞口，把洞口打得碎石乱飞，将匪徒扫倒一片，而埋伏在洞口附近的几个中央军探出头来，将几颗手雷扔进了岩洞里！

"轰轰"几声响，岩洞瞬时变成了绞肉机，惨叫声不绝于耳，岩壁上到处挂着破碎的血肉。

华村里已经陷入鏖战，中央军、民兵还有村民们逐渐发挥了近战和人数上的优势，靠血肉之躯压倒了匪徒。

血肉纷飞之间，枪声和喊杀声慢慢稀疏了。冲进来的一百多个匪徒几乎被消灭殆尽，剩下的几个扔掉枪跪在地上求饶，嘴里大声地喊着什么，中央军七手八脚，抹肩拢背，将他们按倒在地。

岩洞里的匪徒只得又掉头跑到了岩洞外，慌不择路地退回到了树林里。

光头拿起对讲机，大声喊着，却没有得到回音。

华村内的枪声已经停了，很显然，偷袭的匪徒已经全军覆没了。

光头身边已经只剩下三十几人了，气得七窍生烟。这么多人攻打一个原始部落居然打成这个样子？！

他们怎么会有冲锋枪和手雷？！他们怎么这么训练有素，有章有法？

这个世界是怎么了？！

山顶的人还在不时地往树林中打枪、射箭，光头恨恨地看了眼山顶，又看了看岩洞，不甘地吼道："撤！"

华村内，到处是火光、浓烟、尸体、血肉和断壁残垣。

活着的人忙着收拾死伤者，哀号遍地。

木屋的门口，一个年轻的女人跪在地上，怀里抱着血肉模糊的幼儿，在凄厉地哭号着，声音响彻整个华村。

她的男人就躺在脚边，一动不动了。

浑身是血的铁柱怒吼着，一拳一拳砸向已经死去的匪徒，尽管对方的脸被砸扁了，他的拳头也皮开肉绽。

而他的新娘，衣衫不整死在了新房的床上。

村长披头散发，一脸泥土，颤抖着走过遍野的尸体和火中的木屋，老泪纵横。

无妄之灾啊！华村缘何要遭受如此浩劫！

大屋前的广场上，文章和杨志军还在审问俘虏。俘虏双手被绑，跪在地上一边回答，一边求饶。

当听到这帮人是光头带领的蒙自残部时，杨志军怒火中烧，一拳打在一个匪徒的太阳穴，对方栽倒在地七孔流血，抽搐了几下就不动了。

"冤家路窄！！"杨志军狠狠地咬咬牙。

广场上已经摆满了上百名中央军的尸体。村长连连跺脚，肝胆俱裂。

"我的青壮啊，我的青壮啊……啊……"

"死了多少人？"村长颤声问旁边的后生。

"现在找到的，死了五百三十二人……"后生垂下了头。

"五百……五百……三十……二"村长吐出一口老血，已经无法站立，颤抖着往后瘫坐过去，被后面的后生匆忙扶住。

"父亲、父亲……""村长……"刘百户和杨志军等人赶忙围了上去扶住村长。

"我，我没事。"村长挣扎着坐了下来，用布巾擦了擦嘴角的血迹。

"父亲，把剩下这几个杀了，用他们的血祭祀死去的亲人！"刘百户浑身是血，怒目圆睁，旁边的人怒吼着附和。

文章深吸了一口气，上前一步说："对俘虏……"

"俘虏？！"村长双眼喷火，猛地扭过头来，打断了文章，"文秀才，他们不是俘虏，是凶手！是禽兽！"

"罢了！"文章阴郁地咬了咬牙，攥紧了拳头，扭过头去。

呜哇乱叫的三个匪徒被押着跪到了中央军的尸体前，群情激愤的吼声中，铁柱带着两个大刀队队员手起刀落，三颗人头滚到了地上。

"各位亲人们！"村长颤抖着伸出手，"容我老朽说几句。"

喧嚣的人群顿时安静下来。

"华村遭今日之浩劫，是天劫啊！这群蛮夷，手握火器，杀了我们这么多亲人，我的心痛啊！大家看到没有，他们的兵器比我们厉害太多！"

村长重重地叹了口气："唉，我老了，好多事情都不明白，外面这些兵器也不清楚，没有办法带着大家渡过灾难。杨壮士是上天赐给我们，从祖宗那里派过来拯救我们的真神哪！如果没有杨壮士教我们用枪，带我们战斗，华村已经被这帮畜生给屠村了！"

说罢，村长竟挣扎着滚下座位，双膝跪在了杨志军面前！"请杨壮士为我们做主！"

杨志军猝不及防，赶忙想扶起村长，村长执意跪着，用尽力气颤抖着大喊道：

"请杨壮士做主！！"

刘百户和一千村民也纷纷跪倒，大喊着：

"请杨壮士做主！！"

杨志军看着跪倒的人群，内心百转千回。

村长的一番言行再次让杨志军刮目相看。一个物质如此落后的地方，却有着这样一位眼光睿智、精神凛然的首领，有着如此的使命感和大局观。而村民们，又能如此地众志成城，共同面对这突如其来的浩劫。他们能在几百年中延续下来，想必不仅仅是天时地利。

他又想起了自己当兵的那段时光，那是他珍藏的一份美好，保家卫国的责任在那时已经深入骨髓，成为支撑他走完这人生的信念。

而在这里，他藏于内心深处的某些东西被彻底激发了！

"我、我……好！我答应你们！"

村长欣慰地笑了，在杨志军的搀扶下缓缓起身，重新坐到了座位上，又握住了文章的手。

"现在我们武有杨壮士，文有文秀才，天佑华村啊！"

"杨壮士！"刘百户上前一步，双手抱拳，"袭击我们的这帮畜生，还有几十个跑了！"

一想到跑掉的光头，死伤的华村村民，以及逝去的黄友德，杨志军怒火冲天，不由得挥起了斗大的拳头。

"乡亲们，我们想过太平日子，可是有人不想让我们太平，这帮禽兽，我们能让他们跑了吗？！"

"不能！"众人挥拳吼叫，群情愤慨。

"不能！"

"不能！"

"除恶务尽，斩草除根！"文章喃喃自语。

复仇之火被瞬间点燃！军民们纷纷请战！

缴获的冲锋枪把会用枪的人都武装了起来，一百余人的混合编队，稍事休整后，由杨志军、刘百户、铁柱领头，走向了岩洞外的丛林。

这是华村剩余的几乎全部武装力量，而追击的目标，是不留活口！

东方露出了鱼肚白，天色已经逐渐放亮了，光头带着垂头丧气的匪徒行走在森林里。

华村已经远了，光头示意大家停下休息，众人如释重负般或坐或躺，想缓一缓一夜鏖战的疲惫。

树林中窸窸窣窣的声音引起了光头的警觉，光头一声招呼，旁边的几人也睁开了眼睛四处张望。

"嗒嗒嗒嗒……嗒嗒……"树林里突然响起了枪声，"嗖嗖"地飞过来一支支箭矢，一瞬间几个匪徒或中箭或中弹，倒在了地上。

匪徒急忙举枪还击，森林里一片混战，不断有人中箭、中弹倒地，一眨眼一群手持大刀的中央军已经冲到眼前，与剩余的人呐喊着缠斗在一起，杨志军几个点射打死了几个匪徒，然后扔掉冲锋枪用一拳两腿继续收割着匪徒的生命。

光头身边的人一个个倒下了，终于就剩他一人。

光头大口喘着气，看着渐渐围拢过来的众人，扔掉了已经没有子弹的手枪。

看着眼前怒目圆睁的杨志军，光头眼神逐渐变得凌厉，"啊"的一声大叫扑向杨志军，飞起一脚势大力沉踢将过去！

杨志军稍一侧身，却是一记如风的鞭腿踢在光头小腿上。

嘭！光头小腿断了，"啊"的一声栽了下去，单膝跪在了地上。铁柱大喝一声，飞身一刀劈下，光头身体颓然倒下，头在地上滚了几圈，大睁着眼睛。

依山傍水的山坡上立起了一片密密麻麻的坟冢。

刘百户缓缓将光头的头颅放在了坟冢前的空地上，上千华村男女老幼聚集在这里，静寂无语。

"一鞠躬！"文章喊道。众人齐刷刷向坟冢鞠躬，伴随着"砰砰砰"一阵枪响。

"二鞠躬！"

"砰砰砰！"

"三鞠躬！"

"砰砰砰！"

杨志军缓缓起身，转过身看了看华村的村民，对着文章点了点头。

文章理了理心绪，长吁了一口气，开始讲话：

"乡亲们，三天前，一群穷凶极恶的匪徒袭击了我们，杀害了我们的家人，毁了我们生活几百年的家园。我们的中央军、民兵队，挺身而出，用自己的生命保护了我们的家园、我们的亲人，而他们，却永远地躺在了这里！他们，是华村之魂！他们，是我们的英雄！"

"英雄!"

"英雄!"

人群中爆发出了雷鸣般的吼声。

"今后,我们的英雄都会埋葬在这里,接受我们的膜拜,这里是我们的英雄冢,他们的灵魂会升入天堂!"

经历过血与火的洗礼,文章文弱的脸上也多了几分坚毅,挥起了拳头。杨志军向文章投去赞许的眼神,点了点头。

文章咬了咬牙,开始声嘶力竭地对着人群喊起来:

"乡亲们,几百年前,我们来到这片土地,希望在这里远离外界的纷扰,过上安宁的日子。我们与人、与世界为善,从不主动伤害别人,只求别人同样善待我们。但是,这些匪徒,这些禽兽,并没有因为我们的善良而放过我们。虽然这次我们击败了匪徒,但是丛林并不会因为这帮匪徒死了而安宁,这里还有很多匪徒,也会出现很多新的匪徒!想要偏安一隅是不可能的!"

人群骚动起来,有的人开始交头接耳。

文章明白,这番话是在点醒善良的村民们,其实何尝不是在点醒自己呢?

"所以,只有自己强大起来,才能不被欺负!"杨志军大吼道。

人群的情绪被调动起来,几个村民举起拳头怒吼着。

"吼!"

"吼!"

"我们要靠自己强大起来,让每一个来侵犯我们的人,有去无回!"

"吼!"

"吼!"

"吼!"

"吼!"

成片的坟冢前,华村军民披麻戴孝,挥拳怒吼,声音响彻云霄!

英雄冢的旁边,有一个小小的黄土堆,上面立着一块木牌,用黑字写着"大黄之墓"。

第六十九章

变　局

○

　　原始森林里，两个黑人头上顶着羽毛，脸上画着油彩，穿着兽皮裙飞奔而过。

　　野鹿身上插着标枪，一边流血，一边拼尽全力逃命，忽然脚下一软，栽倒在地上。

　　鹿试图重新站起来，却被飞奔而来的猎人一棍子敲中头部，四腿伸直不动了。

　　两个猎人乐开了花，拿起腰间的绳子，拔出梭镖，把鹿给捆了起来。一个猎人突然"啊"地大叫一声，跳了起来，脚上硌得刺疼。

　　猎人蹲下身子，扒开了堆积在地上的火山灰，捡起了一块蚕豆大的菱形晶体。

　　猎人拿起晶体，对着太阳一看，闪闪发亮。

　　两人不约而同抬头望向了不远处那刚刚喷发过的火山。

　　集市上，猎人把鹿皮摆在了收购商的案台上，把晶体也递了过去。胖胖的收购商拿起放大镜仔细一看，眼睛顿时瞪得溜圆，不可思议地看着两人。

　　"近日，在火山的山谷和周边地区发现了钻石。据专家介绍，这是火山爆发轰出了地底下的钻石带，天然钻石的储量很可能十分可观。"

　　电脑上，A国金发碧眼的美女记者指着远处的火山，用英语播报着。

"钻石带来了财富,也带来了杀戮。蒙特尔的几股武装势力都参与了对钻石带的争夺,各方死伤惨重,当地的原住民已经逃离。目前政府军已经控制了局面,蒙特尔政府已经组织力量开采钻石,但是活跃在周边的各种组织经常对矿区进行武装袭击。"

"杨总,看来蒙特尔有钻石的传闻是真的啊,他们发财了,咱们更有生意可做了,没钱买我们的东西就拿钻石抵吧。"侯立对着电脑兴奋地说,"要不咱也过去捡捡钻石,捡一大颗这辈子就不愁吃喝了,哈哈哈……"

电脑上依然在播报着新闻:"延期一年多的蒙特尔总统大选终于有了结果,经过全民投票,现任总统布耐尔击败了24个竞争者,再次当选总统………"

"你不要命了,那里为了钻石都死了上千人了,有命捡没命花啊。亏得布耐尔连任了,这事终于落了地,如果出现混乱,政府军控制不了局势,有了钻石的蒙特尔马上就会变成人间炼狱。乱世的黄金是祸害啊。"

"对了杨总,那个华村有没有受钻石的影响啊?"

"他们倒还好,昆特山的那一侧没钻石反而是好事。我听文章说,这次华村保卫战虽然死伤惨重,但是也打出了威名,附近的武装分子捞不着啥好处也没必要去啃这块硬骨头。"

"哦,那就好。那咱就老老实实地赚我们能赚的钱呗。对了杨总,刚刚又收到一个好消息,中国的政策性银行批准了无息贷款,中原石油的环保设施有钱了!"

"太好了!一切都在按计划进行,明年初油田应该就能正式投产了!"杨舟拍了一下侯立的肩膀,"我去工业部走走,见见新部长,聊聊无线网的事，等我回来吃饭啊。你把车停外边了？"

"对，在外面。杨总，我可听说您快要被提拔了，再加把劲啊，兄弟们等着给您庆祝呢。"侯立头也不回，继续刷着电脑。

"哈哈哈……"杨舟拎着公文包走出小院，哼着小曲，慢悠悠地走向街边停着的帕萨特，拉开了车门。

路的拐角处，一辆黑色越野车风一般疾驰而来，"嘭"地撞上了杨舟！

帕萨特车门被撞飞了，杨舟飞起来三米多高，脑袋重重地摔在越野车后的路面上，头上鲜血直流，躺在地上一动不动。

万里之外的京城，已经入夜了。

小小的儿童房里，李园园笑吟吟地陪着萌萌在搭积木。萌萌小嘴嘟囔着，稚嫩的脸上洋溢着幸福的笑容，露出一对小酒窝。

"吱——"一阵刺耳的刹车声，越野车生生停在了马路中央。车门被踢开，一个壮硕的黑人跳将下来，一言不发快步跑向血泊中的杨舟，掏出一支带着消声器的手枪，对准了杨舟的脑袋。

"噗！"

黑人头一歪，太阳穴出现一个血洞，鲜血直冒，身体软软地瘫在了地上，躺在了杨舟的旁边。

几百米外的屋顶，阮世明麻利地收起狙击枪，用布袋包好，轻轻叹了口气，缓缓踱步离开了屋顶。

三个月后。

龙江股份董事会。

坐在会议桌正中央的秦远显得少年老成，不紧不慢地说着话。

"今天我们召开董事会，主要议题是集团要增加一名新董事，就是咱们林常伦林总。"秦远笑吟吟地扶了扶身边林常伦的肩膀,"林总国际商贸经验非常丰富,尤其是在蒙特尔的矿业、林业贸易方面,他的情况不用我过多介绍大家都知道了。大家觉得怎么样?"

"我同意。"郑霞举起了手,"咱们公司在蒙特尔的业务将来有很大的拓展空间,林总的加入对公司的发展非常有利。"

"我觉得增加董事的事情还是要慎重吧。"六十来岁,秃顶的男子身子前倾,把手臂搁在了会议桌上,"咱们集团刚刚经历了大的风雨,业务还在调整,林总之前也不是咱们公司的人。"

"我同意彪总的意见,现在这个时期,不能增加董事!"

"哦?彪叔、刘叔,你们的意见我肯定要充分考虑的,但是公司的转型发展迫在眉睫,怕是等不得啊!"

"小远,你年轻气盛,公司的事情你不懂,很多情况你不了解。总之,我不同意。"彪叔双手交叉胸前,往座椅后背一靠。

会议室的门忽然被推开了,鱼贯走来五名警察。

"谁是张彪、刘二柱?"

秦远用手指了指。

领头的警察拿起照片比对了一下。

"你们涉嫌黑社会团伙犯罪,跟我们去协助调查。"

看着被带走的两人,会上众人或一脸愕然,或淡然处之,或不由自主地擦了擦额头上的冷汗。

"各位同人,大家记住了,我们是一家上市公司、公众企业,一定要守好该守的底线,否则,一定不会有好下场。"秦远威严的目光扫过众人,"最近我和郑总把咱们的业务和账务好好捋了捋。经过整顿的龙江股份一定会迎来二次腾飞,走得更远更好!"

"另外,我们在蒙特尔的林木业务马上就要开启了,在那里,我们不光要砍伐树木,还要注意搞好环保,要边砍树边种树……"

"欢迎大家收看财经纵横节目。今天我们又请来了京都证券的首席分析师李涛李总,来聊聊大家关心的股市。"演播室里,短发知性的主持人微笑着看向了身边的李涛,"李总,今年以来,股市出现了前所未有的奇观,您对后市怎么看呢?"

"好的,主持人。今年股市的波动不仅是我,我相信所有炒股的朋友们都没有见过,多少次的千股跌停、千股涨停,比过山车还刺激。面向未来的话,不管怎么样,我对后市还是一个比较乐观的态度,政府对监管部门和券商进行了整顿,市场环境总体还是向好的。"

"是的,李总,为了还股民一个清朗的市场环境,有关部门加大了打击力度,监管部门和大券商很多高层近期都密集落马。"

"总体反映了咱们国家整顿股市的一个决心。在操作上,我建议还是谨慎偏积极。"

"好的,李总。个股方面,我们看到啊,您前期介绍的297822龙江股份在经历了一波大的回调以后,现在已经大举反弹了,您现在对这只股票怎么看?"

"龙江股份的走势确实是一波三折。随着大盘的下挫和集团老董事长秦十里出事,内外交困,一度跌了80%。但是现在公司经过业务和管理团队的重组,已经呈现出了非常好的发展态势。新董事长秦远有商科博士学位,科班出身,他很有商业头脑,又联手了闽发矿业的林常伦,合作开发当地的林木资源,将开发与绿色发展并重,合理利用资源,同时开展造林运动,对当地的就业、税收和民生都是一个利好。整个当地经济都盘活了。"

李红艳的老公老牛坐在电视机前,紧紧地盯着屏幕。

屏幕上出现了秦远戴着安全帽考察蒙特尔伐木场的画面。工地上的黑人工人操着电锯卖力干活,拿到工资喜笑颜开。一根根粗大的红木,被装上集装箱送上巨型货轮,运往中国。

"是的,现在大家都知道,蒙特尔还发现了钻石矿,贸易发展更具潜力了。"

"钻石的发现也有可能会给蒙特尔的经济再往前推一把,实际上它的红木、矿、石油都是非常好的资源。好的,我们来看一下龙江股份最近的走势……"

老牛看着电视上龙江股份的股价喜极而泣。

破旧、阴暗的山村木屋里,老牛将一张银行卡递给了李志远的母亲:"妈,我把股票卖了,这是我给你们办的卡,里面有志远的100万和炒股票赚的20万。"

主席台上,一位西装革履、领导模样的黑人坐在最中间,关小昱和侯立分坐两边。

一身笔挺西装、戴着眼镜的米波尔殷勤地拿过来一摞文件,在三人面前逐一摆开。三人埋头奋笔疾书,又互相交换了手中的文件夹,继续书写。

他们的背后,站着汪延、左群以及一众蒙特尔官员。

背景板上用中法文写着:"蒙特尔无线通信项目签约仪式"。

三人签字完毕,站起身来,六只手交叉相连,笑吟吟地摆出标准拍照姿势。

各式长枪短炮的相机响起了一片咔嚓声。

主席台上的侯立,腰板笔直,头发锃亮,洋溢着自信的微笑面对着镜头。

京城酒店,侯立挽着一身洁白婚纱、如同仙子一般的刘思婉,在宾客们的注视下，带着发自内心骄傲、幸福的笑，缓缓前行。

忽然，台上的刘思婉看到大厅门口，甄羽那张英俊、忧郁而又憔悴的脸。刘思婉脸色微变，默默地与他对视了一下，心中掠过一丝伤感，但很快又移开了目光，恢复了灿烂的笑容，继续着婚礼。

刘思婉一声娇喝，向身后甩出了手里的捧花，引发一阵欢笑和骚动。

转过身来，门口的甄羽已经消失不见了。

鲁卡城内外，到处都是蒙特尔无线通信的广告牌，以及拿着手机打电话的年轻人。

通信基站几乎是一夜间，出现在了蒙特尔的城市和乡村。

密林深处的华村里，劳作之后，杨志军和文章坐在菜地旁的土埂上小憩。

"文博士，我看你学东西真的很快啊，军事方面的东西，现代武器，信息化战争，新的战法，你懂得都比我多了。"

"东方夜放花千树，更吹落，星如雨。知道说的是什么吗？"

"你这酸秀才，整的什么啊……"杨志军不满地撇撇嘴。

"是中国的东风导弹，厉害着呢，在这个地球上，想打哪儿就打哪儿。哎呀，世界变化太快了，华村再这么落后下去，消亡恐怕是早晚的事。所以我要教他们的小孩读书识字，为了将来算计啊。我看你种的菜也都很好啊，华村也要发展经济，保障吃的。"

"种了几十年地了，给他们换一下新品种。这个地方土肥啊，能种出庄稼来。对了，文博士，借你的手机用用，我问问小舟的情况。"

"给。刚买的，咱们这离基站远，信号一般般，充电也不方便……"

"比没有强嘛……喂，侯总啊，对，是我。我们家小舟怎么样了，你知道吗？唔……我不敢去问园园，怕她伤心啊。"

"杨总他，还没醒。"鲁卡的街头，侯立神色黯淡，低头叹了口气，"听医生说，他有可能成为植物人。"

鲁卡医院的病床上，杨舟头上扎着绷带，戴着呼吸罩，静静地躺着，身上插着几根管子。仪器上的曲线有规律地波动着，发出轻微的嘀嘀声。

时间已是半夜，李园园趴在病床上，握着杨舟的一只手，已经睡着了。

窗外绿树摇曳，一只鸟儿在枝头跳来跳去，余下的是一片寂静，大地仍在沉睡，杨舟也仍睡在黑夜中……

天色逐渐放亮了，一缕朝阳从窗户映入病房。杨舟的手指忽然微微动了动，指尖轻轻点了点李园园的掌心。

第七十章

七年后

○

2022年。

"恭喜您，总统阁下，又一次高票连任蒙特尔总统，在这里，我也想送上我们中国媒体的祝福，相信您能够带领蒙特尔人民奔向更加美好的未来。"

一身西服领带的甄羽微笑着，依然那么帅气，只是多了几分沉稳、几分儒雅。

"谢谢你。"布耐尔微微一笑，"甄先生是我们的老朋友了，连任成功以后，你们是我第一个接受采访的外国媒体。中国对我们的支持，大家是有目共睹啊。"

"地球是一个村，我们互惠互利啊。"甄羽微笑着看着布耐尔。

"这些年来，我们的经济飞速发展，蒙特尔人民生活水平的提高，国力的强盛，都得益于你们的倾情帮助。现在，我们的水电站、铁路、公路、通信基站越来越多。在很多国家眼中落后的非洲，甚至海底光缆都动工了，这真是一个好时代啊。"

"是的，总统先生，在这里也已经有八年了，我和这里的同胞都能够切身感受到蒙特尔日新月异的变化，各方面条件都有了很大的改善。"

"我们也欢迎更多友好国家的企业和人民与我们一起来建设崭新的蒙特尔，一起发展经济。在这里我必须要说的是，在包括中国在内的各国帮助下,蒙特尔的政局越来越稳定,成规模的反政府武装绝大部分已经向政府投降,走上了和平之路,最后一支'猎豹'组织在去年也已经被剿灭。可以说,我们的环境、经济是越来越好了,人民的生活条件也越来越好。一定程度上,没有千千万万中国人的帮助,我们没有办法取得这样的成绩。"

"是啊,现在在非洲,有超过二百万中国人,他们也在为非洲、为蒙特尔的发展做贡献呢。"

"在蒙特尔的中国人都很辛苦,我对他们表示由衷的敬意。我听说今天正好是你们的中秋节,是个团圆的日子,在这里,我想对远离家乡到蒙特尔来的中国朋友们说一句……"

"中秋快乐!"

略显蹩脚的中文从笑吟吟的布耐尔嘴里说出来,让甄羽感到一阵暖意,身子不由自主地往前倾了倾,会心一笑。

鲁卡国际酒店的大厅里,米波尔西装革履,笑容满面,站在发言席上。

台下坐着各种肤色、身着职业装和各色服装的人群,主席台上张灯结彩,背景板上中法双语写着"智慧鲁卡签约仪式暨中秋庆典"。会场周边架着数十台摄像机,若干记者穿梭在会场边缘,挑选着最佳拍摄角度。

戴着眼镜的米波尔沉稳地面对着台下的人群,面带微笑,用流利的法语,以官方的语调说着。

"上个月,大家刚刚见证了历史性的一幕,由五个国家共同开发,华夏通信集团承建的海底光缆已经正式动工。今天,我们蒙特尔通信集团又与华通集团、华夏建设、正宇科技等大型中国企业签订了'智慧鲁卡'建设项目的一系列协议。这两个划时代的项目,这七年以来,我从加入蒙特尔通信起就一直在参与,可以说是伴随着我的成长,让我今天能够有机会作为蒙特尔通信无线业务部总经理,站在这里与大家共同交流。"

米波尔看了看台下的一众中国人,露出了由衷的微笑。

"因此,我要感谢中国的同行们,把先进的技术和管理经验带到蒙特尔来。我相信,在我们各方的共同努力下,一定能把蒙特尔建设得越来越好。下面我们用热烈的掌声,有请智慧鲁卡项目的总承包商、华夏通信集团副总裁,汪延先生致辞!"

头发花白的汪延从第一排缓缓起身,在一片掌声中,微笑着走向发言席,稳稳地站定,望向台下的人群。

"感谢米波尔先生,感谢在座的各位在过去七年的通力配合,才有了我们今天这个项目的签约,许给了鲁卡,许给了蒙特尔一个美好的未来。

"大家知道,新一轮科技革命正在席卷全球,以5G、人工智能、云计算等为代表的新一代信息技术正在不断推动全球经济社会数智化进程,数字技术的触角正延伸到人类生产生活的每一个角落。"

台下第一排,"正宇科技"铭牌后,关小昱的脸上依然挂着职业的笑容,华通海外市场一部总经理侯立和华夏建设的老崔正襟危坐,看着台上的汪延,频频颔首。

"毋庸讳言,非洲在数字基础设施、数字技术方面,一直相对落后,但这并不阻碍我们去努力跟上世界发展的步伐,反而可以利用前人的经验和教训,少走弯路,发挥后发优势。

"多年来,一批中国企业走出国门,与非洲兄弟们一起建设非洲,在新的时代,也面临着新的问题,新的使命。打造数字'丝绸之路',

助力'智慧非洲',就是我们将来努力的方向。如今,非洲海底光缆破土动工,非洲将更加紧密地与世界联结在一起,将和全世界一起,快速迈向数智化时代。为了海底光缆和智慧鲁卡项目,中国提供了最先进的技术和设备。在扎伊尔河畔,不久的将来,将出现一个崭新的鲁卡,扎伊尔河也将成为和平之河、致富之河……

"在此,华通集团愿与各位同人一道,共同推动智慧鲁卡项目的落地,进而辐射整个蒙特尔,整个非洲,在新的时代,一起建设地球村!"汪延面含微笑,侃侃而谈。

"签约仪式结束,请新任中国驻蒙特尔大使洪波先生致辞!"穿着礼服的主持人用中法双语分别播报了一遍,引发一阵掌声。

西装革履,戴着眼镜的中年男子冲大家频频点头,微笑着走上讲台。

"各位朋友们,今天是双喜临门的日子,既是我们重大项目的签约的重要日子,也是我们的传统节日——中秋节。我们欢聚一堂,在这里共话中蒙友谊、美好未来。作为我个人,非常荣幸能够到这里来担任驻蒙大使,能够代表中国政府,在这里为大家尽一份力量。我们使馆为大家准备了月饼,请大家放开吃!"洪波笑吟吟地看着台下,工作人员忙分发月饼,引来一群争先恐后、兴高采烈的中国和当地小孩。

"下面请欣赏中华武术表演!"台下顿时一片欢呼声和口哨声。

一个着僧袍的精壮黑人带着一群同样着僧袍、高矮不一的黑人小孩一路小跑迅速走上台站定,齐刷刷扎出马步,双目有神看向台下。

"哈!"一记整齐的弓步冲拳,台上众人开始一招一式、虎虎生风地比画起来,突然猛地一招"醉卧罗汉",一齐倒卧在台上,紧接着又是一招"鲤鱼打挺",引发一阵喝彩。台下蒙特尔观众纷纷竖起大拇指,"中国功夫,厉害!厉害!"

一套拳打完,各种肤色的记者纷纷涌向走下台的众"武僧",甄羽将标着"华夏TV"的话筒伸向了一个十来岁、皮肤不是那么黑的小男孩,微笑着问:

"刘华小朋友,今天看你表演很出色,平时训练是不是很辛苦啊?"

"没有了,寺里的叔叔们和小朋友都对我很好。"

"想不想华村的爸爸妈妈啊?"

"想。"小男孩踌躇片刻,腼腆地笑了笑,"但是我在这里能学中文、学功夫,我以后也要像姐姐一样去中国学习。"

几百公里外的华村,峭壁上的杨志军背着手,看着一轮血色残阳缓缓落山。

远处一群飞鸟飞向高高的钢架基站,有的停在了基站上,有的绕着基站盘旋。

京城,已经入夜。

半新的小区里矗立着一座座高楼,高层的窗边,站着一个结实的中年男子,面沉如水,望着窗外的万家灯火。

一阵风吹起了他那夹杂着几缕银丝的头发,露出了额角的一块伤疤,也让他眯了眯眼,使眼角的几丝鱼尾纹微微挤了挤。

"又想起以前的事了?天凉了⋯⋯"随着温柔关切的话语,李园园轻轻地给杨舟披上了一件衬衣,从背后搂住了他的腰,把脸紧紧贴在他的肩上。

"经过七年的筹划努力,智慧鲁卡项目终于签约,这是非洲海底光缆项目的延伸,将有力推动非洲的信息化建设⋯⋯"电视屏幕上甄羽拿着话筒在签约现场播报着。

第七十章 七年后

杨舟不禁回过头来，看到了电视屏幕上在台上侃侃而谈的汪延和坐在台下的侯立、关小昱等人。

"终于……成了……"杨舟由衷地高兴，而话语中却带有一丝淡淡的遗憾。

李园园扭头看了看杨舟的脸，莞尔一笑："怎么，觉得自己没参与，不甘心？"

"没有……只是……他们能做成，挺好的。"

"那些年，你已经付出很多了。功成不必在我，这里面也有你当年的功劳啊。"李园园嘟了嘟嘴。

"其实说起来，我之前也有肖强的贡献，虽然出了事，好在他还是回来自首了。我如果还在那里的话……"

"你答应了要回来陪我的。"李园园说着话，把头往杨舟的脖子上拱了拱。

"嗯……"杨舟脸上涌起了笑容，缓缓握住了妻子缠在腰上的手，回过头用脸颊蹭了蹭她的头发，又再次望向了窗外灯火绚烂的都市，和那看不到的远方。

"吃饭了！杨酋长，吃饭了——"

华村内，文章一手抱着一个襁褓中的婴儿，一手牵着个四五岁的女孩，扯着嗓子喊着。身后，一个皮肤黝黑、面容清秀的瘦小女人走出屋子，腼腆地笑着，也望向了山顶的杨志军。

杨志军微微一笑，转身向山下走去。

后记

在我20多年的职业生涯中,有16年是在国际化单位从事人力资源管理工作,经常与长期扎根海外的同事们交流,去海外办事处实地考察过,也曾参与处理海外突发事件。为此,我常感慨于他们的艰辛和不易,但也羡慕他们仗剑走天涯的豪情和传奇经历。十几年的耳濡目染,让我对海外工作的神秘、热血,乃至更多的困苦和无奈,能够感同身受。

因此在四年前,我开始提笔创作这部小说,并亲赴非洲实地采风。

如果要追溯这本小说的起源,我想是源于全球化浪潮和"一带一路"倡议下一群群走出国门的中国人。时代的大潮是由一滴滴水、一朵朵小浪花组成,是由一个个真实的人所推动。这本《涌动的扎伊尔河》希望能描述大潮中那一朵朵翻滚着的小浪花,鲜活生动地讲述他们在非洲的曲折、惊险、离奇的故事。

为了讲好这个故事,除了平时从同事那儿了解到的情况,我还查阅了大量的资料,包括专著、学术论文、博士论文,外交官、央视记者在非洲的纪实,总计不下一千万字,也看了能找到的非洲题材中外影视剧,包括最近热映的《万里归途》。得益于互联网和短视频的兴起,我还阅读、观看了大量中国人在非洲工作生活的网文、视频,积累了海量素材。

在非洲采风期间,我认识了国家派驻的外交官,中建等国有企业员工，华为等特大型民营企业员工，还有企业家、创业者和工人等各种人群，感慨于他们离家万里，遭遇重重磨难的不易，也钦佩他们坚韧不拔的勇气。

让我印象深刻的，是中国的基建和中国人在非洲几乎无处不在。在非洲大地上拔地而起的高楼大厦，四散开来的铁路公路，开天辟地的水利设施，星罗棋布的通信基站，都有着万千中国人的身影。我还坐车全程穿行了横贯刚果共和国的大动脉——一号公路，感受了中国人在原始森林中修出一条高速公路的壮举，令人敬佩！

此外，通过此行，我似乎可以解答一个众多中国人都疑惑的问题。

为什么非洲一些国家资源丰沛，经济却依然落后呢？一位非洲的前辈在他的小说《考验》（已被译成中文在中国出版）中曾说，非洲国家缺乏经商传统。非洲人有着惊人的天赋，但是由于非洲国家的发展历程普遍存在断层，几乎是一跃进入工业社会，还在逐步积累治理国家、发展经济的经验。尽管纵向与自己相比已是天壤之别，但与其他国家比还有很大追赶空间。

因此，非洲国家需要已经走过这些历程的国家帮助，比如中国这几十年改革开放的伟大成就，包括管理和科技领域的经验，都可以给非洲国家提供借鉴。

我还看到，很多非洲人也像中国人一样，通过自身的努力改变自己乃至下一代的命运。他们有的拼尽全力考上大学，或者到中国留学，有的努力学习工作技能甚至加班加点工作，赚更多的钱让自己和家人过得更好，为孩子存上大学的学费。我想说，就是一个个这样的普通人，将使非洲拥有一个更加光明的未来，就像当初改革开放后跃跃欲试的中国人一样。

四年的写作，感受颇多。我非专职作家，而是一个职场人。但我觉得这样的题材未必适合职业作家写，因为他们缺少在这样的组织内浸淫乃至数十年的职场经历，也许文笔优美，却难以做到真实可信、细节入微。

即便付出了这么多的努力，我依然深感自己能力不足，忐忑于能否驾驭这个题材。于是我尽我所能向外界寻求帮助，并获得了热情的回应。这部作品凝聚的，早已不是我一个人的心血，而是数十人倾心付出的结晶。

我要感谢妻子吴娜，在数年的创作过程中，是我最坚强的后盾。在我枯坐码字时，给予了温柔的关怀和鼓励，也是我灵感的源泉。由于是职场之外写作，很多本该我承担的家庭责任压到了她的肩上，付出了很多。尤其是在2022年底我远赴非洲采风期间，母亲、女儿和她都染病了，而我却在万里之外，是她担负起了照顾一家人的重任。而且，本书的很多重要场景都聚焦电信行业的国际竞争，身为电信专业高级工程师的她，还对书中涉及无线通信、人工智能的商务与技术提出了大量的意见建议，成为小说的技术顾问。

感谢妹妹蔡劲蓉，在整个写作过程中即时阅读稿件，作为中央媒体的编辑记者，工作之余，更是对整个文稿进行了耐心细致的打磨润色，增强了小说的艺术性和感染力。

感谢挚友李金海，不仅对小说的设定和基调提出了建议，还根据自己二十年纵横金融市场的经验教训，对小说中涉及股市的部分进行了审读。

我还要衷心感谢中国翻译协会常务副会长、前国际翻译家联盟第一副主席黄友义先生，我的老领导，我心目中翻译和对外传播界的泰斗，亦不吝对我指点和鼓励，甚至为拙作作序，给予了我莫大的信心和动力。

感谢老朋友和曾经的同事，朝华出版社汪涛社长，提出了大量中肯、专业的意见，为小说定调、修改和出版起到了关键作用。感谢李晨曦老师，为小说的思路方向、情节构建等提出了大量非常有价值的意见建议，并予终审把关，让我学到了很多出版行业的知识。感谢赵倩和张北鱼老师，为小说确定书名、设计、编辑、校对、审核等付出了辛勤的劳动，保证了小说的质量。

　　同样让我感受到力量和温暖的，是在非中国人，包括中国驻刚果（布）大使馆还有刚果（布）华商会、赞比亚华人华侨总会的朋友。这些原本素不相识的人，为我提供了诸多帮助，讲述了他们的精彩故事，让我独行非洲的旅程一路平安，收获满满，一并表示感谢。

　　我想在这本小说中呈现的，是在这个不完美的世界中努力拼搏、追求美好生活的一群人，一个个平凡人不平凡的人生。他们在艰险复杂的海外环境中，同样要面对业绩压力、职场争斗、中年危机，同样要还房贷、养孩子、顾老人，每一个人都是自己故事的主角，肩负着命运的考验。他们有自己的梦想与使命，在为这个时代做出贡献的同时，也有着人性贪婪和恐惧的本能。历史的车轮滚滚向前，每个人都在不断寻找自己的位置，无论身处何方！

　　那么在面对事业、使命、家庭、爱情、金钱、权力、仇恨甚至生死时，他们又将如何抉择呢？

　　不同的人会有不同的答案，不同的人也会从这部《涌动的扎伊尔河》中看到不一样的人性。

　　就像一百个人心中有一百个哈姆雷特。

　　小说描述的场景、人物和故事的灵感都来源于我们这个时代，但具体的国家、机构、人物和细节都是艺术创作的结果，如有雷同，实属巧合。

蔡啸
2023年6月于北京